ロクサーヌ・ゲイ *Roxane Gay*

野中モモ＝訳

バッド・フェミニスト

BAD FEMINIST

亜紀書房

バッド・フェミニスト

バッド・フェミニスト

—

目次

はじめに――フェミニズム（名詞）：複数　7

私について
Me

私を感じて。私を見て。私を聞いて。私をわかって。　18
奇妙な特権　35
典型的な教授一年生　41

ジェンダーとセクシュアリティ
Gender & Sexuality

女友達の作りかた　54
ガールズ、ガールズ、ガールズ　59
私はかつてミス・アメリカだった　73

ギラギラの、輝かしきスペクタクル　88
友達を作るためにここにいるわけじゃない　104
私たちはこうして負ける　123
性暴力の軽率な語りかた　141
私たちが渇望するもの　153
安全性の幻想／幻想の安全性　167
壊れた男たちのスペクタクル　176
三つのカミングアウトの物語について　183
男たちのものさしを超えて　196
あるジョークは他のジョークより面白い　204
クリス・ブラウンが大好きで
殴られても構わない親愛なる若き女性たちへ　211
線引きはあいまい、その通り　216
プリンス・チャーミング、
あるいは私たちの権利を侵害する彼の問題　223

人種とエンタテインメント

Race and entertainment

揚げ物調理の癒し効果、その他一九六〇年代ミシシッピの古風な思い出：『ヘルプ〜心がつなぐストーリー』 242
『ジャンゴ』を生き延びる 257
苦闘の物語を超えて 269
タイラー・ペリーの道徳性 276
ある若き黒人男性の最期の日 288
「より小さなことは、より大きなこと」であるとき 297

政治、ジェンダー、人種

Politics, Gender & Race

「尊敬され力」の政治学 304

ツイッターがジャーナリズムには不可能なことをするとき 309
女性の不可侵でない権利 316
ヒーローを求めて 332
あるふたりの人物の物語 339
私たちみんなの中のレイシズム 346
悲劇。呼びかけ。思いやり。反応。 351
ふたたび私について
Back to me
バッド・フェミニスト：テイク1 362
バッド・フェミニスト：テイク2 379
謝辞 386
訳者あとがき 388

はじめに――フェミニズム（名詞）：複数

世界は私たちの理解を超えた速さで、しかも複雑に変化しています。こうした途方もない変化にしょっちゅうまごついてしまいます。文化情勢は移り変わります。特に女性にとってはそうで、私たちは生殖の自由の後退、しぶといレイプ・カルチャー、音楽、映画、文学上で消費される有害とまでは言わないにしても欠陥のある女性像の問題と闘っています。

あるコメディアンはファンに、女性の腹部に触ってみろと呼びかけます。そういう風に個人の私的な領域を侵犯するのは、そう、笑えるからです。あらゆる種類の音楽が女性を下に見ることを称揚していて、ああなんてこと、その音楽はすっごくキャッチーだから、気がついたら自分も声を合わせて歌っちゃってたりするんです。私自身の存在が傷つけられてるっていうのに。ロビン・シックみたいな歌手は、「私たちはそれが欲しい」ってことを知っています。ジェイZみたいなラッパーは「ビッチ」という言葉をまるで句読点みたいに使います。映画は、たいていの場合、男たちの物語です。まるで重要な物語は男たちの物語だけって感じ。女たちが関与するとしても、脇に控えてたり、恋愛対象だったり、あとから付け足しみたいな。女性が中心になることは滅多にありません。私たちの物語が最大の関心事になることは滅多にないのです。

　こうした問題への注目を集めるために、何をすればいいのでしょうか？　実際に私たちの声に耳を傾けさせるには？　女性たちが直面している不正と不平等、大きなことささいなこと両方について語るために必要なことばを、どうやってみつければいいのでしょうか？　私がこれまで年齢を重ねる中で、フェミニズムはこうした問いに答えてくれました。少なくとも部分的には。

　フェミニズムは完璧ではないけれど、うまくいった場合、この変化し続ける文化情勢の中を進んでゆくための方法を提示してくれます。間違いなくフェミニズムは、私が自分の声をみつける助けとなりました。フェミニズムの助けによって、耳を傾けてと要求する声のあふれるこの世界の中でも、自分の声に意味があると信じることができるようになりました。

　フェミニズムの不完全性と、フェミニズムに可能なあらゆる善いこととの折り合いを、どうやってつければいいのでしょうか？　実のところ、フェミニズムに欠陥があるのは、それが人々による運動だからであって、人々にはどうしたって欠陥があるのです。どうしたわけか、私たちはフェミニズムに対しては、この運動が私たちの求めるものすべてを包括し、常に最良の選択をするものであるべきだなどという非現実的な基準を適用してしまいます。フェミニズムがその期待に沿わなかったとき、問題がその運動の名のもとに行動する完璧でない人々にあるのではなく、フェミニズムにあると決めつけてしまうのです。

　社会運動というものの何が問題かというと、いちばん大きな基盤といちばん大きく挑発的な声を持っている、いちばん目立つ人たちだけにそれが結びつけられてしまうという事態が、あまりにも多いことです。しかしフェミニズムは、有力メディアの「今週のお気に入りのフェミニスト」から出てくる考えかたとか、そういったものでは決してないのです。少なくとも全部がそうではありません。

フェミニズムは、近年、関係者の罪をかぶる苦しみに晒《さら》されてきました。なぜかというと私たちは、個々人のパーソナル・ブランディングの一部としてフェミニズム支持を表明する女性たちとフェミニズムとをひと括りにしてしまうからです。そういった有名人たちが、私たちが聞きたいと思うことを言うとき、私たちは彼女たちを「フェミニストの台座」の上に乗せますが、私たちがいいと思わないことを彼女たちがすると、即座にそこから引きずりおろし、フェミニズムには問題がある、なぜなら私たちのフェミニスト・リーダーが裏切ったから、と言うのです。フェミニズムと「プロのフェミニスト」のあいだには違いがあるということを、私たちは忘れてしまいます。

私は公然と「バッド・フェミニスト」を名乗ります。なぜかというと、私は欠点だらけで、人間だから。私はフェミニズム史を熟知しているわけでは決してありません。フェミニズムの最重要文献の数々も、満足には読めていません。私はフェミニズムの主流からはずれてしまうような関心、個人的資質、意見を持っているけれど、それでもなおフェミニストです。そういう自分を受け入れることがどんなに晴れ晴れとした気分か、言葉では言い表せないぐらいです。

私がバッド・フェミニストの肩書きを受け入れるのは、私が人間だからです。私ははちゃめちゃな人間です。誰かのお手本になろうとはしていません。完璧になろうとはしていません。自分がすべての答えを知っているとは言いません。自分が正しいとは言いません。私はただ、やってやろうとしているのです――自分の信じることを支援しよう、この世界で善いことをしよう、自分の書くものでなにかを伝えると同時に、自分自身でいようと。ピンクが大好きで羽目を外すのも好きで、ときには女性の扱いがひどいとよーくわかっている曲にあわせてノリノリで踊ってしまうこともあるし、修理業者を相手に、マッチョな気分にさせておいたほうが楽だからって理由で彼らの倫理的な誤りを指摘せずに黙っていることもあります。

私はバッド・フェミニストです。なぜかというと私は決してフェミニストの台座の上に載せられたくないから。台座の上に載せられた人々は、ポーズを取ることを期待されます。それも完璧に。そしてうまくできなかったときには、叩き落とされるのです。私がうまくできないことなんてしょっちゅうです。というか、もともと叩き落とされてるし。

もっと若かった頃、私はそれはもうしょっちゅうフェミニズムを否定していました。なぜ現在もなお女性たちがフェミニズムを否定し、遠ざけてしまいがちなのか、理解できます。私がフェミニズムを否定していたのは、自分がフェミニストと呼ばれたとき、そのレッテルが攻撃や侮辱のように感じられたからです。実際、そこにはたいていそういう悪意がついてまわっています。あの頃、フェミニストと呼ばれて、最初に頭に浮かんだのは、「でも私、喜んでフェラするけど」でした。頭の中に、フェミニストであるのと同時に性的にオープンであることはできないという考えがあったのです。一〇代から二〇代にかけて、頭の中はヘンな思い込みでいっぱいでした。

私がフェミニズムを否定していたのは、この運動をまともに理解していなかったからです。フェミニストと呼ばれたとき、私の耳に聞こえていたのは、「おまえは怒りっぽい、セックス嫌いの、男嫌いの、被害者意識でいっぱいの気取り屋だ」という声。このカリカチュアは、フェミニズムを最も怖れている人たち、つまりフェミニズムが勝利したときに失うものが最も大きな人たちによって、いかにフェミニスト像が歪められてきたかを示しています。自分がいかにフェミニズムを否定していたかを思い出すたび、自分のバカさ加減が恥ずかしくなってしまいます。私自身の恐怖が恥ずかしくなってしまいます。なぜかというと、その否定感情は、自分が社会的に追放されてしまうのではないか、トラブルメーカーだと見られてしまうのではないか、主流派の人間として認められないのではないかという恐怖に根差しているものだったからです。

フェミニズムを否定しフェミニストの名札を遠ざけている女性が、そのくせフェミニズムのおかげでなされた進歩を支持すると言うのは、頭にきます。そこに不要な断絶が見えるからです。頭にきますが、それは理解できるし、いつか自分たちが自らをフェミニストの名札から遠ざける必要のない文化に生きられるようになることを望んでいます。その名札のせいで孤独になったり、周りから浮いたり、求めすぎていたりするのではないかと怖れる必要のない文化。

私は自分のフェミニズムがシンプルなものであるように心がけています。フェミニズムが複雑で、いまも進化の過程にあり、完璧でないことはわかっています。フェミニズムはすべてを解決することはできないし、そんなことは将来にも起こらないとわかっています。私は女性と男性に同じ機会が与えられるべきだと信じているのです。女性が生殖の自由を持ち、必要とされる医療を手頃な価格で無制限に利用することができるようになるべきだと信じています。同じ仕事をした男性と同じだけの賃金が女性にも支払われるべきだと信じています。フェミニズムはひとつの選択であり、もしある女性がフェミニストになりたくないという場合、それは彼女の権利ですが、それでもなお彼女の権利のために闘うのは私の責任です。フェミニズムは、女性の選択を支持することにあると私は信じています。たとえ私たちが自分自身で選択していない場合があるとしても。私は合衆国だけでなく世界中の女性たちが平等と自由を手にするべきだと信じていますが、自分が他の文化圏の女性たちに平等と自由とはこういうものだと諭《さと》す立場にはないことをわかっています。

　私は一〇代後半から二〇代にかけてフェミニズムに抵抗していました。なぜかというと、フェミニズムは、私がしっちゃかめっちゃかな女性であることを許さないのではないかと心配だったからです。しかし、それからフェミニズムについて学びはじめました。フェミニズムと、大文字のフェミニズムや大文字のフェミニストや本質主義的フェミニズム――あらゆる種類の女性にあてはまる唯一真正のフェミニズムがあるという考え方――を分けることを学びました。フェミニズムとは、あらゆる領域でのジェンダーの平等を求めるものであり、同時にインターセクショナル（問題を複合的・交差的に捉えようとする立場）であろうとする努力をし、私たちが何者であるのか、そして私たちがこの世をどのように歩んでいくのかに影響する他のあらゆる要素を考慮するものであると理解すれば、それを受け入れるのは簡単でした。フェミニズムは私に平和をもたらしました。フェミニズムはどのように文章を書き、読み、生きるかの道標となる指針の数々を与えてくれました。私はこれらの道標からはぐれてしまうこともありますが、自分が自分の考える最良のフェミニストだと言えないときがあってもいいんだということをわかっています。

有色人種の女性、クィアの女性、トランスジェンダーの女性たちも、もっとフェミニストの運動に含まれるべきです。大文字のFのフェミニズムは、恥ずかしいことに、これらの集団の女性たちを幾度となく置き去りにしてきました。これは厳しく、胸が痛む事実です。そこで大勢の人々がフェミニズムに抵抗し、運動から距離を置こうとするのです。信じてください、私にもよくわかります。長年にわたって、私はフェミニズムを、黒人女性であり人生のある時期に自らをクィアと位置づけてきた自分のような人間のためのものではないと決めつけてきました。なぜならこれまで歴史的にフェミニズムは、異性愛者の白人女性の人生を向上させることに利用されてきたからです。その他すべての人々を犠牲にして。

しかし、過ちは過ちです。フェミニズムが失敗を重ねてきたからといって、フェミニズムをまるごと忌避すべきだということにはなりません。人間は常にひどいことをしていますが、私たちが自分たちの人間性を認めなくなるということはありません。私たちは、ひどいことの責任は自分たちにはないと言います。私たちは自分たちがどれだけ遠くまで来たのか、フェミニズムがもたらした多くの成果を認めるべきなのであって、フェミニズムが犯してきた失敗に関する責任を個々人が問われるいわれはありません。

私たち全員が同じフェミニズムを信じる必要はないのです。フェミニズムは多元的なものとして存在することができます。私たちが各々の内にあるさまざまなフェミニズムにお互いに敬意を払う限り。私たちのあいだにある裂け目をできる限り小さくしようと十分に努力する限り。

フェミニズムは力を合わせたときにより大きな成果をもたらすことになるでしょうが、フェミニズムの成果は個人の行動から生まれることもあります。たくさんの若い女性が、自分を重ね合わせることができる有名なフェミニストを見つけられないと言うのを私は耳にしてきました。これは残念なことかもしれませんが、しかし、この世界を歩む姿を見たいと思うようなフェミニストに、私たち自身がなりましょう（なろうとしましょう）。

ついていく人を見つけることができないとき、あなたが先頭に立って進む道を見つけねばなりません。このエッセイ集で、私は先頭を進もうと試みています。ひとつのささやかな、不完全なやりかたで。私はひとりのバッド・フェミニストとして声をあげています。ひとりのバッド・フェミニストの立場を表明しています。これは私たちの文化と、それを私たちがどう消費するのかについての考察です。本書に収録されたエッセイでは、現代の映画における人種問題、「多様性《インクルーシヴ》」の限界、革新がいかに不十分かについても論じています。私は優れた文芸作品に、新しく、より包摂的な基準の創造を求め、『フィフティ・シェイズ・オブ・グレイ』三部作現象やＨＢＯ（アメリカのケーブルテレビ局）のドラマ『ガールズ』を吟味します。これらのエッセイは政治的であり個人的なものです。これらはフェミニズムと同じように瑕疵《かし》があるけれど、嘘偽りのない本心から出てきたものです。私は自分たちが生きるこの世界を理解しようとしているひとりの女にすぎません。私たちにはより多くを求め、より良くことを行う余地があるということを示したくて、私は声をあげているのです。

私について

Me

私を感じて。私を見て。私を聞いて。私をわかって。

ニッチな出会い系サイトは興味深い。Jデート、クリスチャン・ミングル、ブラック・ピープル・ミートなどなど、あきらかに「類は友を呼ぶ」を狙って設計された出会い系サイトがどっさりあるから見てみるといい。ある特定の条件にあてはまる人、たとえば自分のような見た目の人、信仰を共有できる人、もふもふのコスチュームでセックスを楽しみたい人なんかをみつけることができる。インターネットの世界では、彼または彼女の関心において、誰ひとりとして孤独ではない。こうしたニッチな出会い系サイトに入り込んだとき、あなたは自分が相応の数に働きかけているはずだと期待する。オンライン恋愛では、共通言語のおかげでどんなことでも起こりうるような気持ちになる。

私はよくつながりと孤独とコミュニティと所属の感覚について考える。そして自分の書くものが、私がこうした事柄の交差するところに取り組んできたことの証明になっているか、それについても、もしかしたら考えすぎなぐらいに考えている。私たちの多くは、手を伸ばし、誰かがその手を取って、私たちが自分で怖れているほど孤独じゃないってことを思い出させてくれるのを期待している。

私はいくつかの同じ話を何度も何度も繰り返している。なぜかというとそれらの経験は私に深い影響を与えているからだ。こういう話を何度も何度もすることで、自分がこの世界の仕組みについてより深く理解できるようになるんじゃないかと期待することもたまにある。

私は出会い系サイトを利用したことはそんなにないし、自分と共通点がたくさんある人と真剣なおつきあいをしたこともない。たぶんそういう星の下に生まれたってことで。時を経るうちに自分のこれまでの人間関係には確かにどこか共通点があることに気づいたけれど、でも私がデートする相手は、自分とはかなり違う人であることが多い。最近、ある友達に、私が白人の男性としかデートしないのは私が何というか……わからないけど何だかんだと責められた。彼女は都会に住んでいて、自分の周りにある多様性を当然のものとして享受《きょうじゅ》している。お返しに、私は学生時代に中国系の男の子とデートしたことがあると言った。私はどこかへ行こうと誘ってくる男の子とデートしているだけだと言った。もし黒人男性《ブラザー》に誘われて、彼に興味があったら、喜んで彼と一緒に出かけるだろう。ブラザーは私に近づいてこない。七〇代の人を除いて。私は高齢者とはデートしようとは思わない。それに私はどうやら自由論者《リバタリアン》が好みのタイプみたい。自由論者は、そして彼らの抱く圧制と課税からの自由への渇望はいくらでも大歓迎だ。デートする相手と自分に、最初の出会いから共通するところがたくさんあるというのはどんな感じか、私には想像がつかない。ただ単純にもし誰か黒人で民主党支持の物書きがいれば私と共通するところが多いだろうと言いたいわけじゃない。この世に自分と共通するところがたくさんある誰かなんてはたしているのかどうかが私にはわからない。とりわけ、特徴や好みなどを入力して誰かに出会うようなウェブサイト上で通じるやりかたとは別のかたちで何かが共通している人。探してみたこともないし、それは悪いことじゃないと思う。私は自分とすごく違うからこそずっと面白い誰かといっしょにいるのが大好き。誰かひとりの人もしくは人々に身を捧げたいと願うのは、自分自身の鏡像をみつけるのとは別のことだ。

私はＢＥＴ《ブラック・エンタテインメント・テレビジョン》（アフリカ系アメリカ人をターゲットとしたケーブルテレビ局）をあまり見ない。なぜなら私はライフタイム・ムービー・ネットワークおよびケーブル局の二流のリアリティ番組にハマっているから。それに、ＢＥＴの上等ぶった番組編成は滑稽で、たぶんそういう番組は私にとって特に耐えられないものなのだ。ＷＥｔｖの『アムセイル・ガールズ』だって二話見たきりだし。上質な番組となると、黒人たちはいつも少ない選択肢で納得しなくちゃならないというのは残念なことだ。ＢＥＴの他に選択肢がほとんどないというのは残念なことだ。世の放送局一般は感覚が麻痺してしまうほど見渡す限り一面の白さで、例外はションダ・ライムズ（『グレイズ・アナトミー　恋の解剖学』、『プライベート・プラクティス　迷えるオトナたち』、『スキャンダル　託された秘密』）製作の番組ぐらい。彼女はキャスティングの際に、人種、ジェンダー、加えて先のふたつより控えめだけれどセクシュアリティを考慮するよう努力している。さらには、黒人たちは――実のところあらゆる有色人種が、だけれど――自分たちの姿を弁護士や賢い友達、そう、「救いの手」としてしか目にすることができない。新番組がこれは新たな地平を切り拓いていると主張していても、たとえばレナ・ダナムの『ガールズ』――ニューヨークのブルックリンを舞台に二〇代の仲良し四人組の人生を追っているＨＢＯのドラマ――がそうだが、私たちはだいたい同じやつを呑み込むよう強いられている。つまり世間に行き渡っている人種の消去あるいは無知だ。

ＢＥＴに関して言えば、犯罪的なほどに過小評価されているあの番組、『ガールフレンズ』が復活しない限りはまったく納得がいかない。私は『ガールフレンズ』を楽しめるようになるまですごく長い時間がかかったけれど、しかしこの番組はいいところを突いていて、ふさわしい支持を獲得していない。納得がいかないのだが、ときどき、私は自分に似た見た目の人々を見たい気分になる。褐色の肌は美しい。私はいろいろな種類の物語を見るのが好きだ。問題は、私はＢＥＴで姿が自分に似ている人々を目にするけれど、類似性はそこで終わってしまうということだ。私が三〇代後半だというせいもあるだろう。ＢＥＴの歴史観で言えば、私は古代人なのだ。私はポップカルチャーが好きだとはいえ、知らないこともある。地理と私の職業も助けにはならない。このエッセイを書きはじめたとき、ＢＥＴでは『トーヤ』という番組が放映されていた。番組表を眺めていたときにタイトルを見たことはあったけれど、番組そのものを見たことはなかった。そのうち何話か見てみたけれど、私にはなんでこれが番組になっているのかすら理解できなかった。一体どういう番組なの？　私はグーグル博士に尋ねて、トーヤはリル・ウェインの元妻だと知った。でもそれだけ。彼女はバックコーラス歌手でもないしミュージック・ビデオの女でもない、はず。名声への入口はかつてない勢いでどうでもいいものになりつつある。

私は『トーヤ』を見てみたけれど、彼女が家族を気にかけているという点を除いては、共感できるところはなにひとつなかった。トーヤが家族を気にかけ、家族が正しい道を進む力になろうとしているということはぼんやり伝わったけれど、番組の大部分は退屈なことについて話しているだけだから、それもいまいちはっきりしない。番組のあいだ、彼女はメンフィッツという人とつきあっていて（現在ふたりは結婚している）、彼は立派なダイヤモンドの指輪について検討していた。彼はラッパーなの？　この人たちは何をやって生活しているわけ？　リル・ウェインから受け取る養育費がそれほど潤沢なわけはないだろう。BETは黒人の人生経験をもっとバランスの取れたやりかたで提示してくれればいいのに、と思ってしまう。BETを見ていると、黒人として成功するにはスポーツか音楽の世界でプロになるか、もしくはスポーツか音楽の世界のプロと結婚する／ファックする／そいつの赤ちゃんのママになるしかないみたいな感じを受け取ってしまう。

たまには他の職業分野で成功した黒人の例を見てみたい。たいていのテレビ番組で、ずらり揃った立派な「大きくなったらあれになりたい」選択肢を視聴者に提示しているのは、白人の登場人物たちだ。もちろん、例外はある。ローレンス・フィッシュバーンは『CSI：科学捜査班』で一、二シーズン主役を演じた。昔むかし、ブレア・アンダーウッドは『LAロー　七人の弁護士』で弁護士を演じた。前述したようにションダ・ライムズ印の番組もある。おそらく、弁護士または医者または作家または、ああ、ジャズ・ミュージシャンまたは学校の教師または教授または郵便局員またはウェイトレスとしての有色人種というのは、キッズにとって面白いものではないということなのだろう。現在提供されているものの魅力は否定しがたいという理由で。けれども。どこかの時点で、この国のあらゆる黒人の子どもたちに、彼または彼女が何かを成し遂げたいと思ったらボールかマイクを手にするしかないという考え方を売り込むのを止めなければならない。最近のビル・コスビー（八〇年代に絶大な人気を集めた大物コメディアンだが、二〇一四年に過去の性的暴行を告発された）はまあ狂ってる感じだけど、彼は自分が何をしゃべっているか自分でわかっているし、生涯ずっとこの戦いを戦ってきたからおかしくなっているのだ。BETが私をいらつかせるのは、人は他の人々とどこか共通するところがあったとしても、それと同時に何も関係なかったりするという痛々しい事実を思い出させるからだ。私は差異を楽しんでいるけれど、ときどきは、他の人たちの内に自分自身の姿を垣間見ることができればと願っている。

私は大学院で黒人学生協会のアドバイザーを務めていた。キャンパスに黒人の教職員はごくわずかしかおらず（片手で数えられるぐらいだった）、彼らはこの役職を務めるには忙しすぎるか燃え尽きているか完全に興味がないかのどちらかだった。四年の時を経て、私は理解した。年を取るにつれてたくさんのことをどんどん理解できるようになる。黒人学生協会のアドバイザーを務めるのは、消耗するし感謝されないし痛ましい経験なのだ。ある意味で、しばらくのあいだは自分の信念がだめになってしまうような。ある新人の黒人教職員がキャンパスにやってきたとき、私は彼女がどうして黒人学生たちと協働しないのか尋ねた。彼女は「それは私の仕事じゃないし」と言った。その人物は、「彼らには手が届かないわ」と言った。私は自分の仕事じゃないとか何かが不可能だとかいう言いぐさは嫌いだ。私たち誰もがそういうことを言っているのは確かだけど、でも、一部の人たちは、自分の職務明細書に書かれている以上のことはまったくする必要がない、または届かないように見える人々に届かせようと努力する必要がないと本気で信じているのだ。

私は疲れを知らぬ父親から自分の労働倫理を受け継いだ。若い黒人学生たちに、彼らのような見た目の教師たちが存在しているのを示すこと、メンターを務めること、そこにいて学生たちをサポートすることは、（人種を問わず）全員の仕事だと思うし、黒人教員としてそう信じていなかったら、いますぐ自分を省みるべきで、頭がハッキリするまで何度でも省み続けるべき。

私がアドバイザーをやっていたとき、黒人学生たちはおそらく私に敬意を払ってくれたけれど、彼らはかなりのあいだ私のことをそんなに好きではなかったと思う。理解できる。私は理解されるまで時間のかかる人間なのだ。彼らは大抵私が「ブージー」（ブルジョワっぽい）だと思っていた。私が不快感を示すと、彼らの多くは私をレッドボーン（肌の色の薄い黒人）と呼んで笑った。彼らは私のスラングの使いかたは笑えると思ったのだ。私が母音を巻くから。「もう一度『やあ（holla）』って言ってみて」と彼らは言い、私はそうする。なぜならそれは、キッズにとってはおかしな言いかたに聞こえるとしても、私のお気に入りの言葉のひとつだから。私はこの言葉を一本調子な感じで言うのだ。彼らは私の「ギャングスタ」の言いかたが特に気に入っていたようだ。からかわれるのは構わない。私が彼らに期待しすぎていると彼らが思っていることが問題なのだ。そして「しすぎ」の意味するところが、ちょっとでも期待を持つことでしかないということが。

そう、私は要求の大きなビッチだったし、ときには不条理だったこともあるだろう。私は最高を要求する。それは母親から受け継がれたものだ。私の期待というのは以下のようなものだ。役員が委員会に出席すること、役員と会員が少なくとも開始五分前に集まって会議を時間通りにはじめること、学生たちが与えられたタスクに合意したらその通りにすること、宿題をすること、支援を必要としているときに助けを求め個別指導を受けられること、CまたはDがいい成績だと思うのをやめること、大学を真面目に捉えること、そこらじゅうに陰謀論を見出すのをやめること、気に入らないことをする教師がみんな人種差別主義者というわけではないと認めること。

すぐにわかったのだが、これらの若者たちの多くは、どうやって物を読むのか、どうやって学生でいればいいのかを知らなかった。高等教育の場、さらに言えば知識人たちのあいだで社会問題について語る際、私たちは特権と、私たちがいかに恵まれていて、それを忘れてはいけないかということについて多くを語る。私は自分が恵まれていることは以前からわかっていたけれど、このほとんどがデトロイトの都心部出身である学生たちを相手にしたことで、自分がどれだけ恵まれているかに改めて気づかされた。あなたは自分が恵まれているとわかっていないと誰かに言われると、マジで黙ってくれよと思う。私がそれを知らないとでも？　特権に関して私ははっきりわかってる。私が現体制においてそんなに悪い目に遭っていないからといって、現体制に満足していると思われるのはいやなものだ。

これらの若者たちは読みかたを知らなかったので、私は彼らのために辞書を調達した。彼らは集会で読み書き能力について話し合うのが嫌なので、キャンパスを歩いているときか研究室で私を見つけて、「読むのに助けがいるんです」と囁くのだ。この国で教育を受けた子どもが、識字能力のないまま大学まで進学することがあり得るなんて、以前は思ってもみなかった。子どもたちが受ける教育に耐えがたいほどの格差があることに気づいていなかったというのは、確かに面目ない話だ。私としたことが。大学院では、テーブルを囲んで理論について語っているとき以上に、教室の外でたくさんのことを学んだ。私は自分がいかに無知だったかを学んだ。私はいまもなおこれを正そうとしている。

学生たちと私は一対一のときのほうがずっとうまくいった。彼らはだいぶオープンになった。私は自分が何をしているのかわからなかった。読みかたを教えるなんてどうすればいい？　私はいつもグーグル博士に相談する。私は基本的な文法についての本を買った。ときには、学生の宿題をだいいっしょに一語一語読み、学生が単語を知らなかったときは、私がそれを書き留め、辞書を引き、定義を書いた。母は私にそうやって教えてくれたから。私が学校から帰ってくると家にはいつも母がいて、彼女は私が高校に進学して家を離れるまで、毎日毎日、何年も何年も、私の隣に座って宿題をするのを手伝い、励まし、背中を押してくれた。最高を目指して。私の人生には母の目が届かない部分がいろいろあったけれど、教育および自分は有能で礼儀をわきまえた人間なのだと自信を与えることにかけては、母は非の打ちどころなく素晴らしかった。

ときどき、自分が家でこなさねばならなかった勉強量を腹立たしく思う。アメリカ人の同級生たちは誰ひとりとして、私に課せられていた学習をやる必要がなかった。どうして母が、正しくは父も母もだけれど、あんなにがむしゃらに私たちに頭を使わせようとしていたのか私にはわからなかった。私たち家族の中にはたくさんのプレッシャーがあった。それはもうたくさんの。私はストレスで疲れ果てた子どもで、そのプレッシャーの一部は自分が要因で、一部はそうではなかった。私は最優秀の地位にいて、両親にそれを誇りに思わせるのを楽しんでいた。学校でいい成績を出すことで、自分がコントロールしている感覚を持てるのを楽しんでいた。人生の他の部分は絶望的にコントロール不能だったから。私はオールAを取ることを期待されていた。Aより下の成績を家に持ち帰るという選択肢は用意されていなかったから、それに従った。これは典型的な「移民の子」物語で、ちっとも面白くない。大学院で若者たちを相手にするようになって、両親が私たちきょうだいは白人の子どもたちの半分の評価を得るために三倍勉強する必要があるということをどんな風にして示したのかを理解した。彼らはこの苦い現実を私たちに知らせなかった。彼らは私たちを護っていたのだ。

面談の終わりに、学生はたいてい「先生に会いに来たって誰にも言わないで」と言う。たいていの場合、彼らは手伝ってもらったことを恥じているのではない。彼らは自分が学びに力を注いでいること、気にかけていることを見られるのを恥ずかしがっているのだ。ときどき、彼らが自分の人生について話しはじめることもある。多くの学生たちには、私の母がそうしたように、子どもたちが世界に向かう準備を整えようとすることができる親がいなかった。彼らの多くは長子で、家族で初めての大学進学者だった。ある男の子は九人きょうだいの長男だった。ある女の子は七人きょうだいの長女。別の女の子は六人きょうだいの。不在の父親、収監中の母親、父親、いとこ、叔母、兄弟姉妹もいっぱい。アルコール中毒と薬物依存と虐待も。自分の子どもたちが大学に行っていることを嫌がり、邪魔しようとする親たちもいた。家族の暮らしを支えるために学生ローンの小切手を実家に送り、養うべき家族がいるからと自分は十分な食費すらなく、教科書なしで学期を過ごす学生もいた。立派な親と協力的な家族を持ち、貧困と縁がなく、大学に進学してついていくだけの準備ができていている学生も確かにいた。しかし、そういう学生たちは例外だった。私は、チママンダ・アディーチェがTEDトークで語っていたように、しばしばシングル・ストーリーの危険性（多様で複雑な現実が顧みられず、ステレオタイプ的でありがちな単一の物語にまとめられてしまうことへの危惧をアディーチェは語った）について考えているけれど、でも、ときどき、ここには実際シングル・ストーリーがあって、心が引き裂かれてしまう。

学校での最後の年が終わる頃には、他に私生活でのあれこれもあって、私は完全に燃え尽きてしまった。私にはもう何も残っていなかった。たいてい学生たちは関心を示さなかったし、私もそうだった。それで満足しているわけじゃないけど、私には本当にやるべきことがたくさんあったのだ。そう自分に言い聞かせている。学生たちは黒人学生協会の集会に出席しなかった。イベントに参加する際もはやく帰りたそうで、宣伝もせず、途中で放棄し、彼らにやる気を出させるために睨みつけ声をあげ背中を押し励ますエネルギーが私にはもうなかった。四年の時を経て彼らが何も学ばなかったとしたら、私は失敗したのだし、それを改めるために私ができることは無に等しかった。もちろん彼らはただ大学生でいただけなのだが、がっかりしてしまう。最後の学期が終わったとき、私はほっとした。私は学生たちを恋しく思うだろう。なぜなら、はっきり言っておくと、彼らは、素晴らしかったから——利口で、面白く、魅力的で、ある意味いかれていて、でもいい子たちだった。それでも私には休みが必要だったのだ。すごくすごく長い休みが。

私を大学院の役職に採用した女性はおよそ二〇年にわたって黒人学生たちを相手にしてきた。彼女は退職したとき完全に燃え尽きてしまって、彼ら自身の変わろうとしない姿勢、彼らがいかに不当な扱いを受けてきたか、他にもっといいやりかたがあるはずだという信念の欠如、経営陣の変化を起こそうとする努力のお粗末さなどなどに対する怒りにわななくことなしに学生たちについて語ることができなくなっていた。彼女の燃え尽きが理解できる。私はたった四年間だったけど、でも燃え尽きたもの。だけど。学年末の謝恩会で、学生たちは私を驚かせた。私は彼らから美しい文言が刻まれた飾り額を贈られた。彼らは私が誠実と気品の体現者だと言った。自分たちにはかりしれない才能と力があることに気づかせてくれたとして、私に感謝した。彼らが間違っているときにさえ彼らのために立ち上がった私は家族だと言った。私たちの関係をうまく言い表している——無条件だが複雑。彼らは他にもおせじみたいなことをたくさん言った。そんなこと言う必要なんてまったくなかったのに。私は彼らに何かが伝わったような気分で大学院を去った。彼らは確実に私に何かを伝え、自分が何かの一員であるような気分にさせてくれた。彼らに自分が何かの一員であるような気分にさせるのは、私の仕事だったのに。

現在、私は教職員のひとりとして、元気を出そうとしてきたけれど、まだ黒人学生協会に取り組もうとはしていない。自分がぐずぐずしていることに罪悪感を感じている。責任を感じる。自分が弱くてバカみたいに感じる。

私が教えるようになってはじめての年の受講生で、自分が黒人だからという理由で私にいじめられていると思っている学生がいた。私は、黒人の教職員にはそういうことがしばしば起こると聞いていた。私は決して彼をいじめてはいなかった。この場合、私にはそんな時間はなかった。それに私は自分の学生全員に、ひとりの例外もなしに最高の成果を見せることを期待していた。彼は以前、完璧なＧＰＡ（学業平均値）を取っていて、自分が私の講義でＡが取れないことが信じられなかったのだ。彼が私の授業に出る前に優秀な学生だったからといって、取り立てて贔屓《ひいき》するには値しないと私が考えたことが、信じられないのだった。私は彼の傲慢さが信じられなかった。彼は、自分が「他と違う」、優秀な学生であることに私が感銘を受けるべきだと思っているんじゃないかと感じた。まるで私の授業で彼がどうだったのかより過去の実績を基準に成績をつけるべきだとでもいうように。彼はあるとき私に、「僕はキャンパスにいる他のＮワード（黒人の蔑称ニガーを婉曲的に言う）とは違う」と言った。私は、もっと態度と言葉に気をつけなさいと言った。すごく緊張の張り詰めた会話が何度か交わされた。そのうちの一度は、あまりにもピリピリしていたので、私の上司が、私の知らないうちに、廊下のちょうど私たちから見えないところに立ってずっと見守っていた。彼はこの学生が暴れ出すのではないかと心配していたのだ。私もこの学生が暴れ出すだろうと思っていた。この子の問題の手がかりを摑むのに一学期まるごとかかった。そのうち、彼は授業に来てどうすればいいのかわからなかったり、どうすればいいのかに関心すら持たない学生たちと同類だと思われたくないのだということがわかってきた。彼にとっては、どんなことをしても完璧な成績を維持することが自分は違うのだと証明する手段だった。この学生は卒業し、いまどこにいるのかはわからないが、自分がきちんとしているように見せることに彼が人生を費やしていなければいいと願っている。

私は努力家だ。いろいろなことに力を尽くす。何かをすると言ったら、それをやり遂げようとする。いい仕事をしようとしている。精一杯がんばり、そして無理をしすぎる。職場で働き、家でも働く。教務評価を吟味し、自分の欠点を理解しようとする。そうすれば次のときは、ちゃんとできるかもしれないから。私は同僚と同席し、「私を好いて。私を好いて。私を好いて。私を尊敬して。少なくとも嫌わないで」と思う。人はしばしば私を、私のモチベーションを誤解する。プレッシャーは途切れることなく窒息しそう。私はワーカホリックだと自分で言うし、たぶんそうなのだけど、もしかしたらそうであろうとしているだけかもしれない。あの私の生徒のように、いかに自分が違うか示そうとして。

時をさかのぼって、大学院生だった頃、私はあるクラスメイトが話しているのを通りすがりに立ち聞きしてしまった。彼女は私がそこにいることを知らなかった。彼女は他のクラスメイト何人かと私の噂話をしていて、私がアファーマティブ・アクション（有色人種や女性など歴史的・構造的に不利な立場に置かれてきた集団を積極的に登用する特別優遇措置）学生だと言った。私は自分の研究室へ向かい、周りに誰もいなくなるまでなんとか持ちこたえた。

私は廊下で泣き出す女の子にはならない。中へ入るやいなや私は泣きはじめた。だってそれは私が最も怖れていたことだったから。私が十分に優秀ではなくて、みんながそれを知っている。冷静に考えれば、そんな考えはバカげてると自分でわかっているのだけれど、彼女と、おそらく他の人たちが私をどう見ているのかを聞いてひどく傷ついた。私が耳にしたことについて率直に話し合える人は誰もいなかった。私はこの課程で唯一の有色人種だったから。理解できそうな人は他に誰もいなかったのだ。もちろん、私には友達がいた。同情を示してくれるに違いない良い友達。でも、彼らにはわからないだろうし、私には彼らがあの子と同じように感じてはいないと信じることができなかったのだ。

自分が怠け者だってことについて冗談を言うのはやめた。参加するプロジェクトの数を三倍に増やした。たいていの場合、私は優秀だった。ときには力不足のこともあった。間違いなくいい成績を取るよう努めた。総合試験もしっかり。カンファレンスを企画立案し、承認された。論文を発表した。博士論文のために野心的すぎる研究計画を出して、おかげで死にたくなった。何をしていてもあの女の子の声がした。同じ課程の学友たちに私がここにいるに値しない唯一の人間だと告げて、私が手にしていたものを粉々にしてみせたあの子。言っておくと、この学友たちは、私を擁護しなかった。彼らは違うと言わなかったのだ。それも傷ついた。彼女の言葉で私は夜も眠れなかった。いまでも聞こえる、はっきりとした彼女の声、自分の出した有罪判決への自信。職場で、私は常に心配している。「彼らは私がアファーマティブ・アクション雇用者だと思ってるんじゃない？」

私は心配している。「私はここにいる価値があるの？」私は心配する。「私は十分にやってる？」私は博士号を持っていて、よく働き稼いでいて、自分はまだまだなのではと心配している。こんなの気がおかしいし不条理だしうんざりだ。率直に言って、気が滅入る。

これらのすべてがおかしいとわかっているけれど、それでも私にとっては、すべてつながっているのだ。

私はいまもなお自分がなじめる場を目指して書き続けていて、でも同時に予想外の場所に仲間を見つけている――カリフォルニア、シカゴ、ミシガン北部、その他いろいろな場所。その一部はどんな地図にも載っていないところ。書くことはたくさんの違いのあいだに橋を架ける。優しさもたくさんの違いのあいだに橋を架ける。だから『ワン・トゥリー・ヒル』または『ロスト』、美しい本にひどい映画への愛もそうだ。なにかしらの個人情報を入力すれば自分がどこに所属しているのかアルゴリズムが示すってぐらいシンプルなコミュニティをみつけたい気分になることも時にはある。そして、いろいろな意味で、これこそインターネットとソーシャルネットワークが私にもたらしたものだと気づくのだ――つまり、コミュニティを提供すること。

もしかしたら、私はアルゴリズムなんて全然いらないのかもしれないけれど。

アルゴリズムは限られたステップで問題を解決するための手続き。アルゴリズムは人間の頭が解決するには複雑すぎる問題を理解するすっきりしたやりかたにつながる。

私が求めているのは違う。ジョン・ルイス・フォン・ノイマン（一九〇三―一九五七。ハンガリー出身の数学・物理学・経済学者。現在使用されているコンピューターの基本構造を考案した）は言った。「もし人々が数学はシンプルだと思っていないとしたら、それは彼らが人生がどれだけ複雑かを理解していないからだ」。数学はシンプルかもしれないが、人種と文化の複雑さは多くの場合もう単純化できないものだ。それらはひとつのエッセイまたは本、テレビ番組や映画で完全に語ることはできないのだ。

私はひとりの書き手、教師、黒人女性、バッド・フェミニストとして、これらの交差するところについて書き続けるつもりだ。自分の求めるものは不可能なのだと思ってしまうことがないように。こうした問題が理解するには複雑すぎると決して思いたくないのだ。

奇妙な特権

　若い頃、両親は夏のあいだ家族をハイチに連れていった。彼らにとってそれは里帰りだった。私たち兄弟姉妹にとっては冒険であり、ときとして避けられない雑務であり、常にアメリカのパスポートの特権と恩恵を学ぶ必然的教育機会だった。ハイチを訪れるまで、貧困とは実のところどんなものなのか、相対的貧困と絶対的貧困の違いは何なのか、まったくわかっていなかった。まごうかたなくそこに広がる貧困を目にした経験は、私の心の深くに刻まれている。

　いまでもはじめてハイチを訪れたときのことを覚えている。交差点ごとに男と女たちが、汗を光らせて私たちの車に群がり、数グールドあるいはアメリカドルを求めて痩せた腕を伸ばしていた光景を。私はあちこちのスラム街、家族を収容する掘っ立て小屋の群れ、道路に積み上げられたゴミ、そして同時に素敵なビーチと、私たちにガラス瓶に入ったコカ・コーラを運んできて、ヤシの葉で帽子やボートを作ってくれる制服姿の青年を見た。こんな避けがたい貧困のすぐそばにほとんど胸が悪くなるほどの贅沢が存在する格差を理解しはじめるのは、子どもにとってはきついことだった。そしてたった一三〇〇キロ離れた合衆国では、風景にはきらめく都市が立ち上がり、よく維持管理された州間高速道路が国中を覆って、水道と電気が通っているのだ。特権についての教育は私がそれをちゃんとわかるようになるずっと前から始まっていたのだと気づいたのは、何年も何年も後になってからのことだった。

特権とは奇妙な恩恵、優位、厚意として授けられている権利あるいは免疫である。人種的特権、ジェンダー（またはアイデンティティ）特権、異性愛特権、経済的特権、健康体特権、教育的特権、宗教特権、などなど挙げればきりがない。ある時点で、あなたは自分が手にしているこうした特権の類に身を任せるしかない。ほとんど全員が、特に先進国の人々は、他の誰かが持っていないもの、他の誰かが切望しているものを持っているのだ。

問題は、文化批評の人々が特権についてあまりにも頻繁に薄っぺらく語り、この言葉の意味が軽くなってしまったことだ。人々が「特権」という言葉を使っても、聞く耳を持たれない傾向がある。なぜなら私たちはこの言葉をものすごくしょっちゅう耳にしているゆえに、それはホワイトノイズになってしまったからだ。

私がこれまでしなければならなかったことのうち、最もたいへんだったことのひとつが、自分の特権を受け入れ認めることだった。これは現在もなお取り組み中の課題だ。私は女で、有色人種で、移民の子。だけれど同時に中流家庭に育ち、それから中流の上になった。両親は私と兄弟を厳格だが愛情のある環境で育ててあげた。彼らはかつても現在もしあわせな夫婦だったので、私は離婚や父母間の歪んだ力関係の問題には対処しないで済んだ。私はいい学校に通った。私の修士号と博士号には資金援助があった。はじめて休職した際にも終身教授職の地位があった。私の請求書は支払われている。私にはくだらないことをする時間とリソースがある。そこそこいい感じに出版できている。エージェントがいて自分の名前で本を出している。私の人生は完璧にはほど遠いが、それでも自分はかなりの特権を手にしていて、それを受け入れるのは、なんだか気まずいことなのだった。

同時に私にとっては、自分に特権がないこと、またはいかにして私の特権がこの世界から私を魔法のように救ってはこなかったかについて考えるのも、本当に難しいことなのだ。人生がもっとつらかった時期、私の何が問題になっているのかわからなかった——黒人だからか女性だからか。私は黒人でいることにも女でいることにも満足しているというのに、世界は干渉し続ける。あらゆる種類の物事や激怒した人々が、世界における私の立ち位置を思い出させようとする。職場の駐車場ではまるで私が教職員であるはずがないといった感じでいろいろな人に声をかけられるし、議員たちはしつこく女性の身体を規制しようとしているし、路上でのいやがらせがあるし、見ず知らずの人が私の髪に触ろうとする。

私たちは、特権を告発することは特権が簡単に手に入ることをほのめかすものだと信じがちで、それに対して憤慨する。なぜなら誰にとってもたいてい人生はたいへんなものだから。もちろん私たちはこうした告発に憤慨する。特権を手にしていると責められたときの白人男性を見てみて。彼らは即座に自己防御的になりがちだ（そして、ときには、それも理解できる）。彼らはただ受け入れる代わりに言う。「自分が白人男性なのは自分のせいじゃない」または「自分は（彼らの特権から差し引かれる他の条件を挿入）だ」。この場合、そう、彼らは特定の特権から恩恵を受けているのだ。あなたがひとつもしくはそれ以上の領域で特権を持っているということは、あなたが全面的に特権を持っているということを意味しない。特権を受け入れ身を委ねるのは難しいことだが、しかし本当にそうするべきなのだ。私がしばしば自分に言い聞かせているのは、こうだ。自分の特権に言及するのは、自分がこれまでどうだったか、いかに周縁化されてきたか、苦しんできたかの否定にはならない。

自分の特権を認めたからといって、何かをする「義務」があるというわけではない。そのために謝罪する必要はない。自分の特権がどの程度のものなのか、その特権が何をもたらしているのかを理解し、自分とは違う人々がこの世界を生き、自分が知らない世界を経験していることを意識することが必要だ。彼らは他人には決して窺い知ることのできない状況に耐えているのかもしれない。けれども、あなたは自分の特権を大義のために使うことができる――誰もに公平な場を整えたり、社会正義のために働いたり、特定の特権を持たない人々の権利がいかに奪われているかに関心を向けたりしようと努力することはできるのだ。特権が使われずに貯め込まれるとどうなるか、その恥ずべき結果を私たちは目にしてきたはずだ。

特権について話すとき、すごく的外れで危険なゲームを始める人たちがいる。彼らはさまざまな人口に関する特質を組み合わせて、誰が「特権のゲーム」で勝利するかを決めようとするのだ。特権の闘いにおいて、お金持ちの黒人女性とお金持ちの白人男性のどちらが勝つ？　クィアの白人男性とクィアの白人女性のどちらが勝つ？　労働者階級の白人男性とお金持ちで身体に障害のあるメキシコ人女性のどちらが勝つ？　私たちはこのゲームを日がな一日プレイできるし、決して勝者はみつからないだろう。特権のゲームをするのは精神的自慰行為である――いい気分になるのはそのゲームをしている人たちだけなのだ。

あまりにもたくさんの人たちが自ら進んで特権警察になっている。彼らは言論空間をパトロールし、特権を持つ人々が自分が恵まれていることを自ら否定していようといまいと、それを思い出させてやろうと待ち構えている。とりわけネットの言論では、いつも特権の亡霊たちが暗闇に姿を現す。ある書き手が経験をもとに何かを書いたとき、他の誰かが、準備万端震える指で、その書き手はさまざまな種類の特権を持っていると責めることがよく起こる。個人的経験について論じる人が、あらゆるかたちの特権あるいはその欠如について触れずに済むなんてことがはたしてあるだろうか？　経験をもとに書いたり発言したり、差異について論じたりすることを許されるのが特権をまったく持っていない人だけだったら、私たちは沈黙の世界に生きることになってしまうだろう。

人は特権を批判するとき、たいていの場合、目を留められ耳を傾けられたいのだ。彼らの欲求は（必死とは言わないにしても）鋭く、その欲求は目に見えない周縁化された集団を沈黙させ引き裂こうとする多くの歴史的企てから発生したものだ。はたして私たちは目を留められ耳を傾けられたいという欲求を、他の誰かが目を留められ耳を傾けられるのを阻むことによって満たさなければならないのだろうか？　特権は自動的にある特権を保持する者が言うべきことの価値を無いものとするのだろうか？　私たちは、たとえば、白人男性が言わなければならないことのすべてを無視しているのだろうか？

特権について、告発というより観察と認知の問題として議論できるようになる必要がある。「特権の脅迫」を超えて話し合えるようにならなければならない。特権または抑圧のオリンピックを競うのをやめなければならない。なぜなら私たちは、差異を超えて語るもっと効果的な方法を見つけない限り、もうどこへも行けないからだ。私たちは「これが私の真実」と言えるようにならなければならず、その真実は、まるで複数の真実が共存するのが不可能であるかのような印象をもたらすやかましい反対の声があがることなく、きちんと示されるべきだ。だって、特権の問題じゃない場合だってあるじゃない？

特権は相対的で文脈次第のものだ。先進国、とりわけ合衆国の人で、特権をまったく手にしていないという人はほとんどいないだろう。知識人コミュニティの人々のあいだでは、特権がはびこっている。私たちには可処分時間があり日常的にインターネットに接続することができる。報復に怯えることなく自分たちの意見を表明することができる自由がある。スマートフォンやi製品やデスクトップ機やラップトップ機を持っている。もしあなたがこのエッセイを読んでいるなら、あなたは一種の特権を持っているってこと。耳が痛いのはわかるが、もし自分の特権を認めることができないのなら、これからやるべきことがたくさんある。始めるのだ。

典型的な教授一年生

私は非常に長いあいだ学校に通い、いくつかの学位を取って、ついにトウモロコシ畑の真ん中にあるとても小さな町に引っ越す。ある人を置き去りにして。すごく頑張ったのだからキャリアより男を選ぶなんてことはできないと自分に言い聞かせる。私はキャリアより男を選びたい。私は部屋を借りる。大人になってから住んだ中でいちばんいいところ。ゲスト用のトイレがある。私は人の人生を救いはしないけど、台無しにはしないようにしてる。

これぞ夢、と誰もが言う——いい仕事、終身教授職候補《テニュアトラック》。私には研究室があって、そこは他の人たちとシェアしなくていい。私の名前はドアの外のパネルに刻まれている。私の名前は正確に綴られている。私用のプリンタがある。これがどれだけ贅沢か誇張してもしすぎることはない。私は気まぐれに書類を印刷する。プリンタがほかほかの書類を吐き出し、私は満足のため息をつく。私には内線電話があり、誰かが私を探しているときに電話が鳴る。棚がたくさんあるけれど、私は自分の本は家に置いておくのが好き。これまでに観たあらゆる大学教授関係の映画では、本がたくさんあった。私はすばやく三つの箱を開ける。大学院で積もった残骸——みじめな引き出しの中のゴミ、二度と開くことはなさそうな本たち——でもいまや私は教授なのだ。研究室に本を並べなきゃ。これは暗黙のルール。

私はドアにホワイトボードを掲げた。古くからのしきたりはなかなか無くならない。数週間に一度、私は新しい質問を投げかける。「あなたの好きな映画は?」(『プリティ・ウーマン』)「あなたの好きなミュージカルは?」(『ウエスト・サイド・ストーリー』)「クリスマスには何がほしい?」(心の平穏)現在:「あなたの好きなカクテルは?」最良の回答:「フリー《タダ》」

学部の事務職員が私に重要事項を説明する——郵便物、備品、コピー用暗証番号。私は暗証番号を毎週忘れる。彼女は親切で、忍耐強く、優しいけれど、彼女に逆らうと面倒なことになるだろう。決して彼女には逆らわないぞと胸に誓う。

心を麻痺させるオリエンテーションが学生の弾くアコースティック・ギターで幕を開ける。恐ろしい「みんなで歌おう」的空気が部屋を満たす。この学生は歌手ではない。観衆の多くはあきらかに身をすくめている。私はいちばんうしろの列に隠れている。その後二日間、私は今後決して使うことがないであろう知識を集めた——手順を最初からもう一度。

私は三つの講座を教えることになり、そのうち二つはこれまでちゃんと教えたことがない内容だ。何かができると言えば人はそれを信じるということがわかる。

最初の授業の一〇分前、トイレに駆け込んで吐く。私は人前で話すのが怖くて、そのせいで人に教えることは厄介だ。

教室に足を踏み入れると、学生たちは私を見つめる。まるで私が責任者みたい。彼らは私が何か言うのを待つ。私は見つめ返し、彼らが何かするのを待つ。それは沈黙の権力闘争。最終的に、私は彼らに何かをしろと言い、彼らはそれをする。私は、事実、私が責任者なのだと気づく。レゴで遊ぼうかな。私は数分のあいだ、おもちゃを持ってきたという理由ですばらしい人になる。

三クラスを教えるということはつまり、学生の名前を覚えるのに真剣な取り組みを要するということだ。学生たちはごちゃまぜになりがちだ。アシュレー・Aとアシュレー・Mを覚えるのに三週間近くかかったし、他にもマットとマット、マークとマーク、などなど。私はよく学生たちを指す。学生たちにカラーコードを振る。「そこの緑のシャツのあなた」「オレンジの帽子のあなた」

初任給を受け取る。給与の支払いは月に一度、私にはムリな類のやりくりが必要とされる。二三歳かそこらを過ぎたあとの人生は楽しくない。私は長いこと院生だったので、一枚の小切手で四桁の数字を換金できるということを理解するのは難しい。それから支配者《ザ・マン》がどれだけ懐に入れているかがわかる。呪われろ。

学生たちは私をどう解釈したらいいのか見当がつかない。私はジーンズとコンバースを履いている。腕の上のほうと下のほうにタトゥーを入れている。背が高い。小型サイズじゃない。私は移民の子。私が受け持った学生の多くはそれまでに黒人の教師に教わったことがなかった。それは私にはどうしようもない。私は学部で唯一の黒人教授。これはもしかしたら私が働いているうちは変わらないのかもしれない、私がどこで教えることになろうとも。もう慣れている。そうでなかったら良かったのにと思う。どうやら有色人種の人々が同期間に占めることができるアカデミックな空間の数については一種の暗黙のルールがあるようだ。私は唯一の存在でいるのにうんざりだ。

私が学生だった頃、退屈な教授がだらだら話し続けるのを聞いて、たいてい「自分は絶対ああいう教師にはならない」と思っていた。ある日、私は講義をしていて気づく。この瞬間、私が「あの」教師なのだと。学生たちを見つめると、彼らのほとんどはノートを取っておらず、こちらに退屈そうな死んだ目を向けて、「ここじゃないどこかにいたかった」と伝えていた。私は「ここじゃないどこかにいたかった」と思う。私は私たち全員をこの惨めな状況から引っ張りだそうとして、どんどん早口になる。支離滅裂になる。彼らの死んだまなざしはその日ずっと、そしてその後まで私に付きまとう。

大学院でいちばん仲の良かった友達と連絡を取り合う。私たちはふたりとも新しい仕事を心から楽しんでいたけれども、学習曲線は険しい。安全な側はない。私たちは溺死のメタファーで取り繕う。長い会話の途中、私たちはきちんとした現代的な女性になるという選択そのものに疑問を呈する。格付けがあまりにもたくさんある。研究報告の山を睨みつけるとき、家庭に入って家事だけしているのもいいような気がしてくる。

講堂を歩いているとき、若い女性が何度も何度も「ドクター・ゲイ」と言う声が聞こえ、「そのドクター・ゲイってのはこの可哀想な学生を無視して失礼だな」と思う。私は何か言おうと振り返って、彼女は私に話しかけていたのだと気づく。

私の学生の一部はジッパーやボタンなどの締めたり留めたりする機能がついている服をまったく持っていないんじゃないかと心配になる。私はお尻の上で伸びて消えている言葉、ブラのストラップ、パジャマ用ズボンをたくさん目にし、それは多くの場合サイズが合ってない。冬、外には雪と氷のある土地で、男の子たちはバスケットボール用短パンとビーチサンダルで授業にやって来る。私は彼らの足、可哀想な小さなつま先を心配する。

過保護な親たち《ヘリコプター・ペアレンツ》は自分らの子どもについての情報を求めてメールをよこしてくる。「うちの息子はどう？　娘は授業に出てる？」私は彼らに子どもと直通のコミュニケーションの経路を作るよう勧める。子どもたち自身の書面による同意がない限りその手の連絡は法で禁じられているのだと丁寧に彼らに告げる。子どもたちは滅多に同意しない。

新しい街には新しいものは何もなく、知り合いは誰もいない。街は平坦で、潰れかけのショッピングセンターのある商業地域が点在している。そしてそれからトウモロコシ畑がすごくたくさん、どこにでも、あらゆる方向に何マイルも広がっている。ほとんどの同僚は五〇マイル先に住んでいる。ほとんどの同僚には家族がいる。私は北へ、シカゴへ行く。東へ、インディアナポリスへ行く。南へ、セントルイスへ行く。競技スクラブル（ボードゲームの一種）をはじめ、初参加したトーナメントで勝つ。最終ラウンドで、ある対戦相手は私にこてんぱんにやられると、かんかんに怒って私との握手を拒否し、大げさに憤慨を示して出て行った。あの勝利の甘い味はあとを引く。次に会うとき、別のトーナメントで、彼は指さして言うだろう。「君は三回のうち二回勝った。三回。のうち。

二回」。私は三回中二回、彼に勝ってる。

私の両親は尋ねる。「うちの娘はどうしてる?」。私は彼らにヴァージョン違いのいくつかの真実を提供する。

ときどき、授業中に、私は学生が机の下の携帯電話を見つめているのを捕捉する。彼らはまるで自分が目に見えないゾーンにいると思ってるみたい。いらつくのと同時に笑ってしまう。ときどき、「見えてるよ」と言わずにはいられない。それか、彼らの電子機器を没収する。

ときどき、学生がグループワークをしている際、私はまるで自分が目に見えないゾーンにいるかのように自分の携帯電話をこっそり見る。私自身もこの問題の一部なのだ。

私は授業を楽しく、魅力的で、「実験的」なものにしようと努めている。社会問題についての模擬討論を取り入れる。ニューメディア・ライティングの授業でマイクロコンテンツの作成について学ぶのにツイッターを利用する。プロフェッショナル・ライティングの授業でプロフェッショナル・レポートについて学ぶために『ジェパディ!』（六〇年代にはじまり現在も放映されているテレビの人気クイズ番組）をやる。大学と幼稚園はあなたが思っているほど違わない。毎日、「どうやったらこの学生たちを五〇分のあいだ有意義に参加させ、学ばせ、楽しませ続けることができるんだろう? 死んだ目で私を見つめさせないためにはどうしたらいいんだろう? 学びたいと思わせるにはどうしたらいいんだろう?」と思い巡らす。ときどき、これらの問いに対する回答は「私にはムリ」だと思う。

おばあさんたちには不幸が起こる。一週間あたりに学生の高齢の親戚たちが世を去る確率は異様に高い。なんにせよまだ生き延びているおばあさんたちに気をつけてと言いたくなる。彼女たちに生きていてほしい。欠席と宿題に関して学生が考える言い訳は、すごくバカバカしくありそうもないゆえに私を楽しませる。彼らは私が知りたがると思っている。私が説明を求めると思っている。彼らが嘘をついていることに私が気づかないと思っている。ときどき私は単刀直入に言う。「嘘をついてるのはわかってます。何も言わないに越したことないですよ」

　私は自分が年寄りくさくならないよう努めている。「私があなたの年の頃には……」と考えないように努めているけれど、それでも私はしばしば自分が彼らの年だった頃を思い出す。私は学校を楽しんだ。学ぶことが好きで一生懸命勉強した。いっしょに学校に通った人たちのほとんども同じようにやっていた。私たちはどんちゃん騒ぎをしたが、それでも講義に出席してすべきことをした。私の学生たちの驚くほど多くが、特に大学にいたいと思ってなさそうだった。彼らは他に選択肢がない、これよりましなことはないと感じているから進学しているにすぎない。親たちが彼らを大学に行かせるから。彼らは、私たちの多くと同じように、大学を出ていなければいけないというこの国に広まっている物言いに身を任せているから。彼らは必ずしも間違っているわけではない。それでも気づけば私はあまりにもしょっちゅう、もっと教育を押しつけられることに憤ることなく学校に来たくて来ている学生たちを教えることができればいいのに、と思っている。教室以外のどこかにいたほうがいい学生たちに有益な選択肢が他にあればいいのにと思う。すべてにおいて、完璧な世界のために、私は願う。

相当数の学生たちが私のウェブサイトを発見する。これはデジタル時代の教職なのだ。彼らは私の書いたものをみつけるが、その多くは、言ってみれば、本質的にきわどいものだ。噂はすぐに広まる。彼らはそれらについて私と話したがる。授業のあとの講堂で、研究室で、キャンパスのあちこちで。それは気まずくもあり同時に光栄でもあるけれど、たいていの場合は気まずい。また彼らは私の私生活について知りすぎている。彼らは私が夜を共に過ごしたある男性、私がワインを何本か空けるのを手伝ったあと、私に朝食を作った人について知っている。ブログの書きかたを変えなくちゃ。

私は学生たちとうまくやっている。彼らは私の期待に沿わないときでさえ、基本的に聡明で魅力的だ。彼らのおかげで私は自分の仕事が好きになる、教室の中でも外でも。学生たちは自分の個人的な問題について話し合うために私の研究室を訪れる。私は境界線を保つよう努めている。長いことつきあっていたボーイフレンドとの破局、嫌なデートの相手、別の学部の好色な教授、押し倒されているときにドアを開けたままにしているルームメイトの女子、金曜のバーでの出来事、大学院に進むか労働市場に出て行くかの難しい決断。それぞれの状況が重大な局面だ。私は耳を傾け、適切なアドバイスを与えようとする。これは私の友達と私がお互いに与えるアドバイスとは違う。ほとんどが若い女性であるこれらの学生たちに私が本当に言いたいのは、「ちょっとあんた《ガール》！」だ。

私は自分が三〇代であることにかなり満足している。一〇代後半から二〇代前半の人々に囲まれていることによってその思いはますます強くなる。

大学院で私たちは学部の会議についてのぞっとするような話を聞いてきた。そこでは激しい言葉が交わされ、様々な派閥の構成員たちがあやうく殴り合いになりそうになるという。私はそういういざこざを楽しみにしてたのに、私の学部の会議は毎週ではなく一学期にたった一、二回だけということがわかった。その代わり、委員会ごとに会議がある。各委員会の議長が学部長に報告する。委員会の会議は私の仕事の中でお気に入りとは言えない部分だ。そこには私が全然知らないし理解もしがたい政治と計略と何十年もの歴史がある。誰もが善かれと思ってやっているのだが、そこにはお役所仕事がたくさんだ。私は常識的にやりたい。

最初の学期が終わり、私は評価を受け取った。ほとんどの学生は私がまずまずの仕事をしたと考えており、私がすばらしい仕事をしたとする者も何人かいたが、そうは思わない者もいた。私は課題を出しすぎる、と彼らは言う。それが間違っているとは私は思わない。ある学生は書いた。「典型的な教授一年生」。意味がわからない。

冬休みのあいだじゅう、大学院時代の友達と、人生の選択と辺鄙《へんぴ》な場所で職に就くことと学者がしばしば払わねばならない（相対的な）犠牲について長い嘆きの会話をする。常に「自分たちがいかにラッキーか」を言われ続けるのはくたびれる。幸運と孤独、それはどうやら、両立しやすいもののように思えてくる。

私はある男性と飲みに行く、その男性は……飲み友達。これをデートと呼ぶのは拡大解釈になる。私たちは都合のいい仲。私はT＆T（タンカレー＆トニック、ジントニック）をちびちび飲み、自分への評価を嘆く。

私はいい教師になりたいし、ほとんどの日はいい教師だと思う。私は気にしてる。学生たちに私を好いてほしい。私は人間。私は欲しいもの欲しいことだらけ。彼はそんなの気に病むことないと言うので、あやうく信じそうになった。彼は私に次から次へとドリンクを注文する。学生にばったり会いませんようにと思う。いまの私の状態では教師らしい態度を貫くことはできないからだ。これはいつも私たちが外出するときの祈りだ。そのせいで、私たちは八〇キロ先の都市に行き着いていることがよくあった。その夜の終わり、ふたりのとても背が低い男たちが喧嘩をはじめる。服は引き裂かれる。私たちは駐車場に立ち尽くして眺める。男たちの怒り、白熱、それは私を魅了する。その後、タクシーで家に帰ってから、私は自分が置き去りにしてきた男、私のあとを追わなかった男に酔っ払って電話をかける。「うちの学生たちは私を嫌ってる」と私は言う。そんなことはないと彼は言う。そんなことあるわけない、と彼は私を励ます。「なんでも最悪。なんでも最高」と私は言う。「わかるよ」と彼は言う。

新学期がはじまり、新しく三クラスを受け持つ。冬が続き、そこらじゅうに氷と不毛の平野が広がる。新しい学生たちの集団が三つ、それぞれ違う顔だけど名前は似通っている。「そこのカーキ色の帽子のあなた。紫の髪のあなた」

目指すゴールは、言われた通り、終身在職権。そのためすべての教職員は、一年目の教授でさえも、年次ポートフォリオを作成しなければならない。私は一学期分の仕事の記録をまとめる。自分の職能の価値を示そうとする。同僚たちが私のさまざまな業績を裏付ける書類を書く。私はどれそれの委員会に出席し、どれそれのイベントに参加しており、したがってこの学部に多くを寄与している価値ある一員だと証言する。私は履歴書をアップデートする。出版物を切り抜く。ネオングリーンの三輪バインダーを買う。これが私の機械に対する激昂《レイジ・アゲインスト・ザ・マシーン》（九〇年代に人気を集めたアメリカのロックバンドにかけている。マシーンは機械とも、社会機構とも解釈可能）のやりかた。私は午後いっぱいを整理とラベル作りと自分自身について書くことに費やす。虚勢と謙遜を同じ分量で。いいバランスだ。あとになって友達に言う。「大人のための手工芸《アート・アンド・クラフト》みたいなものね。私はこのために大学院に行ったの」

トイレを探して迷わないようになる。校舎の建物は奇妙で、たくさんの廊下があり、その一部は隠され、論理性にくってかかる難解な仕組みで番号が振られている。ドアを開けっ放しにしておくと、通りかかった学生が「なんとか博士の研究室はどこですか？」と聞いてくる。「わかりません」と答える。

夏は、俗に言われている通り、休息とリラックス、そして追いつくための時間。私は二クラスを教える。小説を一本書く。引っ越す前の場所に戻り、あとにしてきた男性と何週間か過ごす。彼は言う、「行くな」。私は言う、「追いかけて」。私たちは行き詰まったまま。私はトウモロコシ畑へ帰る。夏はあとわずかしか残っていない。まったく足りない。

新学期がはじまる。私には新しい責任がある。委員会の議長を務めることなど。最初の日の最初の授業の一〇分前、トイレに駆け込んで吐く。教室で、これから名前を覚えなければいけない学生たちの集団を見つめる。「赤いシャツのあなた。ピンクの短パンのあなた」。私は「期待しないこと」を拒絶する。よりよく学び、よりよくやろうと努める。自分がどうして教室の正面に立つ人間、すべての責任者たる人間になっているのかさっぱりわからない。たいていの時間、私は感謝祭ではじめて大人のテーブルの席につくことになった子どものような気分でいる。どのフォークを使えばいいのかわからない。私の足は床から浮いているのだ。

Gender & Sexuality

ジェンダーとセクシュアリティ

女友達の作りかた

1．女の友情は意地悪で有毒で競争がつきものだという文化的神話は無視すること。この神話は言ってみればハイヒールと小さなハンドバッグのようなもの――きれいだけれど女性の動きを「鈍く」させるようにデザインされています。

1A．これは、女性が意地悪になったり有毒になったり張り合ったりすることがまったくないと言っているわけではなくて、そういうのは女性の友情の決定的特徴ではない、特に年齢を重ねたときには、という意味。

1B．自分が最も親しい友達であるはずの女性に対して意地悪、毒、競争心を抱いているのに気づいたら、それはなぜか、どうやって解決すればいいかを考えて、解決するのを助けてくれる人をみつけましょう。

2．女の友情を、それが常に極めて困難な、興味本位の、脆い関係であるとして神話化するために大量のインクが費やされてきました。この神話を強化するような文章を読むのはやめて。

3．もしあなたが「友達はだいたい男ばっかりなの」と言う類の女で、それを誇るように振舞っており、そのせいでまるで女でいることが悪いことであるかのように、あなた自身が女よりも男あるいは他の何かに近い存在となっている場合、1Bの項を見よ。友達のほとんどが男でも問題ないけれど、しかし女の友情の性質についての見解としてそのことを讃えるのなら、そうね、ちょっと反省して。

3A．もし女たちと友達になるのは難しいと感じるなら、それが女たちの問題ではない可能性も考えてみよう。単にあなたに問題があるのかも。

3B．かつては私もこの手の女だった。偉そうでごめんね。

4．ときには友達があなたにとっては耐え難い相手とつきあうこともあるでしょう。自分の気持ちに正直になってもいいし、嘘をついてもいい。どちらにもそうするだけの理由があります。ときにはあなた自身が友達にとっては耐え難い相手とつきあっている人物になることだってあるかもしれません。もし、あなたの男もしくは女がつまらないやつだったら、自分の胸にしまっておけばいいんです。そうすればあなたと友達はもっと面白いことについて話し合うことができるから。私がよく使う説明は「私は怠け者だからクズとデートしてるの」。これ、マネしてもいいよ。

5．友達には最高のしあわせを望みましょう。なぜかって、友達がしあわせでうまくいっているときは、おそらくあなたもしあわせになりやすいはずだから。

5A．もし友達が人生最高の年を過ごしていることをどうしても放っておけなくて、暗い思念が浮かんできてしまう場合、それはひとりでやりましょう。セラピストと一緒に、あるいは日記を相手に。そうすれば実際に友達と顔を合わせる際に、1の項で論じた神話を避けることができます。

5B．もしもあなたと友人（たち）が同じフィールドにいて、お互いに協力したり助け合ったりできる場合、恥じることなくそうしましょう。友達が優れているのはあなたのせいではありません。男たちは縁故主義を発明し、事実上それに頼って生きています。女だってそうしていいんです。

5C．他の女性たちを引きずり下ろすのはやめましょう。たとえ友達ではなくても、彼女たちは女性であり、それは重要なことなのです。これは他の女性を批判してはいけないという意味ではありません。でも、前向きに批判することと残酷に引きずりおろすことの違いを理解しましょう。

5D．誰もが噂話をします。なので、もし友達について噂をするなら、少なくとも楽しくて面白いものにしましょう。そして決して「私は絶対に嘘はつかない」または「噂話をしない」とは言わないように。あなたは嘘をついているのだから。

5E．友達の子どもを愛しましょう。たとえあなたが子どもを欲しくない、または好きでないとしても。とにかくそうするべき。

6．友達が耳を傾ける必要のある厳しい真実を伝えましょう。気を悪くするかもしれないけれど、たぶん彼女のためになるでしょう。かつて私の親友は私に、おまえの性生活を整理しろと言って行動計画を要求したことがあり、それはムカついたけど同時に私のためになりました。

6A．真実を告げる際に完全に無礼になってはいけません。そして、実際にやるべき仕事の遂行にどの程度の真実が必要かを見極めましょう。手練手管は役に立つもの。

6B．こうした会話はきっぱりとした「あなた《ガール》」という呼びかけを前置きにすれば、より愉快です。

7．一緒にみっともなく酔っ払うことができる女たちに囲まれていましょう。あなたが意識を失っても顔にバカなラクガキをしたりせず、浮かれすぎて吐いたときには助けてくれる、なおかつあなたがみっともなく酔っ払ったときに、みっともなく酔っ払ってる、行儀が悪くなってると言ってくれる人。

8．友達の特別な人とはいちゃついたり、セックスしたり、精神的浮気をしたりしないこと。これは言うまでもないことだけれど、やはり言っておかなくちゃ。その特別な人はクズだし、あなたも中古品のクズとは関わりたくないでしょう。クズと一緒にいたいなら、あなただけの新鮮なクズを手に入れなさい。そこらにいっぱいいるし。

9．友達にはあなたがいっしょに出かけるときに目にしたくない醜い服やアクセサリーを買わせないこと。これは単なる常識。

10．あなたが面倒なことになっていて、友達に話す必要があるなら、どうしてるか尋ねられたときに「大丈夫」とは言わないこと。彼女たちにはあなたが嘘をついていることがわかっているし、その答えは彼女たちをイラつかせ、「本当に大丈夫？」「イエス？」「本当に？」「大丈夫」の行ったり来たりでたくさんの時間が無駄にされてしまいます。女友達に真実を伝え、話してしまえば、親しさをもって不機嫌になるか次の話題に移るかすることができます。

11．もし四人で食事をしていたら、割り勘にすること。私たちはもう大人です。それぞれの手持ちを合計する必要はもうありません。もしあなたが羽振りがよいのなら、みんなにおごって、おごる人を持ち回りにしましょう。まだ一文無しだったら、すべきことをしましょう。

12．もし友達から、恋愛、人生、家族または仕事について安心させてほしがっている狂ったメールを受け取ったら、適切に、タイミングを逃さず返信すること。たとえ「あなた、聞いてるよ」と言うだけでも。友達がまったく同じしょうもない問題に関して安心させてほしいがために狂ったメールを三〇通とか送ってくるようになったら、我慢強くなって。いつの日かあなたも自分のいざこざでGメールをめちゃくちゃにすることになりかねないのだから。

13．私の母のお気に入りのことわざは「類は友を呼ぶ」です。私がいっしょに過ごしている人が気にくわないとき、彼女はこれを禍々《まがまが》しい調子で口にしました。つまり、基本的に、あなたの周りにいる人たちが、あなたがどんな人なのかを表しているのです。

ガールズ、ガールズ、ガールズ

私の二〇代を原作にしたテレビドラマは、文字通りにも比喩的にも、迷える女の子の人生を追うものとなるだろう。録音笑いの音効は無し。番組は私の「失われた年」の底深く、すなわち大学をドロップアウトして姿を消したあの年から幕を開ける。うまくやっていく能力に欠け、助けを求める術もなく、主人公——私——は完全にいかれている。彼女は見応えのある大混乱を巻き起こす。

パイロット版ではたくさんのことが起こる。大学院の初年度がはじまる一〇日ほど前、私にあたるキャラクターは飛行機に乗り、すべてを捨ててしまう。彼女はサンフランシスコへ向かう旅の途中で、それまでインターネットでやりとりしたことがあるだけのだいぶ年上の男性といっしょにアリゾナから逃亡する。これは昔なつかしのインターネットのこと、時は一九九四年——通信速度二四〇〇のモデムとかそんな感じ。彼女が殺害されなかったのはちょっとした奇跡だ。彼女は家族や友達、彼女を知っていると思っている人全員と完全に連絡を断つ。彼女にはお金も、計画も無く、あるのはスーツケースと、自尊心の完全な欠落。これは本物のドラマだ。

ファーストシーズンの残りも同じぐらいドラマチックだ。やがて彼女は、彼女にもなんとかやれる唯一の業務を行う怪しげな仕事をみつけ、深夜から朝八時まで何の変哲もないオフィスビルで働く。小さな窓のないブースに座り、見知らぬ人と電話で話す。プラスチックカップからダイエットソーダを、ときどきウォッカと一緒に飲み、クロスワード・パズルをする。見知らぬ人と話すのは簡単だ。彼女はこの仕事が嫌いになるまで好きだった。

興味深いキャストがいる。同僚は同じようにはちゃめちゃな女の子たちだ。彼女たちは様々な人種で、様々な土地の出身だが、みんな揃って道に迷っていた。彼女たちは自らにチャイナ、バブルス、ミスティといった名前をつけ、長時間シフトの終わりにはどの名前が誰のものなのかも覚えていられないぐらいになっていた。私のキャラクターはたくさんの名前を持っていた。彼女は目覚めて言う。「今夜、私はデリラ、モーガン、ベッキー」。彼女は誰か他の人になりたがっている。

これはテレビの深夜放送。ケーブル。チャイナは職場のトイレでヘロインをやる。ときどき彼女はこげついたアルミホイルの一片を隅っこに残していく。マネージャーはオフィスに全員を呼び出して怒鳴り声をあげる。女の子たちは決してチャイナのことを告げ口したりしない。バブルスは赤ちゃんの父親の問題を抱えている。ときどき、彼女の男が職場に彼女を送りにきて、駐車場でタバコを吸っている女の子たちは彼とバブルスがお互いにひどいことを怒鳴り合っているのを見る。別のエピソードでは、赤ちゃんの父親はバブルスを送りに来て、彼らはフロントシートで本当にファックする。ミスティは一六歳の頃からずっと独り身だ。彼女はとても痩せていて、腕全体にかさぶたがあり、一度も髪を洗ったことがないような様子だ。シフトのあとたいてい、女の子たちはジャック・イン・ザ・ボックス（アメリカのファストフード・レストランのチェーン）に行き、私のキャラクターが滞在している家のプールサイドに横たわる。女の子たちは私のキャラクターに、エアコンのついてる家に住んでるなんてラッキーねと言う。彼女たちは効かないクーラーしか持っていないし、ボロアパートに住んでいる。私のキャラクターは飛び込み台で身体を伸ばしながら太陽を見つめ、苦々しく考える。「そう、私はくそラッキー」。彼女は自分が彼女たちと較べてラッキーだということを理解するには若すぎる。彼女は逃亡したが、しかしまだ気が済んだときに戻って行くことができる何かを保持しているのだ。私のキャラクターはこのシーズンの最終回までそのことの理解に至らない。

あらゆる女性が自らの二〇代について、女友達について、またそれをいかにして切り抜けたかについての数々のエピソードを持っている。そうしたエピソードが、たとえば、『フレンズ』のあるエピソードとか、ボーイ・ミーツ・ガールのロマンティック・コメディほどうまくまとまっていることは滅多にない。

女の子たち《ガールズ》は、大衆文化の中で様々なかたちでさかんに描写され、表現されてきた。そうした表象のほとんどは、満足にはほど遠いものだ。女の子でいることを正しく捉えることができていない。女の青春時代というものが完全に表現されるのは不可能だ――青春時代は経験としてあまりにも幅が広くてそれぞれに固有のものだから。私たちにできるのは、青春時代が多様かつ見覚えのあるものとして表現されるように努めることぐらいしかない。だが、たいていの場合はそうなっていないのだ。

私たちは大衆文化に多くの責任を押しつけている。とりわけ、特定の作品がそこまでひどくないものとして際立っていた場合には。たとえば、『ブライズメイズ　史上最悪のウェディングプラン』の公開に先立つ何週間も何ヵ月ものあいだ、この映画が切り拓くであろう新しい地平、すなわち、いかに「女は笑いを取れる」かについての興奮した言説がたくさん現れた。信じられる？　この映画にはすごいプレッシャーがかけられていた。今後ほかにも女性が牽引するコメディが制作される可能性を生み出すために、『ブライズメイズ』は面白くなければならなかった。これがエンタテインメント業界で女性たちが置かれている状況――すべてが常に緊迫状態なのだ。この映画は批評的に好意的な反応を得て（「ニューヨーク・タイムズ」は「予想外に笑える」と評した）、興行成績も上々だった。評論家は出演者たちのいきいきしたパフォーマンスを褒め称えた。一部の人々は、この映画がお笑いの世界の女性たちにもたらすであろう変化を指して「革命」という言葉を使いすらした。

革命というのは突然の、革新的な、あるいは完全な変化のことだ――何かをどう考えるか、いかに視覚化されるかの根本的な転換。たった一本の映画が本当に「革命」の責任を負うなんてことがあるのだろうか？　『ブライズメイズ』は、私も心から楽しんだ、いい映画だ――冴えたユーモア、いい演技、共感できるプロット、女性描写はたいがいひどい有様を呈する映画の荒野にあってまあまあ現実味のある女性像。『ブライズメイズ』は完璧ではないが、しかしこの映画に課された不公平な責任を思えば、重荷はうまく支えられていた。だが、それと同時に、この映画は大変革を呼び込みはしなかった。特に、ミシェル・ディーンがウェブサイト「ジ・オール」に執筆した映画評で論じた通り、『ブライズメイズ』には私たちがコメディおよび女性描写においてよく目にするありがちな修辞がたくさんあったという点において。特にメリッサ・マッカーシー扮するミーガンの描きかたは結局ありがちなところに着地している、と彼女は記している。「ほとんど全部のジョークが、彼女に想定される嫌な性格の上に成り立っているが、〝ブッチ〟のセクシュアリティはまず彼女の体型と化粧嫌いによって示されているのだ」。この文脈を踏まえると、『ブライズメイズ』を革命的とみるのは少しばかり大げさだ。

なぜ私たちは『ブライズメイズ』のような作品にこんなにも大きな責任を負わせるのだろう？私たちはいかにして、ある映画、たった一本の映画が、女性にとって革命的であると考えられるような状況に至ったのだろう？

これとはまた別に、近頃、多大なる責任を引き受けるよう求められている女性向けのポップ作品がある。ＨＢＯのテレビドラマ、レナ・ダナムの『ガールズ』だ。この番組は大げさな評判と共にお目見えした。批評家たちはほとんど例外なくダナムの物の見方と、四人の二〇代女性たちが大学を卒業してから大人になるまでの狭間の時間をどう生きるかの語り方を受け入れていた。

私は『ガールズ』がターゲットとしている層の視聴者ではない。最初の三話を見ても最初の二シーズンを見ても特に心を奪われはしなかったが、しかしこの番組は私にたくさんのことを考えさせた。それは少なくとも意味があることだ。脚本はところどころ冴えていて、気が利いている。私は一話につき二、三度笑い、この番組がいかに新たな地平を切り拓いているかがわかった。ダナム演じるキャラクター、ハンナ・ホルヴァートは、私たちが普段テレビで目にする典型的な体型ではない。彼女にはいくらかの体積がある。私たちは彼女が猛烈に食べるのを目にする。彼女がファックするのを目にする。彼女があまりにも多くの若い女性が仕方なく耐えているとんでもない屈辱に耐えるのを目にする。私たちはある種のリアルな女性の暮らしを目にし、それは重要だ。

二五歳の女性がＨＢＯのようなネットワークで自身の番組の脚本を執筆し、監督し、主演を務めるというのは素晴らしいことだ。ただ、これがあまりにも「革命的」だとして注目を集めているのが悲しい。

世代とは、同時代に生まれて生きている個人の集団のことだ。パイロット版でハンナ・ホルヴァートは両親に、自分には彼らからの経済的な支援が引き続き必要だと説明する。彼女は言う。「私は私の世代を代表する声なんじゃないかと思うの。少なくとも、ある世代……どこかの」。私たちはたくさんの期待を抱いている。私たちは本物の女性の姿が描かれることを渇望しているから、この発言の前半部分しか聞いていないのだ。私たちは『ガールズ』が私たちみんなを代表して声をあげているはずだと捉えてしまう。

ときどき、私には『ガールズ』とその全体的な前提があざとく感じてしまう。うまくできてはいるけれど、この番組にもっと強烈な感情があってほしいと願ってしまう。私は心から出た何かを感じたいのだけれど、この番組はそういう機会を滅多に与えてくれない。登場人物の多くが戯画化されているようで、もっと微妙なニュアンスがあったらキャラクターも話の筋もさらに効果的になるのではと思う。たとえば、第一シーズンでは、ハンナの「非ボーイフレンド」（好きだという感情があるが何らかの事情で「彼氏」と呼べない相手のこと）であるアダムは、気が滅入る、あらゆる二〇代女性がデートしたことのあるあらゆるクソ野郎たちの要素で構成されているムカつく人物だ。私たちは彼のクソさがまだ半分でしかなかったことを知るに至る。「下半身パニック！」の回のはじめにアダムが見せる小児性愛ファンタジーにはうんざりして当然だ。同じエピソード中、職探しの面接でハンナが口にする皮肉なレイプ・ジョークもうんざりして当然だ。どれもすごく「私を見て！　鋭いでしょ！」って感じ。そこのところが肝心なのかもしれない。私にはわからない。大概この番組はやりすぎようと頑張りすぎているが、しかしそれでいいのだ。この番組が完璧でなければいけないということはない。

『ガールズ』は私に、自分の二〇代がどれだけひどいものだったかを思い出させる――道に迷ってみっともなく、ひどい人間とひどいセックスをし、ずっと一文無しで、ラーメンを食べていた。あの頃を懐かしいとは思わない。私にはお金も希望もなかった。『ガールズ』のガールズ同様、私は本当にどん底だったというわけではないが、しかしおおむね貧しい生活をしていた。この経験にロマンティックなところはなにもない。なぜ多くの若い女性たちがこの番組に共感するのかは理解できるが、この番組を見るとうっすら気分が悪くなるし、自分が三〇代だということに感謝の気持ちでいっぱいになる。

予想される通り、『ガールズ』を取り巻く議論は広範囲にわたって活発だ――特に縁故主義、特権、人種について。ダナムは私たちに彼女の番組を分析するための三つの論点を提供している。

レナ・ダナムは、事実有名アーティストの娘であり、主要キャストはブライアン・ウィリアムズやデイヴィッド・マメットといった有名人の娘たちで構成されている。人は縁故主義に憤慨する。なぜかというと、それは、成功はしばしばその人が誰を知っているかで決まるという事実を思い出させるからだ。こういう縁故主義はなんとなく感じが悪いものだが、しかしそれは新しいことでも特筆すべきことでもない。ハリウッドにはあらゆる仕事に自分の友達を雇ってキャリアを築いている人がたくさんいる。アダム・サンドラーは長いことそうしている。ジャド・アパトーもいつもそうしているから、彼の作品に誰が出るのかＩＭＤｂ（映画の出演者やスタッフなどの情報をまとめたインターネット上のデータベース）で調べるまでもない。

また『ガールズ』が描いているのは、非常に恵まれた存在だ――親の仕送りをもらえる若い女性たち、アートと無給のインターンと自分探しと二四歳で回顧録を書くことを考える余裕があるような女性たちのニューヨーク生活。恵まれている人々はたくさんおり、それに憤るのはたやすい。なぜなら、この番組で描かれる特権の度合いは、成功はしばしばその人がどんな生まれかで決まるという事実を思い出させるからだ。『ガールズ』は、誰かが自分が知っていることについて書くこと、その痛みを伴う限界の優れた例のひとつなのだ。

『ガールズ』に寄せられた批判でよく指摘されるのが、相対的に有色人種が少ないという点だ。

『ガールズ』の舞台であるニューヨークは、『セックス・アンド・ザ・シティ』のニューヨークによく似ている――現実のニューヨークの豊かな多様性がまったく不在の神話上の都市。この批判はもっともで、人々はさまざまな出版物で、『ガールズ』のような番組がある種の体験および現実をまったく無いことにしていることがなぜ害を及ぼすことになるのかについて、深い想いが込められたエッセイを書いている。『ガールズ』は第二シーズンで、番組に今日的なかたちで人種を取り入れようと試み、失敗している。第一話でハンナには黒人のボーイフレンドがおり、この扱いはなかなかうまい。このサンディというボーイフレンドは保守派で、ハンナが自分は人種問題を問題にしていないと主張することによって、彼女が自分でそう信じているほど進んではいないことが露わにされる気の利いた場面がある。このエピソードはうまくできているが、核心を外しているから、十分にうまくできているとは言えない――気の利いた反抗だけでは多様性の問題への取り組みにはならないのだ。

すべての女の子または元女の子が、自分にとっての最高の番組を持っている。『ガールズ』で私たちはついに、口べたでおそろしく不適切なことを言ってしまい、自分たちの境界線を見極めるのが苦手で、自分が二、三年後にどうなるのかさっぱりわからない女の子たちのテレビドラマを手に入れた。私たちはこの番組にとても大きな期待を寄せていた。なぜなら『ガールズ』は、私たちが普段目にしている少女および女性像からのあきらかな転換だったからだ。評論家たちが気前のいい注目を示し、ダナムの番組は女の子たちの世代まるごとに語りかけていると発言した一方で、私たちの多くが、この番組はある世代のうちのごく一部の人々に向けて語りかけていると認識している。

『ガールズ』の狭さは、別にそれでいいものなのかもしれない。大人になることについてのダナムのヴィジョンが、彼女が知っている類の女の子たちに限定されているのも、別にそれでいいのかも。そのうえで、おそらく、ダナムは彼女を育んだアート業界の文化の産物なのだ――大体のところ近視眼的で、多様性についてじっくり考えようとしない文化の。

　私たちはみんな世界がどうあるべきかに関してそれぞれの考えを持っていて、世界が実際はどのようなものなのかをときどき忘れてしまう。『ガールズ』における人種の不在は、いかに多くの人たちが人種と社会階級によって分断された生活を送っているかを思い出させ、気まずい思いを招く。キャスト陣の純然たる白さ、彼女たちのアッパーミドル環境、彼女たちの生きるニューヨークは、私たちに自らの暮らしと私たちの社会的、芸術的、職業的な人の輪における多様性およびその欠如について自問するよう強いてくるのだ。

　誤解のないように。『ガールズ』の真っ白さは私の気に障るし、失望させられてしまう。第一シーズンのあいだ、私はハンナと彼女の友達の友達にブリップスター（黒人のヒップスター）がひとりくらいいてもいいじゃないか、出版社のハンナの上司か恋の相手のひとりかふたりぐらい有色人種でもいいじゃないかと思っていた。このドラマはものすごく事実に忠実だ。だが、この罪を犯した番組は『ガールズ』が最初ではないし、最後にもならないだろう。ダナムが二〇代らしいウィットに富んだ台詞を編みだし、すごくぶざまで身もふたもないセックス・シーンで私たちを愕然とさせるだけでなく、同時にテレビにおける人種と表象の問題をなんとか解決するべきだ、なんて期待するのは理不尽というものだろう。

近年、私は、はたして有色人種の人はいるだろうかと思いつつ全国の文芸イベントの写真を見るのを楽しみにしている。これはゲームで、たいてい私が勝つ。開催地がロサンジェルスでもニューヨークでもオースティンでもポートランドでも、こうしたイベントの観客はだいたいの場合完全に白人だけだ。ときどき、ひとりかふたりの黒人、ひょっとしたらアジア系の人がいる。私が出席するこうした文芸イベントのほとんどで、私だけが有色人種だ。アソシエーション・オブ・ライターズ&ライティング・プログラム主催の大きなカンファレンスでさえも。有色人種が意図的に除外されているわけではないが、彼らが包含されているわけでもない。なぜかというと、ほとんどのコミュニティは、文芸でも何でも、だいたいが島国気質で、彼らが知っている人を知っている人たちで埋まっているからだ。これは私たちのコミュニティの厄介な真実であって、多くの芸術的コミュニティをかなり正確に反映していることを理由に『ガールズ』を特に非難するのは誠実とは言えないだろう。

だが、この特権と人種と『ガールズ』への強い注目には、それ以上の意味がある。人種と階級の問題をずっと無視してきた、あるいはこの領域で目に余る過ちを犯してきたテレビ番組は他にたくさんあるというのに、なぜ「この番組」により高い基準が期待されるのか?

テレビに性差別的で愚かしくバカバカしいやりかたで女性を表現しているひどい番組はあまりにもたくさんある。映画だってさらにひどい。映画はひとつかふたつのつまらない女性像しか採用しないみたいで、女性を戯画化し、そうした戯画的な女性像を私たちに無理矢理押しつける。そういうのとはひと味違う何かを提供しているポップの産物を目にしたとき――サイズ0でない女性とか、男性を宇宙の中心として扱わない女性とか――私たちは必死でそれにしがみつく。私たちにはそれしかないからだ。あらゆる種類のテレビ番組や映画が女性を扱っているけれど、そのうちのどれだけが女性たちをそれぞれはっきり見分けがつくように描いているだろうか？

有色人種の人々が文学、演劇、テレビ、映画の中に自分たちの姿を認識する機会はめったにない。『ガールズ』のような番組を見て、有色人種の女性が完全に置いてけぼりにされたように感じるのは、あまりに簡単なことで気が滅入る。私たちが「粋な」黒人の友人か乳母か秘書か地方検事かマジカル・ニグロ（アメリカの映画や小説において魔法のような力で白人の主人公を助ける黒人のストック・キャラクター。「揚げ物調理の癒し効果、その他一九六〇年代ミシシッピの古風な思い出：『ヘルプ～心がつなぐストーリー』」を参照）以外で自分自身を目にするのは稀だ。これらは背景に追いやられている役であり、真実味も深みも複雑さも完全に欠如している。

私たち黒人女性にとって『ガールズ』に相当するような数少ない番組のひとつがマラ・ブロック・アキルによる『ガールフレンズ』である。『ガールフレンズ』は二〇〇〇年に放映開始し、一七二話まで続いた。このドラマはロサンジェルスの四人の黒人女性たち、ジョーン（トレーシー・エリス・ロス）、マヤ（ゴールデン・ブルックス）、リン（ペルシア・ホワイト）、トニ（ジル・マリー・ジョーンズ）の人生と友情を描いている。彼女たちは全員専門職で（弁護士、ライター兼秘書、不動産エージェント、アーティスト／女優／今週の奇人）、仕事のストレス、恋愛トラブル、恋愛サクセス、新しい冒険を重ね、より良い女性になろうとしている。私はなぜだか『ガールフレンズ』を楽しめるようになるまで長い時を要したが、いったんこの番組と恋に落ちると、激しく落ちた。ようやく私は大衆文化の中に自分自身についてのものを見出したのだ。脚本は気が利いていて笑えるし、二〇代後半から三〇代の有色人種の女性たちの人生をうまく描いている。この番組は完璧ではないが、女たちには血が通っていて、人間的に描かれている。『ガールフレンズ』はそれこそあって当然の批評的な評価と視聴者を獲得しなかったが、番組は八シーズン続き、いまもささやかながら自分たちの姿を見出して心安らいでいる熱心な女性ファン層がいる。

有色人種の女性たちは大人になり、ダナムが彼女の番組で描いているのと同じような経験をするのだが、私たちがその物語を目にすることは滅多にない。なぜならそれは大衆的想像力が描き出す他者の少女時代の姿に合致しないし、それは大衆文化の中には普通存在していないものだから。黒人女性が自分たちの姿を認識するドラマは、まったくないわけではない――前述した『ガールフレンズ』、『リヴィング・シングル』、『ディファレント・ワールド』、『コスビー・ショー』。他の有色人種の女性たちは？　ヒスパニックやラテン系の女性たち、インド系の女性たち、中東系の女性たち、アジア系の女性たち、彼女たちの大衆文化における不在はさらに明白で、必死の想いで救済が求められている。

『ガールズ』が直面しているとてつもない問題は、私たちが新しい声、共感できる声、重要な声を届けると約束している映画やテレビ番組や本それぞれに、すべてを求めてしまうところにある。私たちはみんな、程度の差こそあれ、自分たちの人生が新しく、共感できる、重要なものだと信じたいのだ。私たちは自分の現在、過去、あるいは未来に望む姿が本当に意味するところが、もっと複雑に、微妙なニュアンスと共に描き出されるのが見たい。

私は『ガールズ』よりもむしろ『大人の女性《グロウン・ウィメン》』と題されたドラマのほうに興味がある。なんとか立派な職に就いていて、請求書をすべて自分で適切なタイミングで支払っているけれど、貯金はなく、依然としてだらしない恋愛関係と月曜の朝の職場での二日酔いに対処している友達グループの話だ。だがこのドラマは実在しない。なぜならこういう安定性は世間一般の想像力にとってあまり魅力がなく、ハリウッドがいい年の女性たちを受け入れることは滅多にないからだ。この番組が登場するか、私が自分で脚本を書くぞと決心するまで、私たちは手元にあるものでなんとかしなければならないのだ。

私はかつてミス・アメリカだった

一九八四年、ヴァネッサ・ウィリアムスがミス・アメリカになった。彼女は後にヌード写真スキャンダルを理由にミスを返上させられるのだが、しかし最初に彼女が栄冠を授けられたときは、全国の黒人少女たちにとってそれはすばらしい瞬間だった。ウィリアムスはこのコンテストの六二年の歴史でミス・アメリカの冠を戴いた最初の黒人女性だった。私はミス・コンテストやそこでの優勝を気にかけるタイプの女の子ではなかったが、栄誉を受けるウィリアムスの完璧な頬骨と光る歯を目にする経験は、私のような女の子にも、ある発想を授けた。あの瞬間が私たちに、自分も美しくなれると信じさせたのだ。

ヴァネッサ・ウィリアムスが黒人少女たちに誰があこがれのアメリカン・ガール代表になれるのかの新しいイメージを授ける一方で、もっと典型的なこれぞアメリカン・ガールのイメージは、陽光ふりそそぐのどかな南カリフォルニアの街、スイート・ヴァレーにあった。そこでは芝生は完璧に手入れされている。だれもが健康で美しく成功している。完璧な場所のほとんどがそうであるように、スイート・ヴァレーの生活も一話完結だ。各日または各週または各月にまたがる物語の横糸があり、常に人生経験から価値ある教えが学ばれる。エンディングは、スイート・ヴァレーでは、だいたいハッピーだ。受け継がれた従順性。良いことは待つ者に訪れる。スイート・ヴァレーのような場所はどこにもない。

エリザベスとジェシカ・ウェイクフィールドはスイート・ヴァレーの人気者だ。彼女たちはブロンドで痩せていて、その人間的な欠点を全部含めてもなお完璧だ。ウェイクフィールド姉妹は双子だ——完璧さも二倍。エリザベスは双子のいい子のほう、ジェシカは双子の反抗的なほう。ジェシカは悪い、悪い子だ。まあスイート・ヴァレーでは悪い子といってもたかが知れているのだけど。姉妹はおそろいのラヴァリエール・ネックレスをして、赤いフィアットを運転する。エリザベスとジェシカはお互い愛し合う親友どうしだが、同時にライバルでもある。姉妹というものは、彼女たちが完璧な場合でさえ複雑なのだ。

エリザベスは信頼の置ける子で、その愛らしさと我慢強さによってみなに好かれている。彼女はジャーナリストになりたがっている。彼女は背が高くハンサムで人気者のバスケットボール選手、トッド・ウィルキンスを愛している。彼女は学校新聞に参加し、チアリーダーでもある——賢くて運動もいける、完璧な組み合わせだ。

ジェシカは男の子たちとパーティが好きだ。魅力的で、ゴシップと恋とショッピングを楽しむ。エリザベスの服を拝借するのが好きで、エリザベスはがまんしている。なぜってジェシカ・ウェイクフィールドにノーとは言えないから。ジェシカもチアリーダーで、頭が空っぽに見えはするものの、知性と豊かな心を持っている。ときどき優しくないことを言うが、それは彼女が衝動的な人間で、ちょっとカッとしやすいところがあるからだ。彼女は感情がすべて。ジェシカは衝動に身を任せるタイプで、一方エリザベスは欲求をコントロールする。少なくともほとんどの場合は。

ウェイクフィールド姉妹は実在しない。彼女たちは『スイート・ヴァレー・ハイ』シリーズの主人公だ。私は八つか九つのときに『スイート・ヴァレー・ハイ』の本を読みはじめた。私は斜視で、分厚いメガネをかけていた。私は弟を除けば学校で唯一の黒人の子だったから、自分としてはすごく人目を引きたくないにもかかわらず人目を引くことになった。私は引っ込み思案で鈍くさくて自分をどうしたらいいのかわかっていなかった。私の髪の毛は野生のままで、根本から立ち、おかげで私には髪の毛、あごひげ、口ひげという意味不明なあだ名がつけられることになった。私にはあごひげも口ひげも生えてないのに。同級生は私をドン・キング（ボクシングの大物プロモーター）とも呼んだ。私はどこもドン・キングに似ていない。第一、彼は男だ。両親の「喋り方がおかしい」と言われ、後にそれが両親のハイチ訛りを指して言っているのだと私は理解した。私は指摘されるまでそれに気づいておらず、以後突然訛りしか聞こえなくなった。私は学校へ徒歩で向かいながら本を読んだ。

私は不安定に止まりがちなすごく変な笑い方をしていて、ちょっと出っ歯だった。私はよくオーバーオールを自ら選んで着ていて、いかなる罵りの言葉の意味も本当には知らなかったと言えば、私がどのあたりの社会的地位にいたのかだいたいわかるはずだ——つまり最下層に手が届くところ。

『スイート・ヴァレー・ハイ』の本を読みはじめた頃、私はウェイクフィールド姉妹のような女の子たちに愛されたかった。ウェイクフィールド姉妹のような女の子たちを追いかけ回すハンサムな男の子たちに愛されたかった。人気者が彼らの黄金の取り巻きのシェルターに私を引き入れて、私のことも人気者にしてくれればいいのにと願っていた。人気は伝染する。一九八〇年代の映画の多くがその理論を証明していた。私は希望を抱いていたけれど、その希望は脆《もろ》いものだった。

私の学校には、突出して光輝く人気者の子どもたちのグループがひとつあった。どの学校にもそういう子たちがいる。交換可能な良い遺伝子と晴れやかな笑顔と完璧な髪とゲスまたはジルボーのジーンズの蔓延《まんえん》。私は小学校時代のことはよく覚えていないけれど、人気者の子たちの姓と名は覚えている。子ども時代に住んでいたあたりを再訪すれば、彼らの家とその他地理上の要点をここだと指摘することができるだろう。私は人気者の子たちをずっと見つめて、彼らを取り巻く空気を吸うにはどうすればいいのかを解き明かそうとしていた。彼らはすごく「アメリカ的」で、したがって、私には異質だった。彼らは私にはない自由を手にしていたから。私は違う種類のアメリカ人だった。私には、子どもに最高の環境を望んでいるが、同時にアメリカ的な寛容を非常に警戒している保守的なハイチ系の両親がいた。私は学校ではアメリカ人で家ではハイチ人だった。これには適切なバランスの折衝《せっしょう》が求められるのに、私は不器用な人間だった。

不人気な女の子がクールな子たちに向けて育んだ愛情ほど、必死で報われないものはない。ある日、人気のある一団の子たちが私をからかった。理由は覚えていない。彼らが私をあざけるにつれ私はますます怒りを強めた。私はいま自分たちがいる場所と、自分たちがいればいいのにと私が願っている場所、つまり腕を組んでショッピングモールを通り抜けたり、パジャマパーティで秘密を共有したり、かわいい男の子たちの噂をしたりとを隔てる距離を痛いほどわかっていたからだ。私はショッピングモールが好きだった。秘密があった。かわいい男の子たちが好きだった。

しかしながらその日、私をいじめてはだめ、私だってクールなんだと彼らに示して自分の立場を守るために、すぐさま反撃に出なければならなかった。私は『カラー・パープル』でミスターに呪いをかけるミス・セリーのように彼らを指さし、「いまに見てろよ。私はミス・アメリカになるんだから」と叫んだ。ミス・アメリカ、それは母が私を呼ぶあだ名だった。私は彼女の大事な長女、アメリカで生まれた最初の子どもだった。私はこのあだ名が好きだった。人気者の子たちは笑いに笑った。その学年の残りと次の年、彼らは私をミス・アメリカの件で無慈悲にからかい続けた。キャンペーンはどんな風になるのか尋ね、ベルトと王冠についてコメントし、私の周りをミス・アメリカのお手振りをしながら飛び跳ねた。彼らはしかるべき評価を具体化したのだ。彼らは私が栄冠を戴く可能性はどうみてもないということをはっきりさせたが、しかし私の心は揺るぎなく、ヴァネッサ・ウィリアムスがミス・アメリカの座についたのなら私だって将来ミス・アメリカになると本気で信じていた。私はクラスメイトたちに私の信じるところをたびたび思い出させ、それは卑劣ないじめにまた燃料を注ぐだけだった。この戦略でどこへ向かおうというのか自分でもさっぱりわかっていなかった。

『スイート・ヴァレー・ハイ』シリーズの本は私が若い頃ものすごく人気があり、ほとんどの女の子はエリザベスかジェシカのどちらかに自分を重ねていた。当時私を知っていた人たちのほとんどは私がエリザベスのタイプ、ただし人気をマイナスした、と思っただろうが、しかし私は違った。私の頭と心の中では、私はバッド・ガールだった。誤解されがちだが面白い子。私はジェシカだった——自分に自信があってセクシーで賢い、誰もが一緒にいたいと願う女の子。私は未来のミス・アメリカ、私のお母さんとヴァネッサ・ウィリアムスにそう定められたのだ。

スイート・ヴァレーにどこか不自然なところがあることはわかっていた。それで構わなかった。いまも構わない。誰もが完璧な郊外に完璧な両親と住んで完璧な生活をしているわけじゃないということは、よくわかっていた。私はハイチを訪れたことがあり、理解を超えた貧困をこの目で見ていたから、自分が比較的幸運なのはたまたまだとわかっていた。ハッピーエンドなんてものは滅多にないということもわかっていた。『スイート・ヴァレー・ハイ』の本が非現実的で狭量《きょうりょう》な美の理想像（ブロンドで白くて痩せてる）を支持していることも、誰もが同じような見た目で同じような行動をする街なんて信用ならないこともわかっていた。あるときスイート・ヴァレー市民のひとり（スティーヴン・ウェイクフィールド、双子の兄）が異人種の子とつきあったことがあったが、関係はたった一冊しか続かなかった（九四巻）。ふたりは、最終的に、お互いがあまりにも違いすぎるという結論に至ったのだ。この評決は疑わしいということもわかっていた。

物書きの多くがそうであるように、子どもの頃の私は本の中に生きていた。本は、対処しなければならない様々な困難から私が逃げ込む先だった。読んでいるとき、私は決して孤独ではなかったし、いじめられることも怯えさせられることもなかった。私は手が届くものなら何でも読んで、両親はそんな私を甘やかし励ました。彼らはテレビや成績のことになると厳しかったが、しかし私が読んでいるものを検閲することは一度もなかったし、私のスイート・ヴァレーへの愛にけちをつけることもなかった。私たちは父親の仕事の関係でたびたび引っ越しをしたが、スイート・ヴァレーは決して引っ越さず、そこの人々は決して変わらなかった。スイート・ヴァレーの子どもたちは不変で、一種のささやかな、胸が痛む意味での、私の友達だった。

私は『スイート・ヴァレー・ハイ』の新刊を、他の友達が新しいコミックや映画の公開を待つのと同じように待った。母が私をショッピングモールに連れていくたび、私は一目散にウォールデンブックスへ向かい、ヤング・アダルトの棚をすばやく眺めて、双子とその友達と敵たちは次にどんなことになるのだろうと思い巡らした。このシリーズがぶ厚い特装版を出しはじめたときは死んでスイート・ヴァレー天国に行きそうだった。本棚のスイート・ヴァレーコレクションは育っていき、私はこのシリーズ揃いに細かく気を配って、新品同様の状態で完璧な順番で並べた。ときどき兄弟たちが私の部屋に忍び込んで本の順番をいじった。私たちのあいだにちょっとした小競り合いが発生し、私は彼らのお気に入りのおもちゃを裏庭に埋めるとかそういう行動に走ることになった。私は自分の『スイート・ヴァレー・ハイ』の本を相当真剣に捉えていたのだ。

ノスタルジアは強力だ。過去を想うのは自然かつ人間的、とりわけ私たちが自らの歴史を実際よりも良いものとして記憶している場合は。人生は私が把握できるのを超えた速さで展開していく。

私は四〇近いが、スイート・ヴァレーへの愛はすぐそこに強く残っている。これらの本をいま読むとき、私は自分がくだらないクズを読んでいるということをわかっているが、でもスイート・ヴァレーで午後を過ごし、ウェイクフィールド姉妹、イーニド・ロリンズ、リラ・フォウラー、ブルース・パットマン、トッド・ウィルキンズ、ウィンストン・エグバートたちといっしょに過ごすのがどんな感じだったのかを覚えている。これらの本に私が抱いている郷愁とこれらの人々が私の胸を痛くさせる。

フランシーン・パスカルが『スイート・ヴァレー・ハイ』シリーズの続編、一〇年後を舞台にした『スイート・ヴァレー・コンフィデンシャル』を発表すると知ったとき、私は実際のところ気が動転し、スイート・ヴァレーで一体どんなことが起こっているのかものすごく気になりはじめた。本の発売日を数えてカレンダーに印をつけはじめた。

発売日の午前二時三〇分、『スイート・ヴァレー・コンフィデンシャル』は私のキンドルにダウンロードされた。それから三時間を読むのに費やした。ページを繰っていて（電子書籍上の話ね）、「ちょっとちょっと」と思ったり、大声で笑ったり、「うーん」と呟いたりすることがなかったページはひとつもなかった。私は仕事に行き、家に帰ってきて、もう一度『スイート・ヴァレー・コンフィデンシャル』を読んだ。この本はご想像の通りひどい出来で、オリジナルの『スイート・ヴァレー・ハイ』シリーズの思い出に対する侮辱だった。読み進めるにつれ、「彼らは私を呼ぶべきだった。安く働くのに」と思わずにいられなかった。「彼ら」は、もちろん私のことなんて知らないが、しかしそれでも、外の世界にスイート・ヴァレーのファンがどれだけいるのか、そしてファンなら然るべきやりかたでこの本を書くことができたはずだと悟るのは胸が痛んだ。

『スイート・ヴァレー・コンフィデンシャル』を読めば、なぜこんなにもたくさんの人々が出版の死を嘆いているのかがわかる。この本は人を困惑させる。根本的な部分で、文章は極端に質が悪い。「ぞっとする」という言葉が頭に浮かんだ。語りの構造は欠陥だらけで、物理的に身体が痛くなってくるほど。物語は三人称過去形で語られる現在から一人称現在形で語られる過去にジャンプする。語り手はときに双子の片方からもう片方に変わり、かと思うと別の脇キャラになることもままある。私は著者のこうした選択の意味を理解しようとして、自分で認めていい以上の時間を費やした。時折、ある種のウェブ2・0とかなんとか、ソーシャルメディアへの言及が差し挟まれる。まるでパスカルが「見て見て、私はいまも現役！　ツイッター！　フェイスブック！　ほら！」と言っているみたい。

双子とその友達はみんな一〇年分年齢を重ねているが、精神的成熟を示しているところはほとんどない。二〇代後半の女性となった双子には、性生活があるものと推測されるが、この本におけるセックスのほとんどは奇妙に無菌状態で、どこかよその部屋でのエロティシズムなのだ。読者がいまもトゥイーン（一二歳前後の子ども）またはティーンの女の子だと思っているみたい。エリザベスまたはジェシカの性的な顔をちょっと目にして、読者はちぢこまるしかないように書かれている。高校時代からのたくさんの取るに足らない不満がぐずぐず続き、登場人物のほとんどは世界最低最悪の人間に成り下がっている。この事業全体にカリカチュアの感触がある。双子の描写を読んで、パスカル（このシリーズの創始者だが、オリジナル・シリーズの本はどれも彼女の筆によるものではない）はウェイクフィールド姉妹が何者なのかてんでわかっていないのではと思ってしまうほどだ。エリザベスとジェシカはあまりに特徴のないふるまいを見せ、極めてシンプルに説明するとしたら、両人ともロボトミー手術を受けたって感じだ。あまりネタバレはしたくないけれど、小説全体を通して、私たち読者はエリザベスに共感するよう期待されている。ところが、彼女はあまりに自己中心的かつ自己憐憫でいっぱいのメソメソした女に描かれているので、読者は彼女がみじめで当然だと思いはじめてしまう。一方、ジェシカのほうは、読者に嫌われるべきなのだが、しかし彼女は仕事で成功し恋人がいて人格がある。彼女は理性的で面白い人に見え、かつてなくいきいきしている。彼女は間違いを犯すが、それは本当に人間的で、親しみの持てる間違いだ。小説全体の筋のせいで自分が本来嫌うべき人を応援していることに気づいたとき、物語は猛烈に間違ったほうに進んでいる（念のために言っておくと、チーム・ジェシカよ永遠に！）。

しかし、見事にかつてと同じままのところがひとつある。エリザベスとジェシカの美しさの無駄な描写だ。

『スイート・ヴァレー・ハイ　第一巻：ダブル・ラブ』では、双子は以下の通りに描写されている。

肩までの長さのブロンドの髪、ブルーグリーンの瞳、カリフォルニアの完璧な日焼け肌、エリザベスとジェシカは微笑んだとき左の頬にできる小さなえくぼまでお互いにそっくりだ。どちらも首には金のラヴァリエール・ネックレスをつけている――このあいだの六月、一六歳の誕生日に両親からプレゼントされたおそろいなのだ。

二八年後、『スイート・ヴァレー・コンフィデンシャル』で、双子の様子はだいたい同じ感じだが、描写は微妙に年を重ねている。そう、ワインのように。

あの詩に出てくる双子のように、エリザベスとジェシカ・ウェイクフィールドは、入れ替わり可能に見える。顔だけの話なら。そして、その顔はどんなだったかというと。すばらしく美しい。まったく驚くほどに。見とれてしまう類の顔だ。彼女たちの目は宝石のかけらのように光の下で踊る青緑の色合いで、頬に影を落とすほど長く太いライトブラウンのまつげに縁取られた楕円型だ。彼女たちのシルクのようなブロンドの髪は、肩のちょっと下まで滝のように流れている。さらに完璧なことに、彼女たちの薔薇色の唇はまるで口紅をさしているよう。彼女たちの体も、おかしなところは何ひとつない。まるで幾千億の可能性がすべて完璧に集まったみたい。

それが二倍。

『スイート・ヴァレー・コンフィデンシャル』でこのくだりをはじめて読んだとき、笑い声で人を起こしてしまった。私はこの最高の粗悪さに感激してしまって、文字通り手を叩いた。

公平を期して言えば、『スイート・ヴァレー・コンフィデンシャル』がオリジナルの『スイート・ヴァレー・ハイ』シリーズに恋した私たちの期待を満足させることは、はなから不可能だったろう。言った通り、ノルタルジアは強力であり、そのパワーは時を重ねるうちに育っていくものだ。それはしばしば私たちの記憶を作り変えすらする。オリジナルの『スイート・ヴァレー・ハイ』本が偉大な文学的価値を示していたとは言わないが、しかし一部のティーンおよびプレ・ティーンの女の子たちにとって、それは自分たちの不安と真摯な願いを重ねることのできる、いちばん身近で共感できる表現だったのだ。自分もああなりたい女の子たち。私たちの多くは、いまもなお震える若い少女のハートを持っている。『スイート・ヴァレー・コンフィデンシャル』を読む私たちは、若き日の『スイート・ヴァレー』の魔法をいくらかでも取り戻せないものかと期待しているのだ。

数々の欠点にもかかわらず、私にとっては魔法はまだそこにあった。私はそこで起こるいざこざ、バカバカしさ、野生のありえなさを容易に受け入れた。スイート・ヴァレーで何が起こっているか、結局誰が誰とくっつくのか、あなたは信じないだろうけど、言わせてもらえばそれはすべておいしいスキャンダルだ。あの人がゲイ！　あの人が姉妹を裏切った。あの人がニューヨークに住んでる。あの人はお金持ちだけど支配的な男と結婚してヨーロッパで暮らしてたけど逃げてきた。私たちがみんな王子様だと思ってた男は実のところただの男だった。あの人は本物のビッチになった。あの人は悲しみを昇華するためにお菓子を焼いてる。あの人はガンがみつかった。あの人は本当のクソ野郎になった。あの人はちっとも変わってない。あの人は汚いお金持ちになった。あの人はさらに汚いお金持ちになった。あの人は死んだ。あの人が悲劇的な、報われない愛を誰々に寄せている。こうしたドラマの最中で、スイート・ヴァレーには変わらないところがある。たくさんのハッピー・エンドがある。くだらない、現実逃避のエンタテインメントを、『スイート・ヴァレー・コンフィデンシャル』は提供する。

私がミス・アメリカになることは決してなかった。いま私はそれを知っている。そんなことができるのはヴァネッサ・ウィリアムスと彼女の輝く歯だけ。それでもやはり、私はすごく活発な妄想生活を心に抱き続けている。私のさらに込み入った、恥ずかしい妄想のひとつは、「ニューヨーク・タイムズ」のベストセラー・リストに最低五七週間は入る私の大ヒット小説を原作にした脚本でアカデミー最優秀脚色賞を獲ることだ。授賞式で私は、長い、変わった名前のデザイナーによる完璧なドレスを着る。私の髪と顔はいかしてる。私は栄誉を受けにルブタンで階段を上り、つまずいたりしない。私をエスコートするのは夫で、世界一ハンサムで有名な映画スター。彼はそれはもう熱烈に私にベタ惚れで、観衆を見つめる私にほほえむ。彼はこの夜、あとで最優秀主演男優賞を獲る。彼は私の映画に出ていたのだ。私たちはそれで出会った。受賞スピーチで、私は両親と私のエージェントと有名な映画スターの夫と友人たちに感謝する。スイート・ヴァレーの国を創造したフランシーン・パスカルと、私だって美しくなれると教えてくれたヴァネッサ・ウィリアムスに感謝する。それから、私のことを決して愛さなかった光輝く人気者の子たちの名前を叫ぶ。私はオスカー像を片手で頭の上に掲げ、ふたたびミスターに呪いをかけるミス・セリーのようにもう片方の手でカメラを指さし、言う。「私はミス・アメリカになるって言ったわよね。これはミス・アメリカの冠じゃないけど、かなり近いわ」

黒人の女の子、ハイチ系の女の子である私は『スイート・ヴァレー・ハイ』の中に自分自身を見出すことを期待されていなかったけれど、でも私はそうしたのだ。それは私自身が郊外に住んでいたからかもしれないし、完璧な生活とミス・アメリカへの道を探っていたからかもしれない。でもとにかく、私は『スイート・ヴァレー・ハイ』に深く感じ入っていたのだ。私はこれらの本を数え切れない回数読み返した。いざこざ、使い回しのプロット、バカバカしい状況は大いに私の心に語りかけた。これはおそらく、なぜ高校時代の私が、スイート・ヴァレーの手法を採用して芸術の域に高めた『ビバリーヒルズ高校白書』に完全に心を奪われていたのかの説明にもなる。『スイート・ヴァレー・コンフィデンシャル』は自分の最もぶざまだった時代と、バカな子どもたちのグループにバカな約束をしたことを私に思い出させた。この本はかつてスイート・ヴァレーに見出した慰め、逃避、静かな喜びを私に思い出させた。ある種の経験は普遍的なものだ。住んでいるのがウエスト・オマハでもスイート・ヴァレーでも、女の子は女の子だ。本というものはしばしばただの本以上のものになることがあるのだ。

ギラギラの、輝かしきスペクタクル

グリーン・ガールは自分自身が苦しむのを見るのが好きだ。
——ケイト・ザンブレノ『グリーン・ガール』

ジュディス・バトラーはその画期的な著書『ジェンダー・トラブル』で、ジェンダーはひとつのパフォーマンスであり、繰り返し遂行される様を通じてかたちを成す不安定なアイデンティティであると主張した。彼女は記す。

ジェンダーは安定したアイデンティティまたは主体の中心として構築されるものではないはずだ。むしろ、ジェンダーは時間の経過と共に頼りなく構成されてゆくアイデンティティのひとつであり、定型化された行為の反復を通して外部の空間のうちに制定される。ジェンダーの影響は身体の定型化を通して生じ、したがって、揺るぎないジェンダー化された自己という幻想を構成するさまざまな種類の身体的なジェスチャー、動き、スタイルの日常的なありかたとして理解されなければならない。

『ジェンダー・トラブル』が刊行されて以来、私たちのジェンダー理解は進んできたが、その一方でバトラーの理論に関してはまだまだつけ加えるべき点が多い。とりわけ、女性がいかに意識的にも無意識的にも女性的にふるまっているか、またジェンダー通りにふるまうことを期待され、その罠にかかるかについては。

大衆文化において世界はしばしば女性が演じるステージのように感じられるが、このパフォーマンスとその困難さをケイト・ザンブレノの『グリーン・ガール』以上にうまく捉えている小説は、最近の記憶では思い浮かばない。『グリーン・ガール』を評する最良の単語は「灼《や》けつくような」だ。この小説は一見して、ロンドンに住む若いアメリカ人女性と、私たちの文化の苦しみの告発についての複雑な話である。猛威をふるう消費者主義、薄っぺらな人間関係、そして何よりも、美の礼賛と耐えがたくもはや無理難題すぎるジェンダーの束縛――女性たちが仮面として自らの顔をまとい、盾として自らの身体をまとう文化。小説全編を通して、グリーン・ガールは傷つきやすいのと同時に愚かしくも果敢だ。彼女は極めて誘惑的なやりかたで自らの矛盾を生きている。

もし、バトラーが信じる通り、ジェンダーがひとつのパフォーマンスならば、『グリーン・ガール』はいかに女性性を演じるかを学習しつつある若い女、その力、脆《もろ》さを知りつつある女についての小説だ。彼女の学びは、ときに、痛みを伴う。グリーン・ガールは彼女が傷つきやすいのと同じ程度に不品行で、ザンブレノは巧みに主人公の悪さと傷つきやすさの両方を示してみせる。『グリーン・ガール』は、公の場で行動するときいかに自らが人目に晒《さら》されているか、いかに女性としての役割を演じるかについて、多くの女性が心のうちに抱いている自覚をあきらかにする。「電車での、ファッションショーでの自覚。男たちは常に見ている。常にあの気のありそうな目で。買い物できるが買わなくてもいい。しかしときにスポットライトの下の人生は厄介なものになり得る。ときに彼女は見えなくなりたいと願う」

『グリーン・ガール』においては、ルースが女の子《ガール》の役を演じている。彼女のパフォーマンスは、時折、彼女のアイデンティティの代役を務める。ルースが理解している通り、「ときどき彼女は自分が他の誰かのキャラクターで、他の誰かのセリフを言っているという感覚に襲われる」。またグリーン・ガールはあることをして別のことを感じる。なぜかというと「グリーン・ガールの受動性は礼儀正しさの仮面として通る」。彼女は窓をブチ割りたいが、そうしない。なぜならグリーン・ガールにはそんなことは期待されていないと知っているからだ。彼女は自分が美しいことを知っているが、自らの内面に美を感じているとは限らない。小説全編を通して、この緊張関係は繰り返しあざやかに提示される。この小説はたびたび、グリーン・ガールでいることがかなりの絶望的苦境に立たされていることであるように感じさせる。

ルースは店員で、欲望《ディザイア》という香水を販売する立場にある。仕事中、彼女はいつも人目に晒されており、同時に景色の一部にもなっている。職場でのある朝、彼女は一〇代の少女たちの集団に目をとめる。「売り場をこそこそ歩き回る女の子たちは、習い性なのか、ハンドバッグを肩にかけて、伏し目がちだがどこか用心深い視線を送っている。彼女たちはこの自意識から逃れられない。彼女たちは若い女の子たち、ルースより若い女の子たちの役を演じている」。ルースの観察には皮肉がある。この小説を通して、彼女は若い女性の役を演じ、彼女の自意識（そしてときに自己嫌悪）は明白で、彼女がこのティーンの女の子のうちに見出す自意識と同じ程度に逃れることのできないものなのだ。

ザンブレノはグリーン・ガールの自惚れと虚栄心、不安、彼女のかぶる（いくつかの）仮面、彼女の矛盾する欲望を示してみせる。ときにルースは見知らぬ人たちの視線から自分自身を護りたいと願う。自分を閉じ、街を歩いているときも地下鉄に乗っているときも、自分が占める空間をできる限り小さくしようとする。だが彼女には見られたい、欲望されたい、愛されたいと願うときもある。彼女は、ある時点で、名前の明かされない元恋人に身を任せてしまおうとする。「彼女は餌食になりたいと祈る。彼女は林道の真ん中に佇む鹿、膝から崩れ落ち、捕食者を待っている」。ルースは、私たちの多くと同じく、一度にすべてを手に入れたいと願う。

『グリーン・ガール』は女性についての小説だが、実際ここには男たちもいる。ルースが想いを寄せる職場の男、彼女が想いを寄せる暴力的な元恋人、彼女が切望していたけれど、何か別のものを望むようになって関係を終わらせた、どうやらプラトニックな関係の恋人。ルースには欲望があるが、しかしこれらの欲望は大部分がどこかへと移り、緊迫性に欠け、はっきりと満たされることはない。ルースはセックスをするときしばしば傍観者的になり、パートナーたちはたまたまその行為をしているようだし、ルース自身もそうだ。ルースはバーの備品室でバーテンダーと逢引をするが、彼女の離人的感覚はますます研ぎ澄まされる。「彼女は彼女自身の窃《せっ》視《し》者」、と彼女は述べる。そして後に、ルースとバーテンダーがファックしているときには、「彼女はぜんぶ前に見たことがある、まるでいつかの夢。しかし彼女は本当にはそこにいない。本当には」。

『メデューサの笑い』でエレーヌ・シクスーは、「女性は自分自身をテキストの中に位置づける必要がある——世界の中そして歴史の中に——彼女自身の動きによって」と述べた。『グリーン・ガール』は、身体的な意味においても感情的な意味においても、ザンブレノが女性をテキストの中に位置づけるそのやりかたによって、魅惑的な作品となっている。

> ルースは逃げたい。彼女自身の外側に逃げたい。どこへ行っても身を委ねてしまいたい。自分自身の性質を振り切ることができないのがどんなものかわかる? 彼女は存在したくない。生きたくない。自分を失いたい、群衆の中に消えたい。毎日の恐怖にどこか麻痺している。イメージ、他のイメージが頭に付きまとう。人生の暴力、彼女はぽかんと眺める。

何よりも、『グリーン・ガール』は容赦なく、グリーン・ガールと彼女の内面生活、空虚と孤独、そのむき出しの暴力、いかに彼女がそれを「内側に深く深く」呑み込むことを強いられているかを、白日の下に晒す。小説はまるで私たちみんなの内側にグリーン・ガールがいるように感じさせ、彼女は絶望的に脆いのと同時に回復力がある。グリーン・ガールは彼女が自分自身を傷つけているのを理解できるが、それを防ぐ術はない。

もしルースが現れつつあるグリーン・ガール《グリーン・ガール・ライジング》（映画『ダーク・ナイト・ライジング』を参照）としての女性ならば、ジョーン・ディディオンの同じぐらい痛烈な『プレイ・イット・アズ・イット・レイズ』は、堕ちてゆくグリーン・ガール、女の子《ガール》の役を演じることにうんざりしたグリーン・ガール、もはやそうする必要（あるいは、おそらく、欲望）がないゆえに女の子の役を演じるのをやめようと決心したグリーン・ガールだ。『プレイ・イット・アズ・イット・レイズ』は一九七〇年に刊行されているにもかかわらず、見世物としての女性の問題となると、いまもほとんど何も変わっていない。マリア・ワイエスは痛めつけられ、少しばかり悲劇的だが、頑強だ。この小説はマリアが心の離れた夫の命令に従って堕胎したのち狂っていく様を追っている。彼女の狂気への道はあなたが想像するよりずっとコントロールされている。

『プレイ・イット・アズ・イット・レイズ』は、マリアと夫カーター、友人のヘレネとＢＺ、彼女の恋人レス・グッドウィン、そして元恋人イヴァン・コステロの複雑な関係を暴き、これらの人々がお互いにかなりひどいやりかたでぶつかっていく姿もあきらかにする。さらにマリアの幼い娘ケイトは詳細不明の病で家から離れた施設で暮らしており、マリアは公然と彼女を想う。彼女はマリアが本編で唯一真の愛情を示す人物でもある。

グリーン・ガールことルース同様、モデルのような女優のようなマリアは、常に視線に晒され、それを意識しており、注目を嫌悪するのと同じぐらいに切望している。ハリウッドに暮らし、自身の美しさを「申し分なし」と言う彼女は、職場の店にいるルースと同じく、適切な役を演じることによって人生を歩む必死かつ朦朧としている女性たちの景色の一部だ。ルース同様、マリアは自惚れて自分勝手だが、彼女はここにある傷をよりはっきり意識している。彼女は自分が出演した映画を楽しんで観る。なぜなら「スクリーンの女の子は自分自身の運命をコントロールする決定的なコツを摑んでいるように見えるから」。ルースがしばしば自分が誰か他人のキャラクターであると感じているように、マリアは女優として、誰か他人のキャラクターになって似たような感覚を持つ機会があるのだ。

消えゆくグリーン・ガールとして、マリアは超然としている。彼女は娘を愛し、自分の母を悼《いた》んでいるが、しかし『グリーン・ガール』におけるルースのように、ほとんどの人間関係に、困惑した離人感をもって客観的にアプローチする。結婚を維持することに本当には関心がないようだし、自分の人生に登場する男たちに対してほとんど忍耐がない。恋人レスが三つのメッセージを残したとき、彼女は伝言サービスに、彼にメッセージを受け取っていないと伝えるよう言う。なぜなら、「どれに対しても何も言うことがないから」。堕胎のあと、彼女はレス・グッドウィンに会い、彼は彼女にどうかしたのかと聞く。彼女は言う。「あなたの話を聞くのにすごくすごくすごく疲れちゃっただけ」。彼女の人生に関わる人々がこの小説を通じて狂気もしくは自己中心性だと名付けるものは、あきらかに疲労の表れと捉えることができる——彼女の役をちゃんと演じること、見られていること、純情な良きグリーン・ガールでいることに疲れたのだと。

堕胎の文学は複雑だ。たしかに、リチャード・ブローティガンの『愛のゆくえ』、ジョン・アーヴィングの『サイダーハウス・ルール』などの小説が存在している。これらは堕胎を文学的に扱うにあたって、しばしば物語と政治的メッセージの間の適切なバランスを取るのに苦心している。この題材に関して、ディディオンの扱いはずっと陰影に富んでいる——「メッセージ」がストーリーを包み込んでしまうことはない。これは堕胎についての物語であるが、変わりはするがそれで無力になったり空っぽになったりするとは限らない、切望でいっぱいのグリーン・ガールに何が起こるのかについての物語でもある。

必要な手続きを踏むあいだ、マリアは醒《さ》めている。「他の瞬間より重要だったり重要じゃなかったりする瞬間なんてない。すべて同じ。医者が掻き出すときの痛みはそれ以上の何かを意味しているわけじゃない。彼女の人生のパターンの構成要素としては、エンシーノの家のリビングルームのテレビでやっている映画と変わらない」。感情的な動きが及びはじめるのは、後になって彼女が、おそらく自分は、できればやりたくないことをやったのだと悟ってからで、そのときでさえ、彼女はそうした感情をどうしたらいいのかわかっていない様子で、鎮静剤を気前よく使ってそれを鈍らせる。

ルースの欲望はしばしば無いものとされるが、彼女はそれを持っている。彼女は、自らの欲望に手が届きようがないにもかかわらず、何かを切望する。マリア・ワイエスはとても手が届かないものを切望する――死んだ母、病気の娘、堕ろされた胎児。

ルースのように、マリアは自らを獲物にしたいと願う。犠牲者としての女性になりたいと願う。何人かの少年たちが車を荒らしている駐車場で、マリアは彼らに向かってまっすぐ歩いて行く。

彼女はじっと見つめつつ一定の歩調を保ち、気がつくと彼らがぽかんと見ている中、ごくごく落ち着いて車の鍵をあけていた。彼女は運転席にすべり込むと、彼らそれぞれを、ひとりひとり、まっすぐ見つめ、全員を確認した瞬間、彼らのひとりがボンネットに身を乗り出し、そこで起こったことを理解して手をあげ、掌をひろげて、静かな空中に弧を描いた。

マリアはこうした状況を無傷でくぐり抜けるとき、一種の失望を抱く。自分は自分の倦怠感から自由にはなれないのだと。

『プレイ・イット・アズ・イット・レイズ』の終盤、マリアは好きですらない俳優と行きずりの関係を持つ。バーテンダーとファックするルースと同じぐらい醒めた気持ちで、マリアは俳優の下にじっと横たわる。彼が眠りに落ちると、マリアは彼のフェラーリを運転してヴェガスへ向かい、到着間際にハイウェイ・パトロール警官にスピード違反で停止を命じられる。彼女と夫のエージェント、フレディが助けにやって来て、マリアが「シルバーのドレスを着て裸足のまま、顔は埃に汚れている」のを見る。ロサンジェルスへ戻るフライトの中で、フレディはマリアのような「女の子たち《ガールズ》」のことは理解できない、と言う。曰く、「つまり、君のふるまいはどこかおかしい、マリア、それは……極度の自己破壊的人格構造とすら呼べるくらいに」。マリアはこれにわざわざ答えようとはしない。そもそも彼女にそんな義務が？　フレディは「マリアのような女の子たち」についてたったひとつの考えがあるというだけなのだ。彼には一人の実在の人間としての彼女を理解しようとする気はないのだ。

私たちはマリア・ワイエスと共に精神科の施設に取り残される。彼女は恐ろしい罪を犯した。彼女の関係者たちは、彼女が狂っていて、自分勝手で、「自己破壊的」だと考えている。マリアはおそらく彼女の哀れな恋人と友達の輪の中で最も正気の人物だ。彼女は逃げ出して娘を手にし育てたかっただけだ。堕ちたグリーン・ガールとして、マリアはルースが決して知り得なかったことを知っている。自分自身を説明しようとして、マリアは言う。「私は〝無〟の意味を知っている、そして演じ続けている」

ルースが現れつつあるグリーン・ガールでマリア・ワイエスが堕ちつつあるグリーン・ガールなら、テレビのリアリティ番組の女たちは錯乱したグリーン・ガールズ《グリーン・ガールズ・インタラプテッド》（映画『Girl, Interrupted』邦題『17歳のカルテ』にかけているものと思われる)。ありうる限りのどぎつさで人目に晒され、カメラの前で切り開かれ、関心を引くために自らの最良の部分と最悪の部分を演じる。見られるため、愛のため、憧れられるため、名声のため、求められるため。

リアリティ番組はしばしば、まるでジェンダーのように、人生そのものがパフォーマンスであるかのような印象を与える。私はパフォーマンスを見るのが好きだ——私たちが名声ほどはかない何かのためにすすんで自らを傷つけるものであることが暴かれるパフォーマンス。ロサンジェルスの大邸宅に熱帯のジャングルに落ち目のロックスターのツアーバス、舞台がどこで、その舞台が何であろうと——私たちは明るく照らされ、どぎつい色を放ち、人工的リアルの極みにあるギラギラの人生スペクタクルを見ることを奨励される。私はそれを全部見る——ブラボー（ケーブルテレビのチャンネル）の高級ぶってるのも、酒浸りのＭＴＶも、ＣＢＳのきらびやかなコンペティション番組も、ＶＨ１（ケーブルテレビのチャンネル）の低俗な探求的演し物《だ》も、さらに『バッド・ガールズ・クラブ』や『シスター・ワイヴス』など、もっと小さなケーブル局でやっている無名の番組も。

この偽リアルの舞台で女性以上に不気味な輝きを放つ者はいない。モデル・コンテストでも、愛をめぐって「競争」する機会でも、ダイエットに挑戦でも、年老いた雑誌出版者のハーレムの生活を覗き見るのでも、女性たちは多くの場合、リアリティ番組という陳列ケースの中のぴかぴかに磨かれたトロフィーだ。このジャンルは女性を、低い自己評価、結婚願望、他の女性たちと有意義な関係を築く能力の欠如、ほとんどポルノ的な美の基準への執着という一連の危なっかしいステレオタイプへと貶《おとし》めるのにたいへん効果的な手法を開発してきた。リアリティ番組となると、女性たちは、たいていの場合、女性の役を演じることに非常に熱心に取り組むが、彼女たちの台本は、恥辱的に、恥辱的に歪んでいるのだ。

ジェニファー・ポズナーの『リアリティ・バイツ・バック：恥ずかしい愉しみ番組の厄介な真実』は、ほぼすべてのジャンルのリアリティ番組に性差別的、人種差別的、非人間的戦略があるとして、この手の番組を批判している。私はメディア教育者兼フェミニストとして、今年読んだ本で、『リアリティ・バイツ・バック』ほど、居心地の悪い気分にさせられた本はなかった。この本では、私がしばしば無害な娯楽番組だと思って見ていたものが鋭く検証されている。私は『ビバリー・ヒルズの妻たち』のいざこざや、『ロック・オブ・ラブ』または『フレーヴァー・オブ・ラブ』の酔っ払った、髪の摑み合いのおふざけをすごく楽しんでいたから、この本がそんな私について何を言っているか気にせずにいられなかった。私は、他のたくさんの人々と同じく、ポズナーが「他者の辱めのカタルシス的掲示」の汚名を着せているものを好んでいる。これらの番組が存在しているのは、人生の道を誤るとどうなるか私たち視聴者に思い出させるものが必要とされているからだ。

ポズナーは彼女の研究で、リアリティ番組がいかに数々の決まり文句を利用しているかをあきらかにしている――たとえば女性は「こそこそした、意地悪、支配的、信用ならない」といった類の決まり文句が、いかにマーケティングから台本まで、こうした番組のあらゆる側面に組み込まれていることか。錯乱したグリーン・ガールズは彼女たち自身の最悪版になるよう操られており、その一方で、いまこの時代にリアリティ番組に出演するような人々は間違いなくある程度のリアリティ的洗練を身に付けているはずで、ポズナーの批評からは、こうしたグリーン・ガールズはルースまたはマリアのような親密な自己認識を持っていないような印象を受ける。彼女たちには自己認識を深める機会がない。なぜなら、リアリティ番組の「リアリティ」があまりにも強固に作り上げられているので、これらの女性たちは自分たちを取り巻く巧みな人工性に気づかないまま、その人工性の内側で演じるように仕向けられているからだ。

おそらくＶＨ１のかつての「セレブリアリティ」番組、『ロック・オブ・ラブ』と『フレーヴァー・オブ・ラブ』ほど、錯乱したグリーン・ガール、自分を取り巻く策略に完全に気づいていて、なぜだかその策略の維持に加担するグリーン・ガールの例を示しているリアリティ番組は他にないだろう。『ロック・オブ・ラブ』では、落ち目のロックスター、ブレット・マイケルズの愛を求めて女たちが競い合う。一方、『フレーヴァー・オブ・ラブ』では、かつて噂の男だったパブリック・エネミーのフレーヴァー・フラヴの愛を求めて女たちが競い合う。どちらの番組でも、女たちは悪い（グリーン）ガールか良い（グリーン）ガールか悪くなってゆく良い（グリーン）ガール役を器用に演じる――彼女たちはそれぞれに惜しみなく流し込まれるアルコール、人工的だが残忍な衝突、ストリップ用のポールに身をよじるなどのギラギラした見世物的場面を生み出す目的で企まれた無理矢理の人間関係の真っ只中で、元スターがロマンティックな世界の中心であるようなふりをする。『フレーヴァー・オブ・ラブ』では、女たちは本名を名乗りすらしない。代わりに、フラヴと彼女たちに呼ばれる彼は、それぞれの女性に新しい名前をつける。なぜなら彼は、錯乱したグリーン・ガールが本当は誰なのかまでわざわざ気にしないからだ。名前はバカバカしいもの（スマイリー）から、侮辱的なもの（物1と物2）まで幅がある。この名前変更を通じて、これらの女たちは作られたアイデンティティに容易に足を踏み入れることができるようになるというのが、この番組の策略だ。ここで女たちが搾取されていることは疑いようがないが、しかし彼女たちは多くの場合、異議申し立てをするのではなく、その搾取に身を委ねて大いに楽しんでいるように見える。

どちらの番組でも、何シーズンかにわたって、これらの錯乱したグリーン・ガールたちは真実の愛を探すふりをする。相手の男たちは、空虚な感情とお決まりの言葉を誘惑の手段としてほとばしらせてこの策略に貢献する一方で、カメラに隠喩的なウィンクを投げ、自分らのリアリティがいかに非現実的かを「彼ら」が知っていることを私たちに知らせる――通常、台本なしの告白シーンで。この搾取、そして女たちの共謀はさらに続く。両番組に出演した女性たちは、同じくらい人工的なスピンオフ番組の数々にも登場し続けている。『ロック・オブ・ラブ：チャーム・スクール・ウィズ・リッキー・レイク』、『アイ・ラブ・マネー』、元『フレーヴァー・オブ・ラブ』出演者のニューヨーク（別名ティファニー・ポラード）が出たいくつかの番組。これらの番組の最中、女たちは滅多に自己認識を示さない。代わりに、自分たちが自分たちを取り巻く策略の産物であり、その策略によって自分たちにもたらされるもの（注目、わずかな名声、お金）をよくわかっていることを露わにする。これらの錯乱したグリーン・ガールズは彼女たちが演じなければならない役であり、こうした番組の文脈上、彼女たちは与えられた役を超える進化はしない。彼女たちは錯乱したままだ。

もしリアリティ番組に現実と何らかのつながりがあるとしたら、それは女性たちがしばしば自らのジェンダーを遂行するよう求められている点だ。どのように自分自身と自分のセクシュアリティを提示するか、どのようにふるまうか、どのように社会からの女性への期待に従うか（または従わないか）、いずれにせよ。リアリティ番組におけるジェンダー的行為の繰り返しは、人工的な日焼け肌、手の込んだヘアエクステ、華やかなメイク、外科手術で磨かれた肉体、化学薬品の注入された顔によりはなはだしく様式化される。それらの行為は、多くの場合プロデューサーによって注意深く練り上げられた不品行によりはなはだしく様式化される。ずっとそこにあるカメラの光のもと、これらの女たちには、私たちの娯楽のために自らを犠牲にする以外の選択肢は無いに等しい。リアリティ番組の女たちは、おそらく、最大限にグリーンな女の子たちであり、これまでもう取り返しがつかないほどに錯乱してきたゆえに他にどうしたらいいのかわからないという理由で自らが苦しむのを見るのを楽しむ女性だ。私たちは目をそらすことができない。これらの女性たち――これらの錯乱したルースとマリアたち――は自らの残骸を見つめる。彼女たちはそんなギラギラの、輝かしきスペクタクルだ。

『グリーン・ガール』の最後に、ルースは何らかの再生、彼女自身を浄化させる方法を求める。彼女は「私を私自身の内側に囲っているあれをぶち壊したい」と願う。彼女は心に決める。「教会へ行って高みを見上げ腕を広げ天井へ向かって腕を広げたい。そして叫ぶ。そして叫ぶ。そして叫ぶ」。彼女は苦悶と恍惚の両方で叫びたい。彼女は自分自身をみつけるのと同じぐらい失いたい。同じことがマリア・ワイエスにも言えるだろう。そしておそらく、お互いに対して、カメラに対して、いかにジェンダーを遂行するよう期待されているかに対して、自分自身を粉々にするリアリティ番組の女たちにも同じことが言えるだろう。

結局のところ最も恐ろしいのは、リアリティ番組がいかにリアルであるか、なのかもしれない。私たちは、こうした番組を見るのは、自分はまだましだと感じたいから、あそこまでやけくそではないと安心したいからだと言う。私たちはそこまでグリーンではない。しかしおそらく私たちがあいった番組を見るのは、あの錯乱したグリーン・ガールズの内に、何よりも、ギラギラと人目に晒されているけれど縛られていない、まるで鏡に映ったそのままの私たち自身を見出しているからなのだ。

友達を作るためにここにいるわけじゃない

私の男たちの思い出は、私の女たちの思い出ほどには光り輝いてはいない。
——マルグリット・デュラス『愛人（ラマン）』

私の高校時代の年鑑《イヤーブック》には、「あなたはすごく意地悪だけど私はあなたが好きよ」という、ある女の子からの書き込みがある。私はこれを書いた子のことを覚えていない。さらに言えば、自分が彼女に対して、いや他の誰に対しても意地悪だったことも覚えていない。覚えているのは、高校での自分が野蛮で、人づきあいが下手で、心を閉ざしていて、完全に途方に暮れていたことだ。

あるいは、私自身が当時から現在までの二〇年のうちに変わったから、自分が意地悪だったことを覚えていたくないのかもしれない。一年生の頃、私はおとなしくて引っ込み思案な子から意地悪な子へと移行したが、この意地悪が意味するところは、自分の思うことをそのまま口にし、絶え間なく皮肉なコメントを言い続けるということだ。誠実さは死亡していた。

友達がほとんどいなかったから、私がどうふるまおうとそんなに問題じゃなかった。私には失うものはなかった。好感が持てるというのがどういう意味なのかさっぱりわかっていなかったけれど、私は概して好感が持てる人たちに囲まれていた——あるいは、私が思うに、好感が持てる外面を作り出すことにすごく力を注いでいる人たち、すすんでルールに従って動く人たち。私には好感の持てる両親と兄弟たちがいた。私は異端で、社会の除け者だった。私は幼い頃から、女の子が好感を持たれない場合、その子は問題児とされることをわかっていた。私はわざと意地悪をしているわけではないということもわかっていた。私は正直で（あきらかに、愚直で）、人間でいただけだ。これらが女性の好ましい性質とされることが滅多にないのは、はたして祝福なのか呪いなのか。

ありとあらゆるリアリティ番組ではその必然として、誰かが「私は友達を作るためにここにいるわけじゃない」と堂々宣言する。そうするのは、自分たちがちっぽけな名声への不安定な階段を上りはじめるために番組に出演し、値打ちのよくわからない賞品あるいは独身男性のハートを獲得し、注目を浴びるのだということをはっきりさせるためだ。彼女たちは自分たちの好感の持てなさ、あるいはこれから番組のプロデューサーたちから受けることになる必然的に優しくない編集を説明する目的で、そう宣言する。お察しの通り、彼女たちがひどい人間だというわけではない。ただ単純に、友達を作るために番組に参加しているわけではないということだ。彼女たちは好感度の重荷から自らを解き放つ。あるいは、もしかしたら、誰かを嫌うことや、最終的に私たちが彼女たちに抱く軽蔑にまつわる罪悪感から私たちを解き放っているのかもしれない。

映画『ヤング≒アダルト』で、シャリーズ・セロンはメイヴィス・ゲイリーを演じる。この映画についての評のほとんどが、彼女のキャラクターの好感の持てなさを賞賛し、彼女を明るい緋文字のUで飾った（Unlikeable「好感を持てない」のU）。このキャラクターが批評でどう受け取られたかをもとに考えると、ある「好感を持てない女性」が体現しているのは、不愉快な性質というわけではなく、もっぱら人間的な性質でしかない。メイヴィスは美しく、冷たく、計算高く、自己陶酔的で、奇行に走り、無神経で、彼女の人生のほとんどすべての側面において大いに機能不全だ。これらはどうやら、とりわけその大多数が周りと協調していることを考えると、女性には許容され難い性質であるようだ。一部の映画評はメイヴィスが精神に異常をきたしていることをほのめかしてさえいる。批判的な意見を持つ批評家による安楽椅子診断ほど信用ならないものはないという話だ。ロジャー・イーヴァートは、『ヤング≒アダルト』の脚本家ディアブロ・コディを褒め称え、メイヴィスをアルコール中毒にしたことを「こうした文脈がなければ、メイヴィスは単に精神異常ということになってしまうだろう」と評している。イーヴァートをはじめ、人々はメイヴィスのふるまいに説明を必要としているのだ。人々は彼女に耐えるために、その好感の持てなさの診断書を必要としている。それについての最も単純な説明、メイヴィスは人間だという説明では足りないのだ。

いろいろな意味で、好ましさとは非常に精巧に作り上げられた嘘であり、パフォーマンスであり、「適切なありかた」を指示する行動規範である。この規範に従わないキャラクターたちは好感を持てない存在になる。キャラクターの好感の持てなさを批判する批評家は必ずしも間違っているわけではない。彼らは単に、あらゆる不快なもの、社会的受容の規範を破ろうとするものすべてに対する、より広範な文化的不安を表現しているのだ。

なぜ好感を持てることがこんなにも問題になるのだろうか？　なぜ私たちは事実でもフィクションでも、誰かが好感が持てるかどうかをこんなにも気にするのか？　「好感を持てない」は、読者が好ましいと思う行動をしないどんなキャラクターにもあてはめることができる、なんともおぼつかない表現だ。ライオネル・シュライヴァーは、「フィナンシャル・タイムズ」の記事で、「この〝好く〟問題にはふたつの構成要素がある。倫理上の承認と愛着だ」と述べている。私たちはキャラクターに愛せる存在でいること、また正しい行いをすることを求める。

　この好感問題は、ちょっとした個人的な雑事がソーシャル・ネットワークでシェアされ、あらゆる近況報告に反射的に「いいね！」や「お気に入り」をクリックするオンライン文化の副産物ではないかと言う人もいるだろう。確かにオンラインには絶え間ない承認の文化が存在しているが、この好かれたいという欲望、私たちが何をまたは誰を好んでいるかを表明したいという欲望が、インターネットと共にはじまる、または終わるものであると信じるのはあまりに視野狭《きょう》窄《さく》だろう。アブラハム・マズロー（アメリカの心理学者。自己実現理論「欲求五段階説」で知られる）だってこの永遠の欲望について何か考えがあったに違いないし、私たちの多くは、適切な行動規範とされているものにうまく従う器用さを発揮して、そして何かの一員となり、好かれたいと思っているのだ。

好感――好感の持てる人でいること、好かれたがること、所属したがること――に関して苦しんできた物書きとして、そしてひとりの人間として、私は自分が小説を読み、そして書くにあたって、好感度について考えるのに長い時間を費やしてきた。私はしばしば好感の持てないキャラクターに惹きつけられる。社会的に許容されないふるまいをし、心に浮かんだことを何でも口に出し、それがどの程度かはさまざまだが、どうなるかを気にせずやりたいことをやるキャラクターに。キャラクターたちに悪いことをしてほしいし、罰せられずに逃げ切ってほしい。キャラクターたちに醜い考えを抱いてほしいし、醜い決断をしてほしい。私はキャラクターたちに間違いを犯してほしいし、悪びれることなく自分を第一にしていてほしい。

私は好感の持てないキャラクターのふるまいが精神病的だろうが反社会的だろうが構わない。たとえば、これは私が殺人を容認するという意味ではないけれど、それでも『アメリカン・サイコ』のパトリック・ベイトマンは、非常に興味深い人物だ。彼の好感の持てなさについては、彼は異常者であると精神医学上の診断が出されているが、しかし彼には彼なりの魅力がある。特にその痛烈な自意識。連続殺人鬼もまた人間であり、彼らはときに愉快ですらある。ベイトマンは小説中で考える。「僕の良心、僕の哀れみ、僕の希望はもうはるか昔に消えている（おそらくハーバードで）、もしそれらが存在していたとしたら」

私はキャラクターたちに、いま以上に自分が好感を持たれなくなるのが怖くて私にはできないようなことをやってほしい。キャラクターたちに、何よりも最大限に正直であってほしいのだ――人間として。

好感度の問題が文学についての対話の中にも存在するのは奇妙だ。それは私たちが求愛行動に携わっていることをほのめかしている。キャラクターたちは好感を持てない人物であるとき、私たちの移り気でばらばらな基準を満たさない。もちろん私たちはフィクションの中に親近感を見出すが、しかし文芸作品の価値は、それを読む私たちがそこに書かれている人物と友達あるいは恋人になりたいかどうかによって決められてはならない。

率直に言って、私は好感を持てるとされている「良い」キャラクターがむしろ耐えがたく思う。たとえばイーディス・ウォートン『エイジ・オブ・イノセンス』のメイ・ウェランド。メイの好ましさは、公平を期して言えば、精巧に作りあげられた、ウォートンによる選択であり、それによってニューランド・アーチャーのオレンスカ伯爵夫人へ向ける情熱がひときわ悩ましくほろ苦いものとなる。それでもやはり、メイは常にすべてを正しく、彼女に期待されているように行う類の女性だ。完璧な上流社会の淑女。いかに体裁を整えるかを知っている。その一方で、誰もがメイの暗黙のライバル的従姉妹、オレンスカ伯爵夫人のことを見下している。社会のしきたりに挑むことを厭《いと》わず、悲惨な結婚に耐えることを拒否し、たとえその相手が不適切な男性であっても、自分の人生に真実の情熱を求める女性だ。

私たちは彼女を好まないとされているのだが、しかしオレンスカ伯爵夫人は私の興味をそそる。

なぜなら彼女は興味深いから。彼女は社会的慣習の霞《かすみ》から離れたところに立っている。私たちは、きちんとした、愛らしい純潔な人間であろうとしているメイを好むか、少なくとも尊敬するべきなのだ。しかしウォートンの巧妙な手にかかると、私たちは次第にメイ・ウェランドを人間として、つまり他のどの人もそうであるように、好感の持てない人として見るようになる。好感度の問題は、もしすべての作家がイーディス・ウォートンぐらい才能があれば、もっとずっと我慢できるものとなるのだろうが、悲しいかなそうはいかない。

物語の中でその好感度が大きな意味を持つキャラクター以上に破滅的なのは、ただ単に好感度が高いキャラクターだ。これはちょっとバカバカしいが、しかし私は、人気ヤング・アダルト小説シリーズ『スウィート・ヴァレー・ハイ』の黄金の双子の片割れエリザベス・ウェイクフィールドの完璧さを嘆くのにすごく長い時間を費やしてきたし、いまでもそうだ。エリザベスは自分の幸福を犠牲にしなければならないときでさえ常に正しい選択をするよい子だ。彼女はいい成績を取る。よい娘であり、姉妹であり、ガールフレンド。なんて退屈。エリザベスの好感度はまったくもって嫌な感じだ。私はチーム・ジェシカ。私はローラ・インガルス・ワイルダーよりネリー・オルソンが好き（ワイルダーの半自伝的小説およびそのテレビドラマ化作品『大草原の小さな家』を参照。ネリーはいじめっ子）。

この好感度の問題はだいたいのところがくだらない。多くの場合、好感の持てるキャラクターは、いかに彼または彼女がルールに従って行動するかをわかっており、また自分がルールに従って行動していると見えるように気を配っているかを示すために、ただ単純に設計されている。好感の持てるキャラクターは、好感の持てないキャラクター同様、大概さらに大きな物語上の機能を果たすために利用されているのだ。

文芸批評では、著者はよく、あるキャラクターに好感が持てないと言われてしまう。まるでキャラクターの好感度がそのまま小説の文章のクオリティに比例するものであるかのように。これは特に、フィクションの女性にはよく起こることだ。文学においては、人生においてと同様、女の子に適用されるルールは別扱いであることがあまりにも多いのだ。感じの悪い男がアンチヒーローとして前面に出されたり、彼がいかにして伝統的な意味での好感の持てる人間つまり規範から逸脱するのかについて特別に説明されたりする例はたくさんある。このリストは『ライ麦畑でつかまえて』のホールデン・コールフィールドにはじまって長々と続く。感じの悪い男は謎めいて興味深く、翳りがあり、もしくは傷ついていて、たとえ彼が不愉快なふるまいをしていようとも最終的に注目せずにはいられないのだ。これこそ、たとえばフィリップ・ロスの小説の人気について考えたときに私に思いつく唯一の理由だ。彼は偉大な作家だけれど、同時に男性登場人物たちの感じの悪さ、ノイローゼ、自己嫌悪（そしてもちろん、人間性）をページ毎に力強く示すことに熱中する書き手でもある。

女性が好感を持てない人間だった場合、プロでも素人評論家でも、そこが批評的対話における論点になる。なぜこの女性たちは不敵にもしきたりを無視するのか？　「パブリッシャーズ・ウィークリー」は、〝好感を持てない〟主人公ノラが登場する小説『階上の女』の著者クレア・メスードにインタビューした。ノラは、辛辣で、ひとりぼっちで、自らの人生の有様に対しはっきりと怒っている。ここでインタビュアーは「私はノラと友達になりたいとは思いませんね。そうじゃないですか？　彼女の様子はほとんど耐え難いくらい怖いです」と言った。ほら、これだ。読者は本の中のキャラクターたちと友達になるためにいて、彼女は自分が見つけたものが好きではない。メスードは自分の言い分として、インタビュアーに鋭い答えを返した。

何その質問？　ハンバート・ハンバートと友達になりたいってわけ？　ミッキー・サバスと？　サリーム・シナイと？　ハムレットと？　クラップと？　エディプスと？　オスカー・ワオと？　アンティゴネーと？　ラスコーリニコフと？　『コレクションズ』に出てくる誰かと？　『インフィニット・ジェスト』の誰かと？　ピンチョンやマーティン・エイミスがこれまで書いたどれかに出てくる登場人物と？　またはオルハン・パムクが？　ついでにアリス・マンローが？　もしあなたが友達をみつけようとして読んでいるとしたら、困ったことです。私たちは人生を、その可能性の中にみつけようとして読むのです。適切な質問は、「このキャラクターは私と友達になれそう？」ではなく、「このキャラクターは生きてる？」でしょう。

そうなるともしかしたら、好感を持てないキャラクターたちこそ、最も人間的で、また最も生きているということになりそうだ。もしかしたらこの親密さが私たちを落ち着かなくさせるのかもしれない。なぜなら私たちはそんなにいきいきできていないから。

ジェームズ・ウッドは『フィクションの作用』で以下のように述べている。

フィクションにおけるキャラクターについて大量のナンセンスが日々書かれている――キャラクターを信じすぎる人の側からも、信じすぎない人の側からも。信じすぎる人々はキャラクターとは何かについて頑強な偏見を持っている。私たちは彼らを〝知る〟必要があると……彼らは〝成長〟し〝発達〟するべきであり、感じが良くなければならない。したがって彼らは私たちにかなり似通ってなければならないのだ。

ウッドは部分的には正しい。しかしそこで進行しているキャラクターの好感度についての問いかけは、私たちがフィクションに人々が理想的なふるまいをする理想的な世界を求めているという印象を残す。この問いかけは、キャラクターはありのままの私たちではなく、私たち自身のより良い姿を反映していることを示唆している。

ウッドはこうも言っている。「架空の人物の創造ほど難しいことはない」。私はそれが難しいのはそうだと証言できるが、しかしそこまで大げさには言わないだろう。実のところ私にとっては、これまでずっと他のいくつかのやるべき仕事のほうがもっと難しかった。とにもかくにも、キャラクターを作るのは難しい。なぜかというと私たちは読者の関心を維持し続けるのに十分な面白さのある人々を育てなければならないからだ。彼らがある程度は信頼できることを保障しなければならない。彼らを私たち自身とは違う人々にしなければならない（そして、言葉を尽くして、私たちの人生の登場人物たちとも違うものに。仕返しでそうしたい場合を除き）。なんにせよ彼らは筋を運ぶ、あるいは筋なしで語るのに、あるいは私たち書き手が彼らに熱心に投げつけがちな苦難に耐えるのに十分なだけできあがっている必要がある。彼らが耐えなければならないものを考えると、多くのキャラクターが好感を持てない人物であるのも不思議ではない。

物書きは、興味深く、好感を持てないキャラクターを生み出したときに、読者を誘惑的な立場に置く――彼らは読者を共犯者にするのだ。それは落ち着かないが心惹かれるものだ。

はちゃめちゃな人生を送っている人々が語りの焦点となったとき、好感を持てない女性が物語の焦点となったとき、『バトルボーン』、『トレジャー・アイランド!!!』、『デア・ミー』、『マグニフィセンス』などの小説の数々は、悪いとされる選択をし、見たままに世界を説明し、結果的に、正直で息を呑むほど生きている、好感を持てないとされる女性たちでいっぱいの物語でもって愉快な意志の過剰を示す。

これらの小説で描写される女性たちは、あきらかに友達を作るために物語に参加していないし、そこにふさわしいキャラクターたちだ。好感の拘束から自由になった彼女たちは、完全に実体化した、面白く、リアルなキャラクターとしてページを超えて存在することができる。おそらく「真実は痛い」という慣用句が、好感度をめぐる気苦労やその欠如の心臓部に横たわっているのだろう――私たちはフィクションの世界の安全に身を浸すときに、自分をどの程度の真実に晒《さら》したいのか、どの程度傷つきたいのか。

サラ・レヴィンの『トレジャー・アイランド!!!』は、興味深く好感を持てない語り手を擁《よう》している。彼女は徹底的に自己中心的で、あとさきを考えずに行動し、常に他人より自分の利益になりそうな選択をする。『宝島』の本に極度に夢中で、この本の核をなす価値観、すなわち、「果敢、決意、独立、鳴り響くラッパ（誇大宣伝）」にもとづいて自分の人生を生きようとする。語り手は自業自得の災難から災難へと進んでゆくが、彼女は頑固だ。ここには悪行から学んだ教訓も贖罪《しょくざい》もない。物語に謝罪も倫理もなく、それがもうすでに明敏で知的な小説をさらに抗しがたいものにしているのだ。

これを考えると、『トレジャー・アイランド!!!』の語り手のこうした価値観、すなわち「果敢、決意、独立、鳴り響くラッパ」によって生きようとする姿勢は、フィクション上の人生を生きる好感を持てないとされる女性たちを定義する特徴となる。

パメラ・リボンの『あなたはここからそれを取っていく』では、スミッジという肺がんで死に向かいつつある女性が、親友ダニエルに、端的に言えば、彼女の娘を育てあげ、夫に連れ添ってほしいと望む。この本は設定も興味深いが、本当に際立っているのは、スミッジがものすごく好感を持てない人物であるところだ。彼女は、友達がひとりもいない類の人間に見える――偉そうで、当たりが強く、支配的で、後悔せず、巧みに人を操る。それなのに。彼女には親友がおり、娘がおり、夫がおり、彼女が亡くなったときに深く嘆く人の輪があるのだ。このキャラクターの好感の欠如におけるリボンの揺るぎなさは見事なものだ。彼女は、スミッジが死に瀕しているからといって、このキャラクターに真の姿を明かさせたりは決してしない。リボンは彼女が私たちにスミッジの何を見せるかに関して揺るぎなく、この小説はそれによって優れたものになっている。

米アマゾンで『あなたはここからそれを取っていく』に寄せられたカスタマーレビューの中で、ダナエ・サヴィトリはこう述べている。「私はスミッジにキャラクターとして全然親しみを持てなかったけど、でも彼女は、カリスマ的で自己愛の強い人にはありがちなように境界性人格障害に苦しんでいて、自分の周囲の人をいじめたり操ったりするかと思うと魅了するのだ」。この本を評する代わりに、彼女は女性の好ましさに問いを投げかけている。ここでもまた精神疾患の安楽椅子診断だ。架空のキャラクターにおける好めなさの病理化はほとんど条件反射のようだ。

ミーガン・アボットの『デア・ミー』は、高校チアリーダーたちについての本だが、期待されるものとは似ても似つかない。果敢、決意、独立、そして自分が一番という『トレジャー・アイランド!!!』の強力な行動指針をもって動く女性がたくさんの『デア・ミー』は、女の子たちのあいだの危なっかしい親密さを暴き、人を惹きつけるのと同時に恐ろしい。これは肉体と完璧を求めて闘うことと野望とむきだしの欲望についての小説で、とても真に迫っていて、この本に登場する欠点だらけの女性たちが求めるものを手に入れるためにいかにひどいことをしようとも、うまくいってほしいと願わずにはいられない。小説の中心にいる若い女性、ベスとアディは、友達どうしなのと同じ程度に敵どうしだ。彼女たちはお互いを裏切り、自分たち自身を裏切る。ふたりは間違いを犯すが、それでもなお彼女たちはお互いにとっての重力の中心なのだ。酔っ払った夜の後、ベスはアディに、彼女が覚えているか電話で尋ねる。

私たちが昔は雲梯《うんてい》にぶら下がって、お互いに脚を絡ませ、いっしょだとすごく強くって、誰も私たちに敵《かな》わなくて、でもカウント3でお互い手を離すってことにして、彼女はいつもズルして私はいつもそれを許して、私は下に立って、彼女を見上げ、歯列矯正前のすきっ歯を剝き出しにして笑ったこと。

これはアディがこれまでずっとどんな風にベスを見て、彼女を理解していたか、そして結局は彼女を愛していたことが私たちに示される瞬間だ。小説全編を通して、ベス、そしてアディもある程度は、好感を持てない人物のまま、欠点があるままだが、そこになぜそうなのかの説明はないし、原因と結果を結ぶはっきりした道筋はない。伝統的な好感度を示すパラメータは全編を通して巧妙に回避され、正直であるのと同時に胸が痛む瞬間が描かれる。

リディア・ミレット『マグニフィセンス』のスーザン・リンドレーは、未亡人で、夫の悲劇的な死を経て前に進まなければならない。私たちは最初から、彼女が夫を裏切っていたことを知る。彼女は朽ち果てつつある剝製コレクションで埋まった叔父の邸宅を相続し、邸宅と自分の人生、両方をなんとか整理しようとする。彼女には上司と関係を持っている娘と、別の女性と結婚している恋人がいる。彼女は夫の死に責任を感じているが、それは事実確認でしかない。「彼女はほっとしたかしら、自分がアバズレだったことに?」と、スーザンは考える。「これでどこか安心した部分が彼女にあったかしら? もしこんなことを認められる人がいるのなら、彼女だってできるはずだ。彼女はアバズレというだけではなく殺人者でもあった」。スーザンは続けて自分が夫の死に何も感じていないことを認める。「無の自由」、そしてこの小説を通して彼女はこの自由に浸り、それを受け入れる。

『マグニフィセンス』の多くの部分はスーザンの経験、彼女が作り出し、自分自身のために作り続ける、どうにも厄介な彼女の世界の見方を基盤に書かれている。また、四〇代後半にして自分の世俗的な欲望を恥じないのと同じ程度に極めて性的な存在である女性を目にするのも楽しいものだ。彼女は相続した邸宅にどんどん執着してゆく。文章はしばしば盛大なやり過ぎと瞑想にはまることがあるものの、それでもどこに心を奪われるかというと、この女性が自らの不貞について悔恨の念をまったくと言っていいほど示さないところと、彼女が自分の人生に関わる人々を裏切るやりかただ。そういった悔恨の念が第一の語り《ナラティヴ》になっている小説はたくさんあるが、しかし『マグニフィセンス』においては、あるひとりの女性、大勢の人にいけ好かないと思われている人物がいかに存在し、悔恨そして好感を持てるキャラクターを押さえ込んでいるさまざまな種類の罠を超えて広がる物語の一部になることができるかを目にする。私たちは無の自由がどんなものか、ありのままを見ることができるのだ。

クレア・ヴェイ・ワトキンズの短編集『バトルボーン』には、見たところ好感を持てない女性の物語がたくさん収められている。すべて何らかのかたちでアメリカ西部の砂漠が登場するこれらの物語は、場所についてのものであり、そのうちいくつかは女性と彼女たちの強さについてのものだ。彼女たちの強さがどこから来るのか、その強さがいかにして耐えがたいほど人間的なかたちで屈してしまうのか。「バトルボーン」という言葉は、実のところ、ネヴァダ州のモットーなのだ――苦闘に鍛えられたこの州の強さを表すものとして。本書の中でおそらく最も力強い物語、「ロンディーン・アル・ニド」では、冒頭にエピグラフがある。普段、私はエピグラフに気を留めない。物語をどう読むかを、書き手によってそんなにもあからさまなやりかたで枠にはめられたくはないからだ。しかし、この物語のエピグラフは、『バガヴァッド・ギーター』からの引用で、「いま私は死、世界の破壊者となる」とある。はじめから私たちはこの先には破滅しかないことをわかっており、この物語はそれがどんな風に起こったのかを知るだけの問題となる。私たちが知るのは、ひとりの女性が「男の元を立ち去る、結局のところ、彼は自分を十分に愛していないと彼女は判断したから。しかし実のところ彼は彼女を愛しており、しかし彼の愛はなぜか内側によじれており、それが彼に彼女を傷つけさせる」ということ。だが実際これは、この女性がひとりの女の子で、一六歳で、〝私たちの女の子〟である語り手がどこへ行こうと追いかけてくる類の友達、レナといっしょにいた場合の物語である。ラスヴェガスの一夜、何人かの男の子たちと女の子たちが出会うホテルの部屋の出来事があって、それは彼女たちの友情をもう元には戻せないほどに変え、それはもし愚かな若い女性が誤った選択をしなければ避けられたかもしれず、その選択がこの物語を完全なものにしている。

おそらく近年のフィクションに関する記憶で最も好感を持たれにくい女性は、ジリアン・フリン『ゴーン・ガール』に登場するエイミーだろう。夫の不実を罰して彼を自らの手中に収めておくために、途方もなく長い道を行く――自分が殺されたように偽装して夫ニックを罠にはめる――女性である。エイミーはものすごくいけ好かなくて、まったく悔悟の念がなく、恥を知らないため、この本は読んでいてところどころ非常に気詰まりする。フリンは私たちがちょっとした瞬間の積み重ねのうちにニックとエイミーの両者について知っていくようにうまいこと仕向けているため、私たちは彼らに対してどう感じればいいのかはっきりとはわからない。彼らが好感を持てる人物なのか否かわからないまま、私たちはどちらにも欠点があり、どちらもひどく、いろいろな意味でつながりあっていることを知る。まばたきもせず後ずさりもしない書き手を見るのはわくわくするものだ。

『ゴーン・ガール』はある一筋の怒りの流れに貫かれており、エイミーにとってその怒りは、たいていの女というものが耐えるよう強いられている理不尽な重荷から生じている。この小説はサイコ・スリラーだが、素晴らしいキャラクター研究でもある。エイミーは、誰に聞いても、理想的な女性である。彼女は「賢くて、愛らしくて、感じのいい子……彼女にあるのはたくさんの〝関心〟と〝熱意〟、かっこいい仕事、愛に満ちた家庭。そして言ってしまえば、金」。これらの美点すべてを手にしてなお、エイミーは気づけば三二歳で独身で、そこでニックを見つける。『ゴーン・ガール』の何がそんなに私たちを気まずくさせるのかというと、その正直さ、そしていかに私たちの多くが、そのお互いに愛し合い憎み合う様において、絶望的にニックとエイミーによく似通っているかである。真実は痛い。痛い、痛い、痛い。ついに私たちがエイミーの真実を理解しはじめたとき、彼女はニックに出会った夜のことを語る。

ブルックリンのパーティのあの夜、私はいけてる女の子を、ニックみたいな男が求める女の子を演じていた。あのいまどきの女の子。男たちはいつも絶対の褒め言葉でそう言うじゃない、違う？　彼女はいけてる子。いけてる女の子でいるということは、私は欲情をそそる、頭が冴えて、愉快な女で、フットボール、ポーカー、危ない冗談を愛し、げっぷをして、ビデオゲームをやり、安いビールを飲んで、3Pとアナルセックスが好きで、ホットドッグやハンバーガーをまるで世界最大の料理乱交パーティみたいに口に詰まらせて、それでもなぜかサイズ2を維持してる、だっていけてる子は何よりもまずそそるものだから。性欲をそそって理解のある……男たちはこんな子が存在するって本当に思ってる。もしかしたら彼らは騙されているのかもしれない、だってすごくたくさんの女がすすんで自分がこの子だってふりをしているから。

フィクションに登場する好感を持てない女性たちに関して、滅多に口に出されることがないことだ――彼女たちは偽っていない、自分でない誰かのふりはしない、あるいはできない。そのためのエネルギーも欲望も持っていない。自分に要求される役を演じたメイ・ウェランドの意欲は、彼女たちにはないのだ。『ゴーン・ガール』で、エイミーはひとりの男の求める女でいるという誘惑について語るが、しかし彼女は最終的に「彼の好きなクソくだらないものすべてを好んで不満を言いさえしない女の子」になるという誘惑に屈しはしない。好感を持てない女性はその誘惑に身を任せることを拒否する。彼女たちは、その代わりに、彼女たち自身なのだ。彼女たちは自らの選択の結果起こることを受け入れ、それは読むに値する物語となる。

私たちはこうして負ける

ジェンダーについての議論は、しばしば二者択一の命題のもとに置かれる。男は火星人で女は金星人、まるで私たちはあまりにも違っているからお互い通じ合うのはほとんど無理だとでも言わんばかりだ。ジェンダーについての私たちの話しぶりは、火星と金星は同じ太陽系の一部で、別の惑星たったひとつを挟んで、同じ太陽の支配下にあるのだということを簡単に忘れさせてしまう。不運なことに、二〇一二年に出た何冊かの話題の本は、このジェンダーについての文化的対話を生産的に捉え直すのにほとんど役に立っていなかった。それどころか、これらの本は女性と男性についてむしろ視野の狭い見識を示し、私たちのジェンダーについての考えかたに微妙な意味合いを運び込む機会を逃していることもしばしばで、がっかりしてしまう内容だった。

もし女性の持てる機会が改善されれば、男性の機会はおのずと困難に直面するに違いない。まるで宇宙に存在する豊かさの総量が限られていて、それを男性と女性で公平に分かち合うことはできないみたいに。というのがまさにハンナ・ロシンの興味深く知的で、しかし最終的に気が滅入る『男性の終焉と女性の勃興』を読んでいるあいだに私が抱いた印象だ。そもそも男性の終焉が直接女性の勃興に結びつくと提唱する意味は？　女性たちがかつてなくよくやっているということを否定するわけではないが、それが何？　参政権以前、連邦教育法第九条（男女教育機会均等法）以前、同一賃金法以前、ロー対ウェイド判決（一九七三年、米最高裁が女性の妊娠中絶の権利を認める判決を出した）以前、なんでもいいけど人生をなんとか耐えられるようにするたくさんの変化以前の女性の人生がどんなものだったかを考えれば、女性が遭遇してきた成功のほとんどは、状況からしたら前進に見えてくる。

ロシンはあきらかによく調査を行い、説得力のある議論を展開している。とりわけ彼女の、私たちの先入観をひっくり返すことでジェンダーにまつわる対話を前進させようとするやりかたは評価できる。私たちはジェンダーについて語るとき、まず女性の人生をさまざまな不利が前提にあるものとしてしか理解できない（たとえば、あの終わりなき「すべてを手に入れる」議論）という視野狭窄《きょうさく》に陥ってしまうことがしばしばだ。ロシンはそうした考えかたを、女性が教育、いくつかの産業、文化全般においてさまざまなかたちで優位に立っている例を示すことでより複雑なものにする。

私は読み進めるにつれ『男性の終焉』に懐疑的になったが、ロシンの考えを尊重するのは難しくない。しかしそれと同時に、提示するデータを恣意的に選ぶことで議論を説得力のあるものに見せるのもまったく難しくないことなのだ。ライターでも評論家でもこの恣意性から自由な者は存在しないが、『男性の終焉』ではこれがしばしば問題含みなものとして目につく。「薬学少女たち《ファーム・ガールズ》　女性たちはいかに経済を作り直したか」の章で、ロシンは製薬産業における女性進出について論じている。彼女は記す。「二〇〇九年、アメリカ史上初めて、男女の労働力比率は女性のほうに傾き、以後も五〇パーセントあたりをうろつき続けている」。これは励まされる重要な数字だが、しかし二〇一〇年の国勢調査によれば、女性は依然として男性の七七パーセントしか稼いでいないし、これを看過してはいけない。私たちは労働力の半分を占めているが、その社会進出のために不当に高い代償を払わされている。

この章を通して、ロシンは薬剤師の女性たちが歩んできた道に注目し、いかに彼女たちがこの分野を事実上独占してきたかを紹介している。かつては完全に男性に支配されていた分野において、私たちがいかに遠くまで来たかを見るのは本当に刺激的だ。だが同時に、これはたったひとつの分野でしかない。すべての議論には反論がある。女性たちは薬局でよくやっているが、しかし統計が示すものは、たとえば、科学やその他ほとんどの工学技術の世界では、まったく違う。『男性の終焉』を通じてたびたび論じられるテーマのひとつに女性の野望がある。いわく、女性は私生活でもプロとしてもより勤勉で、集中力があり、責任を果たすために必要なことをすすんでやる。多くのカレッジや大学では女性が多数を占めている一方で、男性は進学しないことを選ぶ、もしくは学位取得を諦めて中退する。しかしロシンはどうしてこうした傾向が現れてきたのかを掘り下げはしない。彼女は、男性は進学する必要がない場合があるという事実を強調する。いわく、彼らは製造業で働いたり商売を学んだりして自分自身と家族にいい暮らしをさせることができる。しかし、製造業の仕事がますます海外へ流出し経済がだめになったとき、こうした仕事に代わるものは何もない。男性は順応できていない。ここで言外に示されているのは、女性のほうがより野心的で集中力がある、なぜなら彼女たちには選択肢がなかったからだ、ということだ。私たち女性は投票するため、家の外で働くため、セクシャルハラスメントのない環境で働くため、自分で選んだ大学に進学するために闘わなければならなかったし、同時にちょっとでも自分を検討の対象にしてもらうために何度も何度も能力を証明しなければならなかった。女性たちは上昇しているが、元国務長官で二〇一六年大統領選の立候補者になりそうなヒラリー・クリントン（本書の原書刊行は二〇一四年）も、ファッションについての質問に答えなければならないのだ。CNNは女性の投票行動はホルモンに左右される可能性があるとほのめかす記事を出してのうのうとしている。

そしてロシンは暴力について論じ、女性の侵犯行為の増加に触れて、「今日、女性が殺され、強姦され、暴行され、強奪される可能性は、近年のどの時点よりも少ない」と述べている。これは素晴らしいニュースだが、しかし気になる余談が入る。ロシンは続ける。「二〇一〇年の女性と少女についてのホワイトハウス報告でははっきりと示された最新の数字は、多くのフェミニストにとっていらだちを感じさせるものだった」。しかしこのフェミニストたちのいらだちを証明する情報は示されない。フェミニストが女性に対する暴力が減ったことにいらだつというのを言葉通りの意味に受け取るのは難しい。まるで女性の勃興がなぜか「フェミニスト・アジェンダ」に対立しているかのようではないか。ロシンは続けて他にもいくつかの統計を引用するが、報告されない虐待と性暴力がどれだけあるかに注意を促しはしない。この問題に関しては、女性または男性に対する暴力がどれだけあるかを示す真に正確な統計的数字が出ることは絶対にないというのが真実だ。私たちにできるのはなんとか推測することだけなのだ。

もうひとつロシンが主張している女性の優位は、いかに「レイプの定義が、挿入に至らない行為――たとえばオーラルセックスなど――および被害者が合意を示す行為能力を奪われていた場合（通例これは飲み過ぎを意味する）も含むように拡張されたか」である。これは確かに性暴力の範囲をどのように認識するかにおいて決定的な改善ではあるが、しかし私たちには、過去数年のあいだ、保守派の政治家たちが性暴力と中絶について自らの立場を説明しようとしてやらかした失態から学んだ、さまざまな種類のレイプについて考える必要もある。

たとえば、二〇一二年の上院議員選挙に出馬したインディアナ州財務長官リチャード・マードックは、ディベートで「自分自身長いことそれで苦しんできた。そして生命は神からの贈りものだと気づいた。たとえレイプというひどい状況からはじまった生命であっても、それは神が意図して起こったものなのだと思う」と発言した。私はこの言葉について考え続け、どうしたら神を信じているると称する人が同時にレイプで生まれたものも神の意志だなんて信じることができるのか理解しようとしてきた。まるでいろいろな種類のレイプがあって、いろいろな種類の神がいるかのよう。また、女性というのは、よく神の意志を受け取る者であり、同時にそうした意志の重荷に耐えることを強いられるのだということも思い出された。

レイプについての意見を大声で示したのはもちろんマードックだけではない。元ミズーリ州院議員のトッド・エイキンは「合法レイプ」と「強制レイプ」（撞着《どうちゃく》語的表現だ）があると信じており、これを混同してはならないという。ロン・ポールは「公正レイプ」の存在を信じているが、そこに不公正レイプがあることは見て見ぬふりだ。元ウィスコンシン衆院議員ロジャー・リヴァードは、一部の女性たちは「やすやすとレイプする」と信じている。こうしたレイプの新定義が出てくるのは男性の視界からだけだと思ったら大間違い、コネチカット州上院議員に立候補して落選したリンダ・マクマホンは私たちに「緊急レイプ」という概念を紹介した。こうした一連の奇妙な新しいレイプの定義を踏まえると、私たちの文化的風潮にはいまだに女性を低く見ている部分があまりにも大きく、女性が進出しつつあるという所見に納得するのは難しくなる。私たちは、（おそらく）この人たちの中でいまも権力の座についている人はもう誰もいないということに、慰めを見出すことができるだろう。

『男性の終焉』のペーパーバックには、新しいエピローグがついている。この文章の大部分は、ロシンの想像上の、虐げられた女性たちの苦しみを上機嫌で満喫するフェミニストというものを敵に回している。ロシンはフェミニストたちに家父長制は死んだということを受け入れよと求めており、それはあきらかにばかげた主張なのだが、それに応えてツイッターにはハッシュタグ#RIPPatriarchy（家父長制よ安らかに）がたちまち広まった。エピローグで、彼女はただ単に彼女のことを気にかけていないだけのオーディエンスを相手に無意味なケンカをふっかけているのだ。

女性にとって人生が目に見えて改善されてきたという点においてはロシンは間違ってはいない

が、しかし前より良くなったからもう十分、と示唆している点は間違っている。前よりましはこれで十分とは別だし、これっぽっちですすんで妥協しようとする人がいるなんて残念な話だ。いかに家父長制が現役バリバリで残っているかをこのこと以上にはっきり示す証拠は、私には思いつかない（右記を見よ）。

これは本当に残念な話だ。なぜかというとこのエピローグの内容と語調は、まずまず納得できるいい本を台無しにしているから。またこの本には、米国連邦議会で女性が議席の三分の一を占めていると読めるような、あきらかに間違った情報も含まれている。第一一三回米国連邦議会の五三五議席のうち女性は一八・三パーセントである。

だが細かいところにこだわるまでもない。家父長制、今日私たちがそう呼んでいるものなら、それはいまなお健在だ。テクノロジー業界はあいかわらず次から次へと女性蔑視《ミソジニー》に関する論争に巻き込まれている。ニュースサイトTechCrunchで二〇一三年に起こった騒動では、ふたりのプログラマーがおっぱい凝視《ティットステア》アプリをシェアした。ご想像通りのもの。あまりにも幼稚で誰の時間も労力も割くには値しないけれど、これもまたミソジニーによって駆り立てられる文化的愚かさの例だ。同じ年、ハーバードは、デジタル環境のプレッシャーのもとでジャーナリズムがいかに崩壊したかを検証するプロジェクト「リップタイド」を開始した。残念ながらこのプロジェクトのためにインタビューされた人々のほとんどは男性で、例によって視野の狭い意見を出していた。この問題にはもっと多様な声の数々が役に立つはずなのに。フィックス・ザ・ファミリーという「家族の大切さ」を謳《うた》うカトリックの保守団体は、なぜ家庭は娘たちを高等教育に進ませてはならないのかの理由を並べたリストを発表した。このリストは風刺ではない。

だが、これらは比較的小さなことだ――症例であって、病そのものではない。こうしたイラっとさせられる事態は、国内外で女性たちが直面しているもっと深刻な問題に比べると影が薄い。私たちはノースキャロライナとテキサスとオハイオにおける生殖の自由の制限について語ることができるし、家庭内暴力や性暴力や貧困を生きる女性についてのたくさんの統計を持ってくることもできる。もし家父長制は死んでいたとしても、数字はまだそれを示していない。

フェミニストは怨恨を持ち続けており、まるで自分自身が苦しんでいないと機能不能になるとでもいうように自らすすんでこの家父長支配の概念にこだわり続けていると、ロシンは言いたげだ。私はフェミニストのひとりでしかないが、しかし私は、もしみんながこの世界に納得がいくようになれば私たちはそれで問題なしだという自信がある。ロシンは「女性たちは本物の力に近づけば近づくほど、自分たちには力がないという考えに固執するようになる。近頃はフェミニストの勝利を喜ぶことは裏切りとされるのだ」と記している。この意見にある欠陥は『男性の終焉』にある欠陥と同じものだ――全か無かの物の見方、微妙な意味合いの検討を避ける姿勢。一部の女性が力を得ているからといってそれは家父長制の死の証明になりはしない。それは幸運な人たちもいるということを証明するだけだ。

女性たちが一貫して周縁化されている権力構造の有害な文化的作用を徹底的に逆流させるよりかは、権力について議論することのほうがずっと重要だ。私たちはその作用についてすでに知っている。私たちはそれを生き、それに打ち勝とうとしてきた。しかし権力について話そう。フォーチュン五〇〇企業（アメリカの「フォーチュン」誌が毎年発表するリスト。全米収益トップ五〇〇社）には、マリッサ・メイヤーほか二〇人の輝ける星のような女性CEOたちがいる。なんと四パーセントもだ。改訂版のエピローグで、ロシンは「私の妄想は放っといて。忙しいんだから」とでも言いたげに、この数字を屈託なく引用している。また私たちは、これまでに女性のアメリカ合衆国大統領が出ていないこと、そして二〇一三年七月、世界中見回しても女性の大統領および首相がたった一九人しかいないことについて語ることもできることだろう。

ある意味で、ロシン――この本の中で自分はラディカル・フェミニストでもアンチ・フェミニストでもないと言っている――は、ここで巧妙に修辞上の操作をしてみせる。これにどう応答しようとも、彼女はその相手を、言ってみれば怨恨を持っている人という立場に置いて、しつこく怒り続けて「真実」を見ようとしない人ということにしてしまうのだ。でも、反論は理不尽な怒りではない。いろいろなかたちでミソジニーは根強く残っているし女性を傷つけていると指摘するのは、怒りではない。怒りは女性が直面している不正への不適切な反応であるという考えかたを認めることは、女性を不公平な立場へと後退させてしまう。ここで意見が一致しないからといって、いかに進歩がなされてきたかを私たちが無視しているわけではない。フェミニストは私たちの勝利を祝福し、私たちが特権を手にしたときにはそれを認めている。私たちはただ単純にここに落ち着いてしまうことを拒否している。私たちはなされるべき仕事がまだまだたくさんあることを忘れることを拒否している。未だ安心を求めて苦しんでいる女性たちの犠牲の上に成り立つ自分の安心を享受することを拒否しているのだ。

『女になる方法』でキャトリン・モランは、歴史的に見て、女性たちはまだ全然何も成し遂げられていない、すなわち女性たちはいまだに世に出ていないと提言している。

男女を問わず、最高に熱烈なフェミニスト歴史家——アマゾンや部族母権制やクレオパトラに言及するような——でさえ、女性たちが過去一〇万年にわたって基本的に何もできていなかったことを隠匿《いんとく》するのは不可能だ。ほらほら、認めましょうよ。女たちが勝ち誇り創造的で、男たちと平等な並行歴史が存在しているけれど、それは徹底的に「奴ら」に隠蔽《いんぺい》されてきただけなのだ、なんて偽って消耗するのはやめましょう。

モラン曰く、女性たちは単純に、男性優位をよしとするたくさんの社会文化的要素が原因で、偉大なことを成し遂げる機会に男性と同じようには恵まれなかった。

『女になる方法』は、回想録にしてフェミニスト・テキストであり、同時に女性的経験という狭い区分に根差した限定的なやりかたでジェンダー問題にアプローチしている。これは女性が心配している事象についてはたして男性は心配しているかどうかを問うことによって展開していく本だ。とっつきやすいアイデアである。よく引用されている部分のひとつが以下。

> 男はそれをやってる？　男もそれを心配してる？　それは男の時間を奪ってる？　男はそれをするなって言われてる？　それは「がっかり」だからって。男はこのむかつく、アホみたいな、時間の無駄遣いのクソについて本なんて書く必要がある？

この簡潔な哲学に乗っかりたいと思わない人がはたしているだろうか？　この本には、フェミニスト的思考を面白おかしく（だが古くさく）伝えようとするあまり、のんきな無神経さや文化的意識の狭さに甘んじることを読者に求めている部分がたくさんある。ふたたび、私たちはこの限定性と折り合いをつけなければならない。なぜなら人々は「男はこれをやってる？」という問いを引き合いに出すのが大好きで、彼らはモランが同じページのずっと後の方でブルカに対する彼女のスタンスについて語っていることを無視する。「私が最終的に女性がブルカを着用するのには反対だと決めたのは『男の子たちはこれをやってる？』の原則にもとづいてのことだ」。ブルカに対するモランのスタンスがここで関係あるのかどうか私にはわからないから、これは奇妙な、あきらかにおかしな発言だ。ローリー・バルボは、ニュース放送中にヒジャブを着用することを選んだエジプトのニュースキャスターについての記事で、「女性にヒジャブの着用を強制することと着用しないよう強制することのあいだには違いはない。最終的な決定は個人的なものであるべきだ」と書いた。ヒジャブまたはブルカについての西洋からの意見はどうにも見当違いだ。何がムスリムの女性たちを抑圧しているかあるいはしていないのか、私たちがいくら自分たちを高く見積もっていようとも、勝手に決めるわけにはいかない。

『女になる方法』で、モランはこうも言っている。「私は『うるさいフェミニスト』というフレーズを、ヒップホップのコミュニティが『ニガー』という言葉を取り戻したのと同じように取り戻したい」。これは不可解な発言である。なぜなら単純に『うるさいフェミニスト』というフレーズがNワードに並べられるほどのものであるということにリアリティがないからだ。私はこの発言を取り巻く沈黙に興味をそそられる。人々がいかに笑えるフェミニズムのためにふと出てきたレイシズムを看過してしまうのか。だいたいのところで、この本には華々しい賛辞が積み上げられている。「ニューヨーク・タイムズ」は「『女になる方法』は、あまりにも深く浸透しているゆえに私たちが気づきもしなかった性差別に対する、輝かしく時宜《じぎ》にかなった抵抗である」と絶賛している。

フェミニストの文章が一般にユーモアを欠いていると指摘した書評はひとつだけではなかった。そう、私たちがフェミニストはユーモアがないというよくある語りを受け入れていると仮定して。このように、彼らはモランの本のユーモアをずっと高く評価している。またもや私たちは、それが自分を笑わせてくれる限りは、文化的な無知に目をつぶってしまうのだ。モランは繰り返し、彼女が全然知らない文化的経験に彼女の見解をあてはめることで、もともとの考えを弱くしてしまう。彼女は無分別にもこう記している。「すべての女性は赤ちゃんが好きだ――すべての女性がマノロ・ブラニクとジョージ・クルーニーが好きなように。スニーカー以外は履かないって人だって、またはレズビアンだって、そして靴が、ジョージ・クルーニーが大嫌いな人だってや、これは笑えるけれど、同時に真実ではないし、女性と私たちの好きなものの多様性をはねつけるユーモアのために女性をひとくくりにし一般化しようとしている。モランは、フェミニズムをその他のことを考慮せずに存在できるものとして特権化しようとするあまり、彼女自身を弱体化させている。彼女のフェミニズムは非常に狭い真空、あらゆる人の不利益のもとに存在している。これは残念なことだ。この本はモランが彼女自身をちょっとはみ出したところにまで目を配っていさえすれば、ずっと意義深いものになっていたはずだから。『女になる方法』の人気を思うと、私はこれが失われた好機だったと感じずにはいられない。

しかしここに、悪びれもせず無秩序に、前にも後ろにも広がって、文化的対話の真空を爆発させようとしている、ジェンダーについての文章がある。私たちは『ヒロインズ』の最後、ケイト・ザンブレノがこう書くところからはじめなければならない。「私の批評のために。これまでいつも、とてつもなく大きな気持ちから出てきた私の批評」。ザンブレノの書くもので最も私の興味をそそる部分は、それがどれだけ豊かに彼女が信じるエートスを体現しているかだ。『ヒロインズ』で、ザンブレノは、ある部分はマニフェスト、ある部分は回想録、そしてある部分は痛烈な文芸批評になっている混成テキストを作り出した。この雑種性がこの本のいちばん目につく特徴で、彼女はこうしたそれぞれ異なる野心のあいだを非常にうまく動いている。ジェンダーについての私たちの対話をより良いものにしようと試みているだけでなく、彼女は例を示してリードしている。

彼女の批評は感情から立ち上がってくる。書き手が自らの批評の背景にある動機のありかをこんなにもはっきりと示すのを見るのはいいものだ。批評は客観性の傘の下にあるものとしてむしろ冷たく扱われることがよくある。『ヒロインズ』にはそのような距離はない。ザンブレノは主観を大いに楽しんでいる。

ザンブレノは個人的と政治的のあいだをきびきび行ったり来たりするが、この語りのスタイルはうまくいっている。それはザンブレノが本の終わりで求めているものを明解に体現しているからだ。彼女は言う。「一種の新しい主観性がオンラインで育ちつつある――傷つきやすく、欲しがりで、ポップカルチャーおよび現代の書きものと私たちの文学的祖先たちの両方に照らしあわせてうまく言葉にされている」。もともとこの本も、彼女が自分の人生と文化的・批評的関心のとある局面について詳述したブログ『フランシス・ファーマーは私の姉』をもとにしている部分が大きいことから、その性質が立ち現れている。

あらゆる物書きにはそれぞれのオブセッションがあると言われるが、『ヒロインズ』の場合、そのオブセッションは返還要求であり、あるいは、もしかしたら、新しい地平を拓くことだ。そこでは女性たちがフェミニストかつ女性的《フェミニン》でいることができ、あまりにも頻繁に女性を周縁化し、沈黙を強い、女性の経験を消そうとするレッテルと力に抵抗することができる。ザンブレノは彼女の私生活や恋愛関係や、パートナーと共に、つまりパートナーにくっついて引っ越してきたオハイオ州アクロンに順応しようとしての奮闘について語り、こうした個人的な経験の観察を、さまざまなかたちで周縁化され、沈黙を強いられ、消されてきた女性の作家および芸術家たちについての調査・考察のあいだに散りばめる。

『ヒロインズ』は完璧な本ではない。ここにはいくつもの沈黙がある。特に人種と階級と異性愛特権をめぐっては。あるひとりの女性にとってのヒロインたちの大部分が白いヘテロセクシャルの女性である場合、それが意味するところは？　一冊の本がすべての人にとってのすべてになることはできないが、もしザンブレノが、こんなにもひらめきに満ちた思索と筆力をもって、目を配る範囲をさらに広げ、文化的対話の真空地帯をさらに爆発させたら一体どうなるのかを見ることができたら良かったのにと思う。

私は、ジュノ・ディアスの短編集『こうしてお前は彼女にフラれる』について、相反する気持ちを抱いている。ディアスの才能は否定すべくもない。この男は特例的にうまく書く。彼の小説はあざやかで記憶に残り、知的で強烈だ。彼は短編というフォーマットの中でどのように事を運ぶかを心得ており、小説の構成に本物のエレガンスをもたらしている。ディアスは文章を豊かな文化的文脈の中に置き、欠陥があるがそれに申し開きをしないキャラクターを描いて、人物像に信憑性を与えることができる。これらそれぞれつながりあった九篇の短篇小説は、主人公ユニオール、彼の家族、彼が愛し、失い、蔑《さげす》んだ女性たち、そしていかにして彼が最終的に自らの悪行の残骸に囲まれひとりぼっちになったかを追っている。私はこの本には相反する想いを抱いている。なぜなら私はこの物語、ディテールの豊かさ、声、はじめからおわりまで読者を引っ張る語り口が好きだからだ。これらは重力のある物語だ。読者を掴む。

洗濯女として働きながら既婚男性であるユニオールの父親と関係を持っている女性についての「もう一つの人生を、もう一度（オトラビダ・オトラベス）」では、移民経験、恋する女たちの選択、彼女たちが耐える男の仕打ち、彼女たちがいかに入念に希望を抱くかが、それは美しく語られている。「もう一つの人生を、もう一度（オトラビダ・オトラベス）」は間違いなく、私がこれまでに読んだ小説のなかで最良の類のものだ。

事実、この短篇集には各篇にそれぞれどこか感心する部分がある。「インビエルノ」では、ユニオール、彼の兄、そして彼らの母がはじめて合衆国に連れて来られたときの長く陰鬱な冬の描写、ユニオールの坊主頭に降ってきた雪がどんな風に感じられたかのところが忘れられない。「ミス・ロラ」では、ディアスは読者を、一六歳で兄の死を悼《いた》んでいるユニオールと彼が浮気する中年女性ミス・ロラの両方にやすやすと共感させる。短篇集は、ユニオールが浮気を繰り返したのが理由で婚約者と破局して以来の年月を詳しく語る、後悔と悲しみに満ちた「浮気者のための恋愛入門」で締めくくられる。この物語はむき出しの、極めて告白風な、自己を引き裂く行為であり、ユニオールは自らの誤った行いの数々から自分を清めようとする。

そしてここにはセクシズムがあり、それはときに悪意に満ちている。NPR（ナショナル・パブリック・ラジオ。非営利の公共ラジオネットワーク）のインタビューで、ディアスは自分が育ってきた世界が「女性をちゃんとした人間として思い描こうとさせない。事実、僕はかなり――より大きな文化、地元の文化、僕の周りの人たち、テレビに出ている人たちによって――女性を男性に較べて少々劣るものとして思い描くよう促されてきた」と発言した。その世界の影響は、『こうしてお前は彼女にフラれる』全篇を通してはっきりと現れている。女たちは彼女たちの肉体であり、彼女たちが男たちに提供するものなのだ。彼女たちはユニオールの性的気晴らしのために引き裂かれる。それは何も問題ではないが、事実としてユニオールは最上級のミソジニストであり、決まって女性を下位に置く文化の産物であり、自分の女に誠意を持ち続けることができず、この本に登場する男は誰ひとりとして女にあまりよくしないのだ。これはフィクションであり、もし人々がフィクションの中でも欠点だらけでいることができないとしたら、私たちが人間でいられる場所はもう残されていない。

それでも私は、『こうしてお前は彼女にフラれる』に出てくる男たちが悪いふるまいをできていること、物語というだけでなく告白でもあり、悪行を悲嘆するものでもあるこれらの物語に対する批評的受容の傾向を思うと、この相対免責の件にたびたび戻ってきてしまう。私たちはみんな女性は男性に劣ると考えられている文化の影響を受けており、そして私はディアスほどの力量のある書き手が、自分のキャラクターたちを自分が育った環境による制約、読者みんながその影響下にあるものの外へと出させたときいったいどうするのかを見てみたい。

こうして私たちがジェンダーについて話し、書き、考える方法そのものが制限を受けていること、私たちが文化的対話を持っているのがこうした真空地帯であることに対して、その意図がどれだけ良いものか、最終的にどんなアプローチを編みだすかとは関係なしに、私は「こうして私たちは負ける」ということを考えずにはいられない。こうした対話をよりうまくできるようになるにはどうしたらいいのかわからないが、しかし自分たちの中に深く入り込んだ位置づけと、微妙な意味合いに対する抵抗に打ち勝つ必要があることはわかる。私たちはただ単に正しく、または興味深く、あるいは面白おかしくあるよりも、物事を良くすることにもっと興味を持たなければならないのだ。

性暴力の軽率な語りかた

そこに犯罪行為があり、そして犯罪行為があり、それから残虐行為がある。これらはスケールの問題。私は、テキサス州クリーヴランドで一一歳の少女が一八人の男に集団レイプされたという「ニューヨーク・タイムズ」の記事に身震いした。この話にまつわる恐怖がどれほどのものか、被害者の年齢、彼女に起こったとされていること、攻撃者の数、その町の人々の反応、この物語がどのように報道されたかなど、さまざまな視点からの見方がある。いまは未来であるからして、暴行を記録したビデオも存在している。語り得ないものはテレビ放映される時代。

この記事は「残忍な暴行に揺れるテキサスの町」と題されている。まるで問題となる被害者はこの町そのものだとでも言うように。この記事を書いたジェームズ・マッキンリー・ジュニアは、この男たちの人生が永遠に変えられたこと、この町が引き裂かれたこと、この哀れな男の子たちがおそらく二度と学校に戻れないことに注目した。女性のほうにも「それをねだる」可能性があり、したがって一八人の男たちが子どもをレイプするのも理解できるとほのめかすように、まだ子どもであるこの一一歳の少女がまるで二〇歳のように装っていたことも論じられていた。さらによくあることだが、この少女の母親は一体どこにいたのかと問いすらしていた。まるで母親は常に子どもについていなければならず、子どもに降りかかるあらゆる災厄はすべて明白に母親のせいだとでも言うように。奇妙なことに、このレイプが発生したときに父親はどこにいたのかについての問いは、そこにはなかった。

この記事の全体のトーンは、この一度きりのひどい出来事によってたくさんの人生が台無しになるのはなんと残念なことか、というものだ。この少女、この子どもについては文字数は費やされない。体を引き裂かれたのは一一歳の少女であって、町ではない。引き裂かれたのは一一歳の少女の人生であって、彼女をレイプした男たちの人生ではない。どうしたらこの事実を見失うことができるのか私にはさっぱりわからないが、しかし同時によくわかるとも言える。

私たちはレイプが公然と大目に見られる文化の中に生きている。レイプとその被害について理解している人は確かに大勢いるけれど、それでも私たちはいまなお「レイプ・カルチャー」というフレーズが必要とされる時代に生きているのだ。このフレーズは、私たちが身を浸している文化、言うなれば、男性から女性に対する侵犯と暴力が許容され、それはしばしば避けられないものであるという考え方を基盤とする文化を表している。リン・ヒギンスとブレンダ・シルヴァーが彼女たちの本『レイプと表象』で問いかけた通りだ。「レイプと性暴力は、もみ消されているにもかかわらず（あるいはもしかしたらそれゆえに）、男性にとっても女性にとってもそれが『自然』であり避けられないものであるという表象を通して、いかに深く文化に浸透し、正当化されているのか？」私たちがどのようにしてここに至ったのかを理解しようとするにあたって、これは重要な問いである。

また私たちはおそらく、レイプの恐怖に対して免疫がついてしまっている。あまりにもしょっちゅうそれを目にし、議論していて、たびたびレイプの由々しさとその影響について考察したり言及したりしているからだ。私たちは「豪雨にレイプされた」とか「私の昇進願いを上司は完全にレイプした」といった表現を冗談めかして口にする。私たちはレイプという言葉を、大きいもの小さいもの、あらゆるかたちの侵犯に適用してきた。私はなぜジェームズ・マッキンリー・ジュニアがルポルタージュで、ひとりの女の子よりも一八人の男たちを気にかけているのかを想像するために誇張して言っているのではない。

私たちがレイプを軽く扱うのは、性暴力および家庭内暴力のイメージにあふれたテレビと映画にはじまり、そして終わるのかもしれない。物語の筋に何らかのレイプが組み込まれていないドラマチックなテレビドラマがあっただろうか？　かつてこうした筋が、いわゆる「非常に特別なエピソード」、ある種の教育的要素だった時代もあった。たとえば、私が覚えているのは、『ビバリーヒルズ高校白書』で、ケリー・テイラーが、パジャマパーティでいちばん親しい友人たちに囲まれ、涙ながらにデートレイプされたことを語る回だ。多くの若い女性たちにとって、このエピソードは、まったく知らない人による犯行とは限らないものとしてのレイプについて会話をはじめることができる空間を作り出すものとなった。このシリーズではその後、番組も終わりに近くなって、ふたたびケリーが、今度は見知らぬ人にレイプされる。私たちは、侵犯、トラウマ、幻滅、そして最後に弁明の似たような道筋を目にする。私たちがもうすでにこの話に見覚えがあることは忘れられているかのようだった。

ライフタイムあるいはライフタイム・ムービー・ネットワークで放送される映画のほとんどすべてには、何らかのかたちで女性への暴力が含まれている。暴力は目に生々しく唐突でありながらお不思議と無菌的で、そこでは実際に見せられるもの以上の行為があることが匂わされている。私たちはこうした暴力の表象を消費している。熱烈に消費したがっている。思うに、家庭用商品のコマーシャルに中和され、羽根のような前髪をした元テレビスターたちによって私たちに伝えられる九〇分のあいだに含まれる暴力の消費は、どこか心の慰めになるのだろう。

かつてエンタテインメントの素材としてのレイプには教訓的要素も含まれていたものだが、もはやそうはいかない。レイプはレーティング向きなのだ。ＡＢＣの『プライベート・プラクティス』シーズン4で、鉄の意志を持つ、独立した、性的冒険心に富んだ医師シャーロット・キングは、荒々しくレイプされる。これが起こったのは、もちろん、二月の改変期がはじまってすぐだ。暴行の描写は、ゴールデンタイムの全国ネットのテレビとしては生々しかった。私たちは何話かにわたって暴行とその余波を見ることになった。かつて快活だったシャーロットがいかに閉じこもり、性的な意欲を失い、彼女の体にレイプの肉体的なダメージが現れるようになったか、という流れだ。もうひとりの登場人物、ヴァイオレットは勇敢にも自分もレイプされたことがあると告白する。この番組は難しい主題の繊細な扱いを見せたとして多くの人々から拍手を浴びた。「シャーロット・キングに何が起こったか聞いた？」ではじまるこのエピソードは、このシーズンで最も高く評価された。

『ジェネラル・ホスピタル』は、他のほとんどのソープオペラと同じく、視聴者の増加が必要になった際、五年かそこらに一度はレイプの話を取り入れている。エミリー・クォーターメインはレイプされ、エミリーの前にはエリザベス・ウェバーがレイプされ、エリザベスのずっと前には悪名高き「ルークとローラ」のローラがルークにレイプされているが、しかしそのレイプは問題なしということになった。ローラはルークと結婚したので彼女のレイプは数には入らないと。あらゆる女性は自分をレイプした者を愛する、と『ジェネラル・ホスピタル』は私たちに信じさせようとする。二〇一〇年には、このドラマにおけるレイプの物語にひねりが加えられた。被害者の男性、マイケル・コリントス三世は、ポート・チャールズのマフィアのボス、ソニー・コリントスの息子で、彼自身も女性に対する暴力と無縁ではない。この番組のプロデューサーたちが男性のレイプと刑務所でのレイプの問題に取り組もうとしているのは立派なことだが、それでもなおこの主題は杜撰《ずさん》に扱われ、なおかつ刺激の供給源であり、洗剤と赤ちゃんのおむつのコマーシャルのあいだに小綺麗に収まっているのだった。

もちろん、レイプと、私たちがいかにレイプの表象にまみれているか、そしておそらく、レイプに対していかに何も感じなくなっているかを語るとなったら、『ロー&オーダー：性犯罪特捜班』について論じなければならない。本作は主に、女性、子ども、そして、極々稀に、男性に対するあらゆる種類の性的暴行を扱っている。毎週毎週、違反行為はより巧妙に、よりどぎつく、より筆舌に尽くしがたいものになっていく。放映がはじまったときロージー・オドネルは、本作のスターのひとりが彼女の番組に出演した際、あくまでも私の印象だが、かなりきっぱりと反発を表明した。オドネルはどうしてこんな番組が必要とされるのか理解できないと発言した。人々は彼女の異議を相手にせず、この出来事はすぐに忘れ去られてしまった。この番組はいまや一五シーズン目に入り、近いうちに終わりそうな気配はまったくない。オドネルは『性犯罪特捜班』の設定に反対したとき、性暴力だけを限定して扱う番組というのは不必要だしやりすぎではないかと提言したのだが、人々は彼女を気の狂ったやつだとか、まるでお上品ぶった検閲官のように扱った。私は『性犯罪特捜班』を宗教的に、全話を一度以上は視聴している。このことが私について何を語っているのかはわからない。

「タイムズ」が「残忍な暴行に揺れるテキサスの町」を掲載するたった二、三週間前に「女性をめぐる戦争」についての記事を連載していたのは皮肉な話だ。私にとって気になる話題だ。私は以前、物書きで女でもある人間として、自分が意図していようといまいと、マッキンリーの記事が差し支えないとされ出版できる文化に生きている以上、書くことはますます政治的行為であるように感じられてきたというエッセイを書いたことがある。こうした暴力と暴力の表象のあいだの知的距離を私たちが黙認してきたことに心悩まされる。私たちはレイプについて語るが、レイプについて注意深くは語らない。

私たちは女性にとっては奇妙で過酷な時代に生きている。女でいるのはこれまで常に奇妙で過酷だったのだと思う日もある。だが女であることは現在いっそう奇妙で過酷に感じられる。なぜなら進歩は男性のためになっているほどには女性のためにはなっていないからだ。私たちはいまだに私たちの祖先たちが抗議してきた問題に道を阻まれている。「大新聞」が一八人のレイピストに同情的で被害者叩きを奨励するような記事を書くことができるような文化に暮らしていると悟るのは恐怖でしかない。私たちは一一歳児が誰だか忘れてしまったのだろうか？　もしかしたら人々は集団レイプのトラウマを理解しないのかもしれない。レイプは結局のところはレイプであるからして、このレイプはあのレイプより悪いというような序列を作り出すのは何のためにもならないが、集団レイプにはどこか特別に陰湿なところがある。男性の一団がお互いの熱狂を喰らいあい、個人的にも集合的にもひとりの女性の肉体を言うに耐えないやりかたで侵犯するのは彼らの権利であると信じて、他の人たちの順番を見るというのは。

集団レイプは肉体的にも感情的にも乗り越えるのが困難な体験だ。望まれない妊娠と性感染症、ヴァギナおよび肛門裂傷、瘻孔瘢痕《ろうこうはんこん》などの危険に晒《さら》される。生殖器系はしばしば取り返しがつかないほどに傷つく。とりわけ集団レイプの被害者たちは、高い流産の可能性を持つ。心理学的には、ＰＴＳＤ、不安、怖れ、社会的スティグマ、恥の意識、その他たくさんと折り合いをつけることなどを含めて多大なる影響を及ぼす。その余波はレイプそれ自体以上に広範囲に及んで荒廃をもたらすものともなり得る。これらについて議論されることは滅多にない。それどころか私たちは軽率だ。レイプがテレビや映画の中のそれと同じぐらいにきれいに洗い流せるものだと信じ込んでしまう。そこでは被害者の道筋はきれいに整えられている。

例外なくそうだと言うことは私にはできないが、集団レイプに関して自分が知っていることを顧みると、それはまったくもって磨り減らされる経験だ。そうでないふりをしてもしょうがない。おそらくマッキンリーは、今日の多くの人々同様、感覚が麻痺しているか、または意図的にそうした残酷な現実から距離を置いたのかもしれない。私たちはあらゆる種類の性暴力に甘いレイプ・カルチャーに浸り、レイプのイメージの氾濫するところに生きているにもかかわらず、実際の経験で受けた被害がどのようなものだったのか声をあげる集団レイプ犠牲者は少なすぎる。正しい物語の数々は語られない。あるいは、私たちはレイプという主題を正しいやりかたでは十分に書いていないのだ。もしかしたら、性暴力から抜け出せずにいる文化から出てきた特定の問題を取りあげるのに、「レイプ・カルチャー」という語をあまりにも気軽に使いすぎているのかもしれない。その代わりに「レイピスト・カルチャー」に注目するべきなのかもしれない。「レイプ・カルチャー」を語り続けた数十年間に成し遂げられたものはあまりにもわずかだから。

エッセイ「あなたの友達とレイピストたち」で、サラ・ニコール・プリケットはこう記す。「そう、私はレイプの物語には飽き飽き。レイプの話は退屈だと思う。ＣＮＮのレイプ報道はうんざりだし、ジェザベルのレイプ記事にはもっとうんざり。代わりに全国ネットのテレビ放映のディベートとラジオの朝番組全編といくつかの長尺ポッドキャスト番組と次の一般教書演説の一部で、はたして男は男性器《ディック》を保持し続けることが許されるべきか否かが判定されるのが見てみたい」。この発言からは疲労と怒りがはっきり伝わるが、これは同時に重要でもある。プリケットは、レイプについての会話の枠組を見直そうと提案している。これは、「ディック・カルチャー」の問題に取り組んでいこうという呼びかけである。プリケット曰く、それは「男性がチンコを持ち行使することについて感じている過大なプライド」だ。

私はこの話題にはいくぶん自分本位にアプローチしている。私はレイプ・カルチャーと、意図的であろうがなかろうが私たちがそれをいかに存続させているかを憂いているが、自分のフィクション作品の中で性暴力について書いてもいる。この物書きとしてのオブセッションがどうしてなのかはさして問題ではないが、しかし私は同じ物語に戻っていく。書くことはセラピーまたはドラッグに比べてお金がかからない。マッキンリーの記事のようなものを読むとき、自分の物書きとしての責任を思い、レイプ・カルチャーを知的に批判し、この主題を悪用することなく性暴力の現実に光をあてるために何ができるだろうかと考えてしまう。

マーガレット・アトウッドの短編小説「レイプ・ファンタジーズ」では、ひとりの女性、エステルが、彼女のレイプ・ファンタジーを明かす――レイピスト候補から奪われる代わりに逃げるというやつだ。アトウッドは女性誌におけるきれいなレイプの扱い、レイプ・ファンタジーが友達とのランチで話題になる気楽さ、軽さを晒してみせる。この物語は、レイプ・カルチャーによって育まれてしまう避けようがないという感覚――女性はレイプされるのか否かでなく、それはいつなのかという問い——に語りかけ、暗いユーモアを見事に駆使している。アトウッドは興味深いやりかたで、彼女の芸術表現の上での誠実さを妥協することなしに書き手の責任を保っている。「レイプ・ファンタジーズ」が最初に発表されたのは一九七七年だが、しかしこの話の語っていることは、もし今日発表されていたとしても時宜《じぎ》を得たものに感じられるだろう。レイプ・カルチャーは、今日もそれほど変わっていない様子だ。

　この書き手の責任の問題は、小説デビュー作『アンテイムド・ステイト』を書いているあいだ、ずっと私の心の中にあった。これはハイチでの暴力的な誘拐の物語であり、話の一部に集団レイプも含まれている。この種の物語を書くには暗いところへと赴くことが必要とされる。ときどき、書いているうちに自分で気分が悪くなってきた。私が想像し、書くことのできるもの、そして自分のそこへ行く能力によって。

　こうした物語を書いていると、ムダなことをしているのだろうかと思ってしまう。私は正しくしたい。しかし、どうしたらこの種のものを正しくできるのか？　どうやったら暴力を、搾取的にすることなく本物として書くことができるのか？　私は、「タイムズ」に載ったあの記事みたいなものが書かれ出版されることを許し、レイプが大衆文化と娯楽のネタとなることを許す文化的鈍感さに自分も寄与してしまっているのではないかと心配する。私たちは、どれだけ懸命に努力したとしても、フィクションの中の暴力とこの世界の暴力を切り離すことはできない。ローラ・タナーが著書『親密な暴力』で記したように、「暴力の表象を読む行為は、記号と現実のあいだ、および表象とそれが喚起、反映、変容させる暴力の実質的な力学のあいだの読者の宙吊り状態によって定義される」。彼女はこうも続ける。「読者は想像上で暴力シーンに入り込むために自らの肉体をあとにしなければならず、そうして距離を置き切り離すことは、暴力の表象が肉体的侵犯の実質的力学を曖昧なものとし、被害者の肉体だけでなく自らの痛みも消し去ることを可能にする」。本で、新聞で、テレビで、銀幕で、現在の私たちがレイプを表現するやりかたは、しばしば私たちにレイプの実質的力学、レイプの衝撃、レイプの意味を無視させているのだ。

こうした懸念にもかかわらず、同時に私は真実を語っているようにも感じる。たとえそうした証言が性暴力のスペクタクルに寄与することになっていたとしても、こういった暴力は起こるものだ。人種または宗教または政治について話しているときに、気をつけて口をきかなければならないと言われることはしばしばある。これらは難しい話題であり、話す内容だけでなく、どうやって自分たちを表現するかにも用心しなければならない。同じ気遣いは特に性暴力と暴力について書くときにもなされなければいけない。

「タイムズ」の記事では、「性的暴行」というフレーズが使われた。「少女は数人の男性とセックスすることを強いられた」とも。「レイプ」という言葉はたった二回しか使われず、しかもそれも被害者と結びついた文脈ではなかった。これは言葉を注意深く使っているとは言えない。この場合、レイプの残酷性と、言葉は、しばしば納得がいかないことに、こうした犯罪の途方もなさが私たちの感性に与える衝撃をやわらげるために使われている。フェミニストの研究者たちは昔からレイプというものを捉え直すことを要請してきた。ヒギンズとシルヴァーはこう書いている。「レイプを読み直す行為には、沈黙に耳を傾ける以上のことが関わってくるだろう。それにはレイプを文字の上でも、肉体的にも取り戻すことが求められる。つまり暴力——肉体的、性的侵犯行為を取り戻すのだ」。レイプを書くにあたって、それがフィクションだろうが型破りなノンフィクションだろうがジャーナリズムだろうが、新しいやりかたを見つける必要がある。これらの犯罪に実際の暴力を取り戻し、男性が残虐行為を犯すことが大目に見られることがなくなるよう、マッキンリーの記事のようなものが書かれ出版され、許容範囲内と考えられることがなくなるように、書き直すやりかたを。

ひとりの一一歳の少女が一八人の男たちにレイプされた。容疑者たちは中学生から二七歳まで。写真と動画がある。彼女の人生は決して元通りにはならない。しかしながら「ニューヨーク・タイムズ」はあなたを、おそらくこの先もずっとこの可哀想な、可哀想な街で生き続けなければならない男の子たちに同情させようとする。これは性暴力の軽率な語りかたというだけではない。性暴力の犯罪的な語りかただ。

私たちが渇望するもの

女性の強さが描写されるとき、それがどこから来ているのか、必要とされたときにいかに出てくるのか、その強さの代償が何なのかが見逃されていることはあまりにも多い。

二〇〇八年に刊行された小説『ハンガー・ゲーム』は、スーザン・コリンズによる三部作の最初の一冊だ。続く二冊、『ハンガー・ゲーム2　燃え広がる炎』と『ハンガー・ゲーム3　マネシカケスの少女』はそれぞれ二〇〇九年、二〇一〇年に出ている。このシリーズはまたたくまに大ヒットとなった。累計部数は二九〇〇万部以上。二〇ヶ国以上で出版されている。『ハンガー・ゲーム』は「ニューヨーク・タイムズ」のベストセラー・リストに一〇〇週にわたって入り続けた。特装版が出ている。関連商品が出ている。中には主人公カットニスなら絶対嫌がるに違いないカットニス・バービーなんてのもある。二〇一二年三月には映画が公開され、全世界で四億六〇〇〇万ドル近くを稼いだ。

このシリーズは、ひとりの若い女性、カットニス・エヴァディーンの物語であり、彼女は自ら強さを求めるようになるまで自分自身の強さを知らない。彼女は強くたくましい若い女で、さもなければ壊れてしまうであろう状況に置かれ、さらに強くならざるを得ない。彼女は若い女で、生き残るためには戦う以外の選択肢はない——彼女自身と彼女の家族と彼女の仲間たちのために。私は気がついたらこの本、コリンズが作り出した複雑な世界、そしてその世界に彼女が配置した人々にわけがわからないほどに惹きつけられていた。

私は本または映画またはテレビ番組にものすごくハマるようなタイプの人間ではない。それに関心を向けることがひとつの趣味または熱烈なオブセッションとなり、自分が創作にまったく関わっていないフィクションの何かに本格的に身を捧げたり忠誠を誓いはじめたりするほどには。あるいは、かつて私はそういうタイプの人間ではなかった。

はっきりさせよう。私はチーム・ピータ。なんで他のチームにつける人がいるのかわからない。ゲイル？　彼がいることはまあ知ってる。だが、ピータは、すべてだ。いろいろなものを飾りつけパンを焼き、愛は無条件にして揺るがず、さらにとても、とても強い。つまり彼は粉の袋を投げることができるってこと。ピータは希望と慰めの在処、それにキスが上手だ。

二〇一一年一二月、私は『ハンガー・ゲーム』のことをよくは知らなかった。私のポップカルチャーへの途切れることのない興味を思うと、どうしてそれまで読んでいなかったのかわからない。『ハンガー・ゲーム』は小説ライティングの授業の教材に使うのに良さそうだから、読んでみることにしたのだ。

私は仕事でない読書のほとんどをジムでしている。私はエクササイズが嫌いだ。そう、健康と減量のためには良いものだが、でも大抵、ワークアウトするとき死にたくなる。自分が『ハンガー・ゲーム』に恋していることに気づいたのは、トレッドミルから下りたくないと思ったときだった。この本は私を夢中にさせた。私はコリンズが作り出した世界にいたかった。それ以上に、『ハンガー・ゲーム』は私を感動させた。あまりにもたくさんの危険、たくさんのドラマ、それらはすべて興味深く魅力的で、強烈で陰鬱だ。特に、この本が強さと忍耐、苦しみと生き延びることを正しく扱っているところが素晴らしいと思う。息を呑み、思わず声を出し、滂沱《ぼうだ》の涙を流したことも一度きりではない。きちがいみたいだが構わない。私には恥じるところはまったくない。

『ハンガー・ゲーム』を読み終えると、急いで三部作の続く二冊を読んだ——私のオブセッションは、この時点で、荒れ狂い白熱していた。すごく熱中し、この本について喋るのを止められなかった。カットニス、ピータ、そしておそらく、たまにはゲイルと、シンナ、リュー、スレッシュ、ヘイミッチ、フィニック、アニーら他の魅力的なキャラクターたちについて空想した。これらのキャラクターたちに、たとえ希望がまったくないように見え、実際なかったときでも、最良の成り行きがもたらされることを望んだ。

このオブセッションは、最初の映画版が公開されることを知るより前に激しくなっていた。その進行はものごとをまるっきり未知の領域へと運んでいた。

私は映画の公開日のかなり前からカウントダウンをはじめた。自分を抑えることができなかったのだ。翌朝（同じ日の朝）授業があったのに、深夜上映に出かけた。私の紳士的な友人に、上映中のリアクションに関して私をからかわないように警告した。自分が恍惚状態になるだろうとわかっていたし、それで審判されたくなかった。小さな町に住んでいるから、深夜の初上映にはそれほどたくさんの人は来ないだろうと予想していたが、しかしＡＭＣは一〇あるスクリーン全部で『ハンガー・ゲーム』を上映し、すべてソールドアウトだった。友人と私は、自分たちが客席でいちばん年寄りかもとジョークを交わした。銀髪の人々が何人かいるのを見たときはちょっとほっとしたどころではない。

待機中、ティーンエイジャーとトゥイーンたちは、この本とキャスティング、その他の近頃の若者たちが話すことについて元気いっぱいにおしゃべりしていた。彼らのほとんど全員が電子機器を見つめていた。「明日は学校はないわけ?」と思った。映画がはじまり、私は息を殺した。私はそれはたくさんの期待を抱いており、これらの期待、これらの希望が、夢を殺す者としてよく知られるハリウッドによって破壊されるのを望んではいなかった。

私はがっかりはしなかった。映画全般を通してさまざまな気持ちを抱いた。本当の、いかれた、深い気持ち。もしひとりだったら、不格好な熱狂を表明する自分を恥じていただろう。何度も読んできた本が二〇フィートの高さで演じられているのを見る興奮を祝福して衝動的に拍手を挟みたくなった瞬間もたびたびあった。見るべきものがあまりにたくさんあった——セットデザイン、衣装、きらめく出演者たち。映画はほとんど知的と言えるほどで、必要なところで細部まで本に忠実だった。ごくわずかの躓《つまず》きはあるものの（たとえば、カットニスの燃えるような服はどうしてこうなったのか、とか）、作品の出来には非の打ちどころがない。出演者たちはうまく職務を果たしている。私はそれまで以上に熱烈にチーム・ピータのメンバーになった。この映画の全部をひっくるめた経験と共に興奮して映画館をあとにした。

評論家として、この映画に大きな欠点があることがわかる。それは認めるけれど、でも『ハンガー・ゲーム』は私にとって評論家として鑑賞するのは無理な映画だ。この物語は私にはあまりにも大きな意味を持っているのだ。

『ハンガー・ゲーム』シリーズは完璧ではない。読者を引き込み、いいペースで進むものの、文章の完成度は巻を重ねるごとに低くなっていく。脇のキャラクターの多くは掘り下げが足りないし、プロットはしばしば無理がある。三冊目は急ぎすぎており、コリンズの選択のいくつかはほとんど余計なものにすら感じられてしまう。とりわけ、彼女が死なせようと決めたキャラクターたちに関しては。性の要素が完全に消し去られているのも問題だ。親密さの大部分がキスを通して伝えられ、もはや笑えるほどだ。ティーンエイジャーがお互いに殺し合って死ぬことが完全に許容され、さもなければ本当に暴虐に苦しむことになるという『ハンガー・ゲーム』の世界で、彼らが自分たちのセクシュアリティを探求することがまったく許されていないというのには心乱される。

私は、はじめから終わりまで一貫して心を打たれた。その強烈な残酷性もだが、この物語の否定しようのないハート、キャラクターたち、我が愛しきピータと彼のカットニスへの献身、そして終盤、たとえ希望がないように見えるときにすら、彼らがお互いへと向かう道をみつける様に。この本の不完全さは簡単に許されてしまう。なぜならこの作品の最高なところは裏切らないからだ――ときに、あなたが最も愛する人は、いつもあなたのそばにいる人なのだ。たとえあなたがそれに気づいていなかったとしても。

私は女性の中にある強さに魅了される。

人は私が強いと思いがちだ。私は強くなんかない。そのくせ。私はカットニスに共感する。なぜなら三部作を通して、カットニスを取り巻く人々は彼女が強くあることを期待し、彼女はそうした期待に応えようと最善を尽くす。それがあまりにも大きな代価を彼女に要求するときでさえも。

私は、愛情に満ちた、結びつきの強い、不完全だがすばらしい家族の出だ。両親は私が彼らを追い払おうとしていたときも、いつも私の人生に手を差し伸べてきた。私はあまり多くを求めなかった。私がいつも自分を恥じてきた最大の弱点のひとつは、いつも孤独だったことだ。私は友達を作るのに苦労してきた。人づきあいが下手だから、変わってるから、自分の頭の中に生きているから。若い頃、私たちはあちこち転々としていたので、新しい場所をよく知る時間は滅多になかったし、新しい人々も同じだ。おなじみの孤独によって私は、ぽかんと口を開けて、何であろうと埋めてくれるものを切望する底なしの欲求の穴と化した。

こんな風ではいけないのだが、そうなのだ。

中学生で若かった頃――男の子を好きになるには十分な年齢だが、それが何を意味するのかはてんでわかっていない程度に若い頃――私は自分のボーイフレンドだと思っていて、彼自身も自分は私のボーイフレンドだと言っていたけれど、学校では私を完全に無視する男の子がいた。これは大勢の女の子が身に覚えのある、悲しくバカバカしい話だ。ふたりで一緒にいるときは、彼は私の中に口を開けた空虚を埋めることができるような気分にさせてくれたから大丈夫だった。彼はひどいが、同時に魅力的で口がうまかった。私はオタクで友達がいなくて、痩せこけた手足にいかれた髪で、彼は美しく人気者だった。私たちの関係のありかたを私は受け入れた。

いっしょにいるとき、彼は自分が私にしたいことを告げた。彼は承諾を得ようとしてはいなかった。私は不本意の参加者ではなかった。本意の参加者でもなかった。どちらにも何も感じていなかったのだ。私は彼に愛してほしかった。彼をしあわせにしたかった。もし私の体に何かすることが彼をしあわせにするのなら、私の体に何でもやらせた。私の体は私にとって何でもなかった。それは彼が私に触ることで埋めてみせる空虚の周りのただの肉と骨だった。厳密に言えば、私たちはセックスはしなかったが、他のあらゆることをした。私が与えれば与えるほど、彼はさらに多くを取っていった。学校では、彼は私を無視し続けた。私は死んでいたがしあわせだった。彼がしあわせだったから、私は十分に与えたから、彼は私を愛するかもしれないから、しあわせだった。大人になったいま、どうして彼が自分をあんな風に扱うことを許していたのか理解できない。どうして彼があんなにひどくなれたのか理解できない。どうして自分があんなに必死で自分を犠牲にしたのか理解できない。私は若かったのだ。

私はいつもいい子だった。オールAの生徒で、クラスのトップだった。言われたことをやった。年上の人たちに礼儀正しかった。兄弟に優しかった。教会へ行っていた。自分がすごく悪い子になりつつあることを家族からもみんなからも簡単に隠すことができた。いい子でいることは悪くあるための最良の手段だ。

ノーと言おうとか、ノーと言わなければいけないとか、ノーと言っていいとかはまったく思いつかなかった。彼は私にセックスをするよう迫りはじめた。私はノーと言わなかったがイエスと言わなかったし、イエスと言いたくなかった。ノーと言いたかったけれどできなかった。そうしたら彼を失うだろうから。そうしたら私はふたたび無になってしまう。

ある日、私たちは森で自転車に乗っていた。一マイルほど入ったところに打ち棄てられた狩猟小屋があって、ティーンエイジャーが森の中に隠れてやることをやるのに使われていた。そこは汚かった――狭い土間にはビールの空き缶と使用済みのコンドームと捨てられたタバコの箱が散らかっていた。そこには小さなベンチがあった。窓のガラスは割れていて、年月を経て茶色くなっていた。学校での彼の友達が何人かそこにいた。彼らのことをよくは知らなかったが、ほとんどは廊下で見たことがあった。みんな人気者で、ハンサムだった。彼らのほうには、私のようなおとなしく引っ込み思案でマヌケな女の子を知っている理由はなかった。

最初、私にはわけがわからなかった。私は自分で自分が知っていると思っているのとはうらはらに、極めてぼんやりしていた。何が起こっているのか理解した瞬間、あの男の子が私に、彼の友達にフェラチオをしてやるのを望んでいるのだと推測した。私はそんなことしたくなかった。あの男の子と私のあいだの秘密と思っていたことをシェアするなんて。でも私はするだろう。彼をしあわせにするためなら、私にはそれもできてしまう。私は彼に、いっしょにここを出て自転車に乗るのを続けたいと言った。私はそうした。私は自分を護ろうとしたのだ。私は自分が安全ではないと理解していた。彼らはみんな私よりずっと大きくて、ようやく私は何かを感じ取ったのだ。私は怖くなったが、どうやってノーと言えばいいのかわからなかった。私はその場を離れようと、小屋から走って逃げだそうとしたが、敷居をまたいだところで彼らは私を捕まえた。私は叫んだ。私は口をあけて叫び私の声は森に響いたが誰もやっては来なかった。誰ひとり私の声を聞かなかった。私たちは森深くにいたのだ。

私がボーイフレンドだと思っていた男の子は私を地面に押し倒した。彼は私の服を脱がせ、私は肉体というほどでもない、単なる平らな皮膚と女の子の骨でそこに横たわった。私は自分の腕で身を覆い隠そうとしたがそれもできなかった。男の子たちは私を見つめる一方でビールを飲んで笑い、私には理解できないことを言っていた。私は物事をわかっていたけれど、男の子の集団がひとりの女の子を殺すのに何ができるのかについては何も知らなかった。

私は教会へ行くいい女の子だった。私には信仰があった。当時神を信じていたから、私は祈った。助けてと神に祈った。私は私を助けることができなかったから。私は我らの父に囁いた。それが暗記している唯一の祈りだったから。この男の子たちの気を変えてと神様にお願いした。神様はそうしなかった。そして私はノーと言い、私は私の声をみつけ、それとは関係なく私は初恋を、最初のすべてを、私のことなんてちっとも考えていない男の子のために失ったのだ。

彼らは数時間にわたって私をそこから出さなかった。ご想像に違わずひどいものだった。その余波はいつまでも残った。私はひとりでバカみたいな自転車を押しながら、あの男の子が自分を愛しているなんて思った己を憎みつつ、歩いて家へ帰った。私はいい子だったから、私がまったく別の人間になってうちに帰ってきたときに両親が目にしたのもいい子の私で、私は自分の部屋へ行き、みんなの知っている女の子でいられる程度に自分を取り戻そうとした。私は起こったことを隠さなければならなかった。面倒なことになりたくなかったし、両親は厳格だったし、婚前交渉は許されていないし、私はいい子だったから、そうした。私は真実を呑み込み、それは私の内側で大きく口を開ける空虚をますます広げただけだった。

誰かが何かを生き延びたからといって、その人が強いというわけではない。

この件で何が最悪だったかというと、翌日学校へ行くことだった。行きたくなかったが仕方がなかった。私はいい子だったのだ。私はフランス語の授業へ行き、うしろから二番目の列に座った。あらゆる意味で居心地が悪かった。授業がはじまろうというとき、うしろの席の男の子が私の肩を摑んできて、私はアドレナリンの急上昇を、それから恐怖を感じた。彼は立ち上がり私のほうに身を乗り出した。彼は「おまえはアバズレだ」と言い、みんながそれを聞いてクスクス笑った。みんなが私をアバズレと呼びはじめた。教師が入ってきて教室の正面に立ったとき、彼女が私に向けるまなざしは違っていた。もしそれが許されたなら彼女も私をアバズレと呼んでいたかもしれない。私は打ちひしがれ身動きが取れなくなった。私は身じろぎもせずに座り集中しようと努めたが、聞こえてくるのは「アバズレ」という言葉の音だけだった。その恥ずかしさは私に覚えのあるなかで最悪のもののひとつだった。その学年の残りの期間「アバズレ」は私の名前となった。あの男の子たちが森で実際に起こったこととはかなり違う話を吹聴して回ったからだ。

二〇一一年六月、ミーガン・コックス・ガードンは「ウォール・ストリート・ジャーナル」に、ヤング・アダルト小説がいかに暗い方向に行きすぎていて、若い読者たちが複雑で難しい状況を理解できる程度に成熟する前からそうした状況に不必要に晒《さら》されているかについて記事を書いた。彼女曰く、

もし本が私たちに世界を見せるとしたら、ティーン向けフィクションは、ぞっとするような歪んだかたちで人生の姿を常に映し出す、遊園地のびっくりハウスの鏡の間のようなものになりかねない。もちろん例外はあるが、しかしうかつな若い読者たちは——あるいは堕落に引き寄せられる者は——喜びや美でなく傷と残忍と最も恐ろしい類の喪失のイメージに囲まれた自

――分を発見することになるだろう。

一部のヤング・アダルト小説に暗闇があるという指摘については正しいが、しかし彼女はこのジャンルの多様性と、傷と残忍と喪失に根差していない作品が数え切れないほどあることを無視している。だが、さらに問題なのは、つまりティーンの読者向けにリアリティは殺菌されて然るべきであると提言しているところだ。

ガードンの記事には、読者からも書き手からもすばやく熱烈な反応が寄せられた。シャーマン・アレクシーはこう記した。「寂しく孤独で激怒しているからこそ本を読むティーンは何百万人もいる。彼らは、たいていの場合、ひどい世界に住んでいるから本を読むのだ。彼らは一部の大人の抗議をよそに、本が自分たちを救うと信じているからこそ本を――特に暗くて危険なやつを――読む」

人生は若い人たちを、彼らが直面する用意など到底できていない状況に晒すものだと、私はずっと前に学んだ。いい女の子たち、無邪気で幸運な女の子たちですら例外ではない。思いもよらないときに、森の中のあの少女になってしまうこともある。自分の名前を失い、別の名前が押しつけられる。自分が独りぼっちだと思う。自分のような女の子についての本をみつけるまで。救済は間違いなく私が本を読む理由のひとつだ。読むことと書くことは私を常に人生の最悪の経験から引っ張りだしてくれた。物語は自分を忘れることができる場所を与えてくれた。それらは私が覚えていることを許した。忘れることを許した。別のエンディングやより良い世界の可能性を想像することを許したのだ。

おそらく私が『ハンガー・ゲーム』三部作が大好きなのは、これらの本が、独自のやりかたで、ひとつのフェアリーテールになっているからかもしれない。そして私はいつも、いつもフェアリーテールを求めているのだ。

『ハンガー・ゲーム』シリーズを読みながら、ガードンの記事のことを思った。なぜなら私は、一度ならずこのキャラクターたちが経験するトラウマの強烈さと、そのトラウマの連続、そのあきらかな影響に心をうたれてきたからだ。ときには「これはやりすぎ」と思ったが、しかし私はいまや世界についていくらか知っており、そこでは苦しみに制限など滅多にない。この三部作では、苦しみには滅多に制限がなく、その結果がある。たいていの場合、物語《ナラティブ》がすべて問題なかったことを巧みに示唆すると私たちはそれを忘れてしまう。物語《ナラティブ》はそれに何が必要なのかを示さないまま「よくなる」ことを示唆する。『ハンガー・ゲーム』においては、それにはあらゆることが必要なのだ。

私のこれらの本への愛は、まったく純粋なもので、ピータおよび他のバカバカしかったり女の子らしかったりする何かの問題ではない。私は若い女性キャラクターが獰猛で強く、しかし私にとって説得力のあるかたちで人間らしく身近に感じられるのが大好きなのだ。カットニスはあきらかにヒロインだが、「問題」の数々を持ったヒロインだ。私は彼女が自分自身の強さを知っているようには決して見えないところに惹きつけられる。彼女はフィクションの中の女の子たちがよくそうさせられているようにおとなしく不安そうではない。彼女は勇敢だが欠点がある。ヒロインだが、同時にふたりの男の子を愛し、どちらのほうをより愛しているのか決められない女の子だ。自分が革命を率いるという任務にふさわしいのか確信が持てないが、しかし自分自身を疑いながらも最善を尽くす。

カットニスは耐えがたきものに耐える。彼女は傷つき、それは目に見える。彼女の苦しみは不必要に見えるときもあるかもしれないが、しかし人生はしばしば耐えがたい状況を用意し、人はなんとか生き延びる。細部が違うだけだ。『ハンガー・ゲーム』三部作は暗く残忍だが、しかし最後には、希望を差し出してみせる――より良い世界とより良い人々への、そしてひとりの女性への。彼女の強さを理解し、彼女にその強さを抑えさせようとせず、彼女の弱い部分を支え、最も暗い記憶、最悪の傷を超えて彼女を愛する男性と共に歩む、より良い人生。そう、私は『ハンガー・ゲーム』が大好き。この三部作は、耐えがたい経験を生き抜いた誰もが渇望する、あたたかい希望を差し出しているのだ。

安全性の幻想／幻想の安全性

彼または彼の友達に似た男たちを見るとき。男の息にビールのにおいを嗅ぎ取るとき。ポロのコロンを嗅ぎ取るとき。下卑《げび》た笑いを耳にするとき。群れになった男たちの集団とすれ違って、周りに誰もいないとき。映画またはテレビで女性が襲われるのを目にするとき。森にいるとき、または木々の茂った地域を車で走っているとき。身に覚えがありすぎる経験について読むとき。これは私が旅をするたびに起こってるように感じるのだが、空港のセキュリティチェックで追加検査のために脇へ寄せられるとき。セックスをして、私の手首が思いがけず頭の上に固定されるとき。特定の年齢の若い女の子を目にするとき。

そういうとき、鋭い痛みが私の体の中心を走る。またはむかむかする。または吐く。または突然冷や汗が出る。または自分を閉じて、静かなところへと入り込んだように感じる。または指を丸めて拳にし節が痛くなるまで硬く握る。私の反応は直観的なもので、私は一服、二服、三服しなくてはならない。あの頃と現在を隔てる時間と距離を自分に思い出させなければならない。もうあの森の中の少女ではないのだということを自分に思い出させなければならない。二度と決してそうはならないのだと自分を納得させなければならない。年を重ねるうちに良くなっている。

それはずっと良くなり続ける、そうでなくなるまでは。

テレビの暴力についてはじめて議会公聴会が開かれたのは一九五四年で、以来、テレビと暴力についての議論は続いている。一九九六年の電気通信法は、テレビ放送に番組のレーティングを管理するチップを含めるよう命じた。現在のテレビの保護者監督基準ガイドラインは一九九七年一月一日から施行された。これらのガイドラインは、子どもたちが視聴するものを親がチェックし、与えられたテレビ番組が適切なものだとなんとなく理解するために作られている。

このガイドラインはテレビ番組の内容の適切さを、G（全年齢）からMA（成人のみ）まで、年齢を基準に格付けする。これとは別に、子どもを暴力、卑猥な言葉、性的な主題から守るための第二ガイドラインもある。これらのガイドラインは、当然、誰かが子どもが見ているものに目を光らせて、子どもが見るものを一連の基準に従わせることができる場合にのみ効力を発揮する。いまケーブルテレビ用チューナーとほとんどのテレビは、親がうちの子には不適切だと考えるレーティングの番組あるいはチャンネルをロックすることができるが、親にどうにかできる部分は限られている。

となると、これらのレーティングやガイドラインには一体どれだけの効力があるのだろうか？『レーティングと諮問委員会：テレビの新しいレーティング・システムへの影響』で、ジョアンヌ・カンターと共著者たちは、「要保護者判断の警告とさらに厳しいMPAA（アメリカ映画協会）レーティングが、番組を見たいという一部の子どもたちの意欲をいかに刺激しているか」および「禁止された番組への高まる関心は、暴力的な内容を追求したいという以上に、自分たちの視聴行動をコントロールされたくないという想いとより強く結びついている」ことを記している。子どもたちだって禁じられた果実を味わいたいのだ。あるいは、少なくとも、その果実を味わうことはできないと命じられたくないのだ。

テレビのレーティングは空港のセキュリティのようだ——それはひとつの劇場的行為、私たちを納得させるために、外からの人生への影響をまるで自分たちがコントロールできているかのように感じさせるために仕組まれた幻想。

子どもたちには安全であってほしい。私たちは安全でいた。私たちはこれが可能であるふりをしたいし、しなくてはならない。

私は「トリガー警告」というフレーズを目にしたとき、この先にどんなものがあろうとすすんで読みたいと思った。私自身も禁断の果実の味を楽しむのだ。

それに私はトリガー警告が私を私自身から救いはしないことも知っている。

トリガー警告とは、基本的に、たいがい容赦ないインターネットのためのレーティングまたは保護を目的としたガイドラインである。トリガー警告はインターウェブのカオスに秩序を提供する。

この警告以下の内容はトリガーとなって人を動揺させ、いやな記憶を呼び起こし、トラウマ的な、またはあやうい経験を思い出させる可能性があることを示すシグナルだ。トリガー警告は読者に選択させる。鋼の心で読み続けるか、または自分を守って目をそらすか。

フェミニスト・コミュニティの多くがトリガー警告を採用しており、レイプ、性的虐待、暴力について議論するオンライン・フォーラムでは特にそれが顕著だ。こうした警告を使うことで、これらのコミュニティは「ここは安全な空間。私たちはあなたの歴史を思いがけず思い出させるものからあなたを守ります」と言っている。これらのコミュニティのメンバーは、自分たちは守られることが「できる」という幻想を与えられている。

トリガー警告になり得るものはそれはたくさんある。長年にわたって、私は摂食障害、貧困、自傷、いじめ、ヘテロノーマティヴィティ、自殺、体型差別、大量虐殺、奴隷状態、精神障害、きわどいフィクション、セクシュアリティについてのきわどい議論、ホモセクシュアリティ、ホモフォビア、中毒、アルコール依存、ホロコースト、健常者優先主義、そしてダン・サヴェージについてのトリガー警告を目にしてきた。

どうやら人生にはトリガー警告が必要らしい。

これは厄介な真実だ。つまり、あらゆるものが誰かにとってのトリガーなのだ。人は見た目だけではわからないことがある。

私たち誰もに歴史がある。あなたは自分の歴史を「克服」したと思うこともできる。過去は過去だと思うこともできる。そこで何かが起こり、たいていの場合何の悪意もないことをきっかけに、自分が「克服」からはほど遠いことが判明する。過去は常にあなたと共にある。この真実から守られたい人々がいるのだ。

私はかつて自分にはそういうトリガーはないと思っていた。自分はタフな人間だと自分に言い聞かせていたから。私は鋼。私は内側で傷ついていたけれど、でも私の肌は鍛えられていて、中に侵入することはできなかった。それから、自分にもあらゆる種類のトリガーがあることに気づいた。それらを単に自分の内側、もう空間がなくなるまで深くに埋めていたのだ。ダムが決壊したとき、私はこれらのトリガーを抑える方法を身に付けなければならなかった。たくさんの救いがあった。何年にもわたる救い。

私は文章を書く。

トリガー警告についての議論が熱く燃え上がるたび、どちらの側も譲ろうとはしない。トリガー警告は非実用的で効果がないのか、それとも安全なオンライン空間を作り出すために欠かせないものなのか。

これまでにたびたび、トリガー警告を信用しない人はレイプや虐待経験のサバイバーへの敬意が足りないと暗に言われてきた。これまでにたびたび、トリガー警告は無駄な甘やかしだとも暗に言われてきた。

これはそもそも成り立たない議論である。あまりにもたくさんの人々の肌の下に、あまりにもたくさんの歴史が潜んでいる。トリガー警告は、効果がなく、非実際的で、だが同時に安全な空間を作り出すのに必要である可能性についてすすんで検討したがる人はいないに等しい。

安全性の幻想は強力なのと同じ程度に厄介なのだ。

この世には私の肌を引き裂いてその下に何が横たわっているのかを晒《さら》すものが数々存在しているけれど、私はトリガー警告を信用していない。私は人々がそれぞれ自身の歴史から守られうるとは思っていない。他人の歴史に先回りして対応することが可能だとはまったく思っていない。

トリガー警告のための基準、普遍的なガイドラインは存在しない。一度はじめたら、どこで止めればいいのか？「レイプ」という単語を出すことにトリガー警告が必要とされるのか、それともレイプの描写に閾値《しきい》が設定されるのか？虐待の描写はどの程度生々しいと警告を出すに値するとされるのか？トリガー警告はいつでも個別の問題の検討が求められるのか？生々しさとは？こうした判断を誰が行うのか？

何もかもとても無駄に、とても無意味に、そしてときには問題を矮小化しているように見える。トリガー警告を目にするとき、私は思う。「私が何から守られるべきか、なんであんたに決められるの？」

またトリガー警告は、使われすぎると、検閲のようにも感じられてくる。それらは公的に表明されるには赤裸々すぎ、露骨すぎ、不適切すぎる経験または視点があることを示唆する。人が「これはトリガー警告をつけておくべきだった」と言うとき、私はもの書きとしてカッときてしまう。私にはトリガー警告の暗黙のルールが理解できない。自分が書きたいように書いてトリガー警告の使用を検討することができない。私はあとから悔やんで、自分が言わねばならなかったことの強烈さを抑えるだろう。それはしたくない。そうしようと思ったこともない。

もの書きは読者を読者自身から守ることはできないし、そうすることが期待されるのも間違っている。

また、こういう考えかたもある。トリガー警告は、人々がトリガーにどう対処し助けてもらうかを学ぶことを阻んでしまうのではないか。助けを得るのにプロの力に頼ることができるのは特権だということを理解したうえで、私はこれを言っている。世界にはときに十分な助けがないものだと理解したうえで、言っている。とはいえ、もし可能ならば、自分を切り裂き、ひどい場所へと連れ戻し、痛みに満ちた歴史を思い出させるトリガーにどう対処し応答するのかを学ぶことには意義がある。

傷をむき出しにしたままで人生を歩むのは困難だ。どれだけ善かれと思ってなされていようとも、トリガー警告は流れ出る血を止めはしない。トリガー警告があなたの傷をかためてかさぶたにすることはないのだ。

私は安全性というものを信じていない。信じることができればよかったのだけど。私は勇敢ではない。ただ怖れるべきものを知っているのだ。すべてを怖れることが身についている。その怖れの中には自由がある。その自由は、怖れ知らずになることをより容易にさせる――私が言いたいことを言いやりたいことをやることを。私はこれまでに粉々にされてきたから、それがふたたび起こったときのための心の準備ができている。ときには、自分自身を危険な状況に置く。私は思う。「私が何を手にできるか、あなたにはわからない」。この、忍耐には未だ知られざる深さがあるという考えは、私の書くもののほとんどにたびたび現れている。人間の忍耐は、もしかしたら行き過ぎなぐらいに私を魅了している。それというのも私は、だいたいのところで生きるというより耐えるという観点から人生を考えているからだ。

頭で考えれば、私もなぜトリガー警告が必要とされるのかは理解できる。そういう痛々しい経験はあまりにも恐ろしく肌を切り裂いてくるものだと理解できる。自分自身がばらばらになるのを見たり感じたりするのは怖いものだ。

これが私がトリガー警告に感じる厄介さの真実だ。未だなされていないことに関して、スクリーン上の言葉にできることは何もない。トリガーへの生理的反応は、トリガーを生み出した実際の経験に比べれば何でもない。

なぜトリガー警告が必要なのかを本当に理解できるのか、この信念の先には何があるのか私にはわからない。トリガー警告を目にしたとき、私は安全を感じない。自分が守られているようには感じない。むしろ、真逆を示す証拠があふれているというのに、いまだに安全と保護を信じている人たちがいることに驚いてしまう。

これは私の問題だ。

しかし。

ある種の空間では、安全という幻想を抱きすぎたほうがましな場合があることも確かだ。聖書が無神論者のために書かれてはいないのと同じように、トリガー警告はそれを信じていない私たちのためのものではない。トリガー警告はその安全を必要とし信じる人々のために用意されているのだ。

信じぬ者がこの問題について言えることはわずかだ。私たちは他の人が守られる必要を感じているかもしれない何かを推定することも値踏みすることもできない。

しかしそれでも。

この先もずっとトリガーには指がかかったままだ。私たちがどれだけ力を尽くそうとも、向かってくる銃弾から身を避けることは叶わないのだ。

壊れた男たちのスペクタクル

私はこれまで全国あちこちで暮らしてきたが、子ども時代も大人になってからも、出たり戻ったりネブラスカで長い時間を過ごしてきた。ネブラスカはハスカー（脱穀機。ネブラスカ大学のスポーツチームは「ハスカーズ」と呼ばれる）の国。そこに神があり、ハスカーズがあり、彼らの重要度の順番は、そう、はっきりしないときすらある。試合の日、メモリアル・スタジアムはネブラスカ州で三番目に大きな町となる。二五年にわたって務めたコーチの役職を降りてからずいぶん経つというのに、トム・オズボーンは聖なる父の右手に鎮座ましましている。彼は現在ネブラスカ大学リンカーン校の体育局長だ。彼はやすやすと下院選挙区を制し、六年にわたって議席を保持している。一九九〇年代、ネブラスカのフットボール黄金時代には、一九九四年と一九九五年にナショナル・チャンピオンシップで優勝し、一九九七年にも一部で勝利を収めた。オズボーンは神を超越したどこかへと上昇した。ネブラスカ人にとってのトム・オズボーンは、ペンシルバニアの人々にとってのジョー・パターノ（ペンシルバニア州立大学ニタニー・ライオンズのヘッドコーチを四六年間にわたって務めた名監督だったが、二〇一一年、元アシスタントコーチだったジェリー・サンダスキーの性的虐待事件が発覚し解任された）みたいなものなのだ。アーメン。

一九九〇年代、多くのネブラスカの選手たちが見せるムダな乱暴さはよく知られていた。ローレンス・フィリップスはおそらくチームで一等アツい暴れん坊で、次から次へと面倒に突っ込んでいった。彼は、たびたび女性に対する暴力絡みの犯罪に手を染めていたが、彼がすばらしいランニングバックだったという事実は、彼が潰すぞと脅した女性の顔よりも重要とされた。あの頃、ネブラスカの選手たちはしょっちゅう逮捕されていたので、まるで犯罪行為が選手たちにとって第二のスポーツであるかのようだった。メディアはこれらの「悪行」についてオズボーンに中途半端に疑問を呈し、いかに問題のある男たちの中に善きものを見出すことができるかを語った。たいていの場合、これらの選手たちは、ドラッグやアルコールの違法使用およびレイプや暴行の申し立てをされても許されていた。フィールドでフットボールを見事に運び得点することができたからだ。彼らは何週間にもわたってメモリアル・スタジアムを埋めることができた。何度も何度も「私たちの」チームをチャンピオンシップ・ゲームに連れて行くことができた。私たちを教会へ連れて行くことができた。アーメン。

ネブラスカだけが特例ではなかったし、いまもそうだ。ペンシルバニアだけでもない。大学およびプロのスポーツ選手はあらゆる種類の犯罪的行為を見逃され、私たちはそうした犯罪的行為に慣れさせられている。なぜなら私たちは壊れた男たちが何百万人もの希望を背負って運ぶフットボールや野球やバスケットボールやホッケーの試合に毎週毎週チャンネルを合わせるからだ。私たちは応援しジャージを買い、金持ちの男たちやもうすぐ金持ちになる男たちをより金持ちにする。ジェリー・サンダスキーとペンシルバニアのフットボール・プログラムの真実が暴露されたとき、私たちは当然激怒したが、スポーツ選手、コーチ、犯罪性、沈黙の話となれば、もっと激怒すべきことは他にもいっぱいある。私たちはスポーツ選手が崇め奉られる文化に生きており、彼らに向ける敬意の代償としてそのひどい犯罪的行為を見逃しているようだ。アーメン。

私たちは告訴された犯罪者に対し、疑わしきは罰せずの原則を適用するべきである。最低限、犯罪で告訴された人が、実のところ、無罪である可能性を考えるべきである。私たちが「すべき」であることをするのは、ときに難しい。

サンダスキーのように注目度の高い裁判の場合、疑わしきは罰せずの原則を適用するのはとても難しい。世論という法廷で裁かれることは、極めて有名な人物が不正行為で告発された際に支払わなくてはならない代償だ。彼らの償いは、法廷に足を踏み入れるずっと前からはじまっているのだ。

私は、二〇一一年の終わりに「ロック・センター」でのボブ・コスタスによるインタビューを見るまでは、ジェリー・サンダスキーに疑わしきは罰せずの原則を適用したいと少し思っていた。そうしたかったのは、ひとりの男が一〇年以上にわたって複数の子どもたちに性的暴行をはたらくことができるだなんて信じたくなかったからだ。その同じ男が、彼の社会的地位の名声と力を理由に、そんな凶悪な犯罪を不問とされるだなんて信じたくない。自らをフットボール・プログラムにおける道徳的美徳の模範としているコーチが、そんな犯罪的堕落行為を許す倫理基準を持っているにもかかわらず広く称賛されるなんて信じたくない。若い男の子がレイプされているのに大人の男が止めようとせず見ていただけで当局に通報せず、彼の父親それから上司に知らせてそれ以上は何もしなかったなんて信じたくない。大学がこの犯罪を何年にもわたって隠蔽していたなんて信じたくない。

小児愛者の疑いをかけられた人物が全国放送のテレビで自己弁護することを許されたという状況自体にも無神経さがあった。私たちの司法制度が、有罪が決まるまでは推定無罪の見解に基づいている一方で、極めて有名な人物が裁判所の外側で無罪を証明するためにできることには限界がある。まあ、できることはほとんどないのではなかろうか。

ご多分に漏れず、私の法律に関する知識は『ロー&オーダー』とかいう番組から寄せ集められたものだ。法的概念についての私の理解は、あるとしても頼りない。『ロー&オーダー』では、被告側の弁護士はたいてい、依頼人が自らの立場をはっきりと示すのを断固として止めようとする。無罪であろうと有罪であろうと、告訴された者は、第三者の仲介なしで不用意に発言するとき、たやすく自らを不利な立場に追いやってしまうのだ。ジェリー・サンダスキーを取り巻く地獄の嵐を見ると、一体全体どんな弁護士があの男にメディアで発言させたのだろうかと訝《いぶか》しく思わずにいられない。

私は「ロック・センター」で放送されたボブ・コスタスとジェリー・サンダスキーのインタビューを見た。ここで行われていることに対するごく一般的な不快感を超えて、サンダスキーの言うことは徹底的に壊れた男のようだと私は思った。もし彼が告発された通りの犯罪で有罪だとしたら——そして私は彼が有罪だと確信しており、法廷もそうだ——サンダスキーは極めて長期間にわたって壊れた男だったということになる。このインタビューで、彼は自分がいかに壊れているかを明かし、己をさらけ出すことを選んだが、それは意図してそうしたのではなかった。

あるいはもしかしたら、彼がやぶれかぶれに壊れた様子だったのは、自分が捕まって、もう若い男の子たちとの選民的運動プログラムに自由に関わることができなくなったからだったのかもしれない。一五年以上を過ごした後に、そのライフスタイルを失うのはかなり大きな衝撃に違いない。いったい何がひとりの男を壊すのかは決してわからない。

罪悪感というものがどんな風に響くのか知りたかったら、サンダスキーが若い男の子たちに対して長年にわたり行ってきた彼の有害行動を説明しようとするのを聞けばいい。彼の声は心につきまとう――その弱々しさが彼の罪の重力によるのならいいのだが。彼は男の子たちとシャワーを浴び、ばか騒ぎをし、彼らに触ることを、まるでそうしたふるまいが普通であるかのように語る。「あなたは若い男の子たちに性的に惹かれますか?」と尋ねられたとき、サンダスキーは質問を繰り返した。有罪か無罪かにかかわらず、たいていの人はまず「ノー」と答えるであろう質問に、彼はこう答えた。「私は若い男の子たちに性的に惹かれるか? 私は若い人々が好きだ。私は彼らのそばにいるのが好きだ。しかし、違う、私は若い男の子たちに性的に惹かれてはいない」。否認は最後に加えられた。

レイプおよび性的虐待に関して言えば、私はまず被害者のほうに「疑わしきは罰せず」の原則を与える。私はそこに用心しすぎるぐらい用心したいと思う。これは私が誤って告発された側に同情しないという意味ではない。しかし、もしどちら側かを選ばねばならないとしたら、私は被害者の側につく。こうした判断が自分に任されていなくてよかったと思っている。だって、どうしたら公平でいられるのかわからないから。それはあまりにも自分に近い問題だ。

関係者の誰も彼も、この状況から容易に抜け出ることはできない。サンダスキーが若い男たちを性的に虐待していようといまいと、どちらの場合も残された傷は根深く、癒すことはできない。そこにはサンダスキーと彼を取り巻く人々、壊れた男たちの一群がある――被害者たちと彼に力を与える男たちとあさっての方向を見ている男たち、何年にもわたって、男たちはこのような説明し難い沈黙と共謀の作法に携わるうちに壊れてきたのだろう。

インタビューが放映された後、さらに被害者たちが名乗り出て、サンダスキーを性的虐待のかどで告発した。サンダスキーと彼の弁護団は虚ろな弁明を出す一方で、被害者たちを非難し続けた。彼らは古くさい「非は被害者にあり」戦略を選んだ。それはこうした状況への壊れた男たちの反応としてあまりにもありがちで、彼ら自身が損傷を抱えていることが一目瞭然なのに加え、さらにどこか他のところにも傷があるように見えてきた。

サンダスキーの裁判のあいだ、私たちはただただ彼が本当に壊れていること、これまでずっとそうだったこと、そしてあまりにも多くの人たちを壊してきたことを目のあたりにした。ペンシルバニアの法廷であきらかになった詳細は、胸が悪くなるのと同時に心が痛むものだった。おそらく被害者たちには、いくらかの正義がなされることだろう――それを判断するのはまだ早すぎるが。

そう望むことができる。しかし傷はつけられ、それをなかったことにはできない。裁判は終わった。ペンシルバニア州は自らを立て直すだろう。いつだって新たなフットボールのシーズンがハッピー・ヴァレーで、リンカーンで、全国津々浦々の大学町ではじまり、醜い真実の上に健全な化粧板が被せられる。若い男たちはお互いの肉体を壊し合い、私たちは声援を送るだろう。この若い男たちがフィールドの外で何をするのかなど知ったことではない。私たちはジェリー・サンダスキーと彼の被害者たちを、そのつもりはなくても忘れるだろう。そういうものだ。いつでも注目すべき人間性の新たな破損が出てくるものなのだ。

二〇一三年六月六日土曜日、テキサス州中央部のある父親が、自分の娘がある男に性的に虐待されているのを発見した。父親は男を殴り殺した。彼をめちゃくちゃに壊してそこから戻ってこなかった。裁判は開かれない。正義は、この場合、素早く暴力的になされた。多くの人々がこの父親を英雄と呼んだ。私たちもそんな侵犯行為に直面したら怒りに我を忘れて同じことをするかもしれない。この父親は悔恨の念を示している。彼は男を殺そうとしたわけではなかった。彼は娘を救おうとして行動した、あるいは少なくとも、彼にできることをした。彼は告訴されなかった。この話があきらかにしているのは、壊れた男たちがそこらじゅうにいるということだ――中央テキサスの牧場に、エリート的フットボールの世界に、フィールド内とその外との両方に。こうした壊れた男たちの横には、たいがい同じように壊れゆく女たちがいる。それはあらゆる面において哀れな見世物《スペクタクル》なのだ。

三つのカミングアウトの物語について

私たちが生きているこの時代は、公人が目に見えないクローゼットからカムアウトする際に、名のある人々の私生活の個人的な事情をすべて詳しく知りたいという大衆の欲望が、いまだに大きく作用している時代だ。

私たちはすべてを知りたい。この高度情報化時代、私たちは情報に溺れているばかりに、いまや自分たちにその権利があるかのように思っているのだ。また私たちは分類、区分け、定義づけも好きだ。あなたは男それとも女？　あなたは民主党支持それとも共和党支持？　既婚それとも未婚？　ゲイそれともストレート？　こうした質問への答えがわからないとき、またはさらに悪いことに質問への答えが分類にきれいに収まらないとき、私たちは当惑してしまう。

著名人たちが彼らのセクシュアリティを外に示す証拠を提供しないとき、私たちの分類欲は高まる。大勢のセレブリティたちが、「ゲイという噂」につきまとわれている。私たちが彼らを与えられたカテゴリーに収めておくことができないからって。私たちはまるでこれらの人々を特定のカテゴリーに入れることが自分たちの生活にいくらかの影響を与える、またはこうしたカテゴリーをつくり出すことが私たちの責任であるかのようにふるまうが、たいていの場合、こうした分類は何も変えはしない。たとえば、私の人生には、リッキー・マーティンはゲイだと知ることで変わった部分は何ひとつない。この情報で満たされたのは私の好奇心だけだ。

分類したいという大衆の熱意の結果として、著名人たちが本人の意図に反してカミングアウトさせられることがままある。特に、公民権を抑圧するような法の制定を推し進める政治家たちは、スポットライトのまぶしい光の下に引っ張りだされてきた。下院議員のエドワード・シュロックは、二〇〇四年に結婚保護法に賛成の票を投じたことへの批判として、同性愛者であることが暴露された。他にもたくさんいる。こうして人々が強制的に性指向を公表させられるとき、暴露するほうは、自分たちは大義のために行動しているのだとか偽善をあきらかにするためだとか主張する。まるでプライバシーの権利およびカムアウトするかしないか、するならいつかを決める権利は、清廉潔白な人にしか与えられないとでもいうように。

これはプライバシーの問題とも言える。私たちに自分だけの秘密にしておく権利があるのはどんな情報だろうか？　私生活としておくことが許されるのはどんな領域だろうか？　他人の生活について何を知る権利があるのだろうか？　他の人が自身のために定めた境界線を突破する権利があるのはどんなときだろうか？

世間的に高名な人々には境界線を引くことがほとんど許されていない。プライバシーが侵害されるのと引き替えに、彼らは名声や富や権力を手にする。これは公正な取引だろうか？　有名人たちは、文化的に存在感を獲得するにあたって、自分がいかにプライバシーを犠牲にしているかに自覚的なのだろうか？

私たちはこの情報化時代にあっていろいろなかたちでプライバシーを手放してきた。私たちは朝食に何を食べたか、昨晩どこで、誰と過ごしたかなど、あらゆる些末な情報をすすんで公表する。ソーシャルメディアのアカウントを登録する際、オンラインで買い物をする際、個人情報を提出する。しばしばこの情報をよく考えず、何の疑問もなく差し出す。こうした暴露はのびのびと気軽に行われている。なぜならもうずいぶん前から多すぎる人々と多すぎる物事をシェアすることが当たり前とされてきたからだ。

ギャレット・ケイザーは著書『プライバシー』で、法的側面、フェミニストの視点から、階級のレンズを通してなど、さまざまな観点からプライバシーについて考察している。彼は私たちにプライバシーがほとんどないこと、自分たちのプライバシーをぞんざいに扱っていること、また考えなく他人のプライバシーを侵害していることについて深刻な憂慮を示している。彼は述べる。

> 私たちはまるでプライバシーが権利であるかのように語るが、もしかしたら同時にそれをテストとして、私たちの文明における炭坑のカナリアとして捉えているのかもしれない。それは人間が肉体と魂――彼または彼女の肉体に結びつく私たちの血、加えて彼または彼女の気高さと品位の低下を超えるもの――が、譲りえない権利および私たち皆の小宇宙のうちに授けられた神聖なものであると、どの程度信じ続けたいか次第で、生きもすれば死にもする。

私たちは、文化的に名のある人々だって彼らが愛する人々にとっては、自分たちにとって親しい人々と同じように神聖な存在であるということを忘れがちだ。彼らは有名であるからして譲りえない権利を手放したのだと思ってしまいがちだ。彼らが血と肉であるということを忘れがちだ。私たちはそうしていて疑うこともない。

ケイザーが論じている中で瞠目《どうもく》すべき点は、プライバシーと階級が本質的に結びついているという指摘だ。彼は、恵まれた人々にはそうでない人々よりもプライバシーが与えられていると主張する。ケイザーは記す。「社会階級は、その大部分が、ある人が私的空間から公共空間へと移動することのできる自由と、相対的にプライバシーを守って過ごすことのできる時間の長さの度合いによって決定される」

このプライバシーと特権の関係は、人種、ジェンダー、セクシュアリティにも及んでいく。たとえば、妊娠中の女性は、プライバシーがあきらかに減っていく。なぜなら、臨月に近づくにつれ、彼女の状態は目につくようになっていくからだ。ケイザーは、妊娠中の女性に関して、以下のように述べている。

> 彼女の状態は、親密な関係からはじまって彼女の身体という聖域で継続している極めて私的な体験をはっきりと公的に表明している――彼女にはそれを隠す術もないし、私たちは彼女が

私たちの一員であると感じてしまうのを否定しようがない。彼女は私たちの集合的な未来を体現しつつ、私たち個々人の過去を代表しているのだから。

肉体が何らかの差異を示しているとき、その人物のプライバシーは常にいくらかの危険に晒《さら》される。過剰なプライバシーは特権階級だけに与えられる恩恵のひとつにすぎず、彼らは多くの場合それを当然のものと捉えている。

異性愛者は自分のセクシュアリティのプライバシーを当然のものとして受け取っている。彼らはデートし、結婚し、特に何も公表することなしに選んだ人を愛することができる。もし彼らが公表することを選んでも、それで否定的な反応が出てくることは滅多にない。

近年では、セレブたちも特に大きなファンファーレを鳴らすことなくカミングアウトするようになりつつある。インタビューの中で男性がごく自然に男性パートナーに言及したり、自分を指して「ゲイの男」と言ったり、女性が何かの受賞スピーチで彼女の女性パートナーに感謝したりといった風に。セレブが静かにカムアウトするのに大衆は反応するが、とはいえ見世物性はだいぶ沈静化されている。こういう作法でカムアウトするセレブたちは、要は「これはあなたが私について知っていることがひとつ増えただけにすぎない」と言っているのだ。

二〇一二年七月、人気ジャーナリストのアンダーソン・クーパーは、「デイリー・ビースト」のアンドリュー・サリヴァンに宛てたメールで、誰か他の人たちの手で組み立てられた見えないクローゼットのひとつからカムアウトした。サリヴァンはブログでこのメッセージを公表した。

クーパー曰く、

つまるところ、僕はゲイだ。これまでずっと、この先もずっと、そして最高にしあわせだし、自分に満足しているし、誇らしく思っている。

僕はずっと自分の人生のこの部分について、友達、家族、同僚には常にオープンかつ正直でいた。もし世界が完璧な場所だったら、これは他人にとってはどうでもいい話だろうと思うけれど、しかしここでは立ち上がって認知されることに価値がある。

クーパーのカミングアウトへの反応は広範だった。多くの人々は肩をすくめ、クーパーのセクシュアリティは見た通りで、公然の秘密だったと言った。一方、それは重要であり、たとえクーパーでもカムアウトを行い、彼が言う通り、立ち上がって認知されることが必要だと主張する人々もいた。

当然果たすことが求められる義務を超えた大きな義務というものが存在する。この時代に有名人がカムアウトするまたはしない場合にしばしば言われていることだ。私たちはこうした要求を出すが、ある人が有名人であると同時に抑圧された集団の一員でもある場合に、どれだけのプライバシーが犠牲にされているかはあまり考えない。ここで私は、私たちが華やかなライフスタイルを楽しんでいるセレブを求めていると言いたいわけではない。私が言っているのは、私たちはなんらかの理由で自分の同性婚をプライベートなものにしておきたいと望むセレブに配慮するべきだが、その奪うことのできない権利は、異性愛者たちにも与えられていないのではないかということだ。『プライバシー』で、ケイザーはこう記している。「目立って有力な人々の公的な義務は、同時に彼らの私生活を縛りかねない」。私たちはこうした抑圧を、セレブその他の著名人たちが私生活についての質問を答えたくないと避けるときにたびたび目にする。彼らが躊躇する理由はいくらでもあるだろう――プライバシーを守り、キャリアと社会的地位を守り、愛する人たちを守るため。世間がこうした理由を気遣うことは滅多にない。彼ら――私たち――は知らねばならないのだ。

それと同時に私たちは、一七州が同性婚を認めているが二九州に結婚の平等を禁止する法令があるという、複雑な文化情勢を生きている。改善されてきているとはいえ、全員の権利の平等へと向かう私たちの歩みは、あまりにものろい。私たちの生きている世界は、本来あるべきほどには進歩的でない。セレブがカムアウトすることは、いまだにニュースになるのだ。カムアウトはいまなお文化的に意味がある。アンダーソン・クーパーのような男性がカムアウトすることは、全員の市民権の実現に向かう一歩なのだ。少なくとも、また誰かひとりが「私はここにいる。私は意味がある。認識されることを要求する」と言っているということ。クーパーは、さまざまな価値判断基準において、「正しい種類のゲイ」だ――白人で、ハンサムで、成功していて、男性的。近年、カムアウトに成功しているセレブの多くはこの人物像にあてはまる――ニール・パトリック・ハリス、マット・ボマー、ザカリー・クイントなどなど。これらの男性たちは模範例として捉えられる――すなわち、華やか過ぎでもなく、ゲイ過ぎでもない。

それでも、著名なゲイの人々が立ち上がり認識される必要があるのは、「ゲイ」という言葉がいまだに誹謗中傷として使用されているからだ。ＬＧＢＴのティーンエイジャーの一〇人に九人が学校でいじめられていると報告されている。ＬＧＢＴの若者たちの自殺率は二倍から三倍。ＬＧＢＴの若者たちへのいじめといやがらせはあまりにも広く行き渡っていて、二〇一〇年には、ダン・サヴェージと彼のパートナーであるテリー・ミラーが、ＬＧＢＴの若者たちに人生は青春時代の苦悩を越えた先にどんどん良くなっていくと伝えるYouTube動画を作った。この動画の影響で他にも数えきれないほどの動画と、このプロジェクトを継続してＬＧＢＴの若者たちに真っ暗なトンネルの先には光があると示すための団体が生まれた。

同性婚が法的に認められている州が片手ほどしかないというのも、クーパーのようなセレブが立ち上がり認識される必要がある理由だ。最高裁は二〇一三年になってようやく、一九九六年に通過した結婚保護法を無効とした。結婚保護法は、連邦政府によって異性カップルに認められている一一三八の権利を、同性カップルには与えないものとした。結婚をひとりの男性とひとりの女性のあいだの結びつきと厳密に定義する州法条項が二〇以上の州にある。ＬＧＢＴの人々は養子を迎えることができない州がある。住んでいるところによっては、ＬＧＢＴコミュニティの人々はその性指向を理由に職を失うこともある。家族、友人、コミュニティから排斥されてしまう可能性もある。たぶん、いろいろなことが良くなってきてはいるが、それはゆっくりだし、全体的にそうだというわけではないのは間違いない。

ＬＧＢＴの人々はヘイトクライムの被害者だ。テキサスの若いレズビアンのカップル、マリー・クリステン・チャパとモリー・オルギンは、見知らぬ暴漢に頭を撃たれて死んだ。ＤＣ北東部のゲイのカップルは自宅アパートから二ブロック離れたところで、同性愛嫌悪的な罵りの言葉を叫ぶ三人の暴漢に襲撃された。マイケル・ホールは病院に運ばれた。彼は顎を砕かれ、健康保険には入っていなかった。オクラホマ州エドモンドでは、ゲイの男性の車が同性愛嫌悪的な罵りの言葉と共に荒らされ、火をつけられた。インディアナ州インディアナポリスでは、走行中の車からゲイ・バーに向かっての発砲があった。ヘイトはそこらじゅうにある。

まあ、前よりはましになっている。間違った時に間違った場所にいない限りは、前よりはましになっている。ときどき間違った場所が、世界がどんな様子であろうと安全を感じることができるところであるべき唯一の場所、すなわち自宅だったりもするけれど。

二〇一二年七月に六二歳で亡くなった史上初の女性宇宙飛行士サリー・ライドは、二七年にわたって女性のパートナーに支えられてきた。彼女の死に際してライドの未亡人は、生き残った配偶者に通例与えられる連邦政府からの手当を受け取ることができなかった。サリー・ライドは宇宙へ飛び立ち星々に到達することができたが、しかしここ地球では、彼女の長きにわたる人間関係はおおかた無視されてきたのだ。二〇一二年の共和党大統領候補者だったミット・ロムニーは、「サリー・ライドは最大級に偉大なパイオニアに列する。私自身も彼女の宇宙への旅に心を奮い立たされた何百万人ものアメリカ人のひとりだ」とツイートした。音楽グループのマウンテン・ゴーツは「二七年を共に過ごした彼女のパートナーが遺族手当を受け取れないというのはどうもおかしな見下げた話じゃないですか？」とリプライした。どうもおかしな見下げた話、まったくその通り、だがサリー・ライドは彼女の死に際して立ち上がり認知された。彼女はもうすでにそうだったが、ますます英雄となった。

　正しい種類のゲイ、すなわちクローゼットから出てくることがあたたかく奨励されるＬＧＢＴの人々がいる一方で、特定のパラメータにあてはまらない人々は概して無視されているというのは問題だ。それは、かなりリベラルなニューヨーク市に暮らしているアンダーソン・クーパーのような男性にとっては、まあ簡単だろう。彼はこのままますごく成功し続けるだろう。彼には、彼を受け入れる協力的な家族とあたたかいコミュニティがある。市井の人々のカミングアウトの物語はこれとはだいぶ異なり、複雑で困難であることが多い。私たちはいわゆる素通り州《フライオーバー・ステート》（飛行機が着陸せず素通りしてしまいがちな州のこと。アメリカ中西部および南部を指す）でカムアウトすることがどんなものか忘れてしまう。それは容易ではない。

　二〇一二年七月、クーパーよりは知られていないが、たぶん失うものは彼よりたくさんあるセレブであるミュージシャンのフランク・オーシャンは、Tumblr（ブログサービスの一種）を通して、高い評価を得たアルバム『チャンネル・オレンジ』のライナーノーツの一部をシェアし、かつて男性を愛したことがあるとカムアウトした。ふたたび、文化批評家たちはオーシャンのカムアウトは重要だと述べた。

特に同性愛嫌悪が強いことで悪名高いR&Bとヒップホップのコミュニティに属していながら、ゲイあるいはバイセクシュアルだとカムアウトする黒人男性として、オーシャンは危険を承知で大胆な一歩を踏み出した。彼は自分の音楽がオーディエンスの偏見を超えていくだろうと信じていた。いまのところ、この危険は冒してみる甲斐があったようだ。ラッセル・シモンズ、ビヨンセ、50セントなど、たくさんのセレブがオーシャンを支持すると明言した。彼は立ち上がり認知された。『チャンネル・オレンジ』は批評的にも商業的にも成功だった。

もちろん、オーシャンはオッド・フューチャー・コレクティヴの一員でもある。彼の友達であり共作者であるタイラー・ザ・クリエイターのデビュー・アルバム『ゴブリン』には、二一三のゲイ罵倒が含まれている。タイラー・ザ・クリエイターは、自分にはゲイの友達がいるというあの古くさいごまかしでもって、自分は同性愛嫌悪ではないと主張し続けている。加えて彼は自分を弁護するにあたって、曲で「ファゴット」という言葉を何度も何度も何度も使用していることを自分のゲイのファンたちはまったく気にしていないと主張している――連帯免責だ。私はこの男を知らない。彼は同性愛嫌悪かもしれないし、そうじゃないかもしれない。彼が言葉についてよく考えていないのかどうか私にはわからない。彼は何か言うことができるのなら言うべきだと信じている。彼は一枚のアルバムに二一三の罵倒を使用したことを恥じていない。その頻度が想像力の欠如の反映だとしても。

前に一歩進むたびに、進歩を引き戻すクソ野郎がいるものだ。

私たちは複雑な文化情勢に生きており、大義のためになされるべきことがあるというのに、周縁化された人が余計に責任を担わなければならないという理不尽な要請が、いまだに存在している。カムアウトした著名文化人は私たちに代わってこうした侵害の中で生きねばならないというのは不公平な話だ。彼らの肩には大勢の人々の希望がかかっている。彼らは立ち上がって認知されたのだから、いつか、カミングアウトすることがほとんどの人に較べてずっと簡単なカメラあるいはラジオ映えするセレブたちだけでなくて、あらゆるところにいる誰にとっても実際に状況が良くなるかもしれない。

アイオワ州のレズビアンのカップルのことが思い浮かぶ。彼女たちの息子ザック・ウォールスは、二〇一一年にアイオワ州議会司法委員会の前で、ふたりの女性によって育てられた子どもとして証言した。彼は同性婚を支持する立場から話をした。彼は情熱的で雄弁で、本当に両親の誇りだった。彼の証言の動画はインターネットで広く行き渡った。私はそれを見るたび、興奮するのと同時に憤りを感じた――憤ったのは、クィアの人々は常に、ほんのすこし認識されるためにものすごく勤勉に闘わなければならないからだ。異性愛の親たちに、彼らの子どもがよき市民のお手本であることを証明するよう求める人なんて誰もいない。クィアの親たちが直面する障壁は不公平に、不必要に高い。しかしこの彼のような若者たちがその障壁を跳び越えていくのだ。

もしかしたら私たちがゲイの著名人やその他の有名なクィアの人々に、カムアウトし、立ち上がって認知されることを期待するのは、世界を変えるために必要だけれども自分がやるのは気がすすまない仕事を彼らがやってくれると思っているからかもしれない。肩に負いたくない重荷を担い、言いたくないことを言う。個人としては、私たちはあまり多くのことはできないだろうが、しかしもし誰かが「ゲイ」という言葉を侮辱として用いたときに沈黙しているのなら、私たちはまだまだ足りない。すべての人にとって平等な結婚の権利のために投票しないとしたら、まだまだ足りない。タイラー・ザ・クリエイターのようなミュージシャンを支持するのなら、まだまだ足りない。私たちは自分たちのコミュニティを台無しにしている。市民権を台無しにしている。大小の不正があり、たとえ小さなものとしか闘えないとしても、少なくとも私たちは闘っているのだ。

私たちは自分が大義のために何を犠牲にしているかを自問することをしばしば忘れてしまう。どんな立場を取るのか？　私たちは完璧に自分たちのふるまいのお手本にすることができる「ロールモデル」を期待する。私たちは世の中がましになっていることを知っている。まだ先が長いことを知っている。ケイザーは『プライバシー』で、こうも言っている。「プライバシーの大いなる侵害は、累積的に私たちの無力感を引き起こす効果がある」。私たちは、著名人たちが大義のためにプライバシーを犠牲にして無力感に包まれている状態にあるのを見たがっている――ときに切望している。はたして私たちは、大義のためにどれだけ困ることができるのだろう？　私が最も興味をそそられるのはこの問いだ。

男たちのものさしを超えて

またまた例の話。

「ニューヨーク・タイムズ・ブック・レヴュー」で、メグ・ウーリッツァーは、「女性フィクション」の問題について「第二の棚」と題する署名記事で論じた。彼女は、男性、女性、彼らが書く本とこれらの本の受け取られかたの違いに関する現在進行形の厄介な対話に注目を促した。

ジェンダーと文学的信頼性、女性が（男性の）文学的権威から向けられる関心と批評的評価が比較的少ないことについて論じた記事が他にいくらでもあることを私が指摘できるというのは残念なことだ。しかもそれらはウーリッツァーに並ぶ筆力と的確さでもって書かれている。才能ある作家たちがいまもなおその貴重な時間を、もっと面白い話題について書く代わりに、この問題がいかに深刻で、一般的で、大きな影響を及ぼしているかを指摘することに費やさなくてはならないというのはどうにもバカバカしい。

出版界の外にも目をやり、合衆国はいまだに避妊と生殖の自由について騒々しい議論が行われている国だということを考えると、女性たちがトリクルダウン的女嫌いの風潮に向き合っていることは明白だ。立法府ではじまることはあらゆるところへ届く。『チャーリー・シーンのハーパー

★ボーイズ』の共同制作者は、女性向けテレビ番組の興隆について軽薄にもこう言った。「十分だ、レディース。わかったよ。君らには生理があるんだな」そして「私たちはテレビでマンコの絶頂に近づいている。潮吹きの段階だ」。二〇一二年のナショナル・マガジン・アウォードの最終候補が発表された際、レポート、特集記事ライティング、人物ライティング、エッセイ、批評、コラム、コメンタリーといったいくつかの部門には女性がいなかった。毎日毎日ジェンダー・トラブルの新たな例が出てくる。女性の関心事に興味のない男性も一部にはいる。社会に、テレビに、出版に、あらゆるところに。

私たちがもう知っていることについて憤る時はすでに終わった。この議論のコール・アンド・レスポンスはすでに厳密に手はずが整えられていて退屈だ。ある女性があるジェンダー問題を指摘する。「そう、あなたは正しい」と言う人々もいるが、現状を変えるために何かしようとはしない。「私はその問題に関係ない」と言い、なぜこれが大したことではないのか、ただの誇張にすぎないのかを示す陳腐な例を挙げてくる人々もいる。まるでそれで責任が免除されるとでもいうように何かの希望者の男女比やその他の言い訳を差し出す人々もいる。「もっと証拠をよこせ」または「もっと数字がほしい」「状況は良くなっている」「おまえは間違っている」と言う人々もいる。「不平不満はやめろ」と言う人々もいる。「問題について話すのはもうたくさんだ。解決策について話そう」と言う人々もいる。また別の女性がこのジェンダー問題を指摘する。流れる。繰り返し。

解決策はあきらかだ。言い訳をやめろ。女性が出版業を動かしていると言うのをやめろ。性的不平等についての資料が含まれているからといって、主要な出版物における平等の欠如を正当化するのをやめろ。ただただ「とにもかくにも、最高の作品」を出版しているのだという頼りない宣伝文句を繰り返すのをやめろ。女性作家がいかに優秀かを示す十分な証拠がある。もっとたくさんの女性作家を出版せよ。もし女性の書き手があなたの刊行物に作品を提供していないなら、それがなぜか自問し、たとえその答えが気まずい思いをさせるものであっても向き合って、そして女性の書き手たちに手をさしのべよ。もし女性たちがあなたの請願に応じないなら、他の女性たちを探しに行け。それを続けろ、次の号の次の号の次まで。もっと幅広く読め。もっと幅広く包摂的な優秀さの基準を創り出せ。男性による本と女性による本が同じ数だけ紹介されるようにせよ。重要な賞にもっとたくさんの「相応しい」女性をノミネートせよ。己の憤懣に対処せよ。己の偏見に対処せよ。「ジェンダー問題」を忘れたいという欲求に抵抗せよ。努力し努力し努力しろ、あなたにその必要がなくなるまで。私たちがこの会話をする必要がなくなるまで。

変革には意志と努力が必要だ。それは本当に単純なことなのだ。

「女性フィクション」という語はあまりにも漠然としていて、だいたい使いものにならない。表紙は多くの場合、パステルとアクセサリーをたっぷり身につけた女性のシルエット、または意味深ないくつかの身体の部位が目印だ。「ニューヨーク・タイムズ・ブック・レヴュー」でクロエ・シャマは、「本の表紙の世界で女性の背中という疫病が我々に迫ってくる」と書いた。彼女は近年の本の表紙にうなじを露わにした女性の背中の図を用いたものが驚くほど多すぎて、まるで女性の顔はどうでもいいようだと指摘する。シャマはこう結ぶ。「セックスは売れる。そしてこの明白な具体性のない肉体を示すことは、女性を雇用し、女性に大人気の業界にとっても魅力的に違いない」。「女性フィクション」はある種の読者にある種の本を売るために作られた名札だ。もの書きは自分の本がどのように売られるか、どんな表紙になるかに関して、裁量権はほとんどない。そして、はっきりさせよう。「女性フィクション」および、それに伴う、多くの場合ありがちな装丁は、本の内容あるいは著者、またはその両方を伝えようとしたマーケティング上の選択なのだ。私たちはこうした気まぐれなカテゴリーのおかげをこうむっているわけだが、しかしそのカテゴリーは、いろいろな意味において、男性、女性、書くことに対して失礼なのだ。

ここに女性によって書かれた本がある。ここに男性によって書かれた本がある。だが何にせよ、この「女性フィクション」の特別な呼称が適用されるのは女性による本、あるいは特定の主題についての本だけであり、これらの本は大胆にも独特の作法で女性の経験を追求している。そこに含まれる話題は、結婚、郊外生活、親であること。まるでこうした人生の試みにおいて女性だけが孤独に行動しているような言いぐさだ。ひとりで婚姻関係を結んで処女懐胎するとでも。女性フィクションは男性フィクションにある「大きな」問題には取り組まない、より親密な類の物語のありかただと考えられていることが多い。読む人はこれが間違っていることをわかっているが、しかし誤解は根強い。「根底にある問題は、女性は男性作家による男性キャラクターについての本を読む一方で、男性はその逆をしない傾向があることだ。郊外についての男性の小説（フランゼン）は社会についてのもの。郊外についての女性の小説（ウーリッツァー）は女性についてのもの」と、ルース・フランクリンが書いた通り。

特定の経験についての語りは、なぜだか男性の視点を通して提示されると、正統と認められるのだ。ジョン・アップダイクやリチャード・イェーツの作品を考えてみよう。彼らの小説のほとんどは家庭的なテーマに根差しており、もしそれが女性の手になるものだったら、「女性フィクション」になっていたであろう作品だ。こうした本はアマゾンで「女性フィクション」のタグがつけられることもある一方で、文芸作品にも分類される。これらの本は書き手のジェンダーの特質以上のものとなることが認められているが、女性による似たような本はそれ以下のものとされ、その内容を矮小化する、狭い、多くの場合間違った分類に入れられてしまうのだ。

ジェームズ・サルターの優れた短編小説集『ラスト・ナイト』は、男性と女性と結婚と人々があらゆるやりかたで互いを傷つける物語でいっぱいだ。これはすばらしい本で、たびたび女性の経験が関わってくる。ある物語では、妻が夫にゲイの愛人との関係を断つよう求め、この状況の静かな苦悶は生々しい。別の物語では、友達グループが互いの近況を伝え合い、最後に私たちはそのうちのひとりに死が近いことを知らされる。彼女はこのニュースをどうやって伝えればいいのかわからず、他人であるタクシー運転手にそれを伝え、運転手は彼女の見た目について率直な評価を口にする。ある女性はパーティで詩人に会い彼の犬から目が離せなくなる。これらの物語は、そう、たとえばエリザベス・ストラウトの物語とすごく違うというわけではない。
男性の書くものと女性の書くもののあいだには、違い以上に共通するところのほうが多い。私たちはみんなただ物語を語ろうとしているだけではないのか？　どうして私たちはこの事実を見失い続けているのだろうか。

男性がものさしになったのはいつからなのだろうか？　男性が認めた文章はより価値が高いと私たちが集合的に決定するようになったのはいつからなのだろうか？　私が思うに、それはおそらく、はるか昔、男性が規範を独占していた頃、「文芸的権威」がこの決断を下したのだろう。そして、その作品が価値あるものとして持ち上げられ、立派な文芸賞や批評的な注目のほとんどを手にするのは男たちだった。
男性読者の存在を私たちの求めるものさしとしてはならない。ものさしとなるべきは作品の優秀さであり、もし男性と「権威」がその優秀さを認識できない（あるいはしない）のならば、私たちはそれに加担するのではなく、その咎《とが》を彼らのものとする。男性読者の獲得を目指すべきゴールと考え続けている限り、私たちはどこへも行けない。

「女性フィクション」という呼び名はしばしばあんまりな軽蔑を伴って使用される。私は「女性」がこんな悪口になっていることが嫌だ。一部の女性作家たちが「女性フィクション」から距離を置こうとして面倒な感じになっているのが嫌だ。自分たちは書きたいものを書いている女性として何ら恥じるところはないはずなのに。

私は自分のフィクション作品が「女性フィクション」と呼ばれても構わない。自分の書くものが何であって何でないのかわかっている。他の誰かによる偉そうな呼称はそれを変えられない。男たちが私の本を読まなくても構わない。勘違いしないで。私は男たちに私の本を読んでほしい。みんなに私の本を読んでほしいけれど、でも私の書くものに興味のない読者を必死で求めたりはしないということ。

もし読者が特定の話題を自分の関心に照らし合わせて価値のないものとして見くびるのなら、もし本をその表紙で判断し、その表紙が、そう、ピンクだという理由で自分は関係ないと感じるのなら、間違っているのは読者のほうで、作家ではない。狭く浅くしか読まないのはつまり無知蒙昧の立場から読むということで、女性作家たちはどんな種類の本を書いていようと、それがどんな風に売られようとも、その無知蒙昧を正すことはできない。

私たちはここからこの問題に注目していかなくてはならない。より良く、視野の広い読者となるために男性が（読者として、批評家として、編集者として）責任を果たすようになるには、どうしたらいいのか。

読書はいまなお私がすることの中で最も純粋なことのひとつである。ツイッターで私をフォローしている人なら知っているように、私は読書から大いなる喜びを得ている——高級と低級とを問わず、私はあらゆるものにのめり込む。毎日のようにいま読んでいる本についてツイッターに向かってご機嫌におしゃべりしているし、出版界の問題について憂うことなしに本について話せるというのはすばらしいことだ。読書が私の初恋だということを覚えているのはすばらしいことだ。

私たちの読むものがいかに世界に送り出されているかの苦い現実と、戦いの機会を獲得するための苦闘に集中するあまりに、読書の喜びを見失ってしまうのは嫌だ。

こうした問題を気にかけている私たちは、世間的には少数派だろうけれど、しかしこのジェンダーと出版についての困難な対話を続けなくてはならない。なぜならどんな立場であろうと、私たちはいつか十分な意志と努力をもって行動し、十分な変化をもたらし、より良いものさしを創り出すだろうという無骨で愚かな希望を胸に抱いているからだ。こうした対話を続けるうちに、いつか私たちが書き、読む物語の複雑さと喜び以外にはもう話すことがなくなるだろう。私はその喜びだけが重要なものとなってほしい。

偉大な本は、私たちが本それ自体について話すよりも出版について話すことに時間を費やしているときにいちばん大切なものを忘れているということを、私に思い出させてくれるのだ。

あるジョークは他のジョークより面白い

六年生のとき、同じクラスに、本当に面白くて、クラス代表の道化的な存在の子がいた——仮にジェームズと呼ぼう。ジェームズはあらゆることについてジョークを飛ばし、みんな彼が大好きだった。まだ幼い年頃なのに、彼のウィットはすごく鋭かったから。ジェームズのユーモアが自分に向かってくるのは決してうれしくないけれど、でも彼が次に何を言うのかを気にせずにはいられない。いつだって笑わずにいられないのだ。

一九八六年一月二八日、スペースシャトル「チャレンジャー」が朝一一時三八分に発射した。私たちは理科の時間にテレビで見ていた。いつもの学課を脇に置いて発射を見るというのはおおごとだった。理科の先生は特に興奮していた。科学に関係するものなら何でも大好きで、すごく熱心な先生だった。彼は個人的にもこの件に入れ込んでいた。なぜならニューハンプシャー州出身の教師、クリスタ・マコーリフが宇宙へ飛び立つ七人の宇宙飛行士たちのうちのひとりだったからだ。あの日、大気圏外の神秘はいつもよりちょっとだけ彼の手にも届きそうに感じられたのだ。彼は星に触れたいと願う類の男だった。

離陸してすぐに、チャレンジャーは爆発した。私たちはシャトルが炎に包まれ、太く渦巻く煙が空中を埋めるのを小さなテレビの画面で目にした。破片が海に落ちはじめた。現実には見えなかった。教室は静まりかえっていた。私たちは呆気にとられていた。理科の先生の目は真っ赤になり、何か喋ろうとしていたが、ただ咳払いを続けるだけだった。クラスメイトたちと私は気まずくお互いを見ていた。ニュースキャスターたちは彼らが知っているわずかな事実を報告しはじめた。ジェームズは忍び笑いで言った。「海には死んだ魚がいっぱいだろうね」。理科の先生は完全に自分を見失ってジェームズを厳しく叱った。それから学年末までジェームズはつらい時間を過ごした。彼はついに茶化していいことと悪いことのあいだにある目に見えない線を越えてしまったのだ。私はあの日のことを、悲劇についてジョークを言うのはやりすぎだった、早すぎた、行き過ぎたという理由でジェームズが突然のけ者になった日のことを、決して忘れない。

不適切なユーモアはしばしば最高の部類のユーモアだ。誰であろうと、本当はいけないのに面白がってしまうジョークをひとつは知っているものだ。私は自分を笑わせるものに関して常に誇れるわけではないが、自分を笑わせつつ気まずい気分にもさせることができるコメディアンを心から尊敬する。こうした矛盾は人を考えさせる。「ニューヨーク」誌の故パトリック・オニールについての記事で、エイドリアン・ニコル・ルブランは、いかにオニールが境界線に挑み、言葉にできないことを言うにあたって熟考し、情け容赦なかったかを書いた。そうすることへの彼の意志を、彼女は「醜い真実の変容のパワーは、オニールにとっては、ひとつの優雅さのかたちだった」と表現した。ほとんどのコメディアンは私たちの生きる人生というものの複雑さについて私たちを笑わせ考えさせ感じさせるように語ろうと試み、その優雅さのかたちを求めているように見える。

オニールのファンの多くが、自分は彼に同意しない場合でもいっしょに笑っていたと語っている。彼はどんなことでもうまいやりかたで茶化すことができた、と彼らは語った。オニールと多くの喜劇人にとって、踏み越えたくない境界線はなく、タブーとなる話題は存在せず、彼らはこうした侵犯をやってのけた。なぜなら彼らは非常に細い、常に動き続けている線の上をどうやって歩くかを心得ていたからだ。

私はダニエル・トッシュと彼のコメディのファンではないが、しかしそもそも私は彼のターゲットとなる層ではない。私が彼の存在や笑いの種類について考えるのに時間を費やさないのは、単にその必要がないから。彼は堂々とミソジニストだが、たくさんの人々が彼を面白いと思っているということは、きっとそこには「何か」があるのだろう。彼がどれだけ面白くとも、彼のユーモアには徹底的に優雅さが欠けている。彼には優れたコメディアンが持つ変容のパワーがなく、鋭く逸脱的になろうとしても、結局浅く終わってしまいがちだ。

コメディ・セントラルの彼の番組『トッシュ・ドット・ゼロ』のあるエピソードで、トッシュは視聴者に、女性のおなかに軽く触れているところを撮影するよう呼びかけた。どうやったらこのパーソナルスペースへの侵入と適切な境界線の無視がユーモアの構成要素となるのかよくわからないが、まあ世の中にはいろいろな人がいる。私もまた女性であり、そして私たちは、俗に言われているところによると、面白くない。とはいえ、この出来事は私を立ち止まらせた。とりわけ彼の熱烈なファンが実際に女性のおなかを軽く触る様子を撮影し動画をYouTubeにアップしはじめたときには。結局のところ、これらのファンたちは、このふるまいが受け入れられるものと考えたのだ。彼らの好きなコメディアンがそうするように言ったのだから。それがあからさまなのか暗になされるのかを問わず、人が許可を与えられたときにすすんでやってのけることには驚かされてしまう。

トッシュの未熟な男子学生的ユーモアの歴史を顧みれば、彼が『ザ・ラフ・ファクトリー』の現場でレイプ・ユーモアについて不適切な発言をしたのにも驚かない。レイプ・ジョークは彼の十八番だ。彼の出番の最中に、観客の若い女性が「実際レイプ・ジョークは全然面白くない」と叫んだ。トッシュは大人らしく応じた。「あの子がいま男五人かなんかにレイプされたら笑えないいますぐ？　男の集団が彼女をレイプしたらどうだろう……」

どうだろう、実際。レイプ・ジョークに続くものとして集団レイプ・ジョーク以上のものはないだろう。もしレイプ・ジョークが笑えるなら、集団レイプはもっと笑えるはず。

レイプ・ユーモアは女性たちに、まだ自分たちは平等からほど遠いことを思い出させるようにできている。彼女たちの体と生殖の自由は立法と公の議論に開かれており、彼女たちの他の問題もそうだ。女性が性差別的ジョークあるいはレイプ・ユーモアに否定的に反応すると、「敏感」とされ「フェミニスト」の印がつけられる。この言葉は、近頃ではどうやら「デタラメを黙認しない女性」のことを幅広く指す語になっている。

レイプ・ジョークは面白いのかもしれないが、私はどう理解すればいいのかわからない。ユーモアは主観的なものだが、しかしそれは「それほど」主観的だろうか？　レイプ・ジョークをおかしいと思ったり、それに我慢したりする発想は私の中にはない。他人事ではなさすぎる。レイプはいろいろだ――屈辱的で、侮辱的で、肉体的および感情的に痛みを伴い、疲労させられ、不快で、ときには陳腐ですらある。ほとんどの女性にとって笑えないものだ。笑って「前に集団レイプされたときは本当におかしかったな、爆笑だった」と言えるようになるぐらいの距離を作り出すには、この人生は短すぎる。

歴史上どこかの段階で、私たちは合衆国憲法修正第一条と、そこで認められている言論の自由の概念を誤解しはじめた。私たちは取り締まりや迫害を怖れることなく言いたいことを自由に言うことができるが、それでどうなるかに関係なく言いたいことを自由に言えるわけではない。

トッシュの発言に反応して非難した女性はクラブを出て行き、友人がこの件についてTumblrに投稿した。インターネットが彼女の話を拾い上げた。トッシュはその後、発言がもとの文脈を離れて拡散されたと主張し、ちょっとした自責の念を示した。つまり、彼は野次られたのだと。彼はあきらかに自分が間違ったことをしたとは思っていない。彼の中途半端な謝罪は、自分の行動に責任を取るというより、誰かが立腹したことに対してちょっと謝っておく類のものだ。彼がレイプについてジョークを言うことが間違っていると考えることはないだろう。先に言った通り――いろいろあるのだ。

多くのコメディアンたちが、他の人たちにしてみればおそらく言うのが「気が引ける」ことを言う自分のことをたいへん誇らしく思っている。人には何でも言い、考え、する権利があるという私たちの文化の最前線に彼らはいる。「この世のひどいこと」について発言するのにユーモアを用いようとはしない人々は、気が引けるからそれを控えているのではない。たぶん、ただの推測だけれど、彼らには常識があるのだ。彼らには道義心がある。ときには他の人が言おうとしないことを言うのが単にクソ野郎ということもある。私たちは皆クソ野郎になるのも自由だが、それでどうなるかを考えずにやりたいようにやることはできないのだ。

トッシュが野次と呼ぶものを、私は意思の表明と呼ぼう。小さいものでも大きいものでも、不正を目にして、「これはひどい」と思い、でも何もしないことが私たちには多すぎる。私たちは何も言わない。私たちは他の人々に彼ら自身の戦いを戦わせる。私たちは沈黙を守る、なぜならそのほうが楽だから。

「沈黙は同意とみなされる」というラテン語の諺《ことわざ》がある。私たちが何も言わず、何もしないとき、私たちは自らに対する侵害に同意していることになるのだ。

あの女性が立ち上がって「ノー、レイプは面白くない」と言ったとき、彼女は性暴力と女性の問題に対する怠慢な姿勢を擁護する文化に参加することをよしとしなかったのだ。ある男性はレイプ・ユーモアに背中を押されて、ダニエル・トッシュに宛てて「君に激怒するのは男と寝たことがないからレイプされたいと思っているフェミニストのクソ女だけ」と平然とツイートする。これは女性が性暴力は楽しくないと言い出す勇気をみせたときに、ある種の「人物」がパブロフの犬的に示すバカバカしい反応のひとつだ。この男の宇宙においては、きちんと男と寝る女性はレイプ・ユーモアをまったく気にしないのだ。満足したヴァギナは万能のギレアデの乳香（聖書。芳香性の樹脂もしくは香料で、傷を癒すために用いられた）。

私たちはぞっとするような統計を知っている。自分たちの文化に性暴力が深く埋め込まれていて、だからこそ「オラバック」というウェブサイトが存在し、そこで女性たちがストリート・ハラスメントの被害を日常的に報告していることを知っている。性暴力はあまりに深刻な問題だからこそ、性暴行防止月間が設けられており、性暴力の被害者を支援するためだけの組織や団体が数えきれないほどある。私たちは「レイプ・カルチャー」という言葉が存在する社会に生きている。なぜならそのカルチャーが存在しているから。クラクラする状況だ。レイプ・ユーモアは「単なるジョーク」でも「芸」でもない。性暴力についてのユーモアは自由放任を示唆する――そうした行為に決して関わらない人々にではなく、他人にひどいことをする弱さがどこかにある人々に向かって。もし女性のおなかを軽く触るところを撮影したいと思う若い男性たちがいるとして、そのうちダニエル・トッシュがレイプをおもしろいものとみなしているからという理由で女性の拒否を無視しようとする人は何人いるだろう？　それがひとりだったとしても、そこから何が起こるだろう？

私を驚かせ、本当に困惑させるのは、強い信念を持って立ち上がり「もう十分」と言ったのが、たったひとりだけだったということだ。

クリス・ブラウンが大好きで殴られても構わない親愛なる若き女性たちへ

自分が何を言っているかわかってる？　本当に？

ジョークを言ってるんでしょう。ジョークだと信じたい、だって、つまり「ハハ、あなたを痛い目に遭わせてる男ってすごく笑える」ってことじゃない。何を笑えると思うかについて人それぞれ違う感覚を持っているのは当然だけど、もしかしたらあなたは本当にドメスティック・バイオレンスについてジョークを言うのが面白いと思ってるのかもしれない。私はいまここであなたを断罪しようとしてるわけじゃない。

ジョークを言っているわけじゃないのなら心配。あなたが本気なら心配。

それって喜んで虐待されたいと言ってるようなものでしょう。あなたの尊厳を犠牲にしたい、と。

何のために？

あなたはある若い男の音楽、カリスマ、ダンス能力、いいルックスのコンビネーションに感心してる。それは理解できる。誰だって何かがある。だけど。あなたはつまりクリス・ブラウンに虐待されるのは彼に関心を向けられる代わりに支払う正当な対価だとも言っている。その関心がどれだけはかないものか、わかっているはずなのに。イメージを超えてよく見てみれば、セレブはまったくの他人でしかない。あなたは人生の砂漠で名声の幻影のために虐待されたいと願っている。

ＢＤＳＭ（いわゆるＳＭプレイを指す。ＢＤは緊縛(bondage)のＢ、罰(discipline)のＤ）を楽しむ人々には合意と呼ばれるものがあり、それはあらゆる人間の交流に常に存在すべきものなのだけれど、ああいうやりかたで誰かに身も心も委ねるとなったら、合意はものすごく重要になる。あなたは「あなたに私を傷つけてほしい」または「私を辱めてほしい」または「私を支配してほしい」と言うことができ、誰かがその通りにする。しかし、そしてここが重要なのだけど、もしあなたが、あるやりかたで「やめて」と言ったら痛みも辱めも支配も止まる。無条件で。それは力強い、完璧な瞬間。苦しみは止めることができると知っていること以上にいいことはない。合意を安全に撤回することができ、自分が耐えられると知っているけれど、もうそうしたくないと思ったときにはそうしなくていい、というのは。自分のコントロールが及ばないと感じられる状況をいくらか自分がコントロールしているとわかっているのは最高。

　クリス・ブラウンのような男、または少なくとも彼が自分はこうだと示している人物に、やめてと言っても従わないだろう。虐待に停止はない。そこに合意はない。あなたは決してコントロールできない。自ら選んで耐えるのはどんなにいいものか知ることはないだろう。その選択はいまもこれからもあなたのものではないから。この違いわかる？

私はクリス・ブラウンを知らない。彼に会ったことはないし、たぶんこの先も絶対会うことはないだろう。彼の音楽はときどきキャッチーだ。たいていの場合、私の耳には作られすぎていてプロデュース過剰に聞こえる。彼が踊るのを見たことがある――彼は振付を踊ることができる。まあ魅力的だ。正直なところ、私にはよくわからないけれど、わかる必要もない。あなただって私が魅力的だと思う人が理解できないかもしれない。私が理解しているのは、クリス・ブラウンはあなたにとって大切な何かだってこと、彼があなたを肉体的にも感情的にも興奮させるってこと。光り輝く彼の周りにちょっとのあいだだけでもいられるなら何でもしたいと思わせるほどに、彼はあなたを興奮させる。

クリス・ブラウンがガールフレンドのリアーナを殴ったあの破廉恥な事件の警察の調書を読んだ？　詳細は衝撃的かつ具体的で、二〇〇九年のあの夜に起こったことはおそらくそのとき一度限りのことではなかったのだろうという強烈な印象を残す。仮にあなたがクリス・ブラウンと「つきあう」として、後悔する可能性は高い。彼はたびたび怒りをコントロールできないところを見せてきたから。彼があなたを気にかけることは到底なさそうだ。これが彼が俺はこうだと示している男。

セレブの気を引くために虐待に苦しむことが公正で理に適った取り引きに感じられてしまうくらいに、私たちの文化が長きにわたって女性をお粗末に扱ってきたことを残念に思う。私たちはあなたの力になれなかった、まったくもって。

クリス・ブラウンが彼の犯罪に対して手首をぴしゃりと叩かれる程度しか咎《とが》められず、その後、二〇一二年のグラミー賞で一度ならず二度までもパフォーマンスすることが許されたとき、あなたの力になれなかった。同じセレモニーで彼が最優秀Ｒ＆Ｂアルバム賞を受賞したとき、あなたの力になれなかった。彼には自らが犯した罪を越えて進む権利がないとは言わないけれど、彼はほんの少しの悔恨も示していない。それどころか彼は己のバッドボーイのペルソナをおおっぴらに楽しみ、ことあるごとに世間を挑発した。彼は若く、問題を抱えているけれど、それは彼のふるまいの説明にも言い訳にもならない。

チャーリー・シーンがケリー・プレストンを「図らずも」撃ち、彼とのセックスを断ったＵＣＬＡの女子学生の頭を殴ったと申し立てられ、元妻のデニス・リチャーズを殺すと脅し、元妻のブルック・ミューラーの喉にナイフをあてたあとにも映画に出演するのを許され、熱望され、テレビ番組が大ヒットして大金を得たとき、あなたの力になれなかった。ロマン・ポランスキーがひどい罪を犯して告発され、三〇年以上合衆国に戻ってくることができなかったにもかかわらずオスカーを受賞したとき（一九七七年、一三歳のモデルへの強姦容疑で映画監督ポランスキーは逮捕される。裁判の出廷を拒否し、アメリカを脱出。以来アメリカの地を踏んでいない）、あなたの力になれなかった。ショーン・ペンがマドンナと暴力的に喧嘩をしたあとも成功し続け、批評的に高く評価されオスカーも受賞したとき、あなたの力になれなかった。

（有名な）男が女をひどく扱っているのに、法的にも職業的にも個人的にも制裁を受けないたびに、私たちはあなたの力になっていない。

重ねて言うけれど、男——有名だろうと悪名高かろうと全然有名でなかろうと——が女を虐待することは許容されているのね。私たちは目をそらす。言い訳をする。こうした男たちに彼らの悪いふるまいの報酬を与える。若い女性であるあなたに、この社会の中で与えられている価値と場所はとても小さい。私たちはこうしたメッセージを、驚くほど一貫して日常的に送ってきたし、あなたが目を腕を大きく開いて何か暴力的でひどいものへ向かって進んで走っていくのを奨励してきた。

ごめんなさい。

合意の権利なしに苦しんでみたいというあなたの想いに驚きはしない。私たちは、私自身を含め、素行の悪いカリスマ的な人物を受け入れてしまう。私はリチャード・プライヤーのような人について考えるとき、自分がフェミニストとしてなってないことを思い出して胸が痛む。彼は笑いの天才。私は人種問題の複雑さに彼がユーモアでもって取り組む様にいつも圧倒されてしまう。プライヤーは彼が愛する女性たちに対して極めて口汚い。彼の才気を見過ごすことはできない。そう自分に言い聞かせるのだけれど、でもそれから私は彼が引き起こしたあらゆる痛みと、その痛みについて滅多に論じられていない事実を思う。もしかしたらこれがいちばん悲しいことなのかもしれない。

線引きはあいまい、その通り

ロビン・シックは彼のシングル曲「ブラード・ラインズ〜今夜はヘイ・ヘイ・ヘイ♪」で、お行儀のいい女の子が「本当に」求めているもの——思いきり乱れたセックス——を、たとえ彼女がそれを表明し認めていないとしても与えることについて、ソウルフルに歌う。一部では二〇一三年夏の賛歌《アンセム》とまで言われている曲だ。しかし「ブラード・ラインズ」は、女性がノーと言っていても本当はイエスの意味であるという、古くさい考えかたをふたたび採用した曲でもある。

批評家たちはこの曲の根底に流れる性暴力について発言しており、彼らは間違っていない。ガール、ロビンは君がそれを欲しがっているのを知っている。彼はただそうするんだから、黙って君にそれを与えさせればいい。男性側と女性側の言い分がどうやら出揃ったようだ。「ブラード・ラインズ」はシックのこれまででいちばんの人気曲だ。シングル「ギヴ・イット・2・U」では、シックは彼のバッドボーイ的な面をさらに強調する賭けに出て、女性に向かって自分が彼女に与えられるものを、資産への言及も含めて歌った。批判が出はじめた頃、シックは「女性と彼女たちの体は美しい。男たちはいつも彼女たちを追いかけ回したいんだ」と言ってちっとも申し訳なさそうではなかった。そういうことなのだろう。男たちは彼らが欲しいものが欲しい。

認めるのは胸が痛むが、私はこれらの曲が好きだ。踊りたい気分にさせられる。一緒に歌いたくなる。これらは楽しいポップのお菓子。しかし。私にとってこれらの曲の楽しみかたは、私がほとんどの音楽に強いられている楽しみかたと同じだ――自分が意識のある人間であることを忘れなければならない。私は明るくならなければならない。

カニエ・ウエストの「イーザス」を考えてみよう。このアルバムは力強く野心的で、サウンドは敵対的ではないとしても攻撃的だ。リリースされたとき、私はこのアルバムを繰り返し聴いた。私はこのアルバムを好きになりたかったけれど、「新しい奴隷《ニュー・スレイヴス》」という曲の「リーダーがいてフォロワーがいる／でも呑み込むほうよりディックになりたい」といった詞のせいで無理だった。カニエの女性侮辱はほとんどすべての曲に染み渡っている――しかし、そこで「ブラッド・オン・ザ・リーヴス」のようなすばらしい曲が現れ、アルバム全体を否定することはできなくなるのだ。私たちは常にすばらしさと不品行の気まずいバランスに直面している。

これはただの音楽、いい？　これらのアーティストたちは、ただ彼ら自身を表現しているだけ。もの書きとして私は創造的自由の必要性を理解する。ついに私は笑えるレイプ・ジョークというものに出会った――女性に植え付けられた恐怖とレイプは避けられないという見通しについてのエヴァー・メイナードのジョークと、外出するときレイプ防止のために取り外し可能なヴァギナが欲しいというワンダ・スカイのジョークだ。私はいまでもレイプ・ジョークが大嫌いだけれど、検閲のほうがもっと嫌いだ。このどちらかを選ばねばならないというのが嫌だ。

ケン・ホインスキーはナンパ師で、女性に対して引っ込み思案だったり不器用だったりする男性たちに彼の知恵を授ける著書『アバブ・ザ・ゲーム』出版のために、キックスターター（クラウドファンディングでクリエイティブなプロジェクトに対する資金調達を行うプラットフォーム）で資金調達キャンペーンを行って成功した。ホインスキーのプロジェクトが人々の目に触れると、彼のアドバイスの一部の内容——そう、確かに疑問の余地がある——を理由に、大騒ぎが起こった。それは境界線をぼやけさせる。それでもキックスターターはこのプロジェクトを中止にはしなかった。その後、同社は謝罪した。さらに、こうしたナンパ指南本の作者たちにキックスターターのプラットフォームは利用させないと約束した。加えて、キックスターターはＲＡＩＮＮ（レイプ・虐待・近親相姦全国ネットワーク）に高額の寄付をした。ホインスキーは著書を出版し、女性を人間というより戦利品のように扱い、女性がノーと言っていても本当はイエスだろうと信じるナンパ師たちの小さな集団に加わることになる。

男たちは欲しいものが欲しいのだ。

私たちの文化の大部分が男たちに欲しいものを与えるようにできている。ある高校生がプロムに同伴してほしいとモデルのケイト・アプトンを招いたとき、彼はその大胆さを褒め称えられた。ある男性ファンはビヨンセのコンサートでステージに上り彼女のお尻を叩いた。なぜなら彼女のお尻がそこにあったから、彼女のお尻はすばらしいから、そして彼はそれを感じたかったから。ＳＦファンのコミュニティではしばしば、現在進行形のイベント絡みのセクハラ問題について、ネット上で議論が白熱する——数えきれないほどの女性たちが、いかに合意なしに触られ、じろじろ見られ、騙されてホテルの部屋に連れ込まれ、肉体を床から持ち上げられたかなどなど、ありとあらゆる体験談を語っている。

しかし男たちは欲しいものが欲しい。私たちはみな気楽に構えなければならない。

女性でありフェミニストである人間として、大小いろいろなかたちの女嫌いを認識し、それが自分の思い過ごしではないことを知って、ユーモアを解さないクソ真面目な人間にならずにいるのは難しい。これ以上気楽に構えたらどこかへ流されてしまうというのに、気楽に構えろと言われるのはキツい。問題は、こうしたこと一件一件が起こっているということではない。これらすべてが絶え間なく、同時に起こっているということだ。

そんなのはただの歌だ。そんなのはただのジョークだ。ただのちょっとしたハグだ。ただの胸じゃないか。笑えよ、君はきれいだ。男は君を褒めちゃいけないわけ？　実のところ、これはもっと深刻で死に至る文化的な病の症例なのだ——女は男の気まぐれを満足させるために存在し、女の価値は一貫して減らされる、あるいは完全にないことにされる病。

あるいは、こういう風に言うこともできる。これが私たちの生きている世界なのだ、と。もし女性蔑視《ミソジニー》の分布図があるとしたら、片方の端にポップカルチャーがあって、中央に女性の領域の軽視があり、もう片方の端にはこのスペクトル全体の強化を暗黙のうちに奨励している私たちの国の立法者たちがいる。

二〇一三年、テキサス州、オハイオ州、ノースキャロライナ州その他の州議会議員たちは、そこらじゅうで生殖の自由を踏みつけた――胎児とは何かを再定義し、女性が中絶手術を受けることができる機会と中絶を提供する場所を制限しようとしたのだ。

女性を物として扱う文化は、大はしゃぎでエンタテインメントを支えており、それはやはり女性の品位を傷つけることが多い。女性の自律性とパーソナルスペースを侵食することを奨励しており、それは休むことなく中絶を制限する法を制定しようとする国会議員を選出しているのと同じ文化だ。それとも休むことなく中絶を制限する法を制定しようとしている国会議員たちが、有権者たちに女性を物として扱うことを奨励しているのだろうか？　おそらくこれはトリクルダウン的ミソジニーだ――鶏と卵、どちらが先なのだろう？

二〇一三年六月三〇日、「ニューヨーク・タイムズ」は「ディベートの部屋」の記事で、「もしもっとたくさんの女性が自分の中絶について語るようになったら、中絶の権利の支援はより大きくなるだろうか？」と尋ねた。この質問をはじめて見たとき、私は怒髪天を衝いた。おそらくは啓発にたいして興味のない人々を啓発するために、女性たちが自分の個人史を犠牲にしなければならないなんてことはない。大義はこうした犠牲を正当化するには十分ではないこともあるのだ。

ある女性の話だ。彼女が誰かは問題ではない。彼女は友達、姉妹、母親、叔母さん、誰でもありえる。彼女が妊娠したとしよう。妊娠は計画的なものではなかったが、彼女は経済的にも感情的にも十分落ち着いていて、彼女とボーイフレンドは「やってみよう」と決めたとする。彼女はプロチョイス（女性の自己決定権を尊重し、中絶の権利（選択）を支持する立場。一方、胎児の生命を重視し中絶に反対する立場はプロライフと言う）だが、しかし自分が妊娠していると気づいた瞬間から、赤ちゃんを産む気になったとする。それでも、彼女は断固としてプロチョイスだし、この先もずっとそうだ。もし自分とボーイフレンドが赤ちゃんにいい生活を提供することができないと考えたら、彼女は中絶をするだろう。彼女は妊娠二七週にキッチンにいて、腹部がひどく痙攣し崩れ落ち膝をついたとする。血を流しはじめ、止まらない。彼女とボーイフレンドは病院へと急ぐ。彼女は意識を失う。目を覚ましたとき、赤ちゃんはいなくなっている。彼女の命か赤ちゃんの命かを選ぶ状況になったからだ。彼女は誤った選択がなされたと感じながら何年も過ごすことになる。これが生殖の自由の物語だ。これはある女性の人生と彼女の人生の価値についての物語。選択はなされた。選択は奪われた。この女性は命の神聖さのために特定の選択が犠牲にされる状態に生きていた。彼女が死んだとする、それこそ神聖さのために。そうしたら誰が彼女の物語を語るのか？

そして、もし彼女が彼女の物語を語りたくなかったとしたら？　それは私的すぎ、痛ましすぎるとしたら？　そうした告白は実のところ何になるのだろう？　一部の人は感動するだろうけれど、それが生殖の自由を抑える法を支持しているのと同じ人たちであることは滅多にない。動かしがたい人々は証言で動かされはしないだろう。彼女の物語は感情的スペクタクルとなり、次の悲しい物語に移るまで、ほんのちょっとのあいだ人々に考えさせるものとなる。女性とその生殖可能な生の話となると、悲しい物語には事欠かない。

ロビン・シックは彼の知っている女性が求めているものについて歌う。わかった。ダニエル・

トッシュは女性のおなかに軽く触る様を撮影するようファンに呼びかける。わかった。ケン・ホインスキーは粘り強さは美徳だと考える。わかった。テキサス州知事リック・ペリーは、上院議員ウェンディ・デイヴィスについて、「彼女はシングルマザーの娘だ。彼女自身も一〇代の母親だった。彼女はハーバード・ロースクールを卒業しテキサス州上院議員になった。あらゆる命は最大の可能性とその重要性を証明するチャンスを与えられるべきだと、彼女が自身の例から学んでいないのは不運なことだ」と述べた。わかった。オハイオ州では、中絶を受けようとする女性は全員超音波検査を受けなければならない。もし中絶手術に困難があるようなら、彼女は公立病院でなく民間の病院に行かなければならない。州議会委員たちは国中で女性を見張るためだけにさまざまなイニシアチブを推し進めている。わかった、わかった、わかった。男は女を守りたい——無論、彼らがその女たちの尻を摑みたいと欲している限りは。

　気楽に行こう。男たちは欲しいものが欲しい。ときどき彼らはその欲望を、私がつい一緒に歌わずにはおれない歌であきらかにする。線引きはあいまい《ブラード・ラインズ》、その通り。

プリンス・チャーミング、あるいは私たちの権利を侵害する彼の問題

私たち誰もがおなじみのフェアリーテールを知っている。男と女――私たちがここで女と女、あるいは男と男の物語を滅多に目にしないことは言うまでもない――が、何らかの障害を乗り越えてめでたしめでたしに至る。いつもめでたしめでたしだ。

私はフェアリーテールが好きだ。それというのも私には、皮肉な思考回路は措《お》いておいて、みんなにハッピーエンドが訪れる、特に私に、と信じる必要があるから。だがしかし、年齢を重ねるにつれ、フェアリーテールがいかに多くのものを女性に要求しているのかますますよくわかるようになってきた。たいていのフェアリーテールの男、繰り返されるプリンス・チャーミング像は、実際面白みに欠ける。たいていのフェアリーテールにおいて、彼は魅力的だが当たり障りなく、個性、趣味嗜好、知性を示すことは滅多にない。私たちは、それでまったく問題ないと信じるものとされている。彼の魅力はこれで十分とされている。だって彼はプリンス・チャーミングだから。

私たちにとっておそらく最も身近なフェアリーテールであるディズニー版のそれは、プリンス・チャーミングに関しては多くを伝えない。『リトル・マーメイド』で、エリック王子はすばらしい

女性を目の前にしても、一度だけ耳にした素敵な声に取り憑かれていて、それが彼女だとわからない。『白雪姫』では、王子様は白雪姫が昏睡状態に陥るまで彼女をみつけることすらできないし、見たところ死んでいる相手に恋に落ちるというのはあまりに無神経では。『美女と野獣』では、ベルは父親から野獣に与えられ、それから基本的に彼女を単なる家財としてしか見ていない男の関心に耐えなければならない。自らを犠牲にし、男の野獣性を愛することではじめて、彼女はついに彼の真の姿、ハンサムな王子様を知ることができる。

フェアリーテールの要はお姫様が彼女の王子様をみつけることだが、しかし普通はそこに支払うべき対価がある。めでたしめでたしには譲歩が求められる。フェアリーテールで対価を払うのは一般的に女性のほうだ。これは犠牲というものの性質であると感じられてしまう。

『トワイライト』シリーズについて考えてみよう。ヴァンパイアとオオカミ男と、若い女の子のベラ、そして高齢のヴァンパイアであるエドワードの壮大なラブストーリーについての四巻にわたるシリーズだ。だが、実のところ、『トワイライト』シリーズは、一種の新しいフェアリーテールなのだ。エドワード・カレンにどこか特別に魅力的なところがある？　彼は光り輝く。彼は理論上は魅力的だが、しかしその関心事はただひとつしかないように見える。すなわち、ベラを愛し彼女のあらゆる決断をコントロールすること。私たち読者は、彼の妄執的なコントロールと献身が魅力的だと信じるものとされている。彼に欠陥があろうとプリンス・チャーミングだと信じるものとされている。彼は生きるために血を呑まなければならない。エドワードの支配的な妄執とヴァンパイア性を受け入れることがベラに求められる譲歩だ。いつかヴァンパイアになり、不死になることが、めでたしめでたしのために彼女が支払わなければならない対価だ。私たちは彼女がそれで大丈夫と信じるものとされている。なぜならエドワードに自分をヴァンパイアにしてくれと激しく主張したのは彼女のほうだから。私たちはエドワードにはその犠牲を払うだけの価値があると信じるものとされている。

E・L・ジェイムズの『フィフティ・シェイズ・オブ・グレイ』、『フィフティ・シェイズ・ダーカー』、『フィフティ・シェイズ・フリード』は、ダークでエロティックなひねりを加えた現代のフェアリーテールとなっている。この三部作は、『トワイライト』から着想を得たファンフィクション――オリジナルのシリーズとは別に、そのファンによって書かれたフィクション――としてはじまった。フェアリーテールの伝統に根差しており、かつファンフィクションから出てきた『フィフティ・シェイズ』は、エロティカ（エロティックな性描写を含む作品）であると同時にメインストリームに受け入れられた初の作品と言えるかもしれない――もちろん、アン・ライスの『スリーピング・ビューティ』三部作を忘れればの話だけれど。

ファンフィクションでありエロティカでもあるというのは目新しいものではないが、『フィフティ・シェイズ』三部作には、大衆の想像力を刺激する何かがあった。この作品はエロティックで、そのバカバカしさゆえに愉快で、プリンス・チャーミングがどれだけ困ったものになりうるのかを文化的に示唆するという意味においては不穏でもあるのだ。

『フィフティ・シェイズ・オブ・グレイ』で、賢く若い大学生アナスタシア・スティールは、急病で体調を崩した友達ケイトの代役として学生記者を務めることになる。アナスタシア、通称アナは、学生新聞のためにハンサムで人前に姿を現さない謎めいた億万長者クリスチャン・グレイにインタビューするべくシアトルへ向かう。最初に会ったとき、アナは、クリスチャンのとびきりすばらしい見た目に気が動転しつつ、気まずいインタビューをなんとかやりきろうと言葉を詰まらせる。当然。彼はアナに自分のところで働くよう勧める。彼らはふざけ合う。真実の愛が生まれる。しかしそこには裏がある。そこに裏、つまり障害はなくてはならない。フェアリーテールとはそういうものだ。

三冊の本を通して、アナとクリスチャンは関係を築こうとするが、しかしクリスチャンの不変のBDSM（あるいは、少なくともE・L・ジェイムズによるファンタジー版BDSM）への関心が障害となる。彼は「普通の」関係に気が進まない一方で、アナは「普通の」関係を求める。そこにはあらゆる種類のドラマがあり、巻を重ねるにつれそのドラマはどんどん陳腐になるが不思議と中毒性がある。いかれた前任従属者《サブミッシブ》！　年上の前の恋人であり愛人、あだ名はミセス・ロビンソン！　怒りっぽいセクハラ上司！　家族のもめごと！　ヘリコプター墜落！　放火魔！　ああ！

クリスチャンと出会ったときアナは、好都合なことにマスターベーションをしたことすらない二一歳の処女だった。当然。クリスチャンはアナに、いわゆる縄を見せる。彼が彼女の手首を掴み、正式に処女を奪うためベッドルームに連れて行く非常にドラマチックな場面で。変態性はおあずけできるが、彼女のヴァギナは待ったなし。アナを抱きあげつつ、クリスチャンは「いますぐこの問題を解決しよう」と言う。これは間違いなくはじめてセックスをするときに女が聞きたい言葉だ。延々と続く場面において、クリスチャンは彼らが最初に愛し合う機会をすべてアナ中心にする。彼は彼女の乳首を刺激して彼女をいかせる。彼らはさらにいじくりまわし、ついに、クリスチャンは自分をコントロールできなくなる。彼はボクサーパンツを脱いでコンドームの包みを破り、一方でアナは彼の巨大なコックを見つめ、彼女はすごく純潔でうぶゆえに当惑する。当然。クリスチャンは言う。「心配ない……君も広がるから」。こんな散文との出会いこそ生きてるって感じ。クリスチャンがアナの処女を「引き裂いて」まもなく、ふたりともいって、彼女の処女性の問題は、事実、関係者全員にとって喜ばしいかたちで解決された。

このシリーズはすぐに彼らの欲望の不一致についての口げんかに中断される情熱的（っぽい）セックス・シーンの連続に成り下がってしまう――クリスチャンの正常性への反抗、ふたりの関係とそれ以外の両方に関するバカバカしいもめごと。

女性たちが目につくような規模で何かをするといつでも、メディアはすぐに熱狂してこの新たな女の謎を理解しようとする。もしその何かが女性の欲望を引き起こしていたら（まるで女性の欲望がまったく型通りの均一なものみたいに）、その熱狂はより激しく盛り上がる。メジャーな新聞や雑誌ほとんどすべてが、『フィフティ・シェイズ』シリーズについて少なくとも一本は「論説」記事を載せてきた。この三部作は特定の層に大人気だったことから「マミー・ポルノ」という見下すようなレッテルがついて回った。何かがいったん起こると、それはトレンドと呼ばれるようになり、たぶんそんなに分析の価値があるわけでもない何かについて徹底的に分析するトレンド記事を書かないと気が済まなくなる。たくさんの女性がようやく自分たちを興奮させるものをみつけたということにそんなにもニュースバリューがあるのか、それとも『フィフティ・シェイズ』への反響は現代の欲望のありかたに関する気の滅入る状況を示すものなのか？

これらの本についての議論の大部分はエロティックな要素に注目している――『フィフティ・シェイズ』にはたくさんの露骨で現実にはありえなさそうなセックスがあり、それはいつでも史上最高のオーガズムで終わる。アナとクリスチャンは飛行機の上で、エレベーターで、車でセックスする。さまざまなベッドでセックスし、アナが痛みの赤い部屋と呼ぶクリスチャンのプレイルームでセックスする――非常に風変わりな設備が調えられた地下牢で、そこをはじめて見たとき、アナは「一六世紀、スペイン宗教裁判の時代にタイムトラベルしちゃったか」と思う。その内側に、彼女は深いバーガンディ色の壁、大きな木製の十字架、天井から吊られた鉄格子、たくさんの縄と鎖と棒と鞭と鞭の柄とその他のおもちゃをみつける。現実世界の本物のＢＤＳＭは、おもちゃの豪勢なディスプレイを通じてのみ表現されているかのようだ。

現実世界のＢＤＳＭとＥ・Ｌ・ジェイムズの世界のＢＤＳＭの違いを説明するには、こんな比喩が助けとなるかもしれない。『フィフティ・シェイズ』にとってのBDSMはマクドナルドにとっての食べもの。

なぜこれらの本がこんなにも人気があるのか、私にはわかる。その根底にフェアリーテールがあるというだけではない。そこにはホットな瞬間がある。ひょっとするとこれらの本の「何か」にあなたも興奮させられるかもしれない。この三部作は勇敢にも、クリスチャン・グレイが支配的性癖の持ち主であるにもかかわらず、性的体験で最も重要なのは女性の悦びであると読者に信じさせようとしている。ほとんどすべてのセックスの場面で、クリスチャンは念入りにアナを悦ばせようとする。彼はあらゆる種類の性的関心をもって彼女の体に惜しみなく与える。これらの本では、クリスチャン・グレイは史上最高の恋人だということをはっきりさせるために、女性オーガズムが詳細にたっぷり描写されている。それはちょっとした素敵なファンタジーだ。

しかし、もっと深くまで目をやると、まあそれはこの三部作の薄暗い子ども用プール並みの深さへの挑戦なのだが、これらは実のところ、クリスチャンを変えよう、彼を彼自身の悪魔から救おうとするアナについての本である——彼女は暗闇のバッド・ボーイを救済に導くことができる純潔のグッド・ガール。まるで男を変えようとする試みが歴史的にうまくいってきたかのようだ。求愛の最中、あるときアナは考える。「この男、私がかつてロマンティックなヒーローだと、勇敢に光り輝く正義の騎士だと思った彼は——彼が言った通り暗黒の騎士《ダークナイト》だった。彼はヒーローじゃない。深刻な、深い感情的な傷を負ったひとりの男で、私を暗闇へと引きずり込んだ。私は彼を光へと導くことができないかしら?」」。アナを横に引っ張っていって言いたい。「ガール、あんたにこの男を光に導くことはできないわ。その夢は棄てなさい」

このカップルが直面するすべての試練、そしてすべてのホットなセックスのあと、私たちはこの三部作が、ある若い女性と彼女のめでたしめでたしについての物語だったと考えるものとされる。しかしそれは違う。アナの性の目覚めはクリスチャンの人間性の目覚めのための都合のよい手段だ。『フィフティ・シェイズ』は、あまりにも長きにわたって彼の暴虐に耐え続けることを望む女をついにみつけたことで、平和と幸福をみつける男についての物語だ。

『フィフティ・シェイズ』は、この単純でお決まりのロマンス小説またはフェアリーテールの作法においてを引き込むが、しかしウキウキしてしまう類のひどい文章で書かれている。私は両手を広げてこのバカバカしさを受け止め、とことん爆笑した。

アナには笑いのセンスがなく、それはそれですごく都合がいい。滅多にないことだが彼女がクリスチャンに口でするとき、アナは何のためらいもない。彼女は呑み込みすらする。彼女はあきらかに本妻向きだ。

クリスチャンは例のよくいるおしゃべりな恋人たちのひとりで、三冊すべてを通して、いま彼がしていること、したいこと、することをアナに向かってナレーションするのにかなりの時間を費やし、各巻の分量を少なくとも一万ワードは増やしている。

三冊のうちの一冊で、アナは「ホワイト・ピノ・グリージョ」のグラスを頼む。このフレーズを思い出すたび私は死ぬほど笑ってしまう。起こり得る最高に怠惰な間違いだから（ピノ・グリージョは白ワインの種類なのでホワイトを付けると重複表現になる。グリージョはイタリア語で灰色）。アウディのプロダクト・プレイスメント（広告手法の一つ。映画やテレビドラマで小道具や背景として実在の企業名や商品名を表示させる手法）もある――クリスチャンはアウディを運転し、お気に入りの従属者《サブミッシブ》たちにアウディを贈り、アナにも、彼らの関係が進むうちに、二台のアウディを贈る。彼の気前のよさは本当に果てしない。クリスチャンはアナに高価な衣服、ラ・ペルラのランジェリー、マックブック、ｉＰａｄ、ブラックベリー、高価な稀覯《きこう》本、ヨットでのハネムーン、などなどを与え続ける。もしあなたが物質主義的ファンタジーを胸に抱いているなら、この本はそれをなだめてくれるだろう。

物語の一部は交換されたメールでもって語られる。つまり、私たちは文字通り、アナとクリスチャンが交換したメールを目にするのだ。恋に落ちてさらにそれ以上に進んだカップルというものに予想する通りのイラっとくるふざけあいも含めて。これらのメールだけでも代金相当の価値がある。

最初の巻で、クリスチャンがアナに彼の「ライフスタイル」を知らせようとするにあたって、私たち読者が一度では理解できないと思っているのか、ジェイムズはクリスチャンの支配者／従属者契約書を三、四回ほど出してくる。この契約書はあきらかにジェイムズがネットを見て回る過程でみつけたものだ。そこでは剃毛、眠り、服装、食事、態度、性行為を含むあらゆる種類の従属的とされる行為が指令されている。最初の一冊ではうんざりするほどの文字数が、アナとクリスチャンがこの契約をめぐってそれぞれやること、やらないことを交渉するのに費やされているが、アナは契約書にサインしないため、それはこの恋人たちがいかに異なっているかを繰り返し私たちに示すための仕掛けになっている。

アナは私が数えられる以上の頻度で「まあ」と言う、あるいは考える。この三部作にはチック的反復がたくさん出てくるので、誰かの肝臓を潰すのを目的とした飲み会ゲームにぴったりだ。アナが「まあ」と考えるたびに飲め。アナが下唇を噛むたびに飲め。ちなみにこれはクリスチャンが彼女を犯したくなる仕草だ。クリスチャンのてのひらがアナのお尻を叩きたくて震えるたびに飲め。アナがクリスチャンを「謎めいた」あるいは「気分屋」と思うたびに飲め。アナが彼の特別に優れた見た目を思うたびに飲め。この世のあらゆる女性の人類は彼に欲望のまなざしを向けてはにかむのでアナがクリスチャンに所有欲を感じるたびに飲め。語りの一貫性が派手に道を外すたびに読め。ゲームはまだまだ続く。

これらすべてのナンセンスをひとまとめにするにあたって、アナにはふたりの友達がいる——彼女の無意識と彼女の内面の女神、どちらも人格が与えられている。このレディたちはアナを睨みつける。彼女たちはその眼鏡でアナを引き裂く。彼女たちは弄《もてあそ》び夢中になりため息をつきにっこり笑ってうなずき、または他のやりかたでアナの心理状態を反映する。たとえば、最初の一冊の終盤、クリスチャンとアナがまさに我を忘れようとしているところで、この贈りものがある。「私の無意識は狂ったように彼女自身をあおぎ、私の内なる女神は原初の肉欲のリズムにあわせて揺れて身をよじらせている。彼女の準備は整った」

アナの内なる女神のように私にもこの本への準備が整っていて、自分がこんなにも質の悪いものに悦びを見出すことができるというのは、どうも気まずい悟りだった。他の多くの人々と同じく、私は矛盾の塊なのだ。

『フィフティ・シェイズ』には、文章がお粗末で愉快だからこそ楽しめる部分があるが、その無責任さが単にお粗末で腹立たしい部分もある。

クリスチャンはプリンス・チャーミングとして期待通りだ。彼はバカみたいにお金持ちでハンサムだが完全に想像力が欠如している。E・L・ジェイムズは彼女のプリンス・チャーミングを複雑にしようとした。彼女は私たちが普通フェアリーテールに求めている平均的なのろまよりほんの少しだけ上のものを読者に与える。なんとクリスチャンにはつらい過去があるのだ。彼の母親はドラッグ常用者だ。変態的な情熱の夜のあとに彼が気軽に告白する通り。アナは彼の隣で眠りに落ち、彼は言う。「僕をこの世界に引き入れた女はヤク中の娼婦だった、アナスタシア。眠りなさい」。クリスチャンは彼の告白がアナの興味を満足させるものと期待しているようだが、そのうちに彼は自身の「暗い」過去を明かす――母親のボーイフレンドからの虐待、ネグレクト、飢え。たくさんのトラウマがあり、彼はそれをおおっぴらに認める。お察しの通り、クリスチャンの過去はわかりやすく現在をかたち作っており、シリーズを通してこの次から次へのドラマにたくさんの文字数が割かれている。乱暴な言いかたで申し訳ないけれど、クリスチャン・グレイはファックを愛し、それを見せることを恐れない男だ。支配者《ドミナント》でありたいという彼の欲求は、彼のコントロールへの欲求から生じている。

シリーズ二冊目で、私たちはクリスチャン・グレイが女性を支配することを楽しんでいることを知る。彼女たちは常に美しいブルネットで、それは彼に母親を思い出させるからだ。彼は現代のサイコセラピーの決まりに反して折々に前に出てくるセラピストのフリン医師と共に、この件に向き合おうとしている。人がBDSMに関わるようになる理由はいくらでもあるが、しかしジェイムズがBDSMのライフスタイルを、いかれた人々が自らの感情的問題を解決する手段であるかのように、おおっぴらに病理学的に扱うのは味気ないどころの話ではない。これはBDSMコミュニティの描写として正確ではなく、変態というものに関して誤った不公平なメッセージを送っている。『フィフティ・シェイズ』シリーズは、エレン・デジェネレスを含む訳知り顔の人間たちにあざけりと嘲笑と紛れもない無知をもってBDSMライフスタイルを扱う扉を開いた。確かに鞭と鎖というのはすごく笑える、あるいは突飛で異様だ。多様なセクシュアリティの表現を理解しない人々にとって、ユーモアはいちばん手っ取り早い対処のメカニズムになるようだ――もちろん、『フィフティ・シェイズ』の人気を、今日の自立した女性たちは服従したいという欲望を認めたくないにもかかわらず密かに男性に支配されたいと熱望している証拠である、とごく単純に結論づけた評論家のケイティ・ロイフェを除いての話だが。ロイフェは彼女の典型的な反フェミニストの立場を、あまり関係のない作品の数々を例に挙げて主張している。『セクレタリー』に『O嬢の物語』、他にいくつかの文化的製品、ほらどうだ。女性は自分のセクシュアリティを他人に委ねたいという反駁《はんばく》不可能な証拠だ、と。ロイフェにはサブミッシブの女性たちの欲望について実際に彼女たちと話す暇はなかったのだろうか。フィクション性の極めて高い有名な本の数々と現代女性のセクシュアリティのありかたとを無理矢理結びつける代わりに、サブミッシブの性的欲望の複雑さについて理解しようと努力する暇はなかったのだろうか。

『フィフティ・シェイズ』についての議論において、実際にBDSMライフスタイルに携わっていて、この主題について知的かつ倫理的に語ることのできる人々が含まれていることはほとんどない。そういった人々は実在していて、簡単にみつけることができるというのに。その代わり、自分が何を言っているのかわかっていない人たちが、BDSMについての乱暴で、怠惰で、侮蔑的で不正確な推論を撒き散らしている。なぜかというと、このライフスタイルに特別詳しいわけではない（もちろんネットで調査はいっぱいした）著者が、変態性は彼女の『トワイライト』ファンフィクションにとっていいフックになると考えたからだ。

私が『フィフティ・シェイズ』シリーズを楽しめるのはここまでだ。この本は、基本的に、いかに支配的・虐待的な関係にうまく携わるかを詳細に解説する入門書だ。この三部作は、苦い薬を飲み下すためにスプーン山盛りの甘味、つまり甘いセックスのお砂糖を読者に差し出すことによって、支配的で妄執的で虐待ギリギリの傾向を極めて望ましいものであるかのように見せる、最も暗い部類のフェアリーテールなのだ。

私たちはここにはっきりと元ネタを見てとることができる。『トワイライト』でも似たようなインストラクションが提示される。すべては「愛」の名のもとに、エドワードはベラをコントロールするためにバカバカしく長い語りをそこに費やす。『フィフティ・シェイズ』では、アナの人生、決断、そしてふたりの関係をコントロールしたいというクリスチャンの要求は天井知らずだ。つきあいはじめる前から、彼は彼女の生い立ちを調べる。彼女の携帯電話を介して彼女の行動を追う。具体的にどうやっているのかは説明されないが、私たちはそれで納得するものとされている。なぜなら彼はお金持ちであり、電子機器を用いたストーキングこそお金持ちのやることだから。彼は、アナがいつ、どれだけ食べるか、どんな種類のアルコールを飲むか、彼の周りでどうふるまうか、日々の暮らしで誰と接するか、どんな風に移動するかをコントロールしようとし、私たちはこれをすべて問題なしと信じるものと期待されている。なぜなら彼は「問題」を抱えているから、なぜなら彼は「彼女を愛して」いるから。

クリスチャンは、アナにこの極めて制限の厳しい契約にサインさせようとしているだけでなく、彼のサブミッシブ全員に、クリスチャンとしていることについて、友達や愛する家族に明かしてはならないという秘密保持契約書にサインさせている。アナはなぜだかこの契約書にサインする。彼女がクリスチャンに言った通り、どちらにしても彼女は何も言わないだろう。彼女はグッドガールだ。犠牲者を孤立させること、これは虐待者たちに共通する戦略だ——しかし私たちは、アナを贅沢のうちに孤立させるクリスチャンのやりかたはロマンティックだと考えるものとされている。たとえシーツが一二〇〇スレッドカウント（布が織られるときの密度を示す単位。高ければ高いほど質感がよくなる。高級ホテルのシーツで三五〇スレッドカウント程度といわれる）の超高密度織りだったとしても牢獄は牢獄に変わりないが、しかしこの条件は、私の心が弱っているときには、牢獄を耐えられそうなものにして十分誘惑的だ。

シリーズ一冊目で、アナはジョージア州にいる母親をたずねることに決め、クリスチャンは一緒に行くと言うが、彼女は断る。無理からぬことだが、彼女にはちょっと頭をすっきりさせて、はたしてBDSMライフスタイルは自分の手に負えるものなのか決めるための時間と空間が必要だったからだ。クリスチャンはこの状況に「何らかの」関与をせずにはおられず、飛行機の席をファーストクラスにアップグレードする。私たちはこれをロマンティックと受け止めるものとされているが、たいがいぞっとするのではないだろうか。彼は相談なしに彼女の旅程を調べて変更するという手間をかけているのだから。それから彼は、ただ彼女と離れていることに耐えられないという理由でジョージア州に飛んでアナに合流する。彼は自分が何が欲しいかわかっている男なのだ。大事な欲求は彼自身の欲求だけ。

物語が進むにつれ、アナのそばに他の男が存在するだけでクリスチャンは嫉妬するようになる。彼はアナが自分に十分な関心を向けていないと怒るか不機嫌になる。彼の家族の家を訪問中に、アナがそれとなくクリスチャンに逆らったため、彼は罰を与えようとして彼女をボート小屋へと引っ張っていく。彼女は咄嗟に「ぶたないで」と囁く。このぶたれることに対する恐怖が出てくるのは、三部作を通して一度きりではない。彼は彼の「いかれた」(「傷ついた」と読む)元サブミッシブのひとりがボーイフレンドが死んだことで精神衰弱に陥ったのに対処してセキュリティ担当者を雇うが、これは概してアナの世界の境界線をあらゆる可能な方法でコントロールする手段である。アナが職に就いたとき、クリスチャンは彼女を「守る」ために、彼女が働く会社を買う。三冊目で、ふたりのハネムーンの最中、アナはヌーディストビーチでトップレスになって日光浴をしようとする。もちろんクリスチャンは彼の女が自分自身を世界に晒《さら》すことを喜ばない。彼女は彼のサブミッシブではないが、しかし神のもとに、彼女は彼の妻なのだ。彼は大騒ぎする。後に、彼らはホテルの部屋で愛し合い、彼は彼女の胸全体にキスマークを残す。そうすれば彼女はトップレスになれないだけでなく、ハネムーンのあいだビキニ・トップを着用することもできなくなるからだ。彼は文字通り一六歳の少年のように彼の縄張りをマーキングするのだ。

クリスチャン・グレイはセックスを武器として使う。彼はそうしなければ彼女を屈服させられないときにファックして彼女を屈服させることを心から楽しむ。この若いカップルの性交渉はほとんど毎回、アナが快感を十分に与えられうとうとして動けなくなり、四肢がぐったりして終わる。合意の上のBDSM関係ならばこの力学で何の問題もなく、むしろ歓迎されるぐらいだろうけれど、しかし三部作全体の大前提は、アナがBDSM関係を望んでいない、少なくともクリスチャンが望んでいるようなかたちでは、ということだ。彼女は間違いなく自分たちの変態的性関係を楽しんでいるが、しかし彼女はサブミッシブとしてクリスチャンに仕える気はないと一貫してはっきり言い続けている。彼らの関係は困難の極みにある。アナは、『トワイライト』のベラのように、征服された者、不死の者であり、そしてクリスチャン・グレイは誇り高き征服者だ。

虐待的・支配的行為のたびに、アナは当然憤慨するが、しかし長くは続かない。何度も何度も、彼女は彼女のでたらめなプリンス・チャーミングに愛されるために、彼女が本当に欲しいものを犠牲にすることを選ぶ。私たちはアナが普通に納得のいく期待と限度の感覚を持っているゆえにクリスチャンに「反抗する」ことから、彼女が自立した人間だと信じるものとされている。彼は進んでこの限界を無視するが、彼女は彼にそうさせる。彼女は彼の侵犯行為すべてを許すのだ。

この三部作は、危険に晒された女性というお決まりの修辞に大いに頼ってもいる――巻ごとに、アナは軽いものから極めて深刻なものまで何らかの危険に直面し、それは私たちに彼女がひとりの女であり、したがってプリンス・チャーミングによる救助を必要としていることを思い出させる。危機のたびにクリスチャンはアナを激しく摑み、もし彼女に何かあったら自分は何をしていたかわからないと言う。辞書で「共依存」という言葉を引いてみたとき、このカップルの図はその代表的な例として浮かんでくるだろう。

私は楽しみのための読書を全面的に支持する。私はエッチな本や変態のファンだ。女奴隷も全然大丈夫。とはいえ『フィフティ・シェイズ・フリード』の終わりには、アナはめでたしめでたしをみつけたにもかかわらず、クリスチャンがますます支配的になったと告げる。彼の虐待的で狭量《きょうりょう》でときに子どもっぽいふるまいの繰り返しにはうんざりだし飽き飽きだ。このプリンス・チャーミングはその魅力のすべてを失ったのだ。

この三部作の圧倒的人気について考えるとき、この本が愉快でセックスはホットだからといって、そこにある欠陥の数々をただ無視することはできない。その有害な論調は手の届く範囲を越えてあまりにも広く行き渡っている。この論調は女性たちがもうすでに呑み込んでいる、恋愛関係においてプリンス・チャーミングに愛されるためには女は我慢しなければならないという世間に広く行き渡った文化的メッセージをさらに強化する。

『フィフティ・シェイズ』はフェアリーテールである。男がいて女がいて、障害があり、そのうち彼らはそれを克服することができる。めでたしめでたしがあるが、そのために支払う代償の値段は恐ろしいほど高い。どれだけたくさんの女性がこの値を喜んで支払おうとするだろうかと考えると怖くなってくる。

人種とエンタテインメント

Race and entertainment

揚げ物調理の癒し効果、その他一九六〇年代ミシシッピの古風な思い出：『ヘルプ～心がつなぐストーリー』

弟たちと私が白い人たちと特に折り合いの悪い日々を送っていた頃、よくお互いに電話をしては「今日は『ローズウッド』の日」と言っていた。これ以上何も言う必要はない。『ローズウッド』の設定は一九二三年、もともとは黒人の町だが深刻に人種分断されているフロリダの町、ローズウッドの物語が語られる。この近隣のサムナーに住む白人の既婚女性は、彼女の愛人に殴られる。体に残った跡を夫に説明しかねた彼女は、レイプされたと主張する。こんなにひどいことをしたのはいったい誰なのだと住民たちに尋ねられ、この白人女性は「ニガーだった」と声をあげる。

白人男性たちは正気を失いはじめ、集団心理に屈して大惨事を引き起こし、無実の黒人男性をリンチしてローズウッドの住民たちを痛めつける。怒った群衆はこの町のほとんどすべての住宅その他の建築物を破壊する。胸の痛むサブプロットがいくつかあるが、基本的に物語は、罪のないささいな嘘《リトル・ホワイト・ライ》というやつに動かされている。すべてがものすごくつらく、ローズウッドで起こった不正行為は、これが実話に基づいていることもあり、耐えがたいものに感じられる。『ローズウッド』をはじめて観た際、私は友達のほうを向いて「あと三日間は白人の姿を見たくない」と言った。「それはないわ」と彼女は言ったが、その彼女は白人だったので想定の範囲内の反応だ。幸運にもそれは金曜日の出来事だったので、私はアパートの部屋にこもり、月曜日にはふたたび世界に参加する準備がだいたいできていた。

もし『ローズウッド』が三日間にわたる自主的隔離政策を要するとしたら、『ヘルプ〜心がつなぐストーリー』には、三週間かそれ以上が必要だ。

黒人の経験(もしくは黒人の経験の白人による解釈)についての歴史映画を鑑賞することは、私がもう二度と奴隷の物語を読まないで済めばいいのにと願うのと同じ理由から、もうほとんど無理になってきた。もうたくさんだ。あまりにも痛ましすぎる。あまりにも気が沈むし頭にくる。その歴史はあまりにも最近のことだし身近な話だ。『ローズウッド』や『ヘルプ』のような映画を観て、もし別の時代、別の親のもとに生まれていたら、自分も最低賃金以下で綿花を摘んだり白人女性の赤ちゃんを育てたり、自分ではどうにもならない無数の耐えがたい状況に堪え忍んでいたかもしれないと悟る。だがそれ以上につらくなるのは、そこからあまりにも何も変わっていないことだ。この国の複雑で痛ましい人種史についての、しばしば歴史修正主義的な物語を私たちが自ら進んでのうのうと消費していることがつらくなってしまう。歴史は重要だが、ときに過去は私を絶望させ、途方に暮れさせる。

『ヘルプ』の予告編をはじめて見た時点では、私は原作の本のことを知らなかった。第一のメイドの制服がスクリーンを美しく彩るのを目にした瞬間、自分はこれから激怒することになるだろうと察した。人種分離政策下の南部についての映画の、ありとあらゆるありがちで還元主義的な要素を含んだ予告編の終わりには、泡立つ憤怒にたっぷりと満たされていた。それから数ヵ月のあいだ、私は予告編を目にし続け、いまやそれはインターネットのそこらじゅうに塗り込まれ、テレビでも流れていて、映画にあわせて原作本の再版がものすごく宣伝され、ほとんど全員が大好きになる類の本の一冊だってことでアマゾンのベストセラー・リストの一位に返り咲いているほどだ。映画を観たあと、友人からこの本を借りて読んで、さらに激怒した。

『ヘルプ』は感動的で魅力的で心あたたまる作品と宣伝されている。それは真実だろう。もしあたが一九六〇年代ミシシッピの黒人たちの、視野狭窄で恩着せがましくほとんど人種差別的な描写に心あたたまる人間なのだとしたら。『ヘルプ』における白人女性たちに同情的すぎる描写、極端で間違った方言の使いかた、公民権運動の成り立ちの意図的な省略は、「エンタテインメント・ウィークリー」でマーサ・サウスゲートが「白人たちは助け《ヘルプ》にはなった。しかし公民権運動の現場で力を尽くした人々のほとんどは、発案者も思想家も指導者も、アフリカン・アメリカンだった」と指摘した通りだ。私にとっては、『ザ・ヘルプ』は、どこかここことは別の宇宙をでっちあげているサイエンス・フィクションだ。

ハリウッドはこれまで長きにわたってマジカル・ニグロに魅了されてきた——物語に挿入される、主人公が何らかのかたちで前に進むために必要な知恵を授けてくれる黒人のキャラクターだ。マシュー・ヒューイは二〇〇九年に「ソーシャル・プロブレムス」の記事で以下のように定義している。

［マジカル・ニグロは、］しばしば超自然的あるいは魔術的なパワーを持つ、下流階級の、教育を受けていない黒人の人物として登場するストック・キャラクターとなっている。これらのパワーは、アメリカの贖罪と救済の神話の文脈において、ボロボロの、教養のない、道に迷った、あるいは傷ついた白人たち（ほとんどの場合白人男性）を救い、能力のある、成功した、充足した人物に変身させるために用いられる。

（参照：『ゴースト』、『バガー・ヴァンスの伝説』、『アンブレイカブル』、『ロビン・フッド』、『リリィ、はちみつ色の秘密』、『セックス・アンド・ザ・シティ・ザ・ムービー』、『グリーン・マイル』、『コリーナ、コリーナ』などなど）

『ヘルプ』においては、ひとりだけでなく二、三人のマジカル・ニグロが奴隷体験の物語を伝え、うぶで世慣れないユージニア・〝スキーター〟・フェランが、堂々として人種意識の高い自立したキャリアウーマンへと成長するのを助けることを通じて、その神秘的な力を世界をより良い場所にするために使う。マジカル・ニグロの修辞が好きな人にとっては、たくさんありすぎて困るほどだ。

私が足を運んだ際、『ヘルプ』を上映する映画館は混み合っていた。三、四人またはそれ以上のグループで来ている女性たちは、擦りきれた原作本を手にしていた。上映がはじまるまで、おそらく映写機の故障（もしかしたら予兆かも）のために待ち時間が長くかかったのだが、私は周りにいる女性たちの声に耳を澄ませた。この本がどれだけ気に入ったか、自分がどれだけわくわくしているか、どれだけ長いことこの映画の公開を待ち望んでいたかおしゃべりする、間違いなく善意の、その多くが『ゴールデン・ガールズ』視聴者層の人々。彼らは「古き良き時代」を回顧してんのかしら、と思ったが、それは私の見方が辛辣すぎるなと判断した。それでも、彼らはかなり熱っぽくなっていた。私の同輩の映画好きたちは上映がはじまったときに拍手し、終わったときに拍手した。鼓舞される瞬間に拍手し、不快あるいは痛ましい瞬間に息を呑んだり唸り声をあげたり舌打ちしたりした。彼らの映画へのいきいきした反応は穏やかなものではなかった。私の人類への信頼が試されていた。私は映画館にいるたったひとりの黒人だった。公平を期して言えば、それはおおかた私が住んでいる町の人口比を反映してのことなのだけれど。私は自分の車へと歩きながら、『ヘルプ』はものすごく収益をあげ、大勢の人に本当に暖かく迎えられるだろうという苦い理解に至った。

もしあなたが脳みそを置いて映画館へ向かったのなら（ダッシュボードの小物入れに入れておこう）、『ヘルプ』はいい映画だ。お金をかけて丁寧に作られている。すばらしく才能ある助演女優のシスリー・タイソン、アリソン・ジャネイ、シシー・スペイセクなど、出演者も全般的に優秀だ。ヴィオラ・デイヴィスとオクタヴィア・スペンサーは優れた仕事をし、ハリウッドはマジカル・ニグロを演じる黒人に報いるのが大好きだからして、オスカーにノミネートされた。スペンサーはもちろん、最優秀助演女優賞を獲ることになる。どうしてこんなにもたくさんの才能ある人々がこの映画への出演契約を結んだのか不思議に思うが、ここで問題となるのはキャストではない。他の人々も指摘している通り、『ヘルプ』にはもっと大きな問題がある。つまり、今日においてすら、二度にわたってトニー賞を受賞し一度アカデミー賞にノミネートされたヴィオラ・デイヴィスのような人ですら、主要な役として用意されているのはメイド役だということだ。

いつも立派なデイヴィスは、それまでの生涯ずっとメイド兼乳母として働き一七人の白人の子どもを育ててあげてきた、工場の事故でたったひとりの息子を亡くしたばかりの年輩のメイド、エイビリーン・クラークの役に、知性と厳粛さとハートをもたらした。私たちがエイビリーンに出会うとき、彼女は息子を悼《いた》んでおり、エリザベス・リーフォルトとその娘であるぽっちゃりして野暮ったく、母親に半ばネグレクトされているメイ・モブリーのメイドとして働いている。エイビリーンの魔法の力は、幼い白人の子どもたちを心地よくありのままでいさせる。メイ・モブリーが落ち込んだときはいつでも、エイビリーンは「あなたやさしい子、あなたかしこい子、あなた大切な子」と唱える。若い白人女性たちが黒人は人間以下の種だと話し合っているのを耳にし、母屋の外のトイレを使わされる屈辱に耐え、悲しみに対処しなければならないときでさえも、彼女はこの幼い子に愛情と気遣いを注ぐ。魔法、魔法、魔法。映画の終盤、エイビリーンは無実の罪でクビにされた直後でさえ、幼いメイ・モブリーを元気づける呪文を授ける。なぜならそれこそマジカル・ニグロのすることだからだ――彼女は白人の雇用主のために魔法の力を使い、自分自身のためには滅多に使わない。

「生意気な」（ここで「生意気な」は「偉そうな」を暗に示す）メイド、ミニー・ジャクソンを演じるスペンサーもすばらしい。映画の最初、彼女は狭量《きょうりょう》で影響力があり社会的に強い立場にいる女子青年同盟の会長ヒリー・ホルブルック（ブライス・ダラス・ハワード）のところで働いている。ヒリー・ホルブルックはさまざまな意地悪をするが、とりわけ名声を求めるあまり、すべての白人家庭に「有色の」家政婦《ヘルプ》たち専用のトイレを用意せよと命じるイニシアチブを提案する。ミニーはニグロの魔法を使ってヒリーの年輩の母親の面倒をみていたがクビになり、シーリア・フットのもとで働くことになる。ジャクソンの女子青年同盟の女たちはシーリアを仲間はずれにしている。なぜなら彼女は結婚した時点で妊娠していて、したがってホワイト・トラッシュ（アメリカの低所得層の白人）とみなされ、加えて他にもささいな社会的な罪を犯していたからだ。ミニーは彼女の神秘的なネグリチュード（黒人性。アフリカの黒人の文化・伝統の独自性を主張し、その価値を積極的に評価しようとする文学運動に由来）を用いてシーリアが何回かの流産の傷を乗り越えるのを助け、料理を教える。そしてしまいには、この映画の物語はシーリアが間接的にミニーを励《エンパワー》まして虐待夫から逃れさせたとあなたに信じさせようとする。まるでミニーほどの人格と性格の強さをもってしても、そんなことすら彼女ひとりではできないとでも言うように。それからシーリアはミニーのためにご馳走を料理し、家政婦が白人の仲間と同じようにダイニングテーブルに座ることを許すのだ。アアアアだから何だってんだ。ミニーは尋ねる。「私はクビになってないの？」。シーリアと夫は言う。「一生ここで働けばいい」。ミニーは、もちろん、感謝と喜びに顔を輝かせる。なぜなら『ヘルプ』のことは別のサイエンス・フィクション世界においては、生涯にわたって白人家庭に隷属し骨の折れる仕事をひどい低賃金でこなすことは、黒人女性が望みうる最良のものであり、宝くじに当たったようなものだからだ。

　エマ・ストーンは、ミシシッピ大学を卒業してジャクソンに戻ってきたばかりのスキーターを演じる。地元の新聞社で家事の悩み相談コラムを書く仕事に就くが、彼女にはもっと大きな夢があり、やる気がある。私たちがこれを知っているのは、彼女が母親に反抗し、男をみつけることを第一の優先事項としないからだ。彼女の第一の優先事項は大人の黒人女性たちに声を与えること。ジャクソンに戻ったスキーターは、人生の大部分の時間において当然のものとして受け入れてきた社会規範の多くに立ち向かわざるを得なくなる。友人たちが「家政婦《ザ・ヘルプ》」たちをひどく扱うあいだ、スキーターは黙って座っており、異議を申し立てることは滅多にないが、顔をしかめる。彼女のしかめっ面は、人種差別はとても、とても悪いことであり、善き南部少女たちは乳母に優しく接するべきであるということを私たちに教える。

スキーターは、白人の家を掃除し、白人の赤ちゃんを育てることに生涯を費やしてきたメイドたちの物語を伝えようという冴えたアイデアを思いつく。たとえ彼女が演じているキャラクターが故意に物を知らない人物にされていても、ストーンは魅力的で説得力がある。だが、その魅力は癪《しゃく》に障る。なぜなら、この未熟な小娘がマジカル・ニグロたちをなんとか職業的告白による精神の浄化作用を介した救済へと導いたものと想像することは、かなりの欺瞞に違いないからだ。エイビリーンがスキーターに、自分たちが一緒にいるところを見られてはならないと注意し、スキーターはほんの少しだけジム・クロウ法を自習するが、学んだことをすべて無視し、エイビリーンの揺れる善意に頼りきって、まるで真実は明白ではないとでもいうように、ミシシッピ州ジャクソンでメイドでいるのは「本当は」どんな風かについての物語を公表するよう強く勧める。『ヘルプ』の終わりには、スキーターはニューヨークでのあこがれの仕事の口を断ろうとする。そうすればこのままここにいてエイビリーンとミニーを「守る」ことができるから、と。私たちはこれを心あたたまるふるまいと受け取るものとされているが、しかしそれは映画全体の恩着せがましさを苦い安堵へと変えるだけだ。

『ヘルプ』は、何も考えなければいい映画だが、しかし同時にずるいぐらい感情操作的な映画でもある。うんざりするほど長い二時間一七分の上映時間のあいだ、魂がしぼんで死んでしまいそうに感じる瞬間が何度もあった。私はそのすべてに打ちひしがれた。私の目は乾いてはいなかった。私は、私たちがときにそれぞれ違う理由から涙を流すということをよく知っている。あらゆる逸脱、不正、悲劇が搾取され、映画の終わりには、まるで監督が私の胸を切り裂いて心臓を引き抜き、その上で飛び跳ね続けたような状態だった。まるでくたびれ果てたぺしゃんこの筋肉の一片となるまで――心臓ジャーキーだ。

この映画は感情を揺さぶるが、そのやりかたは管理されている。『ヘルプ』は私たちに、一九六〇年代前半の人種分断された南部の眺めを徹底的に消毒したうえで提供する。耐えがたい瞬間が多々あるが、しかしそれらはかなりのお気楽なユーモアと、わざとらしい感動的瞬間によって緩和される。この映画は、一九六〇年代のミシシッピでの人生は女性、白人、黒人にとって困難だったが、それでもなんとか耐えられるものである、なぜならそういうものだから、という印象を与える。

『ヘルプ』のサイエンス・フィクション宇宙には、たくさんのはちゃめちゃな信用ならないところがある。近頃ではそういう事態がほとんどの映画で起こっているのも確かなのだが。『ヘルプ』における信用ならなさが不快なのは、私たちのほとんどのほうが問題の件についてよくわかっているからだ。私たちは自分たちの歴史を知っている。この不信を保留する余裕は私たちにはない。

もしあなたが脳みそを持って『ヘルプ』に臨んだなら、この映画は想像以上にひどく感じられるはずだ。『ヘルプ』を批評的な視線で観ることはひどく苦しい。ある場面で、シーリア・フットにフライドチキンの作りかたを教えながらミニーは言う。「チキンを揚げると人生はいいもんだって気分になる」。この一〇年に制作された本と映画の両方に揚げ物の調理に見出される癒しについてのセリフがあるということは、人種問題に関する正しい行いにおいて私たちが現在どこにいるのかに関して多くを語っている。私たちはどこにもいない。これは私をたじろがせ、泣かせ、ぎょっとさせ、両手で顔を覆わせた数多くのセリフのうちのひとつである。不快だったと言うのでは控えめすぎる。

ささいなこともまた気に障る。メイドがしゃべる大げさな方言は、みじめな人生を転々とする脅えた黒人たち、歌うニグロ・スピリチュアルを思い出させる。たとえば、エイビリーンの家には、つい最近亡くなった息子と白いジーザスの肖像が飾られている。メドガー・エヴァーズが射殺されJFKが彼の葬儀に出席したあと、カメラが壁をパンするとそこにはふたりに加えてJFKがいる。そう、メドガー・エヴァーズ本人、あるいは他の公民権運動のリーダーではなく。他にたくさんあるサブプロットのうちのひとつで、スキーターの子どもの頃の乳母だったコンスタンティン（シスリー・タイソン）は二七年以上にわたって仕えた家族にクビにされて打ちひしがれ、傷心のままこの世を去る。全体としてまるで彼女の生きる意志が白人たちのトイレを磨き尻を拭うことから生じていたかのような印象を与えている。こうした白人の願望充足は、この映画をさらに不快なものにしている。

男性は、黒人も白人も、この映画ではだいたいのところ不在だ。どうやら白人男性たちは、一九六〇年代ミシシッピの人種関係にまつわる責任を免除されているようだ。この映画は白人男性のために働く黒人女性たちが直面した性的搾取、暴行、ハラスメントの現実にまったく言及していない。私たちは歓迎されない尻のひと摑みすら目にしない。リンチも一度も出てこなかったはずだ。私たちはどうやってエイビリーンが息子をもうけるに至ったのかを知らないので、彼女はマジカルだから処女懐胎なのだろうかと推測するしかない。ミニーの夫は、私たちの目には触れないのだが、虐待夫だ。私たちは彼女が虐待されているのを電話の最中に耳にし、映画の終わり近くにミニーの顔のあざを目にするが、しかしこうした暴力行為を働いた男であるリロイの姿を見ることは決してない。ここには、蛮行とつきあっていかなくてはならないのは口答えをする女性であるという奇妙な含みも存在している。黒人男性たちが言及される場合も、人物描写は極めてありがちで、気が滅入るような、単純化された扱いだ。この映画は不在の黒人男性の神話に溺れて恥じることがない。若い白人の少女とつきあう黒人男性の本当の末路は、死ではなく単なる不都合として隠される。白人女性たちは家庭内では専制的な一方で、絶望的《デスペレート》な南部の妻たちとして極めて窮屈な人生を生きている姿が描写されるので、私たちは「彼女たちの」立場に同情できるというわけだ。

映画や小説において人種問題は常々軽く扱われている。私はこの現実に慣れてしまった。それでも。そこに私の怒りといらだちを超えた何かがあるからこそ、私は苦しみながら『ヘルプ』について書いてきた。

最初、自分はこの欠陥だらけの本が三〇〇万部以上売れ、ベストセラーのランキングに一〇〇週以上にわたって入り続け、大がかりな映画になったという事実に怒っているのだと思った。しかし、私が好きではない本がうまいことやっているのはいつものことだ。それで眠れなくなったりはしない。また、この本および映画にいい部分があることも否定できない。笑ったり、心を動かされたりした瞬間も確かに存在した。けれど、それは本当に少なく、ごく稀だった。

私は自分が進歩的で心の広い人間だと思っているけれど、それでも私にも偏見があり、『ヘルプ』を読み、観ることを通して自分がすごく偏っている可能性に気づいて胸が痛んだ。本当のところ『ヘルプ』のどこが私の気に入らないかというと、これが白人の女性によって書かれていることだ。脚本は白人男性によって書かれた。映画は同じ白人男性によって監督された。こう思うのは間違っているとわかっているけれど、それでも「よくもまあ」と思ってしまう。

違いを書くのは複雑だ。文化的収奪、ステレオタイプの強化、歴史の修正ないし軽視、差異または他者性を貶《おとし》め陳腐化することを避け、違いを正しく扱うことがまったくもって難しいと示す例はいくらでもある。書き手として私たちは常に「どうやったら正しくできるだろう？」と自問する。人種問題を正しく扱おうとするとき、異なる文化的背景と経験を持つ人々の人生を想像したり改めて想像するための誠実な方法をみつけようとするとき、この問いはひときわ重要なものとなる。違いを書くことには微妙なバランスが求められ、どうしたらそのバランスを取ることができるのか私にはわからない。

私はいつも人種、ジェンダー、セクシュアリティの交差するところで書いている。おまえには主人公が白人男性やラテン系のレズビアンや私に似ていない誰かの物語は書けないとは言われたくない。フィクションの喜びは、それがきちんと書かれたものならば、すべてが可能になるところにある。書き手としての私たちの責任は、自分が知っていることを超えて書くために自らに挑戦することだと、私はかたく信じている。それでも、白人の書き手たちが人種間の差異に取り組むとき、私の胸は矛盾に乱れ、本来あるべきほどに我慢強くはなれないのだ。私は問題の本と映画から何も受け取れなかったかもしれないが、自分にはやるべき仕事があるとわかっている。

私は書き手たちが常に違いを正しく扱うことを期待はしないが、書き手たちが信頼に値する努力を尽くすことは期待する。『ヘルプ』は、人種と差異をまたがって書こうとしてはならない書き手もいるということを示した。キャスリン・ストケットは黒人女性たちを書こうとしたが、しかし彼女は努力が足りない。彼女による人種の描写は、まったく侮蔑的ではないにしても、ほとんどフェティッシュ的だ。この本の中で、エイビリーンは彼女の肌の色をゴキブリのそれにたとえる。そう、考え得る限りで最も嫌われている虫だ。エイビリーンは、ゴキブリを見つめながら言う。「でかい。一インチか一インチ半はある。こいつは黒い。あたしより黒い」。単純に悪文だが、差異を書くやりかたとしてはさらに悪い。もし白人の書き手たちがゴキブリを黒い肌にたとえるよりましなことができないのなら、差別を書くことはもっとできる人に任せておくべきではないだろうか。『ヘルプ』において、ストケットは黒人女性たちを書いていない。彼女は黒人女性をカリカチュアし、真実と本当の経験のかけらをみつけ、ぞっとするような効果をもたらすように歪ませている。自分で知っていると思い込んでいるが実際は何も知らないことでなく、厳密に自分が知っていることだけを書く書き手たちがすごくいいものに感じられてきてしまう。

『ジャンゴ』を生き延びる

私は『ジャンゴ　繋がれざる者』を鑑賞するにあたって『ヘルプ～心がつなぐストーリー～』を鑑賞したときと同じぐらい気を張っていた。あまりにも多くの黒人の経験が、特に映画においては、白人の脚本家および監督の視点を通して伝えられていて（まるで彼らこそ黒人の歴史を論じるのにいちばん適任であるかのように）、そのうえ彼らはそれがどれだけ精彩を欠いていようがお構いなしで自分たちの努力を祝福されたがる。そんなのは何の役にも立たない。こうした調停、その変わりばえのなさと貧弱さは、もう古いのだ。

予想した通り、私が足を運んだ『ジャンゴ』の上映館の客席で、私は唯一の黒人だった。映画の冒頭、五人の男性奴隷が、徒歩で、風雨から身を守るものがないに等しい姿で連行されている。彼らの背中には苦痛の証が刻まれている——肩から背中の下のほうまで太い傷跡がある。奴隷についての映画のほとんどは、まるでこうした視覚的証拠を通してでないと見る者に隷属状態の恐ろしさを本当に理解させることはできないとでもいうように、奴隷たちの壊れた肉体を進んで描写したがるカメラの（監督の）欲望をさらけ出す。

これらの震え苦しむ奴隷たちと彼らの監視人たちが、自称歯科医キング・シュルツ（クリストフ・ヴァルツ）に出くわしたのは夜のことだった。彼は、自分が探しているブリトル三兄弟を特定できるはずの、ジャンゴという名の奴隷（ジェイミー・フォックス）を探しているのだと言葉巧みに説明する。シュルツには欧州人らしい温和さと魅力があり、アメリカの奴隷商人たちをまさに無知な男たちに見せる。これら序盤の場面で笑うのは簡単だ。そこには拘束具でひとつなぎにされ、極寒の夜に事実上裸で震えている男たちがいるのだが。笑いは一瞬の息抜きになる。言葉のスパーリングを越えた先に、深刻に不快な歴史が語られようとしているのを忘れることができるから。

交渉のようなものを終え、シュルツはジャンゴを買って他の奴隷たちを解放する。奴隷たちはどこへともなく去っていく前に、残った奴隷商人を始末する。この物語は彼らについてのものではない。シュルツとジャンゴはテキサスの町へ向かい、そこでは誰もが馬上の黒人男性に興味津々のまなざしを向ける。不釣り合いな二人組はじきに酒場に入るが、奴隷は馬に乗らないとされているのと同じく飲酒施設内でも歓迎されないので、オーナーは保安官を呼びに走り、映画の最初のプロットがはじまる。そこにはアクションとユーモアと退屈なラブストーリーがある。殺しの不足はなく、人の肉に着弾する銃弾の湿った虚ろな響きと共に、精巧に仕込まれた血しぶきが空中に弧を描く。最後には、私たちがそう信じるように仕向けられているところのハッピーエンドがあり、それによって私たちは監督兼脚本家クエンティン・タランティーノが創り出したものがアートだと信じるものとされている。

私の周りの観客たちは、はじめからかなり気前よく笑っていた。特に動揺させられたのは、彼らが間違ったところで笑っていたことだ。登場人物たちのあいだで最初にNワードが交わされる会話中、神経質なクスクス笑いが起こった。この言葉が至るところで使われるようになるにしたがって、笑いには熱がこもってゆき、その一方で、ジャンゴがカルヴィン・キャンディ（レオナルド・ディカプリオ）に、ジャンゴのビジネスパートナーであるキング・シュルツはアメリカ人に慣れていないので逃亡奴隷に金を支払っているのだと説明する場面など、この映画のもっと微妙でもっとずっとおかしい瞬間には沈黙が広がった。この映画の暗いユーモアが彼らのような見た目の人々を狙うとき、観客たちは沈黙した。私は被害妄想的になった――私の周りにいる人たちが大はしゃぎしてるのは、後先考えずにあの言葉が使われるのを聞くのを楽しめるからなの？　彼らは、『ヘルプ』を見る映画ファンみたいに、いまとは別の時代を懐かしがっているの？

しかしこの話をはじめるには、おそらくもっといい方法があるだろう。『ジャンゴ』から私が受け取った侮辱感は、アカデミックなものでも政治的正しさの観点から生じたものでもない。アートには自由があって、さまざまなやりかたで人間の経験の解釈ができるはずだし、そうするべきだ。たとえその解釈が私たちを不快にさせようとも。私の憤慨は個人的なものだ――完全に人間的なものであり、私も奴隷だったかもしれないという不愉快な真実から生じている。そこが大きなお屋敷だろうが畑だろうが、私がひどい奴隷になっていたであろうことは否定しようがなく、それはつまり奴隷制というのは私にとって特別に嫌なものだったに違いないということだ。私は『ジャンゴ』

の芸術的価値について議論することはできない。なぜなら私のてのひらは腕が疲れるまでタランティーノの顔をひっぱたきたいという欲望で燃えているからだ。

あるいは、「不快」は『ジャンゴ』を観ているあいだに感じたことを説明するのに最も適した言葉ですらないと言うところからはじめることもできるかもしれない。私はいまや二度観ている。「不快」ではあまりにも手ぬるい。近頃ではほとんどの映画が、その大いなる凡庸さで私を不快にさせる。『ジャンゴ』はがっかりだし、イライラするし、私をたびたび燃えるように怒らせる。

また、この映画のあちこちで使われているNワードについて議論することなしに、『ジャンゴ』を議論することは不可能だ。どうやらタランティーノはNワードが新たな接続詞――ふたつの語、句、節、文をつなぐ品詞――になると信じているらしい。公平を期して言うと、私はNワードが嫌いで使わないようにしている。なぜならNワードは黒人に彼らの立場を思い出させる狙いからできている常に軽蔑的な言葉であり、劣等性の認識を強化する言葉だからである。どんな状況下だろうと、この言葉を自分自身またはあらゆる有色人種の人物の説明に使おうとは思わない。そこに再利用の余地はない。

三時間近くのあいだにNワードは一一〇回使用されており、どうやらタランティーノはこれが歴史的に正確であるから正当化されると信じている様子だ。はたしてタランティーノは歴史的正確性を『ジャンゴ』のすべての局面において基準として用いていただろうか。彼の頼りない説明を真剣に受け止める人もいるかもしれないが、それにしてもこの映画には変なところがいろいろある。たとえばビッグ・ダディという名の男が経営する農場で、ひとりの女奴隷が陽気に木のブランコに乗って楽しそうにしている一方、すぐそばでは別の奴隷がいまにも殴られそうになっている場面があったりするのだ。タランティーノが脚本をNワードで満たすことによって本当らしさを作りあげようと試みているのだと主張するとき、私は彼が正直でないと感じずにはいられない。あるいは少なくとも、いつ、どうやって歴史的正確性に敬意を払うかに関して、彼の選択は非常に恣意的だと思わずにはいられないのだ。

もちろんNワードは私たちの歴史の一部であり、現在の一部である。この言葉の用例が記録されている最古の文書は一六〇〇年代まで遡り、以来それは司法書類から娯楽、日常会話に至るまで、アメリカの生活のほとんどすべての局面に現れている。アメリカ大統領と最高裁判所と一般市民たちは、この言葉をみな等しく気楽に使ってきた。ランダル・ケネディが『ニガー　困った世界の奇妙なキャリア』で記した通り、「品位を貶《おとし》める意図を持って黒人をニガーと呼んだことがある白人の重要人物の完全なリストは、事実、長くなるだろう。そこには別のところではまったく相容れない存在であるリチャード・ニクソンとフラナリー・オコナーのような人々も共に含まれる」。Nワードはどう見ても、多くの人々が言うようにヒップホップおよびラップのアーティストたちのみによって生き延びている言葉だというわけでは決してない。白い人々もまたこの言葉をよく活かし続けているのだ。奴隷あるいは黒人史についての映画には、かつて自分たち全員がどれだけひどいものだったか、まだまだするべき仕事がいかにたくさん残されているか私たちに思い出させるためだけに、この言葉が何回か、納得がいく程度に含まれていることがあるだろう。そしてそのうえで『ルーツ』のテレビ版は、全部で一〇時間近くの連続ドラマで、Nワードなしに奴隷制の現実を描き出してみせた。

自分がこの映画が想定している観客ではないことは最初からわかっていた。人種差別と奴隷制はデイヴ・シャペル（アフリカ系アメリカ人コメディアン）がショウを仕切っているのでなければ、私にとって楽しめるものではない。実際、奴隷制はもうたくさんだ――考えるのも、話すのも、読むのも、映画を観るのも。何らかのかたちで奴隷制を扱っている新しい本または映画のことを聞くたび、私はもうたいがいうんざりする。その件についてこれ以上何が言えるってわけ？

しかし『ジャンゴ』は実のところ奴隷制についての映画ですらない。これは一八〇〇年代を舞台にしたマカロニウエスタンだ。奴隷制は都合のいい、気軽に利用できる背景なのだ。『イングロリアス・バスターズ』で第二次世界大戦を利用したように、タランティーノはふたたび彼自身の歴史とはほとんど関係のない周縁化された人々の精神的外傷となっている文化的経験に目をつけ、その文化的経験を、非常に限定的かつ特権的な立場から、歴史的あやまちを正す、バカバカしくも暴力的な、ちょっと笑える映画を作る己の傲慢さを行使するために利用した。

ほとんどのウエスタンと同じく、それを言ったらほとんどの映画と同じくだが、『ジャンゴ』は男性的思いつきの映画だ。この映画はすばらしい部分もところどころあるが、しかしだいたいが頭にくる。ほとんどのタランティーノ映画のいいところと同じように、その自己満足的なありかたにおいてはいい映画だ。この男は自分の技を知り、あきらかに映画を愛し、彼がどれだけ映画を愛しているかを私たちに示す映画を作ることを愛している。ハリウッドは、どういうわけか、タランティーノ自身が熱烈に魅了されているジャンル映画への彼の自己言及的オマージュに大喜びだ。

とはいえ、私は気がついたらこの映画の一部を楽しんでいた。奇妙に見えるかもしれないが、この映画のサウンド・デザインは非の打ちどころがない。何かに意識を集中すれば怒りに我を忘れてしまわないで済むため、私はあの音響効果に本当に綿密な注意を払った。そこでは優れた仕事がなされていた。

演技は堅実で、それは演出もセット・デザインもだ。脚本はとりわけ強力で、確かに批評的敬意とオスカーへのノミネートに値するものだ。特に知的な会話がいくつかある。たとえばジャンゴとキング・シュルツ医師がビッグ・ダディ（ドン・ジョンソン）所有のプランテーションに向かい、ビッグ・ダディが奴隷のベティーナに、ジャンゴを自由人として扱うよう説明しなければいけない場面。彼女は「あなたは私に彼を白人のお方みたいに扱ってほしいんですか?」と言う。それは、当然、ビッグ・ダディを動揺させ、もちろん違うと彼は言い、ベティーナはあたりまえに混乱して言う。「それならあなたのおっしゃっている意味がわかりません」

これがタランティーノのやりかただ——その技能と才能のきらめきでもって、数多くの不作法をあなたに忘れさせ、なだめすかして自己満足に導くのだ。彼は観客に、もし技能が十分に優れていたら、そのメッセージは見過ごされるものと信じさせようとする。私はメッセージを見過ごそうとしたが、タランティーノは私にそうさせない。私が映画に入り込みくつろいで楽しもうとするたび、彼はまた甘やかされた不快な選択をし、それは私にしてみれば、タランティーノが人種の扱いに関して深刻な問題を抱えていることをあきらかにするだけだ。

クリストフ・ヴァルツは、いつも通りすばらしい。彼のキャラクター、アメリカ文化を理解しようと苦労するヨーロッパ人は、奴隷制の愚かしさを暴き、この映画に完全に憎むべき人物というわけではない白人を少なくとも一人もたらしている。しかしそれでも彼は奴隷制の共犯者であり、初期の段階で自分が優位に立つためにこのシステムを利用している。シュルツはジャンゴに、自分はブリトル兄弟をうまく捕まえることができたら彼を解放してやると告げる。シュルツは、奴隷制は憎むべきものと考えるが、それが彼の目的に合致する場合は除外してのことだ。それは、思うに、奴隷時代に多くの白人たちが陥っていたジレンマではないだろうか。ジャンゴには自分がシュルツを助けたいか否かを自分で決める権利が与えられておらず、私たちはそれでもこれを受け入れるものと期待されている。それでもシュルツを応援するものと期待されているが、それは彼がいちばんの善人だからではない。むしろ、彼はいちばんましな悪人なのだ。

これこそがタランティーノが主張しようとしている論点なのだろう。一八〇〇年代には、誰もが奴隷制に加担していたが、彼はこの点を指摘するのに中途半端にしか取り組んでいない。そして、彼のヒーロー、ジャンゴがいる。フォックスはジャンゴとして優れた仕事をしているが、しかし彼のキャラクターは概して一面的である。彼のキャラクターには自由をみつけることはどのように示されるのかを探究する豊かな機会があるのだから、これはもったいないことだ。その代わり、ジャンゴは白人を殺すことについてまあまあ愉快なセリフをいくつかつぶやく。彼は服を自分で選ぶにあたって(ありがとよ、旦那《マッサ》)、明るいブルーのキザなスーツを手に取り、観客はこの単純なニグロに共感するのでなく笑うのだ。それから、映画が終わりに向かうにつれて、彼はどうにか自己実現を果たして尊厳を取り戻す。そういう感じ。

この映画の中でジャンゴには、ひとつの目標がある。同じく奴隷オークションで売られた愛する妻ブルームヒルダ(ケリー・ワシントン)をみつけて解放することだ。『ジャンゴ』はラブストーリーだと言う評者も一部にいるが、しかしそれは単純な、希望的観測だ。ブルームヒルダは、映画における有色人種のほとんどと同じように、どちらかといえば付随的な存在だ。彼女の出演時間はごくわずかで、セリフもほとんどない。ジャンゴは何度か、遠くにいるブルームヒルダが自分に向かって微笑むのを想像する。私たちは彼女がドイツ語を話し、それはシュルツを喜ばせることを知るがそれは……いや、そんなのどうだっていいじゃない。

タランティーノは、見られることも耳を傾けられることも滅多にないこの映画のヒロイン、ブルームヒルダの苦しむ姿を喜々として描写するのに極端に時間を費やす。彼女は焼き印を捺《お》され、鞭打たれ、暑い箱の中で罰され、晩餐の最中に客に傷を見せるよう強いられて屈辱を与えられる。だいたいのところで、彼女は状況に応じて美しいか苦しめられているか美しく苦しめられているかだ。ジャンゴとブルームヒルダのあいだの愛情が示される瞬間を私たちが目にすることはほとんどない。彼らの物語が映画の中心である「はず」なのに。

奴隷制について私たちが知っていることのひとつに、一部の黒人たちは生き延びるために彼らがしなければいけないことをし、それはときに奴隷制の仕組みの一部となることを意味したというこ事実がある。そうすれば仕組みが完全に彼らを壊すことはないという理由で。タランティーノの映画にたびたび出演しているサミュエル・L・ジャクソンは、カルヴィン・キャンディの怒りっぽい右腕スティーヴンの役で、深刻に不愉快な演技を見せる——彼は主人にとって執事であり家の支配人であり世界一気難しい麻薬の売人でもある。私たちはスティーヴンを憎むものとされている。なぜなら彼は白い人々と同じぐらい悪いからだ。ジャクソンは、私たちが、実際スティーヴンを憎むようになるだけの説得力をもってこの役を演じる。だが、なぜスティーヴンがこんなにも残酷になったのかについては語られない。服従だけが彼の唯一の選択肢だったのか、それともジャンゴもしくはブルームヒルダ、またはこの映画中の他の奴隷にされている人々に対して感じるのと同じようにスティーヴンにも同情的になるべきなのかは語られない。

私にとって最も衝撃だったのは、『ジャンゴ』が、白い人々が重点的に描かれる一方で黒い人々はおおよそ付随的な、白人男性による奴隷復讐ファンタジーであるということだ。タランティーノの傲慢さは、いつもそうだが堂々たるものだ。ジャンゴは白人男性に解放されて、彼の尊厳を取り戻す。彼は妻と再会する。ふたたび、白人男性の助けを得て。『ジャンゴ』は自ら自由をその手に取り戻す黒人男性についての映画ではない。これは自分自身の人種のうちにある悪魔的な部分と、白い罪悪感と折り合いをつけようとする白人男性についての映画だ。
黒人のあいだで等しく共有されている奴隷復讐ファンタジーというものは存在しないが、しかし、もし存在するならば、それは白人についてのものでは決してないことは確かだ。私の奴隷復讐ファンタジーには、おそらく懲罰や迫害を恐れることなく読んだり書いたりできることが含まれていて、あわせてパリでの長期休暇もついてくるだろう。そこには私なりの尊厳の回復が含まれており、奴隷制の病に関して等しく共犯者でもある心優しい白人の「寛大な」助けはいらない。

私は、ハイチでは一月一日は新年の到来を意味するだけではないと言うところからはじめることもできる。それはハイチ人たちが独立記念日として認識している日でもあるのだ。一八〇四年のその日、ジャン・ジャック・デサリーヌはハイチが独立国家であることを宣言し、それはラテンアメリカで初めて、一三年にわたる奴隷抵抗運動を終わらせた。以来、ハイチは問題の絶えない国だが、人々は自由、あるいは他の誰もに許されているのと同じ程度に自由とされる一方、奴隷制の複雑な遺産を乗り越えようと試みている。ハイチ系アメリカ人の第一世代として、私は祖先たちがいかに自由のために戦ったかの物語と共に育てられ、私たちがハイチ人としてどんな重荷に苦しもうとも、私たちは自分たちで自分たちを自由にしたことを知っている。私はハイチ人だが、しかしこの合衆国で育てられた。私を見るだけでは、私が何を受け継いでいるかはわからない。私はアメリカの黒人だ。私と同じ肌の色を持つ多くの人々にとってと同様に、奴隷制はひどい、ぼんやりと浮かびあがる、私の逃げられない遠い過去の一部だ。『ジャンゴ』は、この困難な現実についての新しい洞察を差し出す代わりに、たくさんのことが変われば変わるほど、以前と何も変わっていないということを思い出させるものだった。

苦闘の物語を超えて

ハティ・マクダニエルは、一九三九年、『風と共に去りぬ』のマミー役で、黒人として史上初のオスカーを受賞した。マクダニエルは偉大な女優だが、好むと好まざるとにかかわらず、彼女の仕事はメイドの役ばかりだった。それというのも当時、大衆文化が受け入れる黒人女性の唯一の姿が家事労働を強制されるメイドしかなかったからだ。二〇一二年、オクタヴィア・スペンサーは、オスカーの四部門にノミネートされた、大人気だが問題含みの作品『ヘルプ～心がつなぐストーリー』で、メイドのミニー・ジャクソン役を演じてオスカーを獲得した。ポスト人種社会アメリカについての浅い修辞が世にあふれている一方で、ことオスカーとなると、ハリウッドは銀幕において黒人をどんな風に目にしたいのか、極めて明確な見解を持っている。例外はもちろんあるが、しかし、黒人の苦闘または隷属を改変した上で成り立つ黒人映画が批評家から高い評価を得ることがあまりにも多すぎる。

二〇一三年、私たちはまさに黒人の苦闘と隷属の映画的パレードを目にした。あのすばらしい『フルートベール駅で』で、脚本・監督のライアン・クーグラーは二〇〇九年の大晦日にBART（サンフランシスコ市ベイエリア高速鉄道）の鉄道警官に殺されたオスカー・グラントの人生最後の日を巧みに語る。リー・

ダニエルズの『大統領の執事の涙』は三四年間にわたってホワイトハウスの黒い執事だったセシル・ゲインズの人生を辿る。ゲインズの人生の物語を通して、私たちは黒いアメリカの物語も学ぶ。人種差別廃止を目指す挑戦、ひとりの男がいかに品位を持ち続けたか。だがしかし、黒人の苦闘の極みは『それでも夜は明ける』をもって訪れる。映画祭での公開がはじまって以来、本作は批評家から大絶賛を浴びている。これは誰もが「必見」の映画、奴隷制というアメリカの野蛮な遺産の決定的説明だと。

こうした修辞は常に興味深い。なぜなら奴隷制は一八〇〇年代前半以来ずっと詳しく語られてきたのだから。奴隷制についてこれ以上何が言えるというのだろう？　奴隷制は悲惨な恐怖に他ならないという印象のもとで辛労を尽くしてきたのは誰だったのか？　『それでも夜は明ける』は比較的オリジナルな見解を差し出している――誘拐され売られて一二年にわたり奴隷にされていた自由黒人ソロモン・ノーサップの真実の物語だ。ミシェル・ディーンがウェブマガジン「フレーヴァーワイアー」で「なんといっても『それでも夜は明ける』が優れているのは、奴隷が自分自身の経験について説明したものを元に作られた、今日に至るまで唯一の映画だからだ」と書いた通り。またこの映画は、メジャーなスタジオが制作する奴隷映画で、はじめて黒人監督が指揮を執った作品である。こうした画期的な事実の数々は決して取るに足らないことではない。しかしこうした素材および監督によるものだったにもかかわらず、『それでも夜は明ける』は奴隷の物語に新しい洞察をもたらしてはいない。この特定の物語を語りたいというフィルムメーカーの欲望を超えてこの映画の存在を正当化するものはないに等しい。

私は『それでも夜は明ける』を観る前にあまりレビューを読まないようにした。鑑賞体験をできるかぎり混じりっけのないものにしたかった。告白しよう。私は感心しなかったし、あのあふれんばかりの絶賛が理解できない。映画は残酷で、心がほとんど何も感じなくなってしまうほどだ。人間の奴隷化の厳しい現実を描写するにあたって何ひとつ見逃されるものはない――尊厳の喪失、肉体的、性的、感情的暴力。現実があまりにもきつく描写されるため、人々がこの映画をすばらしいと感じているのはこの完全なるむごたらしさゆえなのだろうか、と訝《いぶか》しく思わずにはいられなかった。私は一度ならず泣いたが、しかし心は動かされなかった。私は単純に傷ついた。誰でもああいう残虐さを目撃したら傷つくというのと同じことだ。

『それでも夜は明ける』は、まあ良い映画だ――もし奴隷制とその遺産についてよく知らないなら間違いなく観る価値がある。俳優たちは立派にするべき仕事を果たしている。スティーヴ・マックイーン監督は、いくつかの素敵な芸術的選択を行っているが、しかしそうした芸術的選択はときに場違いで神経に障る――プランテーションの美しさを捉えた長ったらしい詩的なショット、自己満足的な映画的静止にはまったく意味がない。映画はときに緩慢で、退屈を中断するのは繰り返される耐えがたい暴力のみだ。

黒人女性たちの苦しみはひとりの男の物語を語るために利用される。ノーサップは、彼自身も無意味な暴力の犠牲者なのだが、女たちが苦しみ、彼はその証人とならざるを得ないことによってもっとみじめになる場合のほうが多い。より深遠なものとして描かれるのは彼の苦しみなのだ。そう、これは彼の物語であるが、しかしこの映画の大部分が彼以外の全員に注目している。

前半、ものすごく才能豊かなアデペロ・オデュイエが演じるエリザは、彼女の子どもたちから引き離される——奴隷時代には驚くほど頻繁に起こっていたことだ。エリザは到底耐えられない悲しみに打ちひしがれる。彼女はほとんどの時間を慰められることなく泣いて過ごす。ソロモンは彼女の嘆きに鋭く疑問を投げかけ、生きる意欲を出そうと呼びかける。まもなくエリザはよそに売られていく。彼女の悲しみを分かち合いたい人も、見せられたい人もいなかったからだ。ソロモンはこの段階で心を動かされているようには見えないため、どうしてこのサブプロットが採用されたのかという疑問が生じ、こうした事態が何度も起こる。

映画の後半、ソロモンはエドウィン・エップス（マイケル・ファスベンダー）に売られる。奴隷たちを壊す能力で知られている男だ。彼お気に入りの獲物はパッツィー（ルピタ・ニョンゴ）で、彼は彼女を愛するのと同じ程度に虐待する。最終的に、ほとんど全員が苦しんでいるこの映画中でパッツィーの苦しみは最も強烈だ。パッツィーの苦難の深さは、この苦しみを終わらせたいから殺してくれとソロモンに請うほどだ。彼は断る。それはもっともだが残酷なことでもある。『それでも夜は明ける』が、白人女性たちも奴隷制の共犯であることを暴くにあたって注目すべき仕事をしている点は特筆に値する。サラ・ポールソン演じるエップスの妻、ミストレス・エップスはまったくもって恐ろしい。エップスの行動はパッツィーが近くにいないときは常に嫉妬深い愛人のようで、その感情を妻の前で隠そうともしない。ミストレス・エップスは夫の心の場所を占めているパッツィーに憤慨し、パッツィーに直接残忍さを向ける機会を逃さない。

奴隷制についての映画のほとんどは黒い肉体の苦行を描写することにこだわるが、『それでも夜は明ける』も同じだ。奴隷たちがちょっとした間違いを理由に鞭打たれるシーンがいくつもある。ソロモンは最初に囚われたとき、殴られることで「自分の立場を教えられる」。奴隷たちは摘んだ綿花の量が足りないといって罰せられる。最も痛ましいシーンは、パッツィーが体を洗うための石鹸を求めて隣のプランテーションへ行ったことで罰せられるところだ。エップスは嫉妬で機嫌を損ねて激怒し、パッツィーを鞭打とうとするが、しかし彼にはできない。彼は鞭をソロモンに手渡す。ソロモンは残虐行為に関わりたくないのだが自分には選択肢がないことをよく知っている。ソロモンは全力を尽くして主人の望む罰を与えるが、エップスは満足しない。彼はソロモンから鞭を奪い、彼自身でパッツィーを打つ。このシーンの終わりには、彼女はほとんど意識不明で、背中は引き裂かれ血にまみれている。このシーンは当然感情に訴えるが、同時に不必要にも感じられる。なぜならこれはパッツィーの窮状を詳しく伝えるために考案されたものではないからだ。このシーンはソロモンの窮状を詳しく伝えるために考案されている。まるでこの状況において彼のほうがより悲劇的な人物であるかのように。

私は、奴隷時代の誰の苦しみも少なく見積もりたくはない。男たちと女たちは言語に絶する残虐の下にあった。ソロモン・ノーサップの物語は、すべての黒人が、自由の身であるか否かにかかわらずいかに危険に晒《さら》された存在だったのかを示していて、極めて苦しい。『それでも夜は明ける』で頭にきたのは、女たちの苦しみをひとりの男の物語を深めるために利用する、そのやりかただ。たとえば、物語上の妥当性がほとんどないレイプのシーンがある。パッツィーはぐったりと、エップスの下に横たわる。これは胸の悪くなるシーンで、したがってその点においてはマックイーンは彼の仕事をしているのだが、しかしこの映画の主となる話はパッツィーのものではないので、このシーンは必要不可欠なものには見えない。それは奴隷時代に女たちはレイプされていたということを、余計に、不必要に思い出させる。

最終的に、ソロモン・ノーサップはニューヨークにいる家族に自分が生きていると伝えることができ、解放される。この瞬間は、この映画の大部分同様、奇妙に静かだ。私たちはあきらかに何かを感じるべきなのだが、しかし感情をどうすればいいのかよくわからない。ソロモンがエップスのプランテーションを去る前、パッツィーは彼の腕の中へと走り、ふたりは抱擁を交わす。私たちはパッツィーに何が起こったのか何も知らされず、それは想像するしかない。彼女は脇に留まって映画中で求められる仕事をすでに終えており、その一方でソロモンはふたたび自由の身となるのだ。

私の『それでも夜は明ける』への反応は、大部分が消耗感から生じている。奴隷と苦闘の物語にはほとほとうんざりなのだ。信じがたく絶望的な状況のただ中でそれでもへこたれない傷つけられた黒人の体と傷つけられた黒人の精神にうんざりなのだ。ハリウッドのテーブルに黒人映画のための席はあまりにも少なく、黒人映画は非常に限られた物語に収まっていなければいけないように感じられる。『ワン・オン・ワン　ファイナル・ゲーム』、『ベストマン』、『最高の贈りもの』といった映画はおそらくオスカーの対象にはならないが、しかしこれらの作品もまた間違いなく黒人の経験を捉えており、そしてどういうわけか真剣な映画についての議論においてはしばしば見過ごされている。フィルムメーカーたちはノートを取り、求められるものそのままをハリウッドに供給し続けている。ハリウッドはそうした苦闘の物語をむやみやたらに集められた評論家の絶賛と共に浴びせてくる。これは堕落のサイクルだ。

奴隷の物語を語る、または黒人の経験を辿る方法はひとつではない。隷属と苦闘の物語を分かち合うべきではないというわけではなく、こうした物語ではもう足りないのだ。観客は黒人映画からもっと多くを受け取る準備ができている――より多くの複雑な語り、より多くの黒人の経験が現代映画で表現されること、より多くの芸術的実験、より多くの黒人脚本家および監督がその創造的才能を苦闘の物語を超えて使うことができるようになること。私たちはより多くのあらゆるものを待っているのだが、しかしあまりにも長いあいだ、いつも同じ、ひとつの物語を目にしてきた。

しかし、誰もがみな変化への準備ができているというわけではない。『それでも夜は明ける』は二〇一三年のオスカーの九部門にノミネートされ、最優秀助演女優賞、最優秀脚色賞、最優秀作品賞を受賞した。

タイラー・ペリーの道徳性

タイラー・ペリーは道徳的な教訓を語るのが大好きだ。ペリーの映画も舞台も、彼の宇宙におけるユーモアを提供しているが、そのためにペリーがマデア（タイラー・ペリーが自作で扮する黒人老女キャラ）に女装しているのであれ、お金持ちの男がいかにして自分自身と他人に誠実になるかを学ぶのであれ、親密な友達の輪が結婚という試練をくぐり抜けるのであれ、そこには常に学ぶべき教訓があり、それは貞節、信頼、ちょっとした天罰によって後押しされる。タイラー・ペリーは、あらゆるものに神が宿るという彼の考えを私たちに信じさせかねない。

彼は二二歳のときから舞台と映画の脚本を書き続けてきた。ペリーの出発は華やかなものではなく、地元の劇場で最初の舞台を上演したが、それから一〇年も経たないうちに彼の作品はチトリン・サーキット（黒人の芸人が出演するバー、劇場）の呼び物となった。二〇〇五年、彼は最初の映画『ダイアリー・オブ・マッド・ブラック・ウーマン』の脚本および製作を手掛けた。以来、ペリーは売れっ子となり、彼の映画は総計五億ドル以上の収益をあげている。

ペリーの躍進はさまざまな理由において注目に値し、少なく見積もっても彼はハリウッドにおける真の力とは創造的仕事の完全な所有にあるということを理解している。ペリーは彼の映画で脚本を書き、監督し、制作し、ときには主演もする。いくつかのテレビ作品を制作中で、ライオンズゲート・フィルムと高額の配給契約を結んでいる。彼はタイラー・ペリー・スタジオを所有・経営しており、これは合衆国では珍しい黒人所有の制作スタジオだ。あのキングメーカー、オプラ・ウィンフリーと共同作業を行い、さらに大勢の影響力がある「重要な」人々を自分の仲間にしている。いろいろな意味で、タイラー・ペリーの勢いは止められない状態で、圧倒的に白人中心で排他的と悪名高い業界において黒人男性がこの類の成功を収めるというのは称賛に値する。私はこれ以上のことを言うことはできないが、しかしペリーの成功に励まされるという人もいるだろう。

ここで問題となるのは、タイラー・ペリーが彼の成功を、黒人女性と労働者階級の背中の上に築いていることだ。ペリーは自分の教えや主張のために彼らを利用する、もしくは彼らを彼のジョークの標的にすることがあまりにも多い。ペリー映画の多くで、女性は信用してはならない存在だ。女たちはこれらの映画の中で、虐待、中毒、不義などを理由にいつも罰せられる。彼の映画には「良い」女たちもいるが、たくさんの悪い女たちがいる――自分の人生や結婚に満たされず、充足を求めて罰される女性たち。暗黙のメッセージは、多くの場合、「すでに手にしているもので満足せよ」だ。

『テンプテーション』にはまあまあ才能ある出演者が揃っている。ジャーニー・スモレット・ベル、ランス・グロス、ヴァネッサ・ウィリアムス、ブランディ・ノーウッド、そしてなぜかキム・カーダシアン。彼女はこの映画でも予想に違わずひどい。ペリーは長年にわたる執筆、監督、舞台制作、映画とテレビの脚本を経て、ついに彼の作品の多くが陥っている凡庸さを乗り越えるのではないかという楽観主義から、この映画には強い期待が寄せられていた。

その通り、『テンプテーション』はペリーの映画の中で手のかかった部類の作品だが、これでは何も言ってないのと同じだ。この映画はやはり不安定な演技、奇妙な演出上の選択（例：ヴァネッサ・ウィリアムスの「フランス風」アクセント）、冴えない脚本、そしてずさんな編集によって潰されている。ある場面でランス・グロス演じるブライスは、「ジュディス」と何度も何度も声を枯らせて叫ぶ。私が観に行ったとき、そこにいた人はひとり残らず大声で笑いはじめた。そこは笑わせようとしている場面ではない。

つまりこれらは『テンプテーション』の厄介な部分のほんのさわりだということだ。

映画のはじめ、ある結婚カウンセラーが職業上の原則を無視し、自分の「妹」が浮気を考えているとクライアントに言う。ジュディスは夫のブライスと、ふたりともまだほんの子どもだった頃に恋に落ち、若くして結婚し、ワシントンＤＣに落ち着いている。彼女は高級志向の結婚相談所でカウンセラーとして働いており、ブライスは小さなドラッグストアの薬剤師だ。ふたりは地味なアパートに住み、地味だが良い関係にある。

私たちはジュディスが不満を抱いていると信じるものとされているが、夫が彼女の誕生日を二年連続で忘れたり、彼女が自分のカウンセリング事業を立ち上げられるようになるまであと一〇年か一五年かかるだろうと言われて口論になり意気消沈するまで、彼女の不満は決してはっきりとは表明されない。

そこへハーレイが登場する。ジュディスの上司ジャニスと提携について交渉中のハンサムな億万長者だ。最高に薄っぺらいやり口だが、ペリーはこのプロットをちょっとでも説得力のあるものにしようなんて思わない。ジュディスとハーレイが引かれ合うのは明白で、したがって誘惑がはじまるが、ジュディスはかなりの時間それを拒む。なぜなら彼女は結婚していて、「グッドガール」だからだ。この誘惑には、ほのめかし、花束、意味ありげなまなざしが含まれる。つまるところ、これは道徳劇なのだ。

そのうち、ハーレイはジュディスを「ビジネス」の口実でニューオーリンズへと飛ばす。いついかなるときも罪への入口であるプライベート・ジェットで。彼女の既婚者としての義務を忘れて、ふたりはこの街を楽しむ。帰りのフライトで、ジュディスはハーレイの口説きに率直にノーと言い彼を撃退しているにもかかわらず、このふたりはなんとかセックスのようなふりをしているがレイプに非常によく似ている行為に及ぶ。これがジュディスの終わりのはじまりだ。これがペリーの道徳物語のクライマックスだ。女、堕落せし者。

『テンプテーション』の結末で、ジュディスは容赦なく罰せられている。彼女はいわゆるこの世の地獄に身を落とし、挑発的な装いで、飲み過ぎ、仕事を辞め、彼女の母親、結婚、自分自身を軽んじている。彼女はハーレイに暴力的に殴られ、結局はブライスに助けられる――いい人、真っ当な夫に。いちばんひどいのは、ジュディスはＨＩＶに感染し、最終的に独り身の、傷ついた女性として力なく教会に通っている一方で、ブライスは美しい新妻と幼い息子と共にしあわせに暮らしているのだ。もちろん彼は、それでもなお元妻の薬剤師である。

この下劣な教訓の語られかたにはぞっとする要素がたくさんある。セクシュアリティ、合意、男性と女性の交わり、野心、幸福、そしてＨＩＶについてのぞっとするメッセージがたくさんある。

ペリーの映画のほとんどにおいて、自分の立ち位置に満足している善き黒人男性たちは、私たちみんながそこに方向を定めるべき倫理基準となる。ペリーはあなたに、地獄への道は個人的および職業的幸福で舗装されているものなのだと信じさせかねない。野心は危険で信じるべきものではないのだ、特に女性の場合は。

ペリーは労働者階級の人々をフェティッシュ化することへの磨き上げられたこだわりがある。それ自体には何の問題もなく、むしろ尊敬に値すると言っていいぐらいなのだが、彼の動機が不誠実なのだ。ペリーは何かを持ち上げるために別の何かを貶《おとし》め、人々が労働者階級でいることについて、そこに持つべきプライドがあるはずだと伝える代わりに、それ以上を求めることは悪であるかのようにほのめかす。ペリー映画でお金持ちがいつも悪者扱いされているのは、ペリーがその大部分を労働者階級の観客から集めてきた巨万の富のことを思うと皮肉な話だ。

ペリーの映画はたびたび、労働者階級のルーツへと立ち返ることによって真実、救済、謙虚が見出されるという病理的紋切型をなぞる。『ダイアリー・オブ・マッド・ブラック・ウーマン』で、お金持ちの弁護士チャールズは、一八年にわたって共に過ごした妻ヘレンを路上に捨て去る。ヘレンは労働者階級の家族の助けを得て、自立することを学ぶ。彼女はゆっくりと労働者階級の男性、オーランドと恋に落ちる。ペリーは主張をはっきりさせるためにキャラクターを罰するのが好きなので、チャールズは怒った依頼人に背中から撃たれ、愛人に捨てられて、ヘレンしか頼る人がいなくなる。ヘレンの優しさと神の慈しみを通じて、チャールズはふたたび歩けるようになり、彼は妻と復縁を望むものの、彼女は離婚を選びオーランドの元に走る。労働者階級の男性が全面的に勝利するのだ。

『ファミリー・ザット・プレイズ』で、野心的なアンドレアは現在の建設作業員の夫との暮らし以上のものを人生に切望している。彼女は裕福な上司ウィリアムと浮気し、自身の成功と不貞、両方の付属物を楽しむ。家族経営の事業などにまつわるたくさんの陰謀がある。結局、アンドレアは貧困のうちに息子とふたりきりでアパートに落ち着いている一方で、彼女の元夫は成功している。ふたたび、労働者階級の英雄が出現するのだ。

もっと最近のペリー作品の一本、『グッド・ディーズ』は、常に正しく自らに期待されるふるまいをしてきた、裕福なウェズリー・ディーズを追う。彼のビルの清掃をしているツキに見放されたシングルマザー、リンジーに出会った彼は、自分が人生にいま以上の何かを求めていることに気づきはじめる。多くの映画に見られる「マジカル・ニグロ」の修辞（『ヘルプ』を参照）に頼る代わりに、ペリーは「魔法《マジカル》の・生意気《サッシー》・メイド《メイド》」の修辞を利用する。しまいには、ウェズリーの裕福な母親はほとんど悪人で裕福な兄は怒りっぽいアルコール中毒患者だが、ウェズリーは仕事を辞めて富の危険から逃れ、リンジーと彼女の娘を伴って自分探しに行くことができる。行き先はもちろんアフリカだ。

ペリーは階級に強い関心を寄せているだけではない。女性の場合、セクシュアリティは慎み深く落ち着いていなければいけない。女性が夫と新しい体位を試してみるのは不適切だが、しかし男性なら、女性に対して求めるものを何でも手にして然るべきなのだ。ペリーはＨＩＶが単なる不貞と人間の弱さへの罰だとあなたに信じさせかねない。彼は無知に基づいた商売を陽気に続けている。それは彼が限られた想像力しかない小さな男だからだ。

現実から一歩離れるのも映画の喜びの一部だ。しかしながら、ペリーの最も重大な問題のひとつは、彼が芸術的利点のまったくないやりかたで、現実を自分の目的に合わせて完全にでっちあげていることだ。

『テンプテーション』での彼の選択の多くは、実際の現実とはあきらかに矛盾している。婚期はかつてないほどに遅くなっており、したがってジュディスとブライスが幼い子どもだった頃に出会い、愛し合い続け、一〇代で結婚し、両者とも学部および大学院教育を修了しているというフェアリーテールをペリーが構築するときは疑念を宙ぶらりんにしなければならない。二〇〇六年から二〇一〇年の全米家族成長調査で、初婚年齢の中央値は女性が二五・八歳、男性が二八・三歳という結果が出た。黒人女性が二五歳までに最初の結婚をしている可能性は最低だった。学士号を持つ女性が二五歳までに結婚している可能性も少ない。しかし疑念は、この若いカップルがしあわせに結婚していると想像できる程度に宙ぶらりんにしておこう。

またペリーは、『テンプテーション』の舞台を、離婚がよくあることというより例外である世界に設定してもいる。現実には、結婚はしょっちゅう終わるものだ。結婚の継続期間の統計はジュディスとブライスの味方ではないので、ジュディスは結婚に多くを求める罪人中の罪人である、あるいは結婚生活から出て行きたいと願うのはバカげているという考えが出てくるのだ。

それから、HIVが無神経に扱われている問題がある。まるで私たちがまだ一九八〇年代を生きているかのように、この病気についての深刻な無知でいっぱいだ。ペリーは彼の非常に狭く主観的な倫理観のためにHIVを臆面もなく利用しており、HIVに冒されるのは不自然に高い割合でペリーの観客の大部分を占める黒人女性たちだ。この客層への彼の仕打ちは許しがたい。

アメリカ疾病予防管理センターによれば、黒人女性が新たにHIVに感染する比率は白人女性の二〇倍だそうだ。推定で三二人にひとりの黒人（アフリカン・アメリカン）の女性が一生のうちにHIVと診断される可能性がある。ヒスパニック（ラテンアメリカ系）の女性は一〇六人にひとり、白人女性は五二六人にひとりだ。これは衝撃的な統計だ。HIVの予防、治療、そしてHIVを取り巻くスティグマは黒人コミュニティにとって重要な問題であり、批評的にも創造的にも関心を向けられて然るべきだ。この関心を扱うには、倫理と人間の品位が必要だ――どちらもタイラー・ペリーには通じるところのなさそうな概念である。私はペリーの作品群から、人間的経験のどの部分であれ彼に扱うことができるのだろうかと疑うようになった。

もちろん、疾病予防管理センターによれば、HIV罹患率は都市の貧困地区において世帯年収に反比例している。ジュディスとブライスの階層の女性がHIVに感染している確率は決して高くない。教育を受けていればいるほど、お金を稼いでいればいるほど、HIVを患う確率が低いことを統計は示している。タイラー・ペリーは、しょっちゅうそうするように、あらゆる正しくない表現を志向し、高い代償が要求されている。だからこそこの男は、まさしく求めるものを手に入れることができるのだ。

私が『ピープルズ』の試写会に行ったとき、そこでは黒い観衆が圧倒的多数を占めていた。彼の想定観客層と一緒にタイラー・ペリー制作の映画を観たのはこのときがはじめてだった。上映の一時間前、行列は映画館の外へと伸びて仮設駐車場まで入っていった――百人以上の人が入場を断られたのではないかと思う（そして彼らはペリーの最新作をものすごく観たがっており、不機嫌になっていた）。中に入れた人々はずっと喜びと感謝を口にしていた。

ペリーのメッセージにどれだけ問題があっても、彼の映画がどれだけお粗末に書かれ、演出され、制作されていても、彼は黒人たちに、自分たち自身に似た人々の姿を大小のスクリーンで目にする機会をもたらしている。良かれ悪しかれ、彼は黒いエンタテインメントの文化的砂漠におけるオアシスなのだ。

『ピープルズ』は、黒人女性ティナ・ゴードン・チズムが脚本と監督を手掛けている。彼女はニック・キャノンとゾーイ・サルダナ出演の評価の高い『ドラムライン』の脚本も書いている。『ピープルズ』にはさらにいい出演者が揃っている。クレイグ・ロビンソン、ケリー・ワシントン、デイヴィッド・アラン・グリア、S・エパサ・マーカーソン、ディアハン・キャロル、メルヴィン・ヴァン・ピーブルズ。ロビンソン演じる気さくな男ウェイド・ウォーカーは、同棲中の弁護士のガールフレンド、グレイス・ピープルズ（ワシントン）に、サグ・ハーバーにある家族の屋敷でサプライズを仕掛けるが、家族は彼の存在すら知らなかったことが判明する。大騒動が起こり、普段は猛烈に体面を保って家父長――グレイスの父、連邦判事ヴァージル・ピープルズ（グリア）――を喜ばせようとしている家族は、それぞれが本当の自分自身としてお互いに正直になっていく。『ピープルズ』はかなりいい映画だ。私たちはこれを全部前に観たことがあるのだけれど（基本的にこれは『ミート・ザ・ペアレンツ』だ）。言っておくが、傑作ではない。ペリー自身の映画の多くと同様、才能あるキャストはあまり中身のない役に押し込まれている。しかし彼らは与えられた素材で最善を尽くし、最初から最後まで楽しませてくれる。チズムの演出はしっかりしている。彼女はすばらしいキャラクターを書いたわけではないけれど、黒人文化に慣れ親しんでいる観客なら間違いなく楽しめる冴えたジョークを飛ばす。たとえばブラック・フラタニティ（黒人男子大学生組織）をうまく出してくるとか。

私は『ピープルズ』が、タイラー・ペリーが才能ある黒人を育む存在となるのを後押しするのではないかと期待していた。この映画は、もっとチズムの作品を観てみたい、脚本でも監督でも、と私に思わせた。そして私はいまでもこれがチズムの精力的なキャリアのはじまりとなることを望んでいる――そしてペリーが似たような機会を他の才能ある黒人アーティストたちに与えることを。

悲しいことに、『ピープルズ』はうけなかった。私はこの映画に大きな期待を寄せていた。いい映画ではないが、近頃公開される他のあらゆる映画と同じ程度にいいのは間違いなかったからだ。本作は公開週に、二〇〇〇以上の劇場にかかっていたにもかかわらず、興行収入はたったの四六〇万ドルだった。公開二週目はさらに不調で、わずか二一〇万ドルしか稼げなかった。『アイアンマン3』、『華麗なるギャツビー』、『スター・トレック イントゥ・ダークネス』などの夏のブロックバスターが続々公開された二〇一三年五月上旬は、おそらく『ピープルズ』のような映画には向いていなかったのだろう。しかしそれでも、この作品はもっとうまくいって然るべきだった。最低でも、夏の超大作の爆発的3DおよびCG山盛りの仰々しさに対抗する選択肢として、もっと推《お》されて然るべきだった。観客は「タイラー・ペリー・プレゼンツ」の印には動かされなかった。この興行成績上の失敗によって、映画館に足を運ぶ人々が求めているのは、普段ペリーが彼の観客に提供している露骨なドラマと厳しいメッセージか、または彼らを笑わせるマデアの戯画的表現であることが暗に示された。

これらのことすべてが私にふたたび考え直させた。ペリーは実のところいったい何に取り組んでいるのか、そして彼はなぜこんなにも人気があるのか。私はタイラー・ペリー映画が、その道徳性と女性に対する嘲笑にもかかわらず、ではなく、まさしくそれゆえに成功している可能性について考えねばならなかった。呑み込むには苦い薬だ。彼は自分の客を知っていて、まさに彼らが望むもの、彼らが期待するものを与えている。ペリーが観客の求めるもの――黒人男性および女性のカリカチュアと広範にわたる道徳的メッセージ――を彼らに与えないとき……そう、興行成績は嘘をつかない。

これはペリーについての批評的言説の多くでほのめかされている以上に複雑な問題である。その通り、タイラー・ペリーはすごくたくさんの理由で、深刻な問題をはらんだエンタテインメント業界人である。しかし。彼は観客に、彼らがものすごく求めているものを与えてもいるのだ。トッド・ギルクライストがムービーズ・ドットコムに書いた通り、「彼は、人間どうしの交流のありのままのリアルな瞬間を暴き、光をあてる。今日のフィルムメーカーが他に誰もやらないようなやりかたで」。たぶん私はペリーの映画を鑑賞し続けるだろう。なぜかといえば私だってそういう「ありのままのリアルな瞬間」の微かな輝きを見たいから。あるいは私は、いつか、彼がその持てる才能と責任にふさわしい黒人のための良質なアートを創り出すかもしれないという希望に頑固にしがみついている。たとえそこで課される責任がどれだけ不条理なものであろうとも。私はもっと多様な経験が現代エンタテインメント上で表現されることを切望しているのだ。私たちはまだほとんど何も手にしていないというのに、それが何もないよりはましというのは切ないものだ。

ある若き黒人男性の最期の日

シカゴでの『フルートベール駅で』の先行上映に足を運んだとき、開始の三時間前にはすでに熱心なファンの行列がシネコンを貫いて伸びていた。多くはドレスアップして、髪も整え、顔もきまっている――つまり、メイクは完璧に施されていた。監督兼脚本のライアン・クーグラーと出演者のオクタヴィア・スペンサーとマイケル・B・ジョーダンが上映後のトークに出ることになっていた。ジェシー・ジャクソン師が二〇一三年のサンダンス映画祭でグランプリを受賞したこの作品と俳優たちを紹介し、映画の主題を「リアルタイムのトレイヴォン・マーティン」（二〇一二年二月、フロリダ州サンフォードで一七歳の黒人の高校生トレイヴォン・マーティンをヒスパニック系の混血の自警団員ジョージ・ジマーマンが射殺した）と言って、盛大なコール・アンド・レスポンスを引き起こした。

現代黒人映画は本来そうあるべき力強さにはほど遠い。クーグラーの『フルートベール駅で』のように、将来有望な黒人脚本家・監督の映画が公開される際、黒人の観客は、自分たちはついに上質の脚本、演技、監督、プロデュースの映画を楽しめるのだろうか、と興味を抱く。もちろんそれはあらゆる映画にとっての幻の聖杯であるが、しかし大部分の黒人映画が提供しているものに関しては、特に手の届かない目標であるように感じられる。大まかに言って、現代黒人映画を分類してみると、『ソウル・プレイン／ファンキーで行こう！』のような安っぽいコメディか、よくエディ・マーフィとアイス・キューブが出ている心あたたまるファミリー映画か、大きな人種関連の問題に取り組む意識向上映画か、そしてもちろん、タイラー・ペリー作品になる。ほとんどの黒人映画には良かれ悪しかれ期待の重荷が課され、みんなのためのすべてにならなくてはいけないのだ。私たちはあまりにも少ない選択肢から選ばねばならないからだ。

言ってみれば、『フルートベール駅で』のような悪名高い警察の暴力事件についての映画はあらかじめ困難な対話に足を踏み入れている。二〇〇九年の元日、ベイエリア高速鉄道（ＢＡＲＴ）の警察官ヨハネス・メーサラルは、オークランドのラテン系人口の多いフルートベール地区にある駅で勤務中に、サンフランシスコで友達と新年を祝ったあとにオークランドに帰ってきたオスカー・グラントを、背中から射殺した。この夜、ＢＡＲＴの交通警察は喧嘩の通報に応じてグラントと彼の友達何人かを列車から降ろしていた。次に何が起こったかについてはさまざまな証言があるが、事態はすぐにエスカレートした。

居合わせた人々は事件の動画と写真をいくつも撮影し、こうしたグラントの死の記録はすぐさまネットで広まった。オークランドの住人たちは夜通し目を光らせて暴動を起こし、苦境に置かれ長きにわたって爆発寸前だったこの街の黒人青年たちの激しい怒りが解き放たれた。抗議は、一部、暴力的なものも含め、一年以上にわたって続くことになった。それから四年後、グラントの死のデジタル上の痕跡はインターネットのあちこちに残り、証言を続けている。

『フルートベール駅で』はオスカー（マイケル・B・ジョーダン）と彼のガールフレンド、ソフィーナ（メロニー・ディアス）が、お互いの新年の誓いについて話しているところからはじまる。それから映画は午前二時一五分、ほとんど誰もいない駅にジャンプする。オスカーと友達の集団は地面に座らされている。警官が彼らを囲み、青年たちと警官たち、両方が叫んでいる。携帯電話からの記録映像は粗く揺れているが、そこで何が起こっているのかにあいまいな部分はない。

映画の残りは、その瞬間に至るまでの出来事を時系列で辿る。オスカーは過去に問題があったがいまは正しい道を進んでいる魅力的な青年として描かれる。ドラッグ売買で二度にわたり刑務所に入ったのち、彼はソフィーナとやりなおすために働いている。彼は愛情いっぱいに彼女の娘タチアナの面倒を見て、自分の母親ワンダ（オクタヴィア・スペンサー）にとって良き息子であろうとしている。都市部の若い黒人男性が持つ限られた選択肢についての映画として、『フルートベール駅で』はこれらの男性たちの多くが採用せざるを得ない複数のアイデンティティを掘り下げてもいる。オスカーはコードスイッチングの名人だ――母親といるときの彼はガールフレンドと子どもといるときの彼とは違い、友達といる彼、刑務所での彼も違う。ベイエリア出身のクーグラー監督が、「生き続けるためには、君はしばしば違う人にならなければいけない」と言っている通り。

オスカーがタチアナを保育園に迎えに行き、競走して車に戻るとき、ふたりの体は喜びにあふれて、まるで彼らが感情を追い越そうとしているかのようだ。テレビドラマ『ザ・ワイヤー』の一六歳のドラッグ・ディーラー役と、『フライデー・ナイト・ライツ』の高校生クォーターバックの役でよく知られている俳優マイケル・B・ジョーダンは、その喜びを顔からかかとの蹴りに至るまで表現する。ディアスと一緒のシーンでは、ジョーダンは人生の春にある若い男性の生の魅力を発揮する――ゆっくりとした語り、セクシーな微笑み、引き締まった肉体。また、オスカーがソフィーナに職を失ったと告白する場面、刑務所で母親にひとりにしないでくれと懇願する場面では、彼は開かれた心と傷つきやすさも伝える。

オクタヴィア・スペンサー演じるワンダは、この映画の倫理の中心だ。彼女は、人を育む厳しい愛、母親の小さなこだわりを体現している。彼女は運転しながら携帯電話で話すオスカーを叱り、電車で帰宅するよう言い聞かせる。そうすれば飲酒運転をしなくて済むからだ。強烈なフラッシュバックの場面で、ワンダは刑務所にオスカーを訪れる。制服姿の彼は、慣れ親しんだ顔を見て興奮する。ワンダは愛情深いけれどうんざりしていて、できるかぎり普段通りでいようと努める。彼女との面会中、オスカーは他の収容者との口論に引き込まれ、彼が背中を押されれば攻撃的で反抗的な男にもなれることがあきらかになる。ワンダは彼を落ち着かせようとする。しかし事態は行き過ぎて、彼はふたつの世界を横断せざるを得なくなり、ふたたび腰を下ろしたとき彼の体にはフラストレーションが渦巻く。ワンダはオスカーにもう会いに来ないと告げる。スペンサーはこの瞬間を、騒ぎにせず静かなコントロールと決意を持って扱い、悲痛な思いを呼ぶ。

オスカーが妹の代わりに誕生日カードを買いに行くところなど、愉快な場面もある。妹が「べからず」をはっきり説明しているにもかかわらず、オスカーは白人が正面に印刷されたカードを手に入れる。こうした瞬間はオスカーに人間味を与えるだけでなく、観客が笑い、息つくことを許す。私たちにはそれが必要だ。

オスカー・グラントが何者だったのか、彼に終わりが訪れたときに悼《いた》むべき人物であるということを私たちに伝えるのに、クーグラー監督には映画の上映時間――この場合は九〇分――しかない。彼はグラントが最期の日にどこで何をしていたのか詳細な調査を行い、家族と密に共同作業を行うことで彼らの危惧を乗り越えた。ある予言的な場面で、オスカーは車に衝突されて血を流した犬をいたわり、寂しく死ぬことのないよう優しい言葉を囁く。オスカーは食料雑貨店で母親にカニを買うが、肉売り場の若い女性は魚をフライにしたいがどうやったらいいのかわからないでいる。オスカーは電話口に祖母のボニーを呼び出し、彼女にやりかたを教えさせる。夜半を過ぎたサンフランシスコの路上でお祭り騒ぎをする人たちに囲まれたオスカーと友人たちは、店を閉めている店主に、彼らのガールフレンドたちと彼らの知らないカップルの妊娠した妻にトイレを使わせてほしいと説得する。男たちは見知らぬ人どうしの友愛を楽しみ、私たちはオスカーが、彼自身がそこに含まれることはない未来の計画を立てるのを目にする。

ときにクーグラーの選択は感傷的すれすれだが、人を操作するものではない。彼がグラントの物語に力を注いだことは明白だ。オスカーが携帯電話を使っているときにテキストメッセージと番号が重ねられるなど、演出上安っぽい選択はある。傷があるのが細部だというのは、映画全体のすばらしさの証明だ。

『フルートベール駅で』は怒りの映画にもなりえたはずだが、しかしクーグラーは、親密な、ときにいきいきと活力にあふれた人物像を作りあげた。これはよく考えられた選択で、助演のオクタヴィア・スペンサーは、上映後のQ&Aでこう述べた。「行動のない怒りは暴動へとつながります。それがこの映画と関連づけられる最適の感情であるかどうかは私にはわかりません」。とはいえ、この映画がどうやって作られることになったのかを考えるとき、いくらかの怒りに身を任せずにいるのは難しい。

クーグラーは、「グラントの殺人はオークランドの人々が人種問題について楽観的だったときに起こった」と記した。その楽観は一晩のうちに奪い去られてしまった。カリフォルニア州で八番目に大きな都市であるオークランドは、若い黒人男性にとっては特に厳しい場所だ。オークランド合同学区アフリカン・アメリカン男性アチーヴメント事務所の二〇一一年六月の報告によれば、「オークランドでは、近年における一部地域での改善にもかかわらず、アフリカン・アメリカンの男子学生はあらゆる人口グループの中で最悪の結果を出している」

学校教育システムの外の世界も、統計的に見て心の慰めにはならない。NAACP（全米黒人地位向上協会）によれば、刑務所に収容されている二三〇万人のアメリカ人のうち一〇〇万人はアフリカン・アメリカンだそうだ。さらに人種別の格差は、刑期の長さや釈放後に服役経験から受ける影響にも跡を残し続けている。こうした制度上の偏見が、若い黒人男性がいかにして成功を収めるかを思い描くことを困難にしている。あるいはこの映画でオスカーが言うように、失敗の連続にくじけ、「俺は疲れた。やり直せると思ったのに、クソはどうにもならない」ということなのか。

何年も何年も私たちはこれらの統計とそのありえなさについて議論してきた。何年も何年も、こうした統計を使って、いかに「クソはどうにもならない」かを示すべく、私たちは同じ物語を語っている。しかし、彼らを数字として捉えている限り、若い黒人男性たちが何に直面しているのかを正確に思い描くのは難しい。一部の統計はあまりに大きく広まって、すでに神話となっている。たとえば、世間でたびたび言われている「事実」に、刑務所に入る黒人男性は大学に入学する黒人男性より多いという話がある。ハワード大学のアイヴォリー・A・トールドソン教授は、「ザ・ルート」に寄稿した黒人の教育についての一連の記事で、「今日、大学に通う黒人男性の人数は刑務所にいる黒人男性より推定六〇万人は多く、適切な調査の結果は、この説が最初から決して真実ではないことを示している」と反論した。このオークランドおよびアメリカ合衆国の黒人男性についての統計の背後には、社会によってだめにさせられた男性たちがいる。これらの統計は、よく考えることなしに持ち出された場合、対話を進めるあたってほとんど役に立たない。そしてトールドソンが指摘した通り、よく調査されないまま広まった場合には、対話を歪ませる。

この文脈において、『フルートベール駅で』はオスカー・グラントをひとりの男性として扱っており、説得力がある。家族を支えるためにドラッグを売るべきか否か決めるよう迫られ、オスカーは私たちが正しい選択であれと望む通り、大量のマリファナを湾に投げ捨てる。彼はクビになった地元の食料雑貨店の仕事に戻ろうとする。彼の選択肢は極めて限られているだけでなく、彼の学習曲線は急勾配だ。間違いをする余地はないに等しい。一部の若い黒人男性にとっては、間違いをする余地はまったくないのだ。

この現実の描写は、クーグラーにとって最優先するべき狙いだった。曰く、「僕たちは（ベイエリアにおける）生活の大きな喪失に苦しんでおり、こうした問題の根は、若い黒人男性の悪魔化（人間離れした悪者のように捉え、示すことをいう）にある」からだ。現代黒人映画が若い黒人男性の悪魔化に終わりをもたらすことはないだろうが、『フルートベール駅で』のような映画は、物事の因果関係についての必要な見識を私たちに差し出す。

黒人映画が興行成績でつまずくと、しばしば誰が最初に「だから私たちはいいものを手にできないのだ」と言うかの競争になる。たとえばジョージ・ルーカス製作、アンソニー・ヘミングウェイ監督の『レッド・テイルズ』の場合。国内で五〇〇〇万ドルに届かない程度しか収益をあげなかった。

この映画が公開されたときのインタビューで、このプロジェクトが大々的にスタートを切るよう私費を投じたルーカスは、ありていに言えば、映画に行く大衆にはこの映画を観る義務があると主張した。「USAトゥデイ」のインタビューで、ルーカスは「偶然わかったんだが、自分はいまや黒人映画コミュニティを危機に晒《さら》している（典型的なオール黒人作品の予算を大幅に超えた、制作費五八〇〇万ドルの『レッド・テイルズ』で）。つまり言いたいのは、もしこれがうまくいかなかったら、しばらくのあいだ君はそこに居続けることになる可能性が高いってことだ。君たちが

〔低予算の〕枠組を壊して出て行くのはもっと難しくなるだろう」。ルーカスの発言は尊大かつ大げさだが、しかし彼は不愉快な真実を突いてもいる。黒人映画が制作されるたび、それは成功しなければならない。さもなくばあとに続く映画たちに悪影響を与えることになる。しかしながら『フルートベール駅で』は、黒人映画の商業的な可能性と芸術的な見込みの両方をよく表していた。興行成績の初動はすばらしかった。公開週の週末、『フルートベール駅で』は三七万七二八五ドル、スクリーン平均五万三八九八ドルの好成績で、そのまま劇場公開期間に国内で一六〇〇万ドル以上の収益をあげた。映画のクオリティそれ自体も、今後より幅広い良質な黒人映画が制作され、私たちはもっと複雑な味わいを持って描かれる黒人たちの姿を見ることになるだろうという希望をもたらした。

映画は重要だ。だがしかし、そこにはこの痛ましい現実がある。『フルートベール駅で』で、オスカーはガールフレンドや家族にさよならを言うたびに、「愛してる」と言い添える。都市部の若者の多くがこうしている、なぜなら彼らは「家を離れるたびに、もう戻って来られないかもしれないと知っているから」だと、クーグラーは述べた。なんとぞっとする重荷だろう。そして、この事実も。オスカー・グラントは殺されたとき二二歳だった。ヨハネス・メーサラルは、二年の刑期のうちたった一年を務めたあと、二〇一一年六月一三日に刑務所から釈放された。

「より小さなことは、より大きなこと」であるとき

私はテレビドラマ『オレンジ・イズ・ニュー・ブラック』が好きに違いないと、インターネットが私に言う。この番組はなかなかよく書けており、「興味深い」設定で、キャストは多様だ。誰かがこの番組の多様性を称賛するのを見て見ぬふりをすることはできない。『オレンジ・イズ・ニュー・ブラック』はすごく、すごく人種的多様性がある。ご存じ？

私は、私が『レッド・テイルズ』あるいは『大統領の執事の涙』あるいは『42～世界を変えた男～』を愛さなければいけない（しかし愛さない）のと同じ理由で、『オレンジ・イズ・ニュー・ブラック』を愛さねばならない。ここに私のような見た目をした人々についての大衆文化がある。これぞ私が求めているもの、そうじゃない？　またまた、有色人種はテーブルの上の食べ残しをありがたがるべきだとされる。私たちは、特定の映画またはテレビ番組を、単純にそれらが存在するというだけの理由で楽しむに違いないとされる、奇妙な結びつきが存在する。

評論家の反応は圧倒的に良好だ。「ニューヨーカー」のテレビ評論家、エミリー・ナスバウムは、「賢く、気が利いていて、強力なこのシリーズはどぎつい大人向けケーブルドラマの伝統に直接に連なっている。ビバリーヒルズのプールサイドで売り込もうとしていたら、これを『OZ／オズ』

と『Lの世界』の非摘出子と呼ぶかもしれない」。この説明は完璧だ——ここでは気概と心痛のバランスが魅力とメロドラマのソープオペラ的とんでもなさの美点によって調整されている。この番組が配信されているのは会員制サービスのネットフリックスのみであることを考えると、『オレンジ・イズ・ニュー・ブラック』が文化的対話に残り続けているパワーはたいしたものだ。

ところで、この番組は際立って多様だってことをご存じ?

私は『オレンジ・イズ・ニュー・ブラック』を見るのを途中でやめた。なぜなら私は原作の回顧録を読み、それはいい内容で、番組を見る必要はあまりないと感じられたからだ。エピソードを次から次へ追いかけたいとは決して思わなかったし、終わりに近づくにつれシーズンを完走するのは退屈な作業のように感じられてきた。

優れた部分があることは疑いの余地がない。私は何人かのキャラクターを少しずつ知っていくのを楽しんだ。セクシュアリティは興味深く、多くの場合、微妙な意味合いに富んだやりかたで示されている。少なくとも収監されている白人女性に関しては。世界中の読書オタク《ワード・ナード》を喜ばせる、ニコルソン・ベイカーへの驚くべき言及もある。女性たちがコミュニティを築きつながりを探し求める様は、人々が生き残るために何を必要とするかについての説得力のある洞察を提供する。

妻と子のいるトランスジェンダーの女性ソフィア・バーセットを演じるラバーン・コックスはどう見てもすばらしい。このディテールこそが『オレンジ・イズ・ニュー・ブラック』を腹立たしいのと同じ程度に良いものにしている。バーセットの物語はオリジナルで新鮮だ。コックスと、バーセットの妻クリスタルを演じるターニャ・ライトは、親密で、ほろ苦く、正直な、美しく演じられたシーンを作りあげた。彼女たちのストーリーラインは、この番組において他のテレビとはまったく似ていない唯一のものであり、その売り文句に値する唯一の要素だ。『オレンジ・イズ・ニュー・ブラック』が実際その熱狂的な大評判から期待される良さに到底届いていないことは腹立たしい。クリエイターのジェンジ・コーハンは、卓越性にも凡庸性にもしっかり結びつくことができない。その代わり、彼女は両方のあいだの極細の線に沿って踊る。

この番組が真にオリジナルかつ優れたものになれるチャンスはたくさんあるのに、大幅に外してばかりいる。ミス・クローデットというハイチ系の登場人物が存在し、それはかなり珍しいことだが、しかし彼女のアクセントはちぐはぐで、奇妙で、ハイチ風のアクセントと似ているところはまったくない。彼女はハイチ系の女性に見えすらしないのだ。もしかしたら、この件については、自分がハイチ系アメリカ人だということで私の見方は偏っているかもしれない。別の収監者、クレイジー・アイズは、キャラクター以上にカリカチュアだ。彼女は主人公パイパーに執着する。彼女の熱中は笑えるものとされる。なぜなら、狂った人々は、おそらく、笑えるものだから。公正を期して言えば、彼女のキャラクターはシーズンが進むにつれもっとよく深められていくのだが、しかし初期の段階は雑だ。あるシーンで、クレイジー・アイズはパイパーの寝台のすぐ脇におしっこをし、彼女の狂った白目が暗闇に光る。私は笑った。なぜならクレイジー・アイズは楽しく、才能豊かなウゾ・アデューバが彼女の役を最大限に活かしているからだ。しかしながら、この楽しみは罪悪感が伴うものだ。なぜなら私は楽しみのためにどれだけの騎士道的尊厳が犠牲にされるか、十分すぎるほど知っているからだ。

演じるテイラー・シリングに罪はないとはいえ、パイパーは作中で最も面白みのない人間だ。なぜかといえば『オレンジ・イズ・ニュー・ブラック』は、まず第一に丹精込めて作りあげられた白人女子問題《ホワイト・ガール・プロブレム》のモニュメントだからだ。もちろんパイパーは自分の収監の現実を受け入れるにあたって苦しむ。彼女の苦境がどんなものかを示す、深く心を打つシーンがある。彼女は皮肉な感性を持ち、それはうまく表現される。それでもなお、この番組の多様な登場人物たちはパイパーの太陽の軌道を回る惑星であるかのように扱われているということを無視することはできない。有色人種の女性たちは彼女たち自身の太陽系に居住する特権を手にしていないのだ。これが近頃、多様性と考えられているものなのだ。

『オレンジ・イズ・ニュー・ブラック』は、パイパー・カーマンの回顧録を原作にしている。この素材は、恵まれた白人女性が刑期を務めることについての話だ。この番組はそれ以外の何かになることはできないし、それで構わない。不幸なことに私たちは今後も、有色人種の女性がストレンジな国のストレンジャーとして収監されて動揺する、これと似たような番組を目にすることは決してないだろう。有色人種の女性と服役についての支配的な物語に対抗するように書いてみせる誰かを目にすることは決してないだろう。

また、クリエイターのコーハンが安易な選択の代わりに良い選択をしたこと、大幅に遅すぎる選択をしたことを祝福するのを強いられる不愉快な感覚もある。実際『オレンジ・イズ・ニュー・ブラック』の多様性はあまりに浅く、建前だけにもかかわらず、私たちは多様なアクターたちがついに彼らの技能を見せる機会が増えたことを「ありがたく」思わなければならないのだ。「ザ・ネイション」で、オーラ・ボガードはこう記している。

ほとんど例外なく、私は著しく人種差別的な比喩を目にした。黒人女性たちは、フライドチキンを熱狂的に信奉するのはさておき、猿たちとかクレイジー・アイズとか呼ばれる。白人看守の性的関心のために娘と共謀するプエルトリコ系の母親。決して口をきかないアジア系の女性。そして自分のヴァギナを撮影するためにトイレの一室にこもる狂ったラテン系……

まるでご馳走を想像してみたら飢饉があったようなものだ。

大衆文化が白人でもミドルクラスでも金持ちでも異性愛者でもない人々の経験を取り上げてくださる場合にありがたく思わなければいけないと感じるのはもううんざりだ。極端な例にうんざりだ。

こうした極端に陥ることのない映画や番組はほとんどないが、ありがたいことにそういう作品――『ザ・ゲーム』、『グレイズ・アナトミー』、『スキャンダル』、『ワン・オン・ワン ファイナル・ゲーム』、『ベストマン』、『ジャンピング・ザ・ブルーム〜恋と嵐と結婚式〜』、『ピープルズ』

――は良いもので、常にすばらしいとは限らないが、十分に手が届く。私たちにはより多くが必要だ。私たちには、人々がいかに違うかだけでなく、いかに似通っているかも示すポップカルチャーが必要なのだ。

ナスバウムはレビューで、この番組が「さまざまな女性と女性の力関係というものに関して、他のどの番組よりも賢く複雑に描いている」とも言っている。彼女は正しい。主流を外れた人々の描写に関して評価基準はとても低く、「賢く複雑」というのは実際よりも確かにその通りに見える。なぜ私たちはいまだに『オレンジ・イズ・ニュー・ブラック』について話し続けているのか？ この会話は私たちがいかに和解を強いられているか、あるいは、もしかしたら、私たちがどれだけ和解したいと望んでいるかの表れなのかもしれない。

政治、ジェンダー、人種

Politics, Gender & Race

「尊敬され力」の政治学

黒人のふるまいが世の中で支配的な「黒人はこうあるべき」の文化的理想像にあてはまらなかったとき、ありとあらゆる種類の面倒が発生する。彼または彼女の黒人性は信頼に値するものなのか即座に疑いをかけられてしまう。私たちは黒くなければいけないが黒すぎてもいけなくて、下品すぎてはいけないしお高く止まりすぎていてもいけない。黒人がどのように考え行動しふるまうべきかに関してはあらゆる種類の暗黙のルールが存在し、またそのルールは常に変わり続けている。

私たちはあらゆる人々を、彼らが誰でどうあるべきか、どう考えるべきか、そして何を言うべきかについての暗黙のルールに縛りつける。自分はステレオタイプが嫌いだと言うが、誰かがそれらのステレオタイプから逸脱すると問題視する。男は泣かない。フェミニストは脚を剃らない。南部人は人種差別主義者。誰もがみなある種のルール違反者であり、それこそが人間であることの美徳なのだが、どうしたことか私たちはルールが違反されるのを嫌がるのだ。

黒人は、とりわけ理不尽な基準に結びつけられてきたように思われることが多い。有名人というものには、黒人はどうあるべきか、どうふるまうべきかの行動原則を押しつけたがる困った習性がある。そういう人物のひとりがビル・コスビーだ。コスビーは「ニューヨーク・ポスト」の記事で、黒人コミュニティ最大の問題のひとつは無関心《アパシー》であるとした。もし私たちが自分たち自身と自分たちのコミュニティを十分に気にかけさえすれば、人種差別の影響に苦しむ必要のない神聖な場所へと到達するだろう。近年の人種問題についてのコスビーの意見の大部分は、以下のように要約できるかもしれない。「もし私たちが正しく行動すれば、私たちは最終的には白人たちに愛されるのに十分なぐらい善き存在となれるだろう」

CNNのアンカーのドン・レモンは、黒人コミュニティに向けて、人種差別を克服するための五つの提案を投げかけた。黒人はNワードの使用をやめるべき、黒人は街を散らかすのをやめて自分たちのコミュニティをリスペクトするべき、黒人は学校に通い続けるべき、黒人は婚外子をもっと減らすべき、そして、最も謎なのが、若い黒人男性たちはパンツを引き上げるべき。またレモンは、自分は白人コミュニティでは人々がゴミをポイ捨てするのを滅多に見ない、と事例証拠を挙げた。それから彼は、そこにあるのが当然とされている同性愛嫌悪を悪用し、パンツを腰履きするスタイルについて、「事実、それは刑務所に由来している。彼らは攻撃に使えないように収監者からベルトを没収するんだ。そこから、刑務所での男と男のセックスにあたってそれぞれがどちらの役をするかに発展した」と説明する。レモンの議論で暗黙のうちに示されているのは、白人で異性愛者の男性こそが、私たち全員が目指すべき文化的理想だということだ――これはレモンの興味深い見解である。

コスビー、レモン、そして彼らと似たような意見を持っている人々は、善意から出発している

(と私は信じたい)。彼らの提案は、ある程度は理に適っており、だいたいが常識に根差しているが、しかしこれらのリーダーたちは、「尊敬され力《リスペクタビリティ》」の政治学《・ポリティクス》を不正に利用している——もし黒人たち(あるいは他の周縁化された人々)が「文化的に認められる」ふるまいをしさえすれば、もし私たちが支配的な文化を真似してそれをなぞれば、もう人種差別の影響に苦しむ事態は起こりにくくなるだろう、という考えかただ。

しかし私たちはそういう世界に生きてはいないし、抑圧を終わらせる責任を担うのが抑圧されている側だけであるかのように言うのは危険である。リスペクタビリティ・ポリティクスは、私たちには模範的(読み:白人のような)市民になる道があると提言する。私たちは常に前より良くなることができるが、しかし理想的な姿になれるのだろうか? そもそも私たちは理想の存在になりたいのか、それとももっと気持ちよく人間的になる道があるのだろうか?

たとえば、ドン・レモンのような人物の場合。彼は黒人男性で、シングルマザーに育てられ、現在は大きなテレビのニュース番組ネットワークの成功したアンカーだ。彼の見解は、もし自分にできるのなら他の誰にだってできるはず、という考えかたから出てきているように見える。これこそリスペクタビリティ・ポリティクスを信じる人々の精神だ。彼らは成功を実現したのだから、何らかのかたちで人種差別または他の種類の差別の影響を超越したのだから、他のすべての人にも同じことができて然るべきなのだ。

だが実際のところ、彼らはハシゴを昇ってガラスの天井を打ち砕いたが、どうやら他の人々も昇れるようにそのハシゴを伸ばして届かせることには興味がない様子だ。彼らは、自分がいかにして成功に至ったのか詳細な青写真を提供することには興味がない。制度的な問題が解決されるまでは成功のための青写真なんてありえないとは考えたくないのだ。本当の前進がなされるためには、レモンやコスビーのようなリーダーたちは少なくとも現実を認める必要がある。

リスペクタビリティ・ポリティクスは人種差別を終わらせるための解答ではない。人種差別は、きちんとしているかどうか、富、教育、地位を問わずに存在する。オプラ・ウィンフリーは世界で最も裕福な人のひとりであり、間違いなく世界で最も裕福な黒人女性だが、いまなお彼女が日常直面し続けている人種差別についてあけすけに語っている。二〇一三年七月、ティナ・ターナーの結婚式に出席するためにチューリッヒに滞在していたとき、ブティック「トロワ・ポム」で、ある鞄に興味を持った彼女は、それはあなたには高価すぎると店員に言われた。オプラが腹立たしいほど高額の鞄を買うのを阻まれたからといって、私たちが彼女のために泣く必要はない。しかし私たちはこの出来事を、ここアメリカ合衆国だろうと世界のどこだろうと、人種差別は依然として広く行き渡って害を及ぼしており、私たちが十分に尊敬できる人間になることで人種差別を超越するなんてことはありえない、と思い知らされる話として理解することができる。

私たちはわずかな例外、状況を超越してみせたあの明るく輝く星たちを指し示すのをやめるべきだ。システムの変革を要求しないまま最も偉大な人々を盲目的に崇め、真似ようと試みるのにすべての時間を費やすのではなく、どうしたら最も小さな存在を効果的にサポートすることができるかに目を向けなければならない。

二〇一三年七月、オバマ大統領は人種問題についての歴史的スピーチを行った。彼の発言は、間違いなく、この件についてこれまで大統領がした中で最もきっぱりした発言だった。自身の人種差別体験を語るのに加え、彼は私たちがどうやって合衆国における人種関係を改善していくかについての提案を行ったのだ——人種プロファイリングの廃止、トレイヴォン・マーティンの殺人のような悲劇につながる可能性のある州法や現地法の見直し、そして黒人少年たちを支援するためのもっと効果的な方策をみつけること。これらの提案はやや漠然としすぎているが（そして黒人少女たちは、まるでサポートを必要としていないかのように忘れ去られてしまっているようだ）、しかし少なくともオバマのアイデアは、変化を目指す責任は私たちみんなにあるとした。私たちは、結局のところ、分かたれることのないひとつの国家ということになっているのだ。私たちがそんな風に行動すれば、もしかしたら本当に世の中に変化をもたらすことができるかもしれない。

ツイッターがジャーナリズムには不可能なことをするとき

二〇一三年六月二五日、テキサス州上院議員ウェンディ・デイヴィスは、食べものも飲みものも口にせず、休憩なしで、寄りかかるものもなく、トイレを利用するのも不可能な状態で、地続きのアメリカ合衆国で最大の州であるテキサス州で中絶手術を行っている四二の医院のうち三七の閉鎖につながる法案である上院法案五号の通過を阻止すべく、一三時間近くに及ぶ議事妨害《フィリバスター》を行った。興味を持った国中の、否、世界中の人々がこのフィリバスターと、それを止めようとする人々の政治的戦術をYouTubeのライブストリーミングで見ることができた——視聴者数は、一時は一八万人を超えた。

このフィリバスターは魅惑的なスペクタクルで、私は数時間にわたって心を奪われた。ツイッターでは、象徴的なものではあるが、人々はデイヴィス上院議員の努力への支援を申し出ることができた。そこにはコミュニティの感覚が存在していた。彼女の猛烈な抗議に何時間ものめり込んだ末、私はちょっとふざけてデイヴィス上院議員の完璧な髪について発言せずにはいられなかった。

真夜中近く、デイヴィスの努力を挫折させるべく激しくも党派的な努力がなされたあと、傍聴席の群衆が感極まって叫び応援の声をあげはじめ、この上院議員にあなたはたったひとりでそこに立っているわけではないと知らせた。それは自分たちにできる唯一の方法、彼女たちの声で生殖の自由のために戦っている女性たちの音だった。自分の中に眠っていたことにすら気づいていなかった何かが目覚めた。

そして、この一連の驚くべき出来事をこんなにも大勢の人がYouTubeのライブストリーミングで見ていたのはどうしてだろう？　大手のニュース放送ネットワークは、ただのひとつも、フィリバスターの最後の数時間を中継も報道もしていなかったからだ。新旧のメディアを隔てる溝はかつてないほどに広がった。

しかしながら、この話のはじまりはここではない。

テキサスで起こっていることについて私が知るようになったのは、何週間にもわたってこの法案についての情報をシェアし続けていたテキサスのアクティヴィスト、ジェシカ・W・ルーサー（@scATX）の努力と途方もない気力のおかげだった。私は彼女を個人的に知っているわけではないが、しかし私たちはオンラインでつながった。白状しよう——最初、私はテキサスで何が起こっているのかさっぱりわかっていなかった。「私にはこの件を気にかける元気はない」と思ったことも何度かあった。

しかしルーサーはこれに身を捧げ、あふれる情熱と豊かな情報を示したので、私は気にかけはじめた。注意を向けはじめた。彼女がシェアする記事と論説を読み、危機に瀕しているのはテキサスの女性だけでなくアメリカのすべての女性だということを理解しはじめた。私は、変革はときに声をあげるたったひとりの人間からはじまるものだということに気づかされた。

そうして私は、州議会上院のフィリバスターのYouTubeの生中継を見ていた。まさか自分がそんなことをするとは決して思っていなかった行動だ。

ソーシャルメディアは興味深い。一方では、それは友達、家族、見知らぬ人の日常生活のささいな物事の終わりなきパレードを提供する――ヨーグルトの好みについての議論、ラテの泡にバリスタが施すデコレーション、絶品の食事の描写、ペットや小さな子どもの写真、または人の行き交う街角に打ち棄てられた安楽椅子の写真とか。そこにはあらゆるかたちの自己宣伝と容赦ない断言がある。お決まりのお粗末な反応も、そう、あらゆることに対して来る。ありあまるほどのささいなことは不気味なのと同時に催眠作用がある。

しかし、時としてソーシャルメディアは決してささいなことではなくなる。ハリケーン・サンディの最中、東部の公務員たちはソーシャルメディアのおかげで利用可能な物資と避難経路の情報を広め、この嵐についての最新情報を提供することができた。コミュニティの構成員たちはソーシャルメディアのおかげで小さな草の根のネットワークを通して情報と助力と人間どうしのつながりを差し出すことができた。もちろんすべてを台無しにするハエもいて、倫理観に問題のある人々が噂を広め、驚異的なスピードで詐欺的な企みを進めはじめるのだが、しかしだいたいのところは、ソーシャルメディアは何らかの善行を成し遂げるために使われた。

近頃では、私が重要な事件を最初に知るのはいつもツイッターを介してだ――コロラド州オーロラでの真夜中の銃乱射事件、サンディ・フック小学校の大虐殺、アラブの春に起こった中東のあちこちでの反乱、オキュパイ運動での行動の数々、二〇一二年大統領選挙の結果、トレイヴォン・マーティンの射殺とそれに続く大惨事、テキサス州ウエストでの肥料工場爆発、ボストン・マラソン爆弾テロ事件。

こうした大きなニュースが発生するとき、ソーシャルメディア上でシェアされている話と主な報道機関が報じている話とのあいだには常に重大な違いがある。この違いは日を重ねるごとによりはっきりと語られ、より痛ましくなる。

良いジャーナリズムには時間がかかるもので、それは速報のペースで進むソーシャルメディアでは滅多に与えられない。良いジャーナリストは何かを報じる前にその情報の裏を取らなければいけない。彼らにはこの時間が必要だ。なぜなら私たちは、理想的には、彼らが私たちに提供するものは正確で偏りのない情報だと信じるものとされているからだ。しかし、たとえ彼らがその職務に求められる厳密さを持って仕事に臨んでいたとしてもなお、主な報道機関のジャーナリストたちは状況についていけていないように見える――あるいは、もしかしたら彼らがついていこうとしていないのかもしれない。どちらにしても、より小さなジャーナリズムの報道機関がなすべき仕事をしている。ウェンディ・デイヴィスのフィリバスターは、テキサス州の非営利報道団体であり、最初からそこにいた「テキサス・トリビューン」があったからこそ可能になった。

六月二五日火曜日、ウェンディ・デイヴィスは彼女の州における生殖の自由のために立ち上がって戦い、大手ネットワークの大部分は沈黙していた。MSNBCは夜の早い時間にこの件をいくらか報じたが、しかし終わりの何時間かには、ニュース・ネットワーク――まさにこれを報じるために作られた二四時間放送のネットワークたち――は、沈黙していた。報道するにしても彼らは不正確な情報を報じた。翌朝、CNNのアンカー、クリス・クオモはデイヴィスの尽力と徹夜で彼女を見守ったテキサス州の男性と女性たちについて「奇妙な政治が行われている」と言い、その前には「どうして法案が最初に出されたときに歩み寄りを検討することに時間を費やさなかったのか？」と提言した。まるで生殖の自由が単純に歩み寄りの問題であるかのように。彼は尊大と怠慢が組み合わさって人を失望させる、まったくの無能だった。

ジャーナリズムが効果的に機能しているとき、多くの場合はそうなのだが、私がわかっていないことやよく知らないことについてジャーナリストが説明するのをありがたく思う。私も他の誰も、インターネットに接続しているからといって文化的に重要な出来事の専門家になるわけではない。デイヴィス上院議員が語っているあいだも聡明なジャーナリスト的視点は多くの人々にとって役に立つだろう。しかしながら、ニュースに目を向ける代わりに、人々はツイッターやその他のインターネットのどこかにいて、テキサス州議会の議事運営手続きを調べ、この夜の重要な瞬間の数々についてシェアし、衆目に晒《さら》されているなかでルールを破ろうとしたテキサスの共和党上院議員たちを特定し責任を負わせていた。ネット接続のある平均的な人々が、かつて私たちがメジャーな報道機関がするものと信じていた仕事をしていた。

聡明なジャーナリスト的視点は同じ六月二五日の日中、最高裁判所が五対四というぞっとする評決で投票権法第四条項を違憲としたときに役に立った。これは基本的にアメリカ人のうちかなりの人数――有色人種の有権者、田舎の有権者、高齢有権者、貧困有権者――から権利を剝奪することになる。ソーシャルネットワーク上でこの判決について人々がどう考えているかを見るのは有益だったが、しかしこの私がよく知らない件について十分に考察された記事を読んだり見たりするのはもっと有益だった。情報を与えられることは、知らせる責任を引き受けるよりも有益だったのだ。

これと同じ最高裁判所が、婚姻を男女間のものと規定する結婚防衛法を違憲とし、またカリフォルニア州の提案八号をはねつけて、大幅な後退のあとに一歩を前に踏み出した。このときもソーシャルネットワークは活発になり、そのほとんどは歓喜の声だった（だが、それはあなたが誰とつながっているか次第だ）。結婚防衛法についてのツイッターの議論は、結婚の平等において私たちが前に進むにあたっては、結婚制度そのものの批判もあって然るべきだということを思い出させたことでも有益だった。ゲイおよびレズビアン・カップルの国際結婚で何が起こるか、またこの判決によって結婚産業に入る経済的利益についての議論もあった。ソーシャルネットワークが対話の幅を広げた。

ニュース・ネットワークはこうした結婚の平等にまつわる判決をかなり騒々しく報じた。同じ頃、彼らはトレイヴォン・マーティンを殺害したジョージ・ジマーマンの裁判、エドワード・スノーデンとＮＳＡ（国家安全保障局）の告発にまつわる現在進行中の陰謀、ポーラ・ディーン（料理番組の司会で知られるセレブリティ・シェフ。「私たちみんなのレイシズム」参照）の炎上への対応についても報じていた。ニュースはいくらでもあり、それはこれまでもそうだった。私たちは大きく、厄介な世界に住んでいる。

ソーシャルネットワークは、単なる取るに足らない即時の判断の無限保存庫を超えたものだ。それは単なる愚かな喜びと怒りの手軽なはけ口以上のものだ。それは文化的に重要な出来事が起こっているときに、共通認識と慰め以上のものを私たちに提供する。また、欠陥はあるが必要不可欠な道義心のようなものを持って、私たちに社会的責任、思いやり、限りない支援があることを常に思い出させてくれる。

私たちは次に何が起こるのかに心を奪われて、六月二五日に起こったことから目を離すことができなかったし、明日は何がやって来るのかが気になって今日起こることから目を離すことができなかった。伝統的なジャーナリズムが私たちが心から必要としている基盤と文脈を与える一方で、ソーシャルネットワークは私たちには今日があるということを思い出させる。そして私たちは現在を理解するのにいくらか時間をかけながら、過去と未来に意識的になることができるのだ。

女性の不可侵でない権利

私は生殖の自由を気にかけている。気にかけていないはずがない。私は生殖年齢にある女性で、住む場所次第では、私の生殖にまつわる選択は制限されるのだ。

ニュースを読むとき、私はしばしば自分が読んでいるのが「ジ・オニオン」（新聞のパロディの形をとった風刺娯楽紙・ニュースサイト）ではないことを確かめなくてはならなくなる。私たちは中絶、避妊、生殖の自由について全国および州レベルでの議論を続けており、その議論を司っているのはだいたいが男たちだ。これぞ皮肉。

「選挙の争点」として生殖の自由にたびたび注目しようとする政治家およびそれに類する人々は忘れっぽい。当然、彼らはすぐに忘れてしまう。彼らが気にかけているのは、何が政治的に使えるか、もしくは都合がいいかだけだ。

女たちはよく覚えている。私たちには自分の選択肢を狭めているような余裕はないのだ。

政治家およびそれに類する人たちは、これまで女性たちと一部の男性が、女性の体を望まれない妊娠から守るために常に必要なことをしてきたという事実を忘れてしまう。太古の昔、女性たちは、望まれない妊娠の中絶と避妊の両方のために、ゼリーやゴムや植物を利用していた。こうした習慣は、ヨーロッパでふたたび人口増加が求められるようになり、こうした避妊法の有益な知識を教える「魔女」と産婆たちが狩られはじめた一三〇〇年代まで続いた。

政府が主に人口増加にまつわる何らかの目標を達成したい場合、彼らは合法ないしは違法の避妊の利用を制限する。もちろん人口増加に貧困問題が関わってくる場合には、避妊は熱心に奨励される。歴史上、社会は「正しい類の人々」のみに命の権利を与えようとする。私たちはその事実を忘れてはならない。

歴史に関して言えるのは、それは何度も何度も何度も繰り返すということだ。避妊と中絶、および一四、五世紀にそうしたサービスを提供していた女性たちのことを悪魔化したような魔女狩りの動きは、いまふたたびあちこちで起こっている。しかしながら今回は、この魔女狩りが、私たちの社会が直面している本当に差し迫った問題から大衆の気をそらすための皮肉な気晴らしとなっているのだ。大きな被害をもたらしたにもかかわらず制限されることなく生きながらえているウォール・ストリート文化と荒れ果てた経済、階級間の著しい不平等にますます広がりつつある持てる者と持たざる者の格差、恐ろしい学生ローンと消費者負債危機、不穏な人種情勢、ゲイ、レズビアン、トランスジェンダーの人々の市民権の不足、多くの人に届いていなさすぎる健康保険システム、止むことのない戦争、すぐそこにある世界的脅威、などなど。

一部の政治家たち、主に保守派の人々は、合衆国が直面している本当の問題を解決する代わりに、中絶と、さらに不可解なことには避妊の是非をふたたび国民的議論に持ち込んで煙幕を張り、

「女性問題」に取り組むことにした。かつて女性たちは避妊と妊娠中絶を地下に潜って行うことを強いられてきたが、私たちはまた必要なときは地下に潜るようになるだろう。もしこれらの露骨に女性たちを貶《おとし》める政治家たちがそれを強いるのだとしたら、私たちは自らの命を危険に晒《さら》すことになる。女たちが忘れっぽくなくて本当によかった。

妊娠は私的であると同時に公的な経験である。妊娠は、きわめて個人的なことであるがゆえに、私的である。それは当人の体の内で起こる。もし世界が完璧な場所ならば、妊娠はひとりの女性とそのパートナーだけに共有される親密な経験だが、さまざまな理由からそうなることは不可能だ。

妊娠は公的な介入を招き、女性の体を公的な議論に晒す経験である。さまざまな意味で、妊娠は女性の人生において最も私的でない経験だ。

公的な介入はまあ穏当なものかもしれないが、ときにそれは何よりも不快なものにもなり得る――人々は膨らんだおなかに触りたがり、頼まれていないのに子育てについて助言し、予定日やまだ生まれてない子の性別について、まるでただあなたが妊娠しているからというだけの理由で赤の他人でもこうした情報を知る権利があるとでもいうように尋ねてくる。妊娠が外から見てわかるようになると、本人が望むと望まざるとにかかわらずこうした対話に巻き込まれないでいることは不可能だ。

公的な介入は必要なものでもある。なぜなら妊娠中の女性には、一般的には、適切な医療ケアが求められるものだからだ。いくらそうしたくても、ただ洞窟に隠れて最善の結果を待ち望んでいるわけにはいかない。妊娠は複雑で、ときとして悩みを伴う多様な体験だ。医療的介入は、もしあなたに運良く健康保険が適用されるかそうしたケアを受けられる金銭的余裕があれば、妊娠の経過を然るべきかたちで支援するだろう。そうしてあなたの胎児は異常がないか検査を受けることができる。妊娠によってさまざまな変調が生じる可能性のある母親の健康もチェックされる。もし妊娠中に何か異変があり、それがひどく、ひどく間違った方向へ行けば、医療的介入は母親の命を救い、そしてもし運がよければ胎児の命を救う。公的介入は分娩の際にも必要だ。それが医師の手によるものでも、助産師でも産婆でも。

ひとりの妊婦は、赤ちゃんが生まれてようやく、いくばくかのプライバシーを手にするのだ。

そして、あまりにも多くの州の法が、特に女性が中絶の権利を行使することを選んだ際に、妊娠に介入する方策を定めている。中絶の選択はますます異端であるかのように感じられつつある。あるいは少なくとも、この議論における最大の声によって、そう感じられるように仕向けられている。

一九七三年以来、合衆国の女性には妊娠中絶を選択する権利がある。女性には当人が望んでいない場合に母となることを強制されない権利がある。一九七三年以来、この権利は多種多様なやりかたで反対されてきており、選挙期間中には生殖の自由への異議申し立ては熱く燃え上がる。選ぶ権利を行使したい女性にとって多くの州で事態は複雑化している。合衆国中の州議会が、奇妙かつ無神経なやりかたで中絶経験のありかたを定めて管理し、個人的かつ私的なものであるべき経験に非常に公的かつ痛ましいやりかたで介入しようと懸命に力を注いできた。

近年、複数の州で、中絶手術を受ける前に超音波検査を受けることを義務付ける法案が提出され一部では可決された。いまでは七つの州でこの手続きが求められている。

ヴァージニア州などでは、中絶を希望する女性が医療上不必要な経膣超音波検査を受けることを義務付ける法案が出されたが、これは否決された。ヴァージニア州議会は続いて一般的な超音波検査を求める法案を可決した。ちょっとしたおとり商法的な立法だ。この法案は、女性が超音波検査の結果を見るか胎児の心音を聞くかどうかを選ぶことも命じており、彼女の選択にまつわる情報は、本人の合意があろうとなかろうと彼女の医療記録に残される。

この経膣超音波検査にまつわる議論は、一部のプロチョイス派がこの処置は州の委任によるレイプと同じことだと言い出したことで白熱した。これは無責任なこじつけだろう。レイプはレイプだ。この処置――そして法がこの処置を求めること――は、まったく別の何かであるが、しかし忘れてはならないのは、経膣超音波検査そのものが快適な医療処置ではないということである。まず第一に、たとえそれが医療の文脈におけるものだとしても、半裸になって知らない人たちの目の前で堅いプラスチックの器具で検査されるのだから。経膣超音波検査はときに必要な医療処置だが、私たちはこの処置とそれが中絶を求める女性にとって医療的必要性がないことについて納得のいく対話を持つことすらできないのだ。なぜならそれは、中絶についての議論に、毎度おなじみの人の気を散らす戦略のひとつとしてぞんざいに投げ込まれたものだから。

中絶を制限する法の制定は、それがどんなかたちを取っていようとも露骨な策略に他ならない。もしあの政治家たちが中絶する女性たちを阻むことができなかったとして、彼らは間違いなく彼女たちを罰するほうへと向かうだろう。彼らは女性たちが自分の体と未来と母になることについて選択してみせたという理由で、彼女たちを容赦なく、残酷に、特別に罰する。

こうした選択をしたという理由で女性たちを罰することができるのはいったい誰なのかが競われる中、テキサスは新たな境地に到達し、女性たちは複数の超音波検査の受診が求められ、中絶しないでいることを奨励するあらゆるサービスについて教えられ、そして最も不愉快なことには、医師が超音波検査を解説するのを聞くよう要求されるまでに至った。

この生殖の自由を制限する目的で考案された法律は、あまりにも卑怯で人間性に疑問を抱かせるほどだ。最低。私たちの法制度においては、修正八条（合衆国憲法。過大な額の保釈金や罰金を科してはならない。また、残虐で異常な刑罰を科してはならない）で刑罰は残酷なものでも常軌を逸したものでもいけないと定められているから、これらの法によれば女性よりも犯罪者のほうにより大きな人権が認められていることになる。このテキサス州の法のせいで身の毛もよだつような試練に苦しんだキャロリン・ジョーンズ（テキサス州在住のライター・ジャーナリスト。中絶を希望した際に求められる手続きについての記事を「テキサス・オブザーバー」紙に寄稿）に聞いてみるといい。彼女と夫は、もし生まれてきた場合、子どもは医療ケアなしでは生きられず生涯苦しむことになるという理由で、二度目の妊娠を中絶することに決めた。彼女の話はほとんど信じがたく、彼女が体験せざるを得なかった悲しみの大きさを伝えている。

ペンシルバニア州知事トム・コルベットは女性が中絶の前に超音波検査を受けることを義務化する法案を支持した。彼は、女性たちは超音波検査を受けるあいだ、ただ目を閉じていればいいと語った。どうやら近頃ではどんな人間が州知事候補になろうが構わないようだ。何かを目撃せずにいることでそれが耐えやすくなると信じている男たちを含め。

ジョージア州議会議員テリー・イングランドは、同州での妊娠二二週以降の中絶を禁止する下院法案九五四を支持して、牛や豚もそうしているのだから女性は死産の胎児を予定日まで身ごもっているべきだと提案した。それから彼は発言を撤回し、そういう意味ではなかったと述べた。この男にとっては、あるいは生殖の自由についての議論と立法を支配しようとしているほとんどの男にとっては、女と動物にはそれほど違いがないのだ。

女性がさまざまな特異性を理由に中絶手術を受ける場合、その前にカウンセリングを受けることが三五の州で義務づけられている。二六の州では資料も与えられる。介入はまだまだ続く。自分はこうした介入から自由だと思ったら、もう一度考えてみてほしい。二〇一一年、合衆国における生殖年齢の女性の五五パーセントは、生殖の自由と中絶の権利に厳しい州に住んでいるのだ。

生理の待機、カウンセリング、超音波検査、経膣超音波検査、超音波診断に伴う説話――こうしたことすべてを法で定めようとする動きは、侵略的で侮辱的で押しつけがましい。なぜならこれらはすべて女性たちが気を変えて中絶を断念するよう圧力をかける、深刻に見当違いの試みだからだ。女性たちがこんなしみったれて残酷な苦し紛れの戦略で簡単に揺さぶられると思っているのだろうか。政治家たちは女が一度中絶を決心したらもう滅多に揺らいだりしないということを理解していない。それは軽い決断ではないし、もし軽く決断する女性がいたとしても、それは彼女の権利だ。女性は常に自分の体をどうするかを自分で選ぶ権利を持っているべきだ。これをわざわざ繰り返し言わなければならないということに意気消沈してしまう。妥当性がどれだけあるかに関して、ひとりの女性の選択とそれを公が認めるか認めないかは比較にならない。

そして患者にとっての最善のために働くことを誓う医師たちはどうなのだろう？　彼らはここにおいてどんな責任を負うのだろうか？　もし医療に従事する人々が団結してこうした制限に関与するのを拒否した場合、状況は変わるのだろうか？

この議論は一種の煙幕だが、しかし非常に意図的かつ危険な煙幕だ。まず現在のこの議論は、生殖の自由を交渉可能なものとして示しているために危険である。生殖の自由は「論点」なのだ。生殖の自由は「選挙の争点」なのだ。生殖の自由は剝奪、あるいは制限され得るものなのだ。生殖の自由は本来奪うことのできない権利であるはずなのに、そうではないのだ。

私たちの知っている合衆国は、不可侵の人権の原則、つまり、あまりにも神聖でたとえ政府でさえも奪うことができない権利があるという考えかたの上に成り立っている。もちろん、この国の建国の父たちはこの原則を成文化したときには裕福な白人男性のことしか考えていなかったわけだけれど、それでもなお、何者にも奪うことのできない自由がいくつかあるというのはよいアイデアだ。

この議論が示しているのは、今日でさえ女性の権利は不可侵ではないということだ。私たちの権利は驚くほどたやすく剝ぎ取られてしまうものなのだ。

私は自分の体がひとつの法案の問題だということが受け入れがたい。この事実のせいで息ができなくなりそうだ。自分が不可侵の権利を持っているようにはとても感じられない。

自分が自由だと感じられない。自分の体が自分のものだと感じられない。

どのような状況であれ、体が法で管理されるとき、そこに自由はまったくない。イザベル・カルピンは、「立法と女性の体：生殖技術と再構成された女」と題した記事で、「女性の体を規制する過程において、法律はそのかたち、容貌、境界線を定める」と論じる。あまりにもたくさんの政治家と文化的モラリストたちが、女性の体のかたちと境界線を定義しようとしてきた。そういったことは女性自身が自分たちのために定義するべきなのに。私たちにはその自由があるべきであり、そしてその自由はこの上なく神聖であるべきだ。

それから、もちろん、プライバシーと尊厳と利用しやすさを備えた避妊もまた不可侵の権利であるべきで、それによって妊娠をまるごと避けたい女性たちの問題もある。

一部の人々はそういう女性を売女と言うだろうけれど。

もしマーガレット・サンガーが史上初の避妊クリニックを開業してから一世紀近く経った現在もなお私たちが根本的に同じ闘いを闘っているのを見たら、きっと戦慄するだろう。彼女は決して完璧ではないが、しかし生殖の自由のありかたを未来永劫変えてみせた。彼女が遺したものに現在何が起こっているかを目にすると胸が痛む。なぜならどうやら私たちは現在、避妊は利用しやすいものであるべきだと議論することを強いられており、それに反対する人々がいる様子なのだから。

一九〇〇年代前半、サンガーその他の人々は生殖の自由のために闘っていた。なぜなら彼女たちは、女性の生活の質は自由に避妊ができるようにならなければ向上されないということをわかっていたからだ。サンガーは、女性たちが自分で中絶を試み、あるいは闇医者の手術を受けて、命を危険に晒したり妊娠機能を失ったりしていることを知っていた。彼女は変化を起こしたかった。サンガーら避妊の先駆者たちはよい闘いをした。なぜなら彼女たちは、女性たちがずっと知っていたこと、女性たちが忘れることをよしとしなかったことを知っていたからだ。たいていの場合、子どもを産み育てるにあたって負担はまず第一に女性の背にかかってくる。私がこれまで生きてきたあいだに、子育てにおいて男性たちがより平等に役割を果たすようになったのは間違いないが、しかし妊娠できるのは女性だけであり、したがって女性たちは妊娠期間を生き抜かねばならず、それは常に見た目ほど簡単ではない。避妊は女性たちがいつその責任を引き受けるかを選ぶことを可能にする。女性たちの多くは、生涯のうちに少なくとも一種類の避妊法を利用するのだから、これはあきらかに女性たちが失いたくない選択肢だ。

私たちは避妊について理解しがたい議論をしている。なぜ自分たちが避妊について話しているかを女性たちが正当化せねばならない議論。女性たちは議論に加わる必要がないと権力の座にいる男性たちが考えているゆえに女性がいない避妊についての公聴会。私たちは男性と同じようには不可侵の権利を持っていないのだ。

二〇一二年、アリゾナ州では、避妊したという理由で雇用主が女性を解雇することを認めることにつながる法案が提出された。この年、有望な大統領候補と見られていたミット・ロムニーは、女性に安価な医療を提供することを主な仕事としている非営利組織プランド・ペアレントフッドを廃止すると宣言した。

倫理観に欠けた二流のラジオ・パーソナリティ、ラッシュ・リンボーは、経口避妊薬にはときに非常にお金がかかるので政府は保障を行うべきだと勇敢にも提唱した若い女性サンドラ・フリュークを、公の場で辱めた。彼は彼女をあばずれの売女と呼んだ。

この避妊をめぐる奇妙なタイミングの議論以上に問題があるのは、自分がなぜ避妊薬を服用するのかを「正当化」あるいは説明することを女性たちに強いる世間の熱意だ――ご存じの通り、健康上の理由、生理周期を整えるためなど、まるで単純にその結果妊娠したくないけれどセックスはしたいというだけの理由で避妊薬を服用するのに問題があるかのように。特定の人の輪においては、避妊薬は売女の薬として位置づけられる。私たちは現在、女性がただ単純に「チンコが好きだからピルを飲んでる」と言うことを許さない奇妙な新しい倫理観に直面している。避妊薬の本来の目的（すなわち妊娠を避けること）以外の理由で避妊薬を使っているように見せなければならないと女性たちが感じているなんて、ものすごい後退だ。

たとえば、医療費負担適正化法《アフォーダブル・ケア・アクト》が民間の健康保険会社に共同支払いなしでの避妊費用の完全保障を求めるなどの前進があったとき、それは二〇一三年一〇月の政府閉鎖によって妨害された。共和党員たちが予算案でこの法令を一年遅らせようとしたからだ。ふたたび、私たちは女性たちの体がいかに交渉次第のものなのかを目の当たりにすることになった。

ギリシャの戯曲『女の平和』を思わずにはいられない。

この対話においてしばしば口に出されないままに終わることがある。それは、避妊と生殖の自由についての議論において絶えず女性の体が法案の対象とされているのは、男性たちが避妊に関して相応の責任を負うことを拒否しているためだということだ。男たちは自分たちの体が法に縛られるのを許さない。なぜなら彼らは不可侵の権利を持っているから。製薬業は男性向け避妊法の開発に本気で取り組もうとはしていない。なぜならこの重荷を女性に押しつけておくのはめちゃくちゃ儲かるからだ。シャノン・ペティピースがブルームバーグで報じたところによれば、アメリカ人が二〇一一年に避妊に使った金額は五〇億ドルだそうだ。例外はある、確かに明るく輝く例外はあるけれど、しかし大多数の男性は避妊の責任を「負いたがって」いるようには見えない。なぜそんなことに？　公的にも私的にも、この責任によって女性にどんな負担がかかっているのかを彼らは見ている。

避妊は面倒だ。それは医学の驚異だが、完璧にはほど遠い驚異でもある。たいていの場合、女性たちは性生活を営み望まれない妊娠を避けるために、何かを自分たちの体に入れて自分たちの体の自然な機能を変容させなくてはならない。避妊はお金がかかることもある。避妊薬は服用した人のホルモン、心の状態、体の健康に大混乱を引き起こす可能性がある。ことによれば副作用があり、副作用はバカバカしい場合もあるからだ。ピルを利用している場合、忘れずに服用しなければならない。ＩＵＤを利用している場合、それが自分の体内にどんどん深く入り込んで永久にその一部となってしまう可能性を心配しなければならない。オーケー、この心配は私の話。その熱っぽい瞬間にセクシーにペッサリーを挿入するやりかたは存在しない。コンドームは破れる。外で出すのが信じられるのは高校限定。ときには避妊がうまくいかないこともある。つまり私はピル・ベイビーをたくさん知っている。私たちが避妊するのは、それがいくら面倒でも、しないより遥かにましだからだ。

もし私が自分の選ぶ、まあ信頼していると言っていいような避妊方法について語ったら、たぶんあなたは私をこいつはちょっと狂ってるんじゃないかって目で見るだろう。もし男性にも同じ選択肢が用意されるようになれば、私も毎日ピルを飲む、と言えば十分だろうか。私たちはみんな共にこの件に関わるべき、そうでしょ？　恋愛関係のある段階でものすごく期待いっぱいで「君はピルを飲んでる？」みたいなことを言う男性に、はっきり「いいえ、あなたは？」と答えるのは、私の好きな瞬間のひとつだ。

私はこれまでたびたび、衝撃的にはっきりした頭で、「地下避妊組織を立ち上げたい」と考えてきた。もちろん私は、「そんなのいかれてる。あの煙幕はそういうものでしかないから。事態はきっと良くなっていくはず」とも考える。後に、女性たちは生殖の自由のために地下に潜らなければいけなくなるかもしれないという考えは、それがいくらはかない妄想であっても、現在の世相においてはそれほど狂っているわけではないと私は悟った。私は、女性が性と生殖に関する健康を安全に維持する権利を確保し、それをなんとか永遠に不可侵なものにするために、私なりの地下組織みたいなものをつくり出すことをかなり真面目に考えている。私は自分が役に立つと思いたい。私は自分に力があると感じたい。

この地下組織を想像しはじめたとき、女性たち、そして私たちを愛する（私たちとセックスする）男性たちは、そのうち最悪の事態に備えることを迫られるのではないかと心の底で感じていた。最悪の時期は、生殖の自由に関して言えば、おそらくまだ過ぎ去ってはいない。私たちの周りは最悪の事態だらけで、容赦ない追撃で私たちの命を奪っている。あの政治家たちが本気でも、ただ国家的議論を誤った方向へと導こうとしているだけでも同じだ。どちらにしても女性の権利の脆さがむき出しにされている。

かつて地下鉄道網というものが機能していたことがあった。それはふたたび機能するかもしれない。私たちはさまざまな避妊法と、女性が安全かつ倫理的な性と生殖に関するヘルスケアを受けることができる場所の情報を集積することができるかもしれない。避妊、中絶、教育、すべてだ。性と生殖に関するヘルスケアを提供する人々と、女性たちを人間的に扱うことのできる中絶医のネットワークを作り出すことができるかもしれない。なぜなら政府は選択を迫られたあらゆる女性が必要とする助けを確実に得られるようにしようとする気がないし、私たちにはそれをできるかもしれないからだ。

私はこの地下組織と、女性たちが妊娠を中断するために自らに深刻なリスクを課す時代に戻らなくてもいいようにするにはどうしたらいいのかについて何時間も考えた。これ、ひょっとしたら三部作の小説になってジェニファー・ローレンス主演で映画化されていたかもね。

あの政治家たちの忘れっぽさには、いまさら驚くべきではないのだがやっぱり驚かされてしまう。彼らは中絶が違法あるいは手が届かないものだった頃に妊娠を中断するために女たちが長きにわたって苦しまなければならなかったことを忘れている。女たちは無理矢理流産を引き起こすために、階段に身を投げるかそうでなければ自らの体を物理的に傷つけようとした。ウォルドー・フィールディング博士は「ニューヨーク・タイムズ」に、「中絶のために想像し得るあらゆる手段が利用された——かがり針、編み針、カットガラスの塩入れ、ときには完全体の、ときには口が壊れた炭酸飲料の瓶」と書いた。女たちはせっけんと漂白剤、カテーテル、自然療法を利用しようとした。歴史上、女たちはあらゆる必要な手段に頼ってきた。もし私たちがあの恐ろしい窮地に引き戻されたら、女たちはふたたびそれをすることになるだろう。これは私たちの社会が何百年にもわたって女性たちに押しつけてきた責任なのだ。

自分たちの権利が常に、恥ずべきことに、不可侵ではなかったことを女たちがよく覚えているのは、ささやかな奇跡である。

ヒーローを求めて

私たちの文化においてあこがれの影響力は大きい——私たちが何をどう自ら学んでいくかに始まり、どんな車に乗って、どこで働き暮らし社交するかに至るまで。私たちは最高になりたい。あらゆるものの最高が欲しい。多くの場合、私たちは自分自身となりたい自分とのあいだの距離に自覚的で、その距離を縮めようと必死に努力する。そしてそこにスーパーヒーローが存在する。私たちがおそらく自分ではそうなることのできない理想の姿を体現する神話的キャラクターだ。スーパーヒーローたちは苦しみながらも強く、気高く、気品があるので、私たちはそうなる必要がない。『スーパーマン・オン・ザ・カウチ』でダニー・フィンガーロスは、「ヒーローは私たちが自分たちの最高の姿だと信じているものを体現している。ヒーローはあこがれるべき個人であると同時に、あこがれるべき基準のひとつなのだ」と書いた。私たちは尊敬すべき有能さを、自分たち自身を超越した、より偉大な何かを切望している。

私たちはこのヒーローというものにあまりにも夢中なので、市井の人々にヒロイズムを見出す方法を常に探している。そうすれば私たちは私たち自身の最良バージョンにちょっとだけ近づくことができるかもしれない、自分自身となりたい自分のあいだの距離は狭くなるかもしれないからだ。

ヒロイズムは過剰に理想化され、そこらじゅうに遍在するものとなったため、ヒーローの概念はますます薄まりつつある。アスリートたちは勝利しているとき、または負傷あるいは逆境をくぐり抜けてがんばるとき、ヒロイックだ。親たちは私たちを育て、よいお手本を務めたゆえにヒーローだ。女性たちは子どもを産んだからヒーロー。災害や事故を生き延びた人々は人間の脆さに打ち勝ったからヒーロー。病気か災害で亡くなった人々はもう耐えられなくなるまで耐えたからヒロイック。ジャーナリストは真実を追い求めているからヒーロー。作家は世界に美をもたらしているからヒーロー。警察官は職務をつとめ護っているからヒーロー。フランコとジンバルドーが「ヒロイズムの陳腐」で、「ヒロイズムを少数の『選ばれし英雄』の珍しい性質でなく人間というものに普遍的に備わっている性質として捉える考えかたにより、ヒロイズムはあらゆる人が持つ可能性の幅において、より多くの人々がその呼び声に応えるよう促す何かとなった」と指摘した通り。あるいはもしかしたら、昨今のヒロイズムの過剰は、私たちがすごく皮肉になってしまった結果、ただの人間にすぎないけれど求められたときには偉大な瞬間に立ち上がることもできる人々を理解する能力あるいは言葉を、もはや持っていないということなのかもしれない。

ヒロイズムは重荷にもなる。それはコミックのスーパーヒーローの艱難辛苦《かんなんしんく》にすら見て取ることができる。これらのヒーローたちはしばしば、壊れた場所において強くなる。彼らは苦しみ苦しみ苦しむがそれでもなお立ち上がる。それでもなお大義のために尽くす。ヒロイズムのために己の体と心を捧げ、それは自己否定の完遂の手段のようにも見える。スパイダーマンは、愛する女と共にいるべきか、叔父さんの死を招いた自分を許すのかと苦悶する。スーパーマンは愛する女に本当は自分が何者なのかを明かそうとしない。彼女を危険から守るためだ。あらゆるスーパーヒーローには、彼または彼女のヒロイズムをかたちづくる悲しい物語がある。

ヒーローはまた正義のために戦う。彼らは自分自身で立ち上がれない人々のために立ち上がる。なぜ私たちが、自分たちの限界に気づいていてもなおヒロイズムにあこがれてしまうのか、理解するのは簡単だ。二〇一三年、ジョージ・ジマーマン裁判の経過を追っているうちに、私は正義について、そして正義は誰のためなのかについてもおおいに考えることになった。ジマーマンは、非武装でフードをかぶって歩き回っていた一七歳の黒人少年トレイヴォン・マーティンを殺害した容疑で裁判にかけられていた。ジマーマンは彼が住むフロリダ州サンフォードにあるゲーテッド・コミュニティでボランティア警備員をしていた。何らかの理由で、彼は彼のコミュニティを守りたかったのだ。もしかしたら彼は私たちの誰もがそうであるように、ヒロイズムへのあこがれに感染しやすい人間だったのかもしれない。

これ以上単純なことはない。ジマーマン事件は人種に関する事件だ——そして注目度の高い事件が人種に関する事件だった場合、緊張は避けられない。この件をめぐる議論はほとんど冷静ではなかった。ジマーマンは自衛のためにマーティンを撃ったと主張したが、しかしマーティンは武器を手にしておらず、スキットルズ（フルーツ味のキャンディ）の袋とアイスティーのボトルを持っていただけだ。一体全体、正確には、ジマーマンは何から自分自身を守っていたのだろう？　これは決して答が出されることのないたくさんの質問のひとつだ。けれども一部の人々は、答を出そうと努力している。フォックス・ニュースの識者たちは、なんと、お菓子とアイスティーのボトルも凶器になりかねないという仮説を立てた。

私たちが知っているのは、若い黒人青年はしょっちゅう犯罪の疑いをかけられているということだ。実際、すべての黒人男性がしょっちゅう犯罪の疑いをかけられている。ロス・ゲイは「ザ・サン」紙に掲載された美しい記事で、こう書いている。

あらゆる黒人の子どもは、捕まったり傷つけられたり、殺されたりすることがないように、警察への対処のしかたを学ぶ。私は修士の学位を持ちライトブラウンの肌をしているが、警察に車から引きずり下ろされ、警察犬を連れてくると脅され、さらに二、三台のパトカーを召集されたことがある。しかし私は、私の何人かの黒い友達がされたように、警官たちに地面にうつぶせになるよう強要されたり、肉体的に暴力をふるわれたりしたことはない。「人違い」の理由で何時間か何日か身柄を拘束されたこともない。

ゲイはこの記事を通して、この学びが彼が世界をどう見るかのみならず自分自身をどう見るかにいかに影響を与えたかを語っている。誰ひとりとしてこれを免れることはない。「私たちはトレイヴォン・マーティンだ」といった類の声明を私はあまり信用していないけれど、しかし黒人男性たちにとっては、それは多くの場合、本当のことなのだ。

ジマーマンの弁護士たちは、この裁判を通してマーティンを私たち全員が恐れるべき怖い黒人男性として悪魔化し、まるでジョージ・ジマーマンには他に選択肢がなく、彼が正しいことをしたかのように見せるべく仕事を行った。この戦略は効果的だった。ジマーマンは無罪放免されたのだから。あの弁護士たちは、黒人男性は——あるいはマーティンの場合、黒人少年は——恐れるべき人物、危険な人物であるという考えかたを利用したのだ。

理屈の上では、正義はシンプルであるはずだ。正義は絶対的であるはずだ。あなたは有罪と証明されるまでは無罪だ。あなたには沈黙している権利がある。弁護士をつける権利がある。自分と同等の地位の陪審員によって裁かれる権利がある。私たちの正義のシステムが拠りどころにしている原則は、私たちの司法制度がいかに機能するべきか、その概要をはっきりと示している。

理屈の上でのように実際に機能するものは滅多にない。正義は絶対的の正反対だ。正義をいちばん必要としている人々がその恩恵をいちばん受けていないことが多すぎる。どんな人が投獄され、それが彼らの未来の展望にどう影響を与えるかについての統計は、冷え冷えとする結果を出している。

私は正義を信じたいが、しかしその制度がいかに欠陥だらけかを示す例は枚挙にいとまがない。ジョージア州では、四人の専門家によって知的障害と診断されたウォーレン・ヒルの死刑執行が、二〇一三年七月一五日に予定されていた。刑の執行は延期されたが、彼はいまも死刑囚監房にいる。ヒルはガールフレンドを殺害して終身刑を受けたが、刑務所にいるあいだにもうひとり囚人を殺したことで、死刑を命じられた。ヒルは罪を犯した。彼は罰されるべきである。はたして彼の死は被害者たちにとっては正義がなされたことになるのだろうか？

法廷での正義は、ジョージ・ジマーマンに対する有罪判決が覆されたとき、本当にトレイヴォン・マーティン殺人事件にとっての正義となっていたのだろうか？　その正義の手段は彼の両親と愛する人々を慰めたのだろうか？　「正義」は、ときに、頼りない言葉だ。正義とは罪と罰のつり合いを取ることだと信じたいのだが、しかしそこに完全な一致は決して存在しない。犯罪の犠牲者たちのほとんどにとっては、正義はちっとも癒しにならない。

ジョージ・ジマーマンを悪魔化するのは、トレイヴォン・マーティンのような若い黒人男性たちを悪魔化するのと同じぐらい簡単なことだろう。私はジマーマンがしたことが大嫌いだ。私は彼の裁判の成り行きが大嫌いだ。私はマーティンが亡くなる直前に電話で通話していた若い女性で重要な証人であるレイチェル・ジャンテルに対するジマーマンの弁護士の仕打ちが大嫌いだ。ジャンテルはジマーマンの弁護士と裁判の進行に対する軽蔑をわざわざ隠そうとはせず、彼もまた彼女に対する軽蔑をわざわざ隠そうとしなかった。私はジマーマンが象徴しているものが大嫌いだし、彼が無罪放免された事実が大嫌いだが、しかし彼がポーラ・ディーンと同じ国で成長し、たまたま銃を手にしていた男性だということも理解できる。これらはつながっているのだ。

トレイヴォン・マーティンはその肌の色を理由に殺される若い黒人男性の最初のひとりではない

し、最後のひとりにもならない。若くして命を奪われてしまった若い男性にとっての正義なんてものがもし存在するとしたら、その正義は私たち全員が起きてしまったことから学ぶことのうちにあってほしい。私は、私たちが成長して偉大な時にたどりつくことができるよう望んでいて、その偉大さとは、トレイヴォン・マーティンのような若者をありのままの彼自身として見ることによって、矮小な自分自身に打ち勝とうとすることに他ならない。彼はひとりの若い男で、店から自宅へと無傷で歩いて帰ることすらできなかった。マントはないし、空を飛ぶこともない。

あるふたりの人物の物語

私たちは誰から自分自身を守るべきなのかを本当のところ知ることはできない。危険な人々が私たちが思い描く通りの見た目をしていることは滅多にない。二〇一三年春、見た目はまるで「隣の家の少年」のジョハル・ツァルナエフが、ボストン・マラソンのゴール付近で発生した爆弾テロの容疑者ふたりのうちのひとりとして特定されたとき、私たちはこのことを思い知らされた。三人が死亡し、加えて三百人近くが負傷した。この悪名こそが、思うに、ツァルナエフが「ローリング・ストーン」誌二〇一三年八月一日号の表紙になった理由である。

この雑誌は悲劇を利用し、テロリズムを美化し、ツァルナエフを殉教者あるいはロックスター化しようとしているとして批判された。しかし幾多の抗議はさておき、この表紙は挑発的であり、なおかつ的を射ていた。それは、どこに危険が待ち受けているのかは知りようがないということを鋭く思い出させた。また同時に、誰が危険に見えて誰がそうでないのかについて私たちが特定の文化的見解を持っているということも思い出させた。この見解は表紙と共に掲載された記事によってさらに強化される。この件について話している人はほとんどいないように見える。ジャネット・ライトマンのルポルタージュやツァルナエフを「普通のアメリカのティーンエイジャー」とする現在進行形の議論の論調は、同じく「普通のアメリカのティーンエイジャー」だが犯罪者でもテロリストでもないトレイヴォン・マーティンが語られる様と、興味深くも厄介な対比を描き出している。ジョージ・ジマーマンがトレイヴォン・マーティンを殺したのは、マーティンが「危険はこういう見た目をしている」という私たちの文化的概念に適合していたからだ。ジマーマンはまさにこれと同じ理由によって無罪放免された。

ライトマンの長く詳細な記事で最も印象的なのは、ツァルナエフの知人たちが依然としてこのモンスターの背後にいる男に会いたいと願っていることだ。ツァルナエフは彼を知っていた人々に、「優しい」、「すごく穏やか」、「死ぬほど洗練されてる」、「輝くような、本当にいいやつ」など、ほとんど崇め敬うような言葉で評される。ツァルナエフの周囲の人々はこの青年がした恐ろしい行為に言及し、爆弾攻撃の悲劇を悼む一方で、彼に背を向けようとはしていないのだ。

この記事はまた、ツァルナエフの友達と近所の人々が、彼と彼の兄がこのような犯罪を遂行していたことにいかに衝撃を受けたかをあきらかにしてもいる。彼らが衝撃を受けたのは、私たちは、心の中に、危険と恐怖はどのような顔をしているのかの肖像を抱いており、それはこの「ローリング・ストーン」の表紙の輝ける少年ではないからだ。「普通の」という言葉がたびたび出てくる。彼は「物腰柔らかい、感情豊かな茶色の目をした、美しい、くしゃくしゃの髪の少年」と描写される。彼は、たいていのティーンエイジャーが楽しむようなこと楽しんでいた――人気テレビ番組、スポーツ、音楽、女の子。彼は「大量のマリファナ」を吸っていた。彼は怪物的な行動に及んだが、しかし彼はその普通さを保持している。

ライトマンの記事はツァルナエフへの共感にあふれ、息つく間もない。ライトマンは、ツァルナエフがいかに隣の家の少年からテロリストへと変貌を遂げたのかを詳細に描き出しており、彼女は理由を知りたいと切望しているようだ。これは彼女だけではない。危険が意外な顔をしていたとき、私たちは答えを要求する。家族ぐるみのつきあいのあったアンナ・ニキーヴァは、ツァルナエフ家の問題について語り、「可哀想なジョハルはあの機能不全家族の静かなサバイバーだった」と結論づけた。可哀想な、可哀想なジョハル。ライトマンは後に、「まるでジョハルが使命を見つけたように見えるが、彼のイスラムへの傾倒は、同時にもっと基本的な何かに促されたものなのかもしれない。つまり、どこかに所属したいという欲求」と記している。この記事は最終的に、私たちはこのあまりにシンプルな、受け入れられたいという願いを胸に抱いた若い男にいくばくかの共感を覚えずにいられるだろうか、と問うているように見える。

こうした共感はこのルポルタージュだけでは終わらない。ツァルナエフのような若い移民たち大勢に教えてきたコミュニティ・カレッジの教授、ウィック・スローンによる証言もある。彼は言う。


ああした子どもたちはみんな、自分が合衆国にいることに感謝している。しかしそれは普通のことだ。ここは可能性の国、そうじゃないか？　彼らがくぐり抜けてきたこと、そして彼らがやって来た瞬間から連邦警察に受ける不当な仕打ちを目にするたび、どうして彼らはもっと怒っていないのだろうかと思ってしまう。私はいわば、ああした子どもたちのうちのひとりが爆弾を仕掛けるまでにこんなに長くかかったことが驚きだと感じている。

そしてツァルナエフの友達がおり、彼らは茫然としたままだ。火薬を抜いた花火の入ったバックパックを見つけた大学の友達は、「みんなジョハルが困ったことに巻き込まれるのはいやだったから」どうしたものかと思い悩んだ。彼がすべてを実行した後、私たちがそれを知った後ですら、彼は友達やコミュニティ、彼と彼が行った恐ろしいことの数々を理解しようとする人々からの恩恵を受けている。

これもまた、ひとつの白人特権の例である、ように思われる――非人間性を前にして保持される人間性。危険についての私たちの理解を超えた犯罪者にとっては、文化的な許しの敷居は信じられないくらい低いのだ。

トレイヴォン・マーティンが殺害されたとき、彼は犯罪の犠牲者だというのに、彼にも間違いがあったことを暴こうとして時間外勤務に励む人々がいた。マーティンはその死の少し前、彼のバックパックからドラッグの残余がみつかったという理由で停学処分を受けていた。そういった違法行為が他にもあった。これが証拠になった。彼は普通のティーンエイジャーだったが、彼は黒人のティーンエイジャーでもあり、それゆえに彼は起訴され裁判にかけられた。ツァルナエフの場合、人々は善いところを探し求め続ける。「くしゃくしゃの髪の」若い男への共感は際限なく広がっていく。一方で、トレイヴォン・マーティンはまず「疑わしく見えないように」家へ歩いて帰るべきだったと言われる。彼が殺された運命の夜に何が起こったのかはさておき、彼はジマーマンの意向におとなしく従うべきで、そうすれば彼に非難は及ばなかったはずだと。シリータ・マクファデンが「アメリカでは死んだ黒人少年だけが自らの殺人の裁判を受けることができる」と書いた通りだ。

ライトマンの記事はしっかりしたジャーナリズムの成果だ。それはジョハル・ツァルナエフの人生に関する複雑な真実を伝えている。しかし、想像してほしい。もし「ローリング・ストーン」が一万一千字を超える言葉と表紙をトレイヴォン・マーティンに捧げて彼の人生の複雑な真実と彼が死ぬまでの日々や歳月がどんなものだったかを伝えていたら。彼は生まれた瞬間から危険の顔をまとう重荷にどう対処してきたのだろうか？　これは尋ねている人がほとんどいないように見える問いだ。

私たちが危険を察するにあたっては人種によるプロファイリングが大きく関与しており、法執行機関の仕事ぶりは暗黙のうちに人種と犯罪行為を結びつけているのではないかと、長年にわたって激しく議論されている。この人種によるプロファイリングこそが、銃を持ったジョージ・ジマーマンに、家へ歩いて帰る途中の丸腰の若い男を追いかけさせた。警察はジマーマンにトレイヴォン・マーティンを追跡しなくていいと指示したにもかかわらず。ジマーマンは若い黒人男性を見て、自分が危険の顔を覗き込んでいると信じた。彼はその危険を追い詰め、倒した。

ニューヨーク市警の「停止と捜検《ストップ・アンド・フリスク》」施策は、危険または犯罪性の「理に適った」疑いを抱かせる者に警察が停止を命じ、質問し、身体検査を行うことを認めている。ニューヨークで停止を命じられ検査される人の大部分は黒人あるいはラテン系である。なぜならこれらの人口は私たちの文化が示す危険はこういうものという顔に適合しているからだ。これらは門前に迫る野蛮人たちであり、「感情豊かな茶色の瞳」をした少年ではない。

「停止と捜検」施策およびその他のかたちの人種的プロファイリングにはたくさんの反対意見があるにもかかわらず、これらの慣習は存続している。マイケル・ブルームバーグ前市長はこの施策をふてぶてしく支持した。彼は自身のラジオ番組で、「彼らはただ『ああ、特定の民族集団の割合が不適切だ』と言い続けている。そうかもしれないが、しかし殺人事件の犠牲者や目撃者の証言するところによればそれは不適切な割合ではない。さらに言えば、その場合、私たちは白人の人々に停止を命じすぎマイノリティに命じてなさすぎるのではないかとすら思う」と発言した。

書籍『犯罪の色』で、キャサリン・ラッセル＝ブラウンは、「黒人たちはアメリカの犯罪の恐怖の貯蔵庫だ」と述べ、以下のように記している。


私たちの多くにとって、テレビが伝える黒い逸脱の強力なイメージ――お決まりの常態化したイメージ――は、無視できないものだ。これらのネガティヴなイメージは私たちの集合的意識に焼き付けられてきた。アメリカ人のほとんどが、犯罪の大多数が黒人によるものだと間違って信じていても驚くには値しない。もちろん毎晩のニュースに並ぶ容疑者たちの多くは、罪深い犯人なのだろう。しかしながら、黒人男性たちの犯罪的イメージの猛襲は、私たちの多くを、黒人男性のほとんどが犯罪者であるという誤った結論に導く。これが犯罪的黒人男性の神話というものだ。

昨年には数え切れないほどの黒人男性たちが、自分がいかにこの神話に巻き込まれているかを語りはじめて、前に一歩を踏み出した。だが状況はほとんど変わっていない。

人種的プロファイリングは、私たちは危険をプロファイリングできるという信条から生まれた妄信に他ならない。私たちは、次にひどいことをするのが誰か、予測できると信じたいのだ。私たちは自らの安全を維持できると信じたい。ジョハル・ツァルナエフ、そのくしゃくしゃの髪やら何やらが「ローリング・ストーン」の表紙になったのはよかったのだ。私たちには、ステレオタイプをもとに作り上げられた人物の姿に自分の恐怖を投影するのをやめなければいけないと思い出させるものが必要なのだ。恐れるべきは誰なのかを本当に知ることは決してできないと思い出させるものが。

私たちみんなの中のレイシズム

トニー賞を受賞したブロードウェイ・ミュージカル『アヴェニューQ』で人気のある曲のひとつが「誰もがほんのちょっとだけレイシスト」だ。「たぶん私たちみんな向き合うべき事実／誰もが人種をもとに判断してる」のコーラスで締めくくられる。この歌詞にはたくさんの真実がある。誰もが他人について評価を下し、そうした評価にはしばしば人種が絡んでくる。私たちは人間だ。私たちには欠点がある。ほとんどの人々はただ単に何世紀にもわたる文化的条件付けのなすがままなのだ。ほとんどの人がそれぞれほんのちょっとだけレイシストだが、しかし彼らはクラン（クー・クックス・クラン、KKKのこと）の集会のように行進したり十字架を燃やしたりモスクを破壊したりはしない。私たちの中でもましな部類の人々は、成功の度合いに差こそあれ、その文化的条件付けに打ち勝とうとしている。あるいは――元フード・ネットワークのバター大好き人気司会者ポーラ・ディーンについてのすっぱ抜きが示唆するところによれば――していない。

ジョージア州サヴァンナ在住のポーラ・ディーンは、南部文化を満喫し、一四年近くにわたって放映されていたフード・ネットワークの彼女の番組で、あらゆる南部料理への退廃的かつ悪びれるところのないオマージュを捧げた。彼女は誇り高き南部の娘であり、見たところ、南部の複雑かつ問題の多い人種史の影響を身にまとっている。

元部下のリサ・ジャクソンは、ディーンと彼女の弟、アール・〝ブッバ〟・ハイアーズを職場でのハラスメントで訴えた。ディーンの破滅的な発言記録がネットに流れ、そこで彼女は人種にまつわるあらゆる軽率な見解をさらけ出していた。あなたはNワードを使用するかと聞かれたとき、ディーンは愚かにも「もちろん」と答えた。まるで誰もがNワードを使っていて、これがばかげた質問だという風に。もしかしたら彼女は正しいのかもしれない。

ディーンは続けて、彼女が働いていた銀行に強盗に入り銃を頭に突きつけた男を描写するのにこの言葉を使ったのだと説明する。それでこの侮蔑語が正当化されるはずだとでもいうように。ディーンは「彼にはあんまり好意は持てなかった」と言う。まあいい。頭に銃を突きつけてくる男に好意を持てる人はいないだろうが、しかしひとつの罪、そしてさらに多くの墓が、別の何かを正当化することはない。ふたつの間違いが合わさって正しくなるということは滅多にない。

また彼女は、自分のキッチンでは人種差別的、反ユダヤ的およびレッドネック（アメリカ南部の白人農夫を指す）・ジョークが口にされ、夫は日常的にNワードを使うと語った。彼女は人々を人種で特定する際にどのようにするか聞かれたとき、「そのときごとに黒人の人々がどう自分たち自身を呼んでほしがっているかに合わせようと努めています。それに合わせ、覚えようとします」と答えた。この記録の全編は暴露的であるのと同時に人の心を奪う。これはちょっと笑えて、ちょっと悲しい。なぜならディーンは正直で、彼女の態度はまったく驚くには値しないものだからだ。たぶん私は激怒するべきなのだろうけれど、していない。私は実際、この話が集めた注目の大きさ、南部の果て出身の高齢の白人女性が差別的表現を使い戦前の時代へ郷愁の念を抱いていることに誰もがショックを受けている様子にまごついている。あるいは、もしかしたら、私がそれほど驚かなかったということは私自身の偏見を暴いているのかもしれない。しかし知れば知るほど、私の中にはある特定の南部観ができあがってくる。ここで「私には南部人の友達がいる」と言うべきかしら？ なんてね。

このディーンのレイシズム、または私が理解したところではディーンの人生についての一般的見解についてのニュースが報じられたとき、インターネットは、たいていそうだが、活発に応答した。ツイッターのハッシュタグ #paulasbestdishes は即座に広まり、あらゆる大手ニュースサイトは息つく間もなく彼女の発言について私たちが実際に知っているごくわずかなこと、誰かの噂、大量の仮説の数々をくり返し報じた。

この件で最も興味深いのは、ディーンの回答の無分別さと完全なる恥の意識の欠如だ。彼女の態度は、考えを同じくする人物たちに囲まれ、徹底的に文化的条件付けをされていたために、物を知らず人種に対する姿勢についてちょっとした嘘をつくほどの保身の意識もない人のものだ。

実のところ、ディーンはもうちょっとよくわかっているはずだ。彼女は、確かに、番組およびこれまで長年にわたって受けてきた数え切れないほどのインタビューの中では決してNワードを口にせず、おおっぴらに人種差別的なコメントもしてこなかった。今回の発言で彼女は、自分の子どもたちと弟はNワードが「残酷あるいは意地悪なふるまい」の中で使われるのに反対していると認めてすらいるのだ。まるで白人がこの言葉を使うのに暖かく友好的なやりかたが存在しているかのように。

この大惨事全体がレイシズムについての暗黙のルールの存在を暴露した。ディーンは彼女の発言で、何らかの理由によりそのルールを破るか無視するかしようと決めたか、もしくは自分はすごくお金持ちで成功しているからもうそのルールは適用されないと確信したのだ。

人がいつ、誰に対して人種差別的であることができるかについては複雑なマトリックスがある。公の場でのふるまいかたと私的な場のふるまいかたがある。友達のあいだで言えることと、他の場所では言ってはいけないことがあり、自分だけに秘めておくべきことがある。

作家のテジュ・コールは、なぜこんなにもたくさんの人々がディーンの暴露に熱狂している様子なのかについて、「ポーラ・ディーンがニュースになっている本当の理由は彼女が人種差別主義者だからではなく、彼女が人種差別のやりかたについての不文律を破ったからだ」とツイッターで簡潔に言いあてた。ほとんどの人々はこのルールに慣れ親しんでいる。私たちは、誰もが、結局のところ、少しばかりレイシストなのではないかと思っている。それは多くの場合、誰かが彼または彼女の人種差別をどの程度あきらかにするかではなく、むしろいつあきらかにするかの問題なのだ。あるいはもしかしたらこれらのルールに慣れ親しんでいて、それが存在すると言いたいのは有色人種の人々なのかもしれない。息をひそめずにそのときを待っているのは有色人種の人々なのかもしれない。

うちの階下の住人たちが引っ越した。彼らは韓国人で、大学生だった。私は彼らと話したことはないが、いい感じの人々に見えた。彼らは大音量で音楽をかけていたがわざわざ文句を言うほどでもなかった。パーティが嫌いな人なんている？　彼らが出て行った翌月、月のはじめに家賃を払いに行ったとき、大家の受付係はアパートの換気のために行った特別措置について詳しく話しはじめ、「あの匂い信じられないわよ」と言った。私は何と言っていいか本当にわからなくてただうなずくと、彼女は私のほうに身を寄せて囁いた。「ああいう人たちがどんなか知ってるでしょ」

これはレイシズムのルールが多文化的文脈の上で機能しているのを私が目の当たりにした数少ない瞬間のひとつだった。白人の人物はやすやすと私に秘密を打ち明ける。あの瞬間、私たちは彼らに対して共謀する私たちだった。冴えた返しが何も思いつかなかったので、単純に「言っている意味がわかりません」と言ってその場を後にした。自分の人種差別性の秘密をお互いに打ち明けて結びつくゲームをすることに興味はない。後になって、自分があの瞬間を、人種にもとづく一般化についてあの人に教え諭す機会として利用しなかったことに罪悪感を感じた。どうして彼女は人種が混ざり合った場で自分があの気楽なレイシズムを打ち明けることができると思ったのだろうと私は考えた。彼女は本当のところ私をどう思っているのだろうと考えた。普段からよく他人に対してそう考えているように。

悲劇。呼びかけ。思いやり。反応。

毎日毎日、世界中でひどいことが起こっている。毎日とてもじゃないけど理解しがたい理由であまりにもたくさんの人が死んでいる、あるいは苦しんでいる。

ノルウェイ、オスロ、ノーベル賞が授与される都市、金曜の午後、三二歳の男性が政府庁舎に爆弾を仕掛け、八人を殺した。これと同じ男性が湖に浮かぶ小さな島、ウトヤ島でさらに六九人を殺し、そのほとんどがティーンエイジャーだった。子どもたちは岩陰に隠れ、水に飛び込んで死んだふりをした。生き残るチャンス、彼らが生きている耐えがたい日を超えてもう一日を生きる可能性を求めて。そこに恐怖があり、そこに恐怖があった。この悲劇の大きさは理解を超えている。この悲劇は、ほとんどの悲劇がそうであるように言葉の限界に挑んでいる。いまやそれ以前と以後がある。ニュースは私たちにそう伝えている。建物の写真、崩れ、壊れた骨組みが露出し、埃と瓦礫、傷ついた、死んだ、嘆き、嘆かれ、溶けるロウソク、透明プラスチックで包まれるしおれた花、悲しみの深さを的確に表現しようとしている、けれどたぶん表現することはできない手書きのメッセージ。

多くの場合、苦悩は語彙を超えたところに存在しているため、私たちはその領域をぶざまに進み、なんとかこの世界のどこの誰にも理解されるべきではない事柄の理解に近づこうとして、正しい言葉を手探りでさがす。

これらの罪を犯した男の髪はブロンドで瞳は青かった。こうした詳細情報は「信じられない」の大合唱のうちに繰り返しシェアされる。大勢の人たちが、過激派には一種類しかないと信じたいあまり、この犯罪の実行犯は茶色い肌とコーランを持っているものと信じていた。これがいま私たちの生きている世界だ。私たちは思いやりを忘れる。私たちは、私たちが非難している人々と自分たちは違うのだというふりをする。

ウィキペディアにはこの金髪碧眼の男のページがある。アンネシュ・ベーリン・ブレイヴィークについての情報の一覧がまとめられているのだ。私たちは彼の信条と音楽の好みと彼の両親の職業を知っている。彼が九年にわたって猛烈なマニフェストを用意し、その一部はユナボマーからそのまま引用していたことを知っている。私たちはウェットスーツ姿の彼が大きな銃を手にポーズを取っている写真を見たことがある。彼の顔を見たことがある――幅広で、むき出しの、若さが見える顔つき。彼が極端な信条を持ち、したがって彼の心には憎しみがあったことを知っている。彼がいかれていることを知っている。彼は憎んでいたはず。彼は狂っていたはず。彼が憎しみに満ちて狂っていると信じる必要がある。なぜなら健康な心と体の持ち主がこのような犯罪をやらかす、そんなことができるとは信じがたいからだ。

「Crime（犯罪）」は弱い、弱い、弱い言葉だ。この五文字は、より正確に言えば、それが残虐行為であることを正確に伝えることができない。この言葉ですら十分ではない。悲劇はいろいろな意味で私たちの言葉を超えている。

この悲劇のあとでノルウェイ国王は「私は自由を信じる心は恐れよりも強いと確信しています。ノルウェイの開かれた民主主義と社会を確信しています。私たちにはこの国で自由かつ安全に生きることができる力が備わっていると確信しています」と述べた。悲劇。呼びかけ。思いやり。反応。彼は気品を選んだ。言語に絶する苦しみの只中で応答するのに、よりましな言葉を見つけた。

私たちの誰もが有害なことをしでかすキャパシティを持っているが、しかしその規模はひとりひとり異なっている——どれだけ他人を傷つけるのか、信念について表明するためにどこまでやるのか、ひどい行為を犯した後にどれだけの良心の呵責を感じるのか。私たちのほとんどは、もし幸運だった場合の話だが、ひどい行いをするにしてもささやかなもので、傷つけたとしても許され得る類だ。ノルウェイでの残虐行為に及んだ男は、ほとんどの人の理解を超えるキャパシティがあった。彼は自首した。犯行を認めた。自分のことを説明したがった。それが何を意味するのか私にはわからないが、しかしそこには何らかの意味があるはずだ。こんな前例のない破壊行為を仕掛け、こんなにも多くの命を奪うにあたって、彼は怖くならなかったのだろうかと思う。いったいどういう経緯でこんなにも人の命を粗末に扱う、至近距離から子どもを撃つことのできるような男になったのだろうかと思う。自分がしたことにうんざりしなかったのだろうかと思う。ここまでのことをしても自分を死刑にはしない国、おそらく終身刑にもならないであろう国に住んでいるのを知っていて、どんな気持ちだろうかと思う。ありがたく思うだろうか、己を恥じるだろうか、自分の国の人々の人間愛に心を動かされるだろうか。悲劇。呼びかけ。謙遜。反応?

ノルウェイの悲劇のあと、私のつかず離れずのボーイフレンドが、離れた州から電話してきた。いくつかの件について私は彼をうまく説得したはずなのだけれど、にもかかわらず彼は政治的に保守派だ。彼は尋ねた。「ニュースを見た?」彼は尋ねた。「これでもまだ死刑は間違ってると思う?」悲劇。電話。発信音。応答。

アンネシュ・ベーリン・ブレイヴィークについて知るべきことが提示され、私たちはたくさんのことを知っている。私たちは被害者たちについてはほとんど何も知らない。彼らが誰だったのか、自らの人生に何を求めていたのか、どんな風に愛し愛されたのか、誰を愛したのか、誰にどんな風に悼《いた》まれるのか、最後の瞬間に何を感じたのか、苦しんだのか。私たちが知っているのは七七人が一日のうちにひとりの男によって殺されたということだけだ。彼らを殺した者は生きている。この状況には大いなる残酷がある。

私は聖人ではない。私はアンネシュ・ベーリン・ブレイヴィークのために涙を流しはしないが、彼が死ねばいいとも思わない。私は彼が殺した七七人の人々に彼が差し出すことのできなかった思いやりをもって彼のことを考えようと努めるだろう。失敗しそうだけれど。それでも、彼が死ねばいいとは思わない。彼の死が適切な罰になるとは思わない。この男がしたことに対する適切な罰なんてものが存在するとは思わない。

いまの時代。悲劇が発生すると、私たちはツイッターとフェイスブックとブログへ向かって意見と気持ちをシェアする。私たちがそうするのは、おそらく、おそらくだけど、自分たちが混乱あるいは嘆きあるいは悲しみに沈んでいるたったひとりの人間ではないと知るため、あるいは自分たちがこの世界で声を持っていると信じるためだ。

私たちはこうした現代の道具を手に取り、一部には、悲劇の初期段階において、自分たちが望んでいるほど安全なことは滅多にないということを思い知ったときの感情的不快感から気を紛らせる手段として、人を非難したり改宗を求めたりユーモアを利用したりする人々がいる。私たちがあらゆるところで起こっている毎日のひどいことを知らずにいられることは滅多にない。悲劇。呼びかけ。ツイッター。応答。この機会を政治的立場を表明するのに使う人々もいて、なぜ金髪碧眼の男たちがいま世界各地の空港でプロファイルされていないのか考察する。この種の発言の数々からはある種の喜びに近いものが伝わる。こういうとき、悲劇は政治的なポーズを取るのに使われる。正しさが正しいことの邪魔をする。正しさが、もっと慎重に、熟慮の上、別の状況下で伝えたほうがよさそうな説得力のある見解の邪魔をする。現代の道具は私たちに多くの特権を与えたが、しかしその代わり悲劇についてきちんと考え、深呼吸し、感じ、気にかけるための時間と空間と距離の特権を犠牲にすることを求めた。悲劇。呼びかけ。心。応答。悲劇。呼びかけ。精神。応答。

ここに女の子がいる。彼女は女だったが、しかし本当のところは女の子だった。彼女が女の子だったのはまだたった二七歳、人生の三分の一しか生きていなかったから。彼女は上等のウイスキーと煙草のような声をしていた。あるいは少なくとも私が上等のウイスキーと煙草はこんな風に聞こえるんじゃないかと想像する声。彼女の声は誰かを知っていないと入場できない、暗い、秘密のナイトクラブを思わせる。そこでミュージシャンたちは狭いステージで体を寄せ合い、汗とコロン、お酒と煙草の霞の中、何時間にもわたってそれぞれの楽器を演奏する。そして歌手、この女の子《ガール》で女性《ウーマン》の歌手はマイクの前に立ち、集まった人々にその類い希なる声を披露する。

彼女のセカンドアルバムが出た年は、ハロウィンがこのガール・ウーマンに捧げられた年だった。どこを見ても、女と一部の男は黒い髪（あるいはウィッグ）のてっぺんを膨らませて長く垂らし、両目の目尻ではっきりと跳ね上がる黒いアイラインを引き、むき出しの腕にタトゥーを描いて彼女のいちばんの人気曲のサビを歌っていた。「やつらはあたしをリハブに行かせようとするの」。呼びかけ。「言ってやったわ、ノー、ノー、ノー」。応答。これこそ私たちが気にかける理由。彼女は私たちの生活に、私たちの耳に、私たちの頭に、私たちの髪にいた。

このガール・ウーマン歌手は彼女の部屋で、ベッドでひとり死んだ。大勢の人々が、「そうなると思ってた」と言った。なぜなら私たちはこの女の子であり女性だった彼女が本当は女の子だったことを知っていたから。私たちは彼女が問題を抱えていたこと、そして彼女には、他の人たちがしているように尊厳をもって内々に自分の問題に取り組む贅沢が許されていなかったことを知っている。彼女はめちゃくちゃだった。それで？　私たちは全員、最後のひとりまで、ひどい悪臭を放つめちゃくちゃだ。あるいはかつてめちゃくちゃだったけど脱出口を見つけたか、めちゃくちゃからの脱出口を見つけようとしているか、もがいているか、手を伸ばしているか。私たちは彼女が彼女自身よりも大きな悪魔を抱えていたことを知っている。彼女は悪魔と戦おうとしていたかもしれないし、していなかったかもしれない——私たちには知る由もない。彼女の苦しみは報道されパロディにされ、祝福され笑われた。セレブ。呼びかけ。ゴシップ。応答。私たちはこのガール・ウーマンの写真をいろいろ見たことがある。路上の彼女、裸足の彼女、腫れたおなかをむき出しにする彼女、にじんだ化粧、あのくしゃくしゃの忘れがたい髪、青白い顔の彼女、赤い遺体袋で家から運び出される彼女の遺体。彼女には死してなおプライバシーがなかった。これもまたひとつの悲劇だ。

私は彼女の音楽が好きでしょっちゅう聴いている。私はいつも彼女が生き延びることができればいいのにと願っていた。彼女が彼女を崇拝するファンたちにもっとその声を与えることができるよう、彼女自身が長生きしたいと願うようになってほしいと思っていた。親友から彼女が亡くなったことをテキストメッセージで聞き、私たちはガール・ウーマンが二七歳で亡くなるなんて残念なことだと哀悼の意を表した。彼女が決して知ることのなかった人生について、もっと生きていればもたらされたかもしれない贈り物について考えるのは、それはそれでまたうんざりだ。彼女の死因が何だったかについては考えない。彼女の死がいかなるものだったかは私には関係ない。それでも。彼女が亡くなったと聞いたとき、彼女はひとりだったのだろうかと私は思った。怖がっていただろうかと思った。そこに恐怖があり、そこに恐怖があった。いま、彼女はその短い人生で本当のしあわせを知っていただろうかと私は思う。愛されていると感じ、幸福をおぼえただろうかと思う。彼女は誰かの娘だった。彼女は誰かの姉妹だった。私たちは彼女の父親が飛行機上で気づいたことを知っている。彼には自分の子どもの危機を理解するにあたってプライバシーがまったくなかった。子どもの死は耐えがたく、息が詰まる。エイミー・ワインハウスの死後、彼女の両親は人間の心が持ちこたえるのは難しい状況に対処しなければならなかった。悲劇。呼びかけ。傷心。応答。

ノルウェイでの事件とエイミー・ワインハウスの死は続けざまに起こり、私はこれらについてたくさんの会話を読んだ。これらの会話の多くがふたつの出来事を結びつけようとし、悲劇、悲嘆、呼びかけ、応答にある種のヒエラルキーを作り出そうとしていた。あまりに多くの審判、あまりに多くの悲嘆の尋問があった——よくもまあひとりの歌手、エンタテイナー、薬物中毒に苦しんだガール・ウーマンを悼むことができるものだと。まるで薬物中毒者の命の価値は低く、それが正しい種類の人々に起こった場合を除いて私たちには悲劇を悼む資格はないみたいに。また海の向こうでは七七人の人々が死んでいるというのにどうしてひとりの歌手を悼むことができるのかと。私たちはこれらの質問を受ける。まるで私たちには一度にたったひとつの悲劇しか悲しむキャパシティがないとでもいうように、どう応答するか決める前に私たちが悲劇の深さと範囲を測らなければいけないかのように、同情と優しさは出し惜しみするべき限りある資源であるかのように。私たちはこれらふたつの悲劇に順位をつけてまっすぐな線で結ぶことはできない。私たちはこれらの悲劇をうまいこと理解することはできない。

死は悲劇だ。その死がロンドンのガール・ウーマンだろうとノルウェイの七七人の男と女と子どもたちだろうと。私たちはこのことを知っているが、しかし忘れることのないように何度も何度も繰り返し言う必要があるのかもしれない。

私は思いやりが限りある資源だと考えたことはない。私はそんな世界には生きたくはない。

悲劇。呼びかけ。偉大な。小さな。思いやり。応答。思いやり。応答。

Back to me

ふたたび
私に
ついて

バッド・フェミニスト：テイク1

私のお気に入りの「フェミニスト」の定義は、スーによるものだ。オーストラリア人の彼女は、キャシー・ベイルが編纂した一九九六年のアンソロジー『DIYフェミニズム』でのインタビューで、フェミニストとは「ただ単にクソみたいな扱いをされたくない女性たちのこと」と言っている。この定義は簡潔かつ的確だが、これをさらに膨らませようとすると私は困ってしまう。私はフェミニストとして不十分だ。私は自分がいまの自分であることを選んでいるゆえに、本来そうでなきゃいけないほどにはフェミニズムにちゃんと取り組んでいないように感じ、自分がフェミニスト的理想に沿わない生きかたをしているように感じてしまう。

私は常日頃からこの緊張感をおぼえている。ジュディス・バトラーは一九八八年の論文「パフォーマティヴな行為とジェンダーの構成」で、「その人のジェンダーを誤って行うことは、はっきりしたものと非直接的なもの両方での罰を招き、一方でそれをうまく行うことは、結局のところ絶対的なジェンダー・アイデンティティが存在することを再保証してゆくのだ」と書いた。この緊張感――女として正しいありかた、本質的に女性であるための正しいやりかたが存在するという考えかた——は、いまなお現役で、広く行き渡っている。

私たちはこの緊張を、社会的に押しつけられた美の基準の中に見出す——女として正しくあるためには、痩せていること、化粧すること、きちんとした服を着ること（下品すぎてもだめだし上品すぎてもだめ——脚は少しだけ見せるべし、レディのみなさん）、などなど。よい女性は魅力的で、礼儀正しく、謙虚。よい女性は働いているけれど男性の七七パーセントの給与で満足、または誰に聞くかによるけれど、よい女性は子どもを産んで育てるために家にいて不満は言わない。よい女性は控えめ、貞淑、敬虔、従順。これらの基準に従わないのは堕落した女、望ましくない女。彼女たちは悪い女性だ。

バトラーの理論はフェミニズムにもあてはめることができる。本質主義的フェミニズムというものが存在していて、私の理解するところによればこの本質主義は、フェミニストでいるのに正しいやりかたと間違ったやりかたがあり、したがってフェミニズムが間違ってなされることがある、という考えかただ。

本質主義的フェミニズムは、怒り、ユーモアの欠如、好戦性、揺らぐことのない原則、正しいフェミニストの女性あるいは少なくとも正しい白人で異性愛者のフェミニストの女性になるために定められた一連のルールを想起させる——ポルノグラフィを憎み、女性の客体化を一方的に非難し、男性のまなざしに迎合せず、男を憎み、セックスを憎み、キャリアに集中し、毛を剃らない。これ冗談だからね、主に最後のは。これはフェミニズムの正確な描写にはほど遠いけれど、しかしこの運動は長いこと誤解によって歪められてきたので、本来もっとよくわかっているべき人たちでさえこうしたフェミニズムの極端なイメージを胸に抱いていたりする。

二〇一二年六月にウェブサイト「アトランティック」の記事で、「本当のフェミニストは自分で生計を立て、お金と自分の資産を持っている」と言ったエリザベス・ワーツェルのことを考えてみよう。ワーツェルの考えによれば、「自分で生計を立て、お金と自分の資産を持って」いない女たちは偽フェミニストであり、その名に値せず、シスターフッドにとって残念な存在ということになる。彼女は本質主義的フェミニズムの考えかたを「ハーパーズ・バザー」の二〇一二年九月号でさらに推し進め、よいフェミニストは美しくあるために努力するものだと提言している。彼女は「きれいに見えることはフェミニズムの問題。解放された女性なら元気でハッピーでない姿を見せることでその理念を誤って伝えたりしない」と言う。こういう考えかたのどこが間違っているかを分析するのは簡単だ。女性の価値は、ある程度、彼女の美しさによって決定されると彼女は言っているわけで、これはフェミニズムがはっきり反対していることのひとつである。

本質主義的フェミニズムの最大の問題は、それが人間的経験の複雑さや個性を許容しないところにある。そこには複数の、あるいは首尾一貫しない視点を包含する余地がないように見える。本質主義的フェミニズムは、たとえば、「セックス・ポジティヴ・フェミニズム」という語の出現を促し、これはセックスに肯定的なフェミニストとそうでないフェミニストのあいだにはっきりした区別を生み出した――そして現実がそれをなぞる本質主義的な予言となった。

私は自分がフェミニストと呼ばれるとき、まるで自分のフェミニズムが恥じるべきものであるかのように、あるいは「フェミニスト」という言葉が侮辱語であるかのようにたじろいでしまうことがときどきある。このレッテルが優しさをもって与えられることは滅多にない。私は、私たちの文化の奥深くに埋め込まれた女嫌い《ミソジニー》は深刻な問題であり容赦ない警戒が必要だと提言する度胸を見せたときに、たいていフェミニストと呼ばれている。この本に収録されているダニエル・トッシュとレイプ・ジョークについての文章（「あるジョークは他のジョークより面白い」）は最初「サロン」に掲載された。私はそこに寄せられる悪意に満ちたコメントを読まないように努めたが、我慢できず、ある投稿者が私を「怒れる女性ブロガー」だと言っているのを目にした。それは「怒れるフェミニスト」の単なる言い換えだ。あらゆるフェミニストは「怒っている」。たとえば、そう、「情熱的」と言われる代わりに。

もっと直接的な非難は私がつきあっていた男から、討論とは言わないが熱を帯びた話し合いの中で出てきた。彼は「君は俺に声をあげてるんじゃないのか」と言ったが、それはおかしな話だった。だって私は声をあげてはいなかったから。私はびっくりしてしまった。そんなことは誰にも言われたことがなかったから。彼は、女はどのように男と話すべきか長々と説いた。私が彼の偽理論を解体したとき、彼は「君は一種のフェミニストだろう、違うか？」と言った。彼の非難の声には、フェミニストであることは望ましくないとはっきり伝える調子があった。私はよい女性でなかった。私は黙ったまま、やきもきしていた。「私がフェミニストだなんてわかりきったことでは。

すごくいいフェミニストではないにしても」と私は思った。また私はそこで、自分がある特定の信条を持っていることで非難されたのだと悟った。この経験は、控えめに言って心乱れるものだった。

フェミニストのレッテルに気が引けてしまう、このレッテルを引き受けた結果として起こるであろうことが怖いとおおっぴらに発言している女性は私だけではない。

二〇一二年八月、画期的な女性の役を演じてきたことで知られる女優メリッサ・レオは、「サロン」のアンドリュー・オヘアによるインタビューで言った。「そうね、私は自分がフェミニストだとはまったく思わない。自分たちや他の人たちにレッテルを貼って分類しはじめると、世界を閉じることになる。私はそれは絶対言わない。最近ルイ・C・K（メキシコ系アメリカ人コメディアン。主演・脚本・監督を務める半自伝的なコメディ・ドラマ『ルイー』が大人気を博す）とのエピソードで私がやったようにね」。レオの発言には、それはたくさんの本質主義的フェミニスト神話が含まれている。私たちはこの世に生まれ落ちた瞬間から、ジェンダー、人種、サイズ、髪の色、目の色などなどによって分類されレッテルを貼られている。年を重ねるにつれ、私たちはますます多くのレッテルと分類を収集していく。自分自身にレッテルを貼り分類することが世界を閉じることになるとしても、もうとっくに長い時間が経っている。さらに不安にさせられるのは、フェミニストはルイ・C・Kのシットコム『ルイー』で役につくことはできないだろう、あるいはフェミニストはC・Kのユーモアを面白がることはできないだろうという主張である。レオにとっては、まずそこにフェミニストたちがおり、それとは別に分類を拒み出世のチャンスを摑みたい女性たちが存在しているのだ。

実業界で活躍する女性リーダーたちもフェミニストと呼ばれることを拒む傾向がある。二〇一二年七月にヤフー！の代表取締役ＣＥＯに就任したマリッサ・メイヤーは、インタビューで以下のように語っている。

私は自分をフェミニストだとは思いません。私は平等の権利をかたく信じているし、女性は、少なくとも男性とは別のさまざまな局面において、同じように有能だと信じているけれど、でも私は、思うに、好戦的な意欲みたいなものや、それにしばしば伴う挑戦的態度みたいなものは備えていません。そして残念なことだとは思いますが、しかし「フェミニズム」はいろいろな意味でむしろネガティヴな言葉になっていると思います。わかるでしょう、女性には世界中にすばらしいチャンスがありますし、ネガティヴなエネルギーよりもポジティヴなエネルギーから出てくるもののほうがずっといいと私は思うんです。

メイヤーは時代に先駆けた女性であるにもかかわらず、彼女にとってフェミニズムは好戦性など数々の先入観と結びついているのだ。フェミニズムはネガティヴであり、グーグルを経て現在はヤフー！でのキャリアを通して彼女が成し遂げたフェミニスト的前進にもかかわらず、彼女はポジティヴなエネルギーとやらのためにこの名を避けようとする。

オードリー・ロードはかつて、「私は黒いフェミニスト。つまり私は、私のパワーも私への抑圧の数々も、私の女性性だけでなく私の黒人性の結果として生じたものであると理解しており、したがって両方の最前線における私の苦しみは切り離すことができないものなのです」と述べた。私は有色人種の女性のひとりとして、一部のフェミニストたちは、有色人種の女性だけが抱える問題――現在進行形のレイシズムとポストコロニアリズムの影響、第三世界の女性の地位、強力な黒人女性の典型的イメージ（怒れる黒人女性、マミー、ホッテントット以下続く）に対する闘いを強いられることなど――を、どうやらそれほど気にかけていないということに気づいた。

ホワイト・フェミニストはしばしば、有色人種の女性特有の問題があると信じることによって不自然な分断が起こり、連帯やらシスターフッドやらが妨げられると言いたげなことがある。そうでなければ、ホワイト・フェミニストは単純にこうした問題を無視する。二〇〇八年、有名ブロガーのアマンダ・マルコットは「人は違法になり得るか？」と題したブログ記事を公開したが、その数日前に同じテーマの話を投稿していた別のブロガー「ブラウンフェミニストパワー」からアイデアを盗用したとして批判された。どこまでがオリジナルの考察でどこから借り物のコンセプトが始まるのかという問いは、この件の場合、有色人種の人物の創作物を白人の人物がまた奪ったという要素が絡んで、とりわけ複雑だ。

フェミニスト・ブログ空間ではこうした問題について白熱した議論が戦わされ、辛辣なブラック・フェミニストたちはときに「ラディカル・ブラック・フェミニスト」のレッテルを貼られ、過剰反応だとか、例によって「人種を切り札にしてる」だとかと批判される。

こうした意図的な知らんぷり、黒人女性たちの懸念と問題をフェミニズム運動の主流に含めようとしない態度を理由に、私はフェミニズムが私のような人々を受け入れるようになるまではフェミニストを名乗りたくないなと思うようになった。それもまた私なりのフェミニズムの本質主義化であって、正しい種類のフェミニズム、もしくはもっと包摂的なフェミニズムが存在するはずだとの主張ということになるのだろうか？　そうかも。私にも後ろ暗いところはあるのだけど、でもこのフェミニスト界隈の内部にある、人種問題についての相も変わらずの無神経さは、深刻な問題なのだ。

また、こんな問題もある。最近、さまざまな雑誌が、フェミニズムあるいはワーク・ライフ・バランスの実現を目指す女性、または女性一般にはどこか間違ったところがあると言ってくる。「アトランティック」がこうした嘆きの先陣を切った。前述した二〇一二年六月の記事で、『私は「うつ依存症」の女』の著者エリザベス・ワーツェルは、職場に参入するより家にいることを選ぶことによってフェミニズムと女性の前進を妨げている「一％の妻たち」に対する激しい反論を書いた。ワーツェルは挑発的にこの記事の口火を切る。

フェミニズムのあらゆる悪いところについて考えて二進も三進もいかないとき、私の中の一九世紀詩人が顔を出す。数えてみましょう（E・B・ブラウニングの詩集『ポルトガル語からのソネット』の一篇、夫をどんなふうに愛しているかを挙げる詩を参照している）。まず何より、フェミニズムはそれこそよい女の子で、本当に、本当にものすごく誰もに好かれたがっている――優雅にランチする女たち、女を憎む男たち、選択権を要求するくせに責任を理解しない愚か者たちにも――そして社会運動における誰とでも寝る女に成り下がった。

フェミニズムには問題点がある。そうワーツェルは言い、彼女は激しく自分の立場を弁護する。ワーツェルはフェミニズムのための正しい道を知っている。この記事でワーツェルは、平等には一種類しかない、すなわちそれは経済的平等であり、女性がそれを理解し一斉に労働力とならなければ、フェミニストたち、とりわけ裕福なフェミニストは失敗し続けるだろうと述べた。彼女たちはフェミニズムの本質的な概念に達しないまま、バッド・フェミニストであり続けるだろう。経済的平等が重要だという点においてワーツェルは間違ってはいないが、しかし、経済的平等がもたらされれば残りのフェミニズムの課題も解消するだろうと仮定するのは間違っている。

二〇一二年七月／八月号の「アトランティック」で、アン・マリー・スローターは、「すべてを手に入れる」ことを目指すパワフルで成功した女性たちの苦闘について書くのに一万二〇〇〇ワード以上を費やした。彼女の記事は興味深く思慮に富んでいた――特定のタイプの女性、すごく華々しいキャリアを持つ裕福な女性にとってはの話だが。彼女はこの記事の書籍化契約までものにした。スローターは小さなエリート集団の女性に語りかけており、息子といっしょに時間を過ごすために国務省の要職を辞したスローター自身が持っていたような特権を持たない何百万人もの女性たちのことは無視していた。働いている女性たちの多くは必要に迫られてそうしている。働くことはすべてを手に入れることとは関係がなく、むしろ食卓に食べ物を確保することのほうにおおいに関係があるのだ。

スローターはこう記している。

かつて私は自分が道を踏み外すことなくフェミニストの理念に身を委ねてきたことを祝福する女性だった。大学またはロースクール時代の友人たちで、それぞれの専門職で最高クラスの地位に到達しそれを維持し続ける人が減っていく中、うぬぼれたおしゃべりを続けていた。かつて私は講義で若い女性たちに、「あなた」は「すべてを手に入れられるし、何でもやる」ことができる、「たとえどんなフィールドにいようとも」と言う人間だった。

ここで重要なのは、はたしてフェミニズムはこれまでに女性はすべてを手に入れることができるなんて言ったことがあったのか、私にはまるでわからないということだ。この、「すべてを手に入れることができる」という概念は、いつもフェミニズムに起因するものと誤解されているが、ただ本当のところ、すべてを手に入れたいと願うのは、そもそも人間の性分なのだ。ケーキを手に入れてそれを食べたいと誰もが願う、けれどいかにそれを達成するのか、「すべてを手に入れる」ことを幸運な人々だけでなくより幅広い人々にとって可能にするにはどうしたらいいのかを誰もが意識するとは限らないということだ。

ああ、哀れなりフェミニズム。あらゆる領域において、男性と女性のあいだに、平等を実現することが第一の目的であるひとつの運動の肩に、あまりにも大きな責任が山積みにされ続けている。私はこういう記事を読んでは怒り、疲弊し続けている。女たちにとっては「正しくやる」道なんてものは存在しないことを伝えているから。これらの記事は、実際、バトラーが提言したように、女性であることには正しいやりかたと間違ったやりかたがあるかのように感じさせる。女性および／もしくはフェミニストであるためにどうするのが正しいのか、その基準は常に変わり続けて、実行不可能なものに感じられてくる。

シェリル・サンドバーグの『LEAN IN（リーン・イン）　女性、仕事、リーダーへの意欲』が発売される数週間前から、評論家たちは女性として働くことをめぐるこのフェイスブック最高執行責任者の持論について、たくさんのことを語っていた――実際にこの本を読み終えていた人はまだほとんどいなかったにもかかわらず。その結果生まれた議論は、『LEAN IN』の内容を奇妙に歪め、誤解を生む見出し、不正確な事実、不当な推定が振りまかれることになった。

いわば、ビジネス・自己啓発本の世界へのまあごく普通の進出ですら、女性に課されるダブル・

スタンダードから免れることはできないということがあきらかにされたのだ。

サンドバーグはその立派なキャリア（クリントン大統領時代の財務長官の首席補佐官を経てグーグル副社長）からの個人的な逸話を散りばめつつ、女性が職業的および個人的な成功を収めるためにはどうしたらいいのかの考察、調査、実際的なアドバイスを語る。彼女は女性たちに、もっとキャリアに「前傾姿勢《リーン・イン》」になって「あらゆることを野心的に追求」するよう説く。『LEAN IN』はしっかりと書かれ、まずまず興味深く、たくさんの見覚えのある調査を繰り返している――女性たちが出世しようとするにあたって直面している課題を思い出させるのはまあ有益だろう。

意図的なものかそうでないのか、この本の大部分は、女性が職場で直面する幾多の障害を身も蓋もなく思い出させる。私もところどころ心に響いたことは否定できない。特に「詐欺師症候群《インポスター・シンドローム》」と、女性は自分自身にその資格があると感じられるまで出世のチャンスを進んで摑もうとしたがらない傾向があることについての議論の部分は。

しかしサンドバーグは男女二元論的ジェンダー観に固執しており、『LEAN IN』は非常に異性愛規範が強い。職業女性の大部分が職業男性との関係において捉えられる。『LEAN IN』で言外に込められた最大のアドバイスは、女性は伝統的に男性的とされる性質を身につけるべきだということのように感じられる（自信、リスクを取ること、積極性、などなど）。このアドバイスはところどころで裏目に出ている。なぜならサンドバーグが「成功したかったらクソ野郎になれ」と主張しているように感じられてしまうからだ。加えて、サンドバーグは概して、女は職業的野望を成就させるのと同時に男と結婚して子どもを持ちたいものだと決めてかかっている。確かに、彼女は「すべての女性がキャリアを求めているわけではありません。すべての女性が子どもが欲しいわけではありません。すべての女性が両方を求めているわけではありません。私は、私たちが全員同じ目標を持っているはずだとは決して言っていません」と言っている。しかし彼女は、本書のありとあらゆる例え話を華々しいキャリアと完全な核家族を求める異性愛者の女性を前提に語っており、自己矛盾を起こしている。サンドバーグがきわめて限定された読者に向けて書いており、その想定読者層にあてはまらない人々にはあまりためにならないということを認めてしまいさえすれば、この本を楽しむのはずいぶんラクになるだろう。

『LEAN IN』の出版と共に立ち上がった主な問いのひとつは、サンドバーグは彼女の対象読者層に入らない女性たちについても責任を負うのか否かである。スローター同様、サンドバーグは女性の中でもずいぶん小さな集団に語りかけている。「ニューヨーク・タイムズ」で、ジョディ・カンターは、「(サンドバーグの)助言者たちでさえ、ハーバードの学位をふたつ持ち、二重の資産家で(彼女が仕事をしてきたフェイスブックとグーグルによる)、九〇〇〇平方フィートの家と家事代行業者たちを手にした女性が、彼女ほど幸運でない女性たちにもっと内省してがんばれと促すことのマヌケさを認めている」と書いている。

ところどころで、サンドバーグの持てる資産と幸運を示す証拠が癪に障る。彼女は彼女のメンターであるラリー・サマーズと普通に議論し、財務省で働き、博士号を持つ弟と妹と、彼女と同じように成功している夫のデヴィッド・ゴールドバーグがいる（サーヴェイモンキーのＣＥＯであるゴールドバーグは、家族に捧げる時間を増やすために、会社本部をポートランドからベイエリアに移転させた）。ある理想的な状況から次の理想的な状況へと移る彼女の動きが、まるで簡単にまねできるものであるかのような印象を与える。

サンドバーグの人生はマジに不条理なフェアリーテールであり、私は『ＬＥＡＮ ＩＮ』をひとつのスノードームのようなものとして考えはじめた。その中には私の喜びといらだちを収めた小さくて素敵な絵画がきれいに保存されているのだ。私はサンドバーグがすべてを手に入れているなんて言うほど大胆にはなれないが、しかし彼女が「すべてを手に入れる」状態はたぶんこんな感じというのにかなり近いところにいると信じなくちゃやってられない。単に「一歩踏み出して《リーン・イン》」もっとがんばることで、誰もがサンドバーグのような成功を達成できるものだなんて仮定するのは常識的に考えて非現実的だ――だが、だからといってサンドバーグの言うことで役に立つ部分はまったくない、あるいは『ＬＥＡＮ ＩＮ』のことはすぐ忘れていい、というわけではない。

文化批評家というものは周縁化された人々に対して少々持ち上げたり逆に偉そうになったりするものだが、『ＬＥＡＮ ＩＮ』をめぐる議論において「労働者階級の女性たち」は、少なすぎる報酬のためにがんばって働きすぎる女性たちの集団として漠然とひとまとめにされた。だが、これらの女性たちがこの世界に実際に生きている、そしてもしかしたらだけれど、同じように野心を抱いているかもしれない人々として考察されることは、ほとんどなかった。

驚くまでもないが、すでに悲しくやせ細ってしまっている労働者階級の女性たちにとってもリーン・インすることは理に適った選択肢だという考えに対しては、はっきりした反論が出てきている。サンドバーグは彼女の特権を忘れているわけではない。曰く、

私は、女性のほとんどが次世代のために社会規範を変えることに取り組むことができず、ただ毎日を生き抜こうとしているだけだということをよくわかっています。被雇用者の母親の四〇パーセントが病気休暇もバカンスもなく、五〇パーセントが病気の子どもの看病のために休むことすらできていません。産休のあいだに給与を受け取っている女性はおよそ半分だけです。こうしたやりかたは厳しい影響をもたらしかねません。有給を利用できない家族はしばしば借金を迫られ、貧困に転落します。不安定なパートタイムの仕事は将来の計画が難しく、基本的な福利厚生や保険制度の対象となる週四〇時間労働に達しないこともしばしばです。

もしサンドバーグがそういう境遇にある女性たちのキャリア・マネジメントについて現実的なアドバイスを与えることができていたら、それはさぞかし役に立ったはずだ。もし私たちが空飛ぶ車を持っていたら役に立ったはずだろうというのと同じで。サンドバーグのアドバイスは労働者階級の女性たちにはまったく意味がないと仮定するのは、彼女のアドバイスがすべての女性に適用可能であるべきだと主張するのと同じぐらい近視眼的な見方だ。そしてはっきり言おう。もしサンド

バーグが、あきらかに彼女自身よく知らない集団である労働者階級の女性たちに働きかたのアドバイスを与えることを選んでいたら、彼女は自分の領域をはみ出しているとして厳しく批判されていたに違いない。

『LEAN IN』への批判は完全に的外れというわけではないが、公の場で女性であることに伴う危険を象徴している。女性の公人たち、とりわけフェミニストは、誰にとってのすべてでなくてはいけないのだ。そうでない場合、彼女たちはその失敗を激しく咎められる。ある意味、それも理解できる。私たちはずいぶん遠くまでやってきたが、しかしまだまだ遠くまで行く必要があるのだ。私たちはすごくたくさんのことが必要で、そして壇上の際立った女性たちは私たちが必要とするものすべてかもしれないと期待してしまうのだ――絶望的に無理な立場。エリザベス・スピアーズが「ザ・ヴァージ」に書いた通りだ。

誰かがジャック・ウェルチ（あるいはウォーレン・バフェット、もしくはドナルド・トランプだって）のベストセラーを手に取って、それが家族の生活のためにいくつもの職をかけもちしなければならない労働者階級の男性たちに同情的でないと不満を言ったのは、いつが最後だったろう？（略）そしていったい誰がジャック・ウェルチの本を読んで、ジャック・ウェルチのライフスタイルと職業上の選択を自分も採用しなければならない、さもなくばおまえは劣等種だ、と言われているように感じるのだろうか？

『LEAN IN』は決定的テキストまたはありとあらゆる場所のありとあらゆる女性にあてはまる普遍的なアドバイスを提供する本として読むことはできないし、読んではいけない。サンドバーグは彼女のアドバイスに自信たっぷりで積極的だが、しかし読者に彼女の言うことすべてを実行する義務はない。たぶん私たちは『LEAN IN』を、ありのままに受け止めて考えることができるだろう――それが誰で、何をしているかにかかわらず、女の子に適用されるルールはいつも違っているものだということを、改めて思い出させるものとして。

バッド・フェミニスト：テイク2

私は女としてダメ。フェミニストとしてダメ。私がフェミニストの名札を遠慮なく受け取ったらよいフェミニストたちに失礼になるだろう。もし私が、事実、フェミニストだとしたら、それは悪いほうのやつ。私は矛盾だらけ。私はフェミニズムを実践するにあたっていろいろな意味で間違ってる。それは少なくともひとりの女である私のフェミニズム観に照らし合わせればの話で、それ自体がすでに歪んでいるのだけど。

私は自立していたい、けれど誰かに大事にされたいし、誰かのために家に帰りたい。私には仕事があって、それに関して私はかなり優秀。私はいろんなことの責任者。委員会に入ってる。人々は私を尊敬し私に相談する。私は強く、プロフェッショナルでありたいけれど、でも自分が真面目に受け取られるために、ちょっと相手にしてもらうまでにどれだけ一所懸命がんばらなくちゃいけなかったかを思って腹を立てる。ときどき職場でもうどうしても泣かずにはいられなくなって、研究室のドアを閉めて泣く。

私は責任を果たし尊敬され理性ある人間でありたいけれど、私の人生のいくつかの局面においては、完全に身を任せてしまいたくなる。誰が大人になりたいって？

車で職場に向かうとき、私はものすごい大音量でワルそうなラップを聴く。その歌詞は女性蔑視的で私を心底不快にさせるのに。イン・ヤン・ツインズの名曲「ソルト・シェイカー」？　びっくりしちゃう。「おまえのラクダが痛み出すまで振れビッチ」

なんて詩的。

（私は私の音楽の選択に屈辱を覚える）

私は他人がどう思うか気にする。

ピンクは私のお気に入りの色。かつて私はクールぶって好きな色は黒と言っていたけれど、でもピンクなのだ――いろいろなピンク。もし私がアクセサリーをつけるなら、それはたぶんピンク。私は「ヴォーグ」を読むし、それは皮肉でやってるわけじゃない。そう見えるかもしれないけど。私は九月号を読みながら実況ツイートをしたこともある。私はこの証拠をちょっと外に向けて示しつつ、かわいい靴とバッグとそれに合う服でいっぱいのクローゼットを手に入れるっていうものすごく自分を甘やかした夢に浸ったりもする。私はドレスが大好き。長年にわたって嫌いなふりをしてきたけれど、本当はそうじゃない。覚えている限り、近年ふたたび人気になった最高のアイテムのひとつがマキシドレス。私はマキシドレスについてはちょっとうるさいし！　脚のむだ毛も剃ってるし！　そしてまたしても、これは私に屈辱を感じさせる。もし女性について回る非現実的な美の基準に異議を唱えているなら、私はファッションとなめらかなふくらはぎをこっそり好んでいたりしちゃいけないはず。そうじゃない？

私は車については何も知らない。自分の車を整備士のところに持って行くとき、彼らがしゃべっているのはまるで外国語みたいだ。この車はどこの調子が悪いんですかと整備工に尋ねられると、私はしどろもどろで「ええと、ラジオでかき消したくなる音がするんです」みたいなことを言ってしまう。私の車のリアウィンドーのガラス洗浄液はもうガラスに吹きつけられていない。空気中に吹きつけるだけ。私はこれにどう対処したらいいかわからない。値の張る問題のように感じられる。いまでも車についての質問で父親に電話するし、車関係の無知に関して自分を変えることにはそれほど興味がない。車の扱いがうまくなりたくはない。よいフェミニストは、私が思うに、自動車絡みの危機を自分でなんとかできるぐらいに自立しているもの。フェミニストはそういうことを気にかけられるぐらい自立している。

みんな私の意見を書いた文章を根拠に誤解しているけれど、私は男が大好き。彼らは私にとって面白いし、だいたいのところ私は彼らがもっとうまく女性を扱えるようになればいいのにと願っている。そうすれば私だってそんなにしょっちゅう彼らを非難しないで済む。それでもやはり、私は自分に合わない男たちのナンセンスに我慢している。私のほうが「よくわかってる」し、うまくできるのに。私はダイヤモンドと結婚式のやりすぎ感が好き。私は一部の家事にはジェンダーがあると考えていて、雑用の類には興味がないからできればお願いしてしまいたい――たとえば芝生の手入れ、虫退治、ゴミ出しなんかは男の仕事。

ときどき、いや正直に言えばわりと頻繁に、私はそのほうが楽だからって理由で完全に「あれ」

のふりをする。私はオーガズムのファンで、だけどそれは時間がかかり、そんなに時間をかけたくないときもたくさんある。私の欲望の微分積分を説明するほどには相手の男を好きじゃないこともままあるのだ。そして私はこういうのをシスターフッドは認めないだろうなと罪悪感をおぼえる。シスターフッドが何なのかすらはっきりわかってないけれど、でもシスターフッドの概念は私を怯えさせ、自分がフェミニストとしていかにダメかを静かに思い出させる。よいフェミニストはシスターフッドを恐れない。だって彼女たちは、自分がシスターフッドに認められるようにふるまっているると知っているから。

私は赤ちゃんが好きで、ひとり欲しいなと思う。そのためにいくらかの譲歩は喜んでするつもりだ（犠牲を払うのではなく）——つまり子どもと長い時間を過ごすために仕事のペースを落として産休を取り、執筆も減らせば、私は自分の人生をもっと生きることができる。私は学位を取ってキャリアを追求するのにすごく長い時間をかけてきたから、自分がひとりで結婚せず子どもも生まずに死ぬんじゃないかと心配してる。この種のことを考えると夜眠れなくなるけれど、そんなことはないふりをする。だって私は進んだ人間のはずだから。もし私がよいフェミニストなら、私の成功は、もうそのままで十分なはずなのだ。十分ではない。まだまだほど遠い。

私はジェンダーの平等について心の深くからたくさんの意見を持っており、したがってある理想に適っていなければいけないという大きなプレッシャーを感じている。私はすべてを手に入れている、すべてをやっているよいフェミニストであるべきとされている。しかし、本当のところ、私は自分自身と自分の信用度を受け入れるのに苦心しているひとりの三〇代の女だ。私は長きにわたって自分は理想の女性ではないと自分に言い聞かせてきた――まったくもって人間であり完璧ではない。他でもない理想の女性になろうとがむしゃらに働いてきたが、それは消耗するし持続不可能だし、ただ自分自身を受け入れるよりもっとたいへんなことだ。

たぶん私はバッド・フェミニストだ。でも私はフェミニズム運動にとって重要な問題に深く関わっている。私にはミソジニー、女性を一貫して不利な立場に置いている制度上の性差別、賃金の不平等、美と痩身の礼賛、繰り返される生殖の自由への攻撃、女性に対する暴力などなどについてはっきりした意見がある。私は平等のために猛烈に戦い、本質主義的なフェミニズムが存在するという考えを壊すことに力を尽くしている。

私はインタビューで自分は中絶の禁止を目指すと明言したミズーリ州のトッド・エイキンのような政治家候補や、その「正当なレイプ」というフレーズに唖然としてしまう類のフェミニストだ。彼は「もしそれが正当なレイプなら、女性の体にはすべてを拒もうとする仕組みがあるはずだ。しかし、それが働かないこともあるとしよう。何らかの罰が与えられるべきだとは思うが、しかし罰されるべきはレイプ犯であって、子どもを攻撃するべきではない」と言った。偽科学とレイプに対して甘い文化的風潮から引き出された発言だ。

ところで私は、フェミニストであることで、たとえバッド・フェミニストではあっても、トップ40のヒット曲やコメディアンの幼稚なユーモアといった一見それほど重要ではない問題にもフェミニズムの必要性と擁護は適用され得るということを知った。私たちの大衆文化におけるこうしたたわいないものたちは、私たちが直面しているより深刻な問題の数々によって生まれているのかもしれない。土壌は長い時間をかけて柔らかく耕されてきたのだ。

いつからか、私はフェミニストとはある特定のタイプの女性のことだと思うようになっていた。私はフェミニストとはどんな人なのかに関するまったく不正確な神話——好戦的で、政治的判断と人間性に非の打ちどころがなく、男嫌いで、ユーモアがない——にかかずらっていた。これらが神話にすぎないと、頭では、よくわかっていたのに。私はこれを恥ずかしく思う。こうした神話をもう受け入れたくない。私は、これまであまりにもたくさんの女性たちがやってきたのと同じようにフェミニズムを傲慢に否定したくはない。

バッド・フェミニズムは、私が自分自身とフェミニストとしての自分自身を両方認めることができる唯一のやりかたのように思える。だから私は書く。私は、すべての私を怒らせることと、すべての私に喜びをもたらす小さなことについてツイッターでおしゃべりする。自分の体をもっと大事にしようと努力して自炊した料理についてのブログ記事を書き、新たに投稿するごとに、自分を傷ついたままにしておこうとしていた年月をくぐり抜け、もう私は自分自身を破壊しようとはしていないのだと悟る。書けば書くほど、バッド・フェミニストとしての、しかし願わくばよい女性としての自分を外の世界に出せば出すほど——私は自分がどんな人間なのか、どんな人間だったのか、どこでためらったのか、どんな人間になりたいのかを隠さずに伝えている。

フェミニズムと私のあいだにどんないろいろな問題が生じていようと、私はフェミニストだ。私はフェミニズムの重要性と絶対的な必要性を否定することはできないし、これからもしないだろう。ほとんどの人たちと同様、私は矛盾だらけだが、しかし女でいることを理由にクソみたいな扱いは受けたくないのだ。

私はバッド・フェミニスト。まったくフェミニストでないよりは、バッド・フェミニストでいたいのだ。

謝辞

これらのエッセイは「ザ・ランパス」、「ジ・アメリカン・プロスペクト」、「ヴァージニア・クォータリー・レヴュー」、「ナインス・レター」、「フリクエンシーズ」、「ブックスラット」、「ジェゼベル」、「アイアン・ホース・リタラリー・レヴュー」、「ザ・ロサンジェルス・レヴュー」、「バズフィード」、「サロン」に掲載された記事に加筆修正したものです。私の書くものが収まる家を与えてくれたこれらの媒体の編集者たちに感謝いたします。

私のエージェント、マリア・マッシーは書き手が保持し得る最高のチャンピオンです。カル・モーガンとマヤ・ジヴはすばらしい編集者で、とりわけカルはハーパー社に私の居場所を作るにあたって粘り強く力を尽くしてくれました。担当編集者が『ビバリーヒルズ高校白書』への愛に理解を示すとき、自分が正しい人たちに出会ったんだってことがわかります。マヤと私はいまやBFF《ズッ友》です。私の言葉にウィットに富んだ教育的気遣いを与えたマリー・ベス・コンスタントにも感謝を捧げます。この本の少なくない部分が『ロー&オーダー：性犯罪特捜班』のサウンドトラックと共に書かれています。これが私の何を表しているのかはわからないけれど、クレジットとはそういうものだから触れておかなくちゃ。「サロン」のデイヴ・デイリーとアンナ・ノースは私の仕事をすごく歓迎してくれて、たくさんの刺激的な機会をかたちにしてくれました。アイザック・フィッツジェラルドとジュリー・グレイシャスは「ザ・ランパス」で私の書きものを編集し、私は彼らの知的で思いやりのある手を経た自分の書きものをこの先もずっと信頼してゆくことでしょう。「ザ・ランパス」で最初に私のノンフィクションへの扉を開いたのはスティーヴン・エリオットで、彼と仕事をするのは喜びです。ミシェル・ディーン、ジャミ・アッテンバーグ、キャシー・チャン、トレーシー・ゴンザレスにも感謝を。私の兄弟のひとりが『ダークナイト　ライジング』のベインのセリフを謝辞に入れてほしがっているので、どうぞ。「暗闇を味方にしたつもりか。おまえは暗闇をまとっただけ。俺はそこから生まれた。そこに作られた」。私は両親がこの本を読まないことを望んでいるけれど、でも彼らを愛しているし、すべては彼らがいてこそでした。私はラッキーです。

訳者あとがき

なにげなく眺める英語圏のエンタテインメント情報サイトやファッション雑誌の見出しに、「フェミニスト」の文字がよく目につくようになったのは、いつ頃だったろう。日本と比較すれば昔からずっとそうだったとも言えるけれど、二〇一〇年代、特にここ数年は、若い世代の女性に向けたメディアで、それこそ「いけてる子は全員フェミニスト」ぐらいの勢いを感じる。

もちろんこれは日本在住の、そうした話題に関心のある一個人の観測範囲での話だから、偏っているに決まっている。とはいえ、たとえばセールスや受賞歴など数字の上でも今日のポップ・ミュージックの世界に君臨する「女王」ビヨンセは、二〇一四年のMTVビデオ・ミュージック・アワードのパフォーマンスで巨大な「フェミニスト」の文字を背に立ち、その後も女性を祝福する作品を発表し続けている。国連ウィメン（ジェンダー平等と女性のエンパワーメントのための国連機関）は、『ハリー・ポッター』シリーズでおなじみの女優エマ・ワトソンを親善大使に任命し、意識向上のためのキャンペーンを展開している。こうした誰もが認める大スターたちがフェミニストとして堂々と発言し、性差別解消のためにさまざまなプロジェクトに参加しているのだ。

そしてインターネットでは、こうした動きに対して市井の人々が賛同や批判の声をあげ、さかんに意見を交換する様を確認することができる。もちろん、有名人や施政者や大企業より先に、自らすすんで問題提起を行い、解決策を考え、お互いに励まし合って行動している人々がたくさんいることも、昔からしたら嘘みたいに簡単に知ることができるのだ。二〇一〇年代のフェミニズムへの熱い注目は、メディア環境の変化と性差別問題への理解の広がりを示しているのと同時に、いまだに課題が山積みで男女平等にはほど遠い現実の厳しさの証左でもある。

ロクサーヌ・ゲイは、こうした状況のもとで頭角をあらわし、支持を集めてきた書き手だ。彼女は新聞、雑誌、オンライン・マガジンなどに寄稿するのに加え、個人ブログやツイッターでも積極的に発言してきた。二〇〇七年に開設されたツイッターのアカウントのフォロワー数は、二〇一六年一二月現在で一五万八〇〇〇人。アメリカ合衆国で生まれ育ったハイチ系の黒人女性であり、田舎の大学教員という立場にある「私」の個人的な視点から、性差別に人種差別、容貌差別、経済格差、地域格差、宗教右派の台頭と異文化への不寛容など、さまざまな問題が交差するアメリカの現実を描き出してみせる。ときにはテレビのリアリティ番組やティーン向けの俗っぽい小説や映画などの「うしろめたい愉しみ」の魅力を楽しげに分析し、自身のトラウマ的な体験も赤裸々に語る。彼女がさまざまな媒体に書いてきた記事をまとめたエッセイ集『バッド・フェミニスト』は、二〇一四年夏に刊行されるなり大評判を呼んだ。

ポップカルチャーへの愛情と社会批評とパーソナルな告白が混ざり合う本書を読み終えたか

たは、彼女についてもうすでにたくさんのことをご存じだろう。ここでは日本の読者に向けて、『バッド・フェミニスト』以前と以後の彼女について少し紹介しておく。

ロクサーヌは一九七四年生まれ。大学に籍を置きつつ、二〇〇〇年代前半から小説や詩などのフィクション作品とノンフィクションの論考やエッセイの両方を、さまざまな雑誌やアンソロジーに寄稿してきた。二〇〇六年にはＭ・バートレー・シーゲルと共同で文芸誌「ＰＡＮＫ」を創刊。二〇一〇年には女性どうしの性愛を扱うアンソロジー『ガール・クラッシュ：女性のエロティック・ファンタジー』を編纂している。同年、「タイニー・ハードコア・プレス」というスモール・プレス（小出版プロジェクト）を立ち上げ、他の作家の小さな本を何冊か出版した。

彼女の最初の本、短編集『アイチ（Ayiti）』は、二〇一一年にアーティスティカリー・デクラインド・プレスより刊行されている。タイトルはハイチ語で言う「ハイチ」だ。二〇一四年にはハーパー社から『バッド・フェミニスト』、グローヴ・アトランティック社から長編小説『アンテイムド・ステイト』が出版され、大きな注目を集めた。二〇一五年にはＴＥＤカンファレンスに招かれて講演を行った。このときの動画はネットで公開され、現在では日本語を含む二九の言語の字幕がつけられて、英語のメディアに馴染みのない人々が彼女のメッセージに触れるきっかけとなっている。

ロクサーヌの快進撃は止まらない。二〇一六年春の報道によれば、『アンテイムド・ステイト』は映画化が決定されているそうだ。監督はジーナ・プリンス＝バイスウッド（『リリィ、はちみつ色の秘密』）、主演はググ・バサ＝ロウ（『ベル　ある伯爵令嬢の恋』）。ロクサーヌは監督と共同で脚本を手掛ける。『バッド・フェミニスト』収録の一篇で語っている、「いつか世界一ハンサムな主演俳優にエスコートされてオスカーを手にする」という「恥ずかしい夢」に一歩近づいた。

また、最近では詩人ヨナ・ハーヴェイと共同で、コミックの原作にも挑戦している。スパイダーマンやアイアンマンなどで知られるマーベル社は、近年、時代の要請に応じて多様性を取り入れる努力を進めており、一九六六年に初の黒人スーパーヒーローとして世に送り出されたブラックパンサーをフィーチャーした新たなシリーズを立ち上げた。この『ブラックパンサー』では、アメリカで黒人として生きることについて息子への書簡の形式で綴った『世界と僕のあいだに』で脚光を浴びたタナハシ・コーツが原作者として抜擢され、すでに大ヒットを記録している。ロクサーヌが参加しているのは、これに連動する作品『ブラックパンサー：ワールド・オブ・ワカンダ』。クィアの黒人女性キャラクター、アヨとアネカが活躍する物語で、同社が黒人女性作家を起用したのは史上初だそうだ。

二〇一七年には短編小説を集めた『ディフィカルト・ウィメン』と、食べものと体重、ボディ・イメージの問題を扱った二冊目のエッセイ集『ハンガー』の刊行が予定されている。折しもアメリカでは八年にわたるバラク・オバマ大統領の時代が終わり、ドナルド・トランプの共和党政権のもと、女性や有色人種、マイノリティの権利がさまざまな場面で侵されることになるのではないかとの憂慮が広がっているところ。インディアナ州ウエストラファイエットのパデュー大学で教育に携わりながら執筆活動に励むロクサーヌには、クリエイターとしても論客としても、とてつもなく大きな期待とプレッシャーがかけられているのだ。

現代アメリカ社会に鋭く斬り込むロクサーヌの文章は、文化的背景を共有していないと理解しづらい部分もあるだろう。「ああ言われているけれど、私はこう思う」という話を追うとき、まず「ああ」の内容が耳慣れなかった場合、一度に脳内で処理すべき情報が多すぎて面食らってしまうかもしれない。だがそれはつまり他者を知る貴重な機会だということ。あっさりとは飲み込めない部分も含めて楽しんでいただける翻訳ができていれば良いのだが。

そもそも本書のタイトルであり主幹となるコンセプト「バッド・フェミニスト」からして、平易で力強い表現だからこそ日本語に置きかえるのは難しい。「バッド」は「グッド」の反対で、悪い、落第、不良、ダメなど、広く否定的な評価をあらわす言葉だ。しかし逆に「かっこいい」、「いかした」など、肯定的な意味で使われる場合もある。それこそ日本語の「ヤバい」のように。ここではカタカナの「バッド」を採用したが、自虐と開き直りと虚勢と誇り、その他いろいろが綯《な》い交ぜになった意味の広がりを感じ取っていただければありがたい。

この日本版では、原書に収録されていた三篇が省略されている。「私について」の章より、ロクサーヌが文字を組み合わせて単語を作る能力を競うボードゲーム「スクラブル」に思いがけず熱中することになった経緯と、その真剣なプレイヤーたちのコミュニティについて綴った「引っ掻き、爪を立て、まさぐる。ぶざまに、あるいは熱狂的に」。「ジェンダーとセクシュアリティ」の章より、一〇代の頃に減量キャンプに参加した体験を振り返りつつ肥満問題を扱った小説を評する「カタルシスを求めて　正しく（あるいは間違って）太ること、そしてダイアナ・スペキュラー『スキニー』について」と、ソーントン・ダイアルのアート作品を参照しつつハッピーエンドについて考察した「田園詩のなめらかな表層」。これらも何かの機会に紹介できればと思う。

自分に多少うしろ暗いところがあったとしても、黙っていたら何もはじまらない。完璧な人間なんていないし、全員に好かれようなんて無理。だから自分の感じていること、考えていることを伝え、助け合える仲間を作っていこうと呼びかけるロクサーヌ。主語を大きくすることなく、あくまでも「私」の視点から個人と社会を結びつけて語るやりかたの例として、本書が声を出しかねている人々にとっての良い刺激となり、新しい何かが生まれてくることを、訳者として願い、楽しみにしている。

翻訳にあたっては編集の内藤寛さんにたいへんお世話になった。どうもありがとうございました。亜紀書房のみなさまをはじめ、出版にご尽力いただいたかたがたに深く感謝いたします。

野中モモ

ロクサーヌ・ゲイ　ROXANE GAY

1974年ネブラスカ州生まれ。2011年に短編小説集『アイチ』を上梓。2014年、初のエッセイ集『バッド・フェミニスト』(本書)と長編小説『アンテイムド・ステイト』で人気作家に。作品はアンソロジー「アメリカ短編小説傑作選2014」、「アメリカミステリー小説傑作選2012」、「ベスト・セックス・ライティング2012」にも選出されている。「ニューヨーク・タイムズ」に寄稿。マーベル社のコミック『ブラックパンサー:ワールド・オブ・ワカンダ』の原作者でもある。2017年には体重と自己イメージの問題をテーマに綴ったエッセイ集『ハンガー』、短編小説集『ディフィカルト・ウィメン』を刊行。

野中モモ

ライター、翻訳家。訳書に『GIRL IN A BAND　キム・ゴードン自伝』(DU BOOKS)、ダナ・ボイド『つながりっぱなしの日常を生きる　ソーシャルメディアが若者にもたらしたもの』(草思社)、アリスン・ピープマイヤー『ガール・ジン　「フェミニズムする」少女たちの参加型メディア』(太田出版)など。著書『デヴィッド・ボウイ　変幻するカルト・スター』(筑摩書房)。

バッド・フェミニスト／ロクサーヌ・ゲイ

2017年2月1日　初版第1刷発行
2020年6月11日　初版第3刷発行

著者　ロクサーヌ・ゲイ
訳者　野中モモ

発行者　株式会社亜紀書房
郵便番号101-0051　東京都千代田区神田神保町1-32
電話(03)5280-0261　振替00100-9-144037
http://www.akishobo.com

装丁　坂川栄治+鳴田小夜子(坂川事務所)
DTP　コトモモ社
印刷・製本　株式会社トライ
http://www.try-sky.com

ISBN978-4-7505-1494-9　Printed in Japan
乱丁本・落丁本はお取り替えいたします。

メメントモリ・ジャーニー

メレ山メレ子

沖縄、越後妻有、恐山、ガーナ……旅先で抱いた思いを文章にすることは、翻って人生について捉え直すきっかけにもなった。人気ブロガー・作家メレ山メレ子が「旅と死」をテーマに綴るエッセイ集。

四六判・274頁・1600円＋税

ミズーラ　名門大学を揺るがしたレイプ事件と司法制度

ジョン・クラカワー

菅野楽章 訳

レイプ犯の八割以上が、顔見知りである――詳細なインタビューと丹念な取材を通して、レイプスキャンダルの真相と司法制度の矛盾に斬り込む全米ベストセラーノンフィクション。マスコミ各紙で書評続々！

四六判・516頁・2500円＋税